LA HERENCIA DE LOS SAALBERG

Cornelia Rimpau

LA HERENCIA DE LOS SAALBERG

Una saga familiar con un oscuro secreto

Traducción:

María José Díez Pérez

MAEVA

Título original:
Die Saalbergs
Inicialmente publicado con el título *Zenit*

Diseño de cubierta:
Romi Sanmartí

Imagen de cubierta:
© Marc Fischer / iStockphoto.com

Benito Castro, 6
28028 MADRID
emaeva@maeva.es
www.maeva.es

ISBN: 978-84-92695-80-5
Depósito legal: M-25.018-2010

Fotomecánica: G-4, S. A.
Impresión y encuadernación: Huertas, S. A.
Impreso en España / Printed in Spain

PEFC
PEFC/01-4-12
La madera utilizada para elaborar las páginas de este libro procede de bosques sujetos a un programa de gestión sostenible. Certificado por SGS según N.º: SGS-PEFC/COC-0634.

–¿Conoces la casa?
–Sí.
–¿Y? ¿Te gusta?
–Es preciosa.
–Ahí viviremos. Es mía.

* * *

–Entonces, ¿vas a impugnar el testamento de papá? –preguntó Paul.
–No será necesario, como tampoco lo es que dé con Ben Saalberg. El testamento de papá es nulo per se. ¿Lo habéis entendido? Nulo.

* * *

–¿Dónde acabará esto, Rosa?
–[...] Si es preciso, en los tribunales: Saalberg contra Saalberg.

A Tatiana Illesh
in memoriam

Capítulo 1

Era un caluroso mediodía de junio y la brillante calima dorada inundaba los prados verdes. Las águilas ratoneras cerraban los ojos, los ratones permanecían inmóviles y las ramas se inclinaban sobre su propia sombra.

Paul Saalberg no reparaba en nada de todo esto. Estaba en un atasco en la A 7 de Hamburgo, dirección Hanover, antes de llegar al cruce de las autopistas, y la espera lo ponía de mal humor.

Ahora cada segundo contaba. Tamborileó con los dedos sobre el volante, clavó la vista en el indicador digital de temperatura exterior, situado sobre la dirección, que marcaba 31 grados, miró fijamente la sucia trasera del camión amarillo que tenía delante a través del parabrisas tintado de su coche verde oscuro y esperó en tensión a que se produjera algún indicio de movimiento en las anchas ruedas dobles. Nada.

Una mariquita aterrizó de sopetón en el negro limpiaparabrisas, giró a toda prisa a la izquierda, se detuvo un instante y voló hacia el retrovisor izquierdo. Paul bajó la ventanilla e intentó que el insecto, de color rojo vivo, se posara en su dedo, pero no lo logró de inmediato. Tan sólo notó el inquieto cosquilleo en la yema del dedo y contó tres puntitos en el curvado lomo. Finalmente, la mariquita estaba en su dedo índice. Paul metió dentro el brazo y observó el diminuto insecto en el dorso de su mano, que elevó las finísimas alas para alzar el vuelo.

La hilera de vehículos empezó a moverse.

No tardó en seguir avanzando. Iba por el carril izquierdo, como de costumbre.

A diferencia de otros conductores él tenía derecho a hacerlo, en su opinión. Su coche era rápido, él conducía con prudencia, fluidez, inteligencia, sin agresividad. Pero ese viernes a mediodía todo esto no le servía de nada. De todas formas llegaría demasiado tarde.

Le habría gustado estar en casa a las dos, y ahora tendría que darse prisa para llegar a la iglesia al menos a las tres.

Los coches pasaban a toda velocidad, pegados los unos a los otros. A la derecha desfilaban las anchas autocaravanas de los escandinavos, cual ejército de uniforme beis camino de las maniobras estivales y, entremedias, autocares de turistas de toda la gama de precios, Trabis en toda clase de colores pastel, camiones de todos los tamaños. Los demás vehículos circulaban por el carril izquierdo. La radio emitía las noticias sobre el estado del tráfico: accidentes, embotellamientos, una caravana averiada. Elevado número de desplazamientos por carretera en toda la zona de emisión. El tráfico lento ante el cruce Hanover-Este recupera la normalidad poco a poco. Para terminar, la hora: son las 14.33.

Puede que aún llegue a tiempo, pensó Paul Saalberg. Lo mejor sería que me hubiese quedado en casa. La agotadora discusión con Carolin ayer por la noche, la inútil conversación telefónica hoy por la mañana, tan interminable como absurda.

Así y todo él tenía más que claro que no la traería. Al fin y al cabo ella aún estaba casada, y no podían aparecer juntos en una celebración familiar, algo que para Paul era evidente. Pero no para Carolin.

Ella lo quería todo: sus hijos, su marido, su clase y un novio. No es tan fácil separarlo todo, tienes que entenderlo, Paul.

Pero él no quería oír hablar más de comprensión. Tal vez no estuviera mal lo de irse un año a Londres. Aceleró. El límite de velocidad era de 120 km/h. Delante tenía un Opel pequeño. Rojo, claro. El conductor observaba escrupulosamente la norma, sentado ante el volante como un robot. Con sombrero a pesar del calor, aunque fuese uno ligero de paja.

Delante los coches avanzaban disparados. Un autobús Volkswagen se pasó al carril izquierdo. Un autobús ecológico que estaba para el desguace, color amarillo servicio postal, con el arco iris de Greenpeace y la leyenda «¿Energía nuclear? ¡No, gracias!» pintados en la parte posterior. Echaba humo y apestaba como cinco Trabis juntos. En el asiento trasero había un perro, grande como un ternero, que iba con la lengua fuera junto a la ventanilla entreabierta.

Paul se desabrochó el botón del cuello de la camisa y se aflojó la corbata negra.

Afortunadamente el autobús se metió en el área de servicio. Paul se pasó la mano derecha por el cabello rubio ceniza, respiró hondo y, mientras volvía a acelerar, miró a un lado. Barba cerrada al volante, brazos cubiertos de vello negro, camiseta lila. La chica de detrás era increíblemente guapa. Le guiñó un ojo, y él devolvió el guiño. Cabello castaño recogido en la nuca, ojos claros. Carolin tenía los ojos marrones oscuros. Seguro que la chica del bus también estaba casada, probablemente incluso con el gorila que conducía. Los tipos sudados con camiseta sin mangas no le gustaban nada.

Ahora la autopista era de tres carriles. Unos cuantos locos adelantaban por el carril central. Siempre los mismos idiotas. Ojalá llegase a tiempo, al menos durante el preludio de órgano.

La música de la radio lo estaba volviendo loco. El DJ debía cambiar de trabajo. Esos jóvenes tendrían que perseguir la armonía, en lugar de incitarlo a uno a estrellarse contra el pilar del puente más cercano con esos ritmos estridentes. Apagó la radio.

Poco después de salir de la autopista en Anderten miró el reloj.

«¡Hijo mío! ¡Las 14.56!, una hora tarde.» Hace ocho días ésta habría sido la acogida que le habrían dispensado en casa. Sonrió un instante.

Ser puntual y respetar los horarios, dos temas de los que se había hablado largo y tendido.

14.56. Viernes, 22 de junio de 1990, vigesimoquinta semana. Paul Saalberg iba camino del entierro de su padre.

Joachim Saalberg falleció la noche previa al solsticio de verano, una noche clara, sin haber reparado en la magnífica tarde de finales de junio. Después de cenar estuvo leyendo los periódicos en el despacho, como de costumbre. A tono con el mobiliario de la estancia le habían encargado un atril de caoba que él había dispuesto sobre el escritorio para poder leer fácilmente, erguido, el periódico bajo el concentrado haz de luz de la lámpara. Para él todo lo demás eran extravagancias, un trabajo ímprobo con los músculos de los brazos fatigados y el cuello rígido en uno de los sillones, con demasiado fondo, cuya adquisición de todos modos él no había aprobado.

Semejantes muebles se hallaban en la pequeña sala de estar de su mujer. Helen tenía quince años menos que él. Dicha salita estaba separada de su despacho por un gran salón y, como no podía ser de otra manera, Paul había convencido a Helen de que comprara los sillones. Él nunca había tenido en mucha estima los gustos de su hijo menor en materia de muebles. En primer lugar y, sobre todo, por principios: los tejidos claros y delicados no eran prácticos, y los asientos bajos eran malos para mantener la postura. En segundo lugar, hacía tiempo que tenía reuma en las articulaciones, y le resultaba muy doloroso levantarse de un asiento profundo. Pero nunca había dicho nada al respecto. Como ex soldado, padre, director de la Saalberg AG se empeñaba en observar una disciplina férrea.

Un grave infarto de miocardio lo había obligado a poner la presidencia de la empresa en manos de su hijo mayor, Georg. Demasiado tarde para su salud, pero no para la empresa, según decían las malas lenguas. Por aquel entonces tenía setenta y seis años. Con ochenta y uno había sobrevivido a un segundo ataque y, desde entonces, cumplido a rajatabla todos los preceptos y las prohibiciones de su médico. Sin embargo, el descanso prescrito le había hecho sentir con fuerza la definitiva pérdida de influencia y poder.

Y aunque dar largos paseos con regularidad por los caminos de los parques Tiergarten y Annapark aligeraba un tanto el impuesto tedio de los días, las semanas y los meses, sus pensamientos le impedían cada vez menos recorrer senderos tortuosos. En él había hecho mella una agitación que intranquilizó a Helen muchas semanas antes de su muerte.

Rompiendo con todas las costumbres, empezó a vagar sin orden ni concierto por la casa y el jardín. Uno se topaba con él en la escalera del sótano, en las que fueran las habitaciones de los niños y en los cuartos de los invitados, incluso en la cocina. Su figura menuda, de estatura media, con el traje marrón claro permanecía durante minutos junto a la ventana del despacho cuando Helen arreglaba los arriates. La observaba sin sonreír o hacerle alguna señal como antes. Ella había reparado en los ademanes sobresaltados de sus cuidadas manos, casi femeninas, cuando lo pillaban desprevenido, en un inusitado balanceo de los pequeños pies, siempre calzados con elegantes zapatos, cuando estaban sentados juntos, en una extraña inquietud en su reservado rostro, enmarcado por el cabello liso y blanco, dividido por una precisa raya.

A veces ella pensaba que le quería decir algo y después, en cuestión de segundos, se lo pensaba mejor.

Su médico, al que Helen, preocupada, puso al corriente, no constató ningún cambio en su estado, y ella se dejó convencer de buena gana de que una agitación pasajera podía deberse al tiempo y a la estación.

Cuando, esa última tarde, él entró en su despacho para leer una hora, Helen había salido a la terraza. Antes tuvo que prometerle que entraría enseguida y se sentaría cerca de él para que pudiese verla o al menos oírla. Ella quería retirar los cojines de las sillas, y en primer lugar se había dirigido hacia una silla de mimbre deslucida, de respaldo alto, que había sacado al césped, junto a unos rosales, para disfrutar del sol de última hora de la tarde.

Joachim Saalberg corrió las cortinas de terciopelo verde oscuro forradas, ya que no le gustaba la mezcla de crepúsculo y luz eléctrica. Pero primero vio que la figura, vestida de claro, de Helen se inclinaba sobre aquel arriate al cual, como a la esmeralda que lucía en la mano izquierda, profesaba un amor especial. Al igual que sucediera hacía cuarenta, treinta, veinte años, temió ver ese brillo en sus ojos que nada tenía que ver con él. Al igual que infinidad de veces antes, reprimió el deseo de acudir a su encuentro cuando estaba allí. Las rosas crecían en el arriate con nombres sonoros y colores como albaricoque y púrpura, canela y oro. Vio también que se enderezaba, se situaba tras el respaldo de la silla de mimbre y miraba hacia la casa, el cojín ya en la mano; que se sentaba, primero vacilante, erguida, la cabeza un tanto ladeada, la mano derecha en el alto brazo de la silla; que se retrepaba de pronto al cabo de unos segundos, como si alguien tirara de ella.

Joachim Saalberg había observado a su mujer a menudo. Durante toda una vida. Sus ojos la seguían con orgullo y se clavaban celosos en aquellos que no podían apartar la vista de ella. Como si quisiera decir: mirad, es real, esa figura esbelta, alta, ese garbo, la elegancia de sus extremidades. Esa forma de inclinar y volver la bella cabeza enmarcada por el corto cabello rizado es real; esa forma de levantar, bajar y agitar esos brazos y manos, la mirada directa en los ojos, como terciopelo gris verdoso, son reales. Sí, mirad y escuchad: esa voz aguda, esa risa cantarina son reales. Todo ello es real, pertenece a esa criatura maravillosa. Y ella me pertenece a mí.

Todo el que conocía a Joachim Saalberg se daba cuenta de que observaba a Helen con orgullo de propietario. Pocos se habían percatado de que la cuidaba como a una figurita cara de porcelana que uno coloca en una vitrina no para evitar que la miren otros, sino más bien para que no la toquen. Sus ojos claros, ligeramente saltones, a veces la contemplaban con una extraña expresión en la que se entremezclaban sabiduría y sufrimiento, como si sólo él supiera calcular su valor.

Nadie sospechaba el precio que había pagado por su presencia.

A la propia Helen con frecuencia le cohibía esta admiración, pero sólo empezó a incomodarle en los últimos meses de vida de él. Bajo la exigencia de que siempre estuviese cerca de él, por primera vez había sentido un temor inusitado, como una corriente subterránea de necesidad y miedo que iba socavando la fortaleza de la seguridad que tenía en sí mismo.

Ella no había sido capaz de preguntarle. Con él nunca había compartido miedos o deseos, entre ellos se alzaba una barrera de silencio que era como de frío y sutil cristal, tras el cual cada uno tenía que apañárselas solo.

Él lo quiso así en un principio, y después ya no pudo cambiarlo, pues Helen se acostumbró a vivir de esa manera.

Naturalmente había envejecido con él. Lo que les ocurría a todos también le había ocurrido a ella: su cabello corto y oscuro ya lucía mechones plateados, la tez del delgado rostro había perdido luminosidad, se tensaba sobre la nariz, ligeramente aguileña, y sus rasgos estaban surcados de arrugas. Pero nada de ello contaba para Joachim Saalberg. «Sólo los tontos luchan contra la edad», decía. «Los cambios externos no son ningún menoscabo, sino tan sólo el reflejo de la existencia.» Admiraba abiertamente que Helen siguiera siendo esbelta, sus movimientos ágiles y elegantes, su mirada brillante, su inteligencia rápida y dinámica. Hasta en sus últimos minutos de vida le enardeció la certeza de tenerla a su lado, para él solo. Únicamente la había compartido con las sombras, que a lo largo de los años habían aumentado de tamaño y se habían vuelto más importunas.

Perdió la cuenta del tiempo que pasaba Helen en el jardín, la mano derecha tras la cabeza, las piernas cruzadas. Ella contemplaba la casa recortada contra el nítido cielo nocturno: el cubo espacioso de una sola planta, color albaricoque; con las altas ventanas con peinazos pintados de blanco, bajo un tejado de angulosas tejas planas color rojo claro. Parecía propia del sur, rodeada de pinos altos y voluminosos y de pinos piñoneros. El viento de la tarde era frío y portaba el estival perfume de pinos, rosas y tierra mullida, portaba imágenes, palabras y voces.

Apareció tan repentinamente como la tormenta de la tarde, esa voz grave, que creía olvidada hacía tiempo, cercana y estimulante.

–¿Conoces la casa?

–Sí.

–¿Y? ¿Te gusta?

–Es preciosa.

–Ahí viviremos. Es mía. –La arena blanca se escurría entre sus dedos y había formado en las manos de ella un pequeño montículo que aumentaba y se deshacía a un tiempo–. El próximo verano habrá acabado la guerra, y en otoño arrancaré las rosas rosas de delante de la terraza. Contigo.

–Suena violento. –Apartó la mirada del decreciente montón de arena para mirarlo a él.

Helen se retrepó en el alto sillón de mimbre y vio los ojos gris verdoso, riendo.

–Violento no, sólo intransigente, cuando se trata de belleza.

Miró la casa como embobada, la vio bajo los pinos, como él la describiera antaño: radiante con todos los colores de las rosas que habían plantado juntos.

Otra vez es verano, pensó, asombrada por el dolor que seguía sintiendo después de tantos años. Los días son tan claros y cálidos como entonces, en el verano de 1942. Se abandonó a los recuerdos que había arrinconado para protegerse.

Ya había oscurecido cuando creyó percibir un olor a papel quemado en el aire nocturno. Intranquila, entró corriendo en la casa, encendió la luz de su habitación y atravesó a oscuras el salón hacia el despacho de su marido.

La lámpara del escritorio arrojaba un haz de luz sobre el periódico abierto. En la chimenea había papel, aún ardiendo en parte y humeando. Delante de la caja fuerte, que por regla general estaba cerrada y oculta por una estantería deslizante, en el rincón más oscuro de la estancia, yacía Joachim Saalberg. Contraído, el rostro apoyado en el suelo, la mano derecha bajo el cuerpo, aferrada a un papel.

Helen llamó al médico de inmediato, pero la ayuda llegó demasiado tarde. Joachim Saalberg había muerto.

Las grandes limusinas de los asistentes al funeral rodeaban la pequeña loma donde se alzaba la iglesia en Kirchrode. Parece un asedio, pensó Helen antes de entrar en la iglesia: una escuadra de oscuros reptiles cercando el campanario, que descollaba entre los árboles.

Se levantó un viento que movió cauteloso las indolentes hojas de los árboles del cementerio y envió una corriente de aire apenas perceptible a través del enorme portal de la pequeña iglesia barroca. Las exequias no habían empezado aún; la puerta, guarnecida de hierro, estaba abierta de par en par, los asistentes que llegaban tarde se dirigían hacia ella a buen paso, en silencio. Un motor se puso en marcha, un coche pesado, color antracita, que poco antes estaba aparcado, salió a duras penas del angosto hueco que ocupaba y enfiló la estrecha carretera bajo la atenta mirada de algunos conductores que se hallaban juntos a la sombra de los viejos árboles. El vehículo bajó por la Ostfeldstrasse y torció a la derecha en el último tramo. Al llegar a la entrada de la propiedad de los Saalberg, que se encontraba abierta, se detuvo ante la gran casa.

En el lado este de la construcción, con vistas a la explanada asfaltada, se hallaba la cocina de la casa. En ella Gisela Matthes, el ama de llaves, mantenía una prolongada conversación telefónica en la cual, pese a las continuas alusiones a que el tiempo apremiaba, exponía con todo lujo de detalle la repentina muerte de su jefe, los costosos preparativos del entierro, el presunto gasto del lujoso ataúd de caoba, la ropa del luto, los distintos estados de ánimo y las complicadas relaciones familiares de los Saalberg. Mientras tanto miraba por la ventana, observaba el gato atigrado de la casa vecina, que se paseaba por la explanada con actitud expectante, y arrancaba hojas amarillas de las macetas de geranios jóvenes que quedaban a su alcance en la repisa de la ventana. Cuando vio llegar el coche puso fin a la conversación y esperó a oír el estridente ruido del viejo timbre.

En el espejo del pasillo de la cocina comprobó un instante, satisfecha, el estado de su permanente y se alisó el blanco delantal que cubría su redondeada figura.

Ante la puerta de la casa se hallaba el enjuto conductor del abogado Riesst, amigo de la familia. El hombre le pidió deprisa y corriendo que le hiciera un favor, dijo que tendría que haber entregado la carta que llevaba en la mano antes de las honras fúnebres, es más, para ser sincero, debería haberlo hecho a primera hora de la mañana.

–En cualquier caso tenía que recibirla la señora Saalberg en persona, señora Matthes. No sé cómo he podido olvidarlo. Y menos aún cómo se lo voy a explicar a mi jefe.

–No se preocupe, yo me encargo. Démela. Venga a la cocina a beber algo.

Dejó la carta, delante del hombre, en un pequeño estante que había sobre el teléfono de pared, sin leer lo que ponía el sobre. No quería parecer curiosa.

–Nunca olvido lo que dejo en ese estante. Puede contar con ello, señor Walter –aseguró Gisela Matthes, y abrió una botella de agua con burbujas que salpicó la chaqueta gris perla del conductor–. Con este calor todo se altera –comentó, sacudiendo la cabeza.

En ese mismo instante Paul Saalberg se dirigía a la iglesia a una velocidad excesiva, y a punto estuvo de chocar contra una furgoneta de correos. Era evidente que el empleado buscaba el número de una casa. Adelantar estaba prohibido, y el tráfico que circulaba en sentido contrario era demasiado denso para infringir la prohibición. Tampoco valía la pena echar pestes de ese nuevo obstáculo, pues a pocos metros por delante descubrió un hueco, aparcó y escuchó aliviado que las campanas todavía sonaban.

En ese mismo instante una vieja furgoneta Volkswagen color amarillo servicio postal dejaba la autopista en un barrio septentrional de Hanover. Siguió los indicadores, que lo llevaron hasta el hospital por una autovía de cuatro carriles que discurría entre un paisaje llano donde se erguían nuevas edificaciones. La furgoneta subió la pronunciada rampa de entrada y redujo la velocidad delante de Urgencias, si bien sólo se detuvo, con el motor en marcha, ante la entrada principal del centro. El traqueteo del escape del vehículo acalló con facilidad el ruido de un helicóptero de salvamento que levantaba el vuelo. Seis taxistas que, bajo el calor del mediodía, esperaban apáticos al próximo cliente con las puertas abiertas se asustaron.

Ante sus ojos se abrió la puerta corrediza de la furgoneta. Del recalentado vehículo salió dando un amplio salto un gran perro manchado blanco y marrón. Las puertas de los taxis se cerraron de golpe y unas miradas recelosas siguieron al animal en sus olisqueos. El conductor del cuarto vehículo vio, mientras soltaba una imprecación en voz baja, que el perro alzaba la pata junto a su impecable coche. Ante la rueda delantera izquierda se formó un charco de considerables dimensiones, del que nacieron pequeños regueros que, encauzados por las irregularidades del asfalto al rojo, siguieron la pendiente de la carretera y desaparecieron bajo el vehículo.

Dos pequeños niños rubios vestidos con vistosos bañadores salieron detrás del perro e intentaron cogerlo mientras lo llamaban a voz en grito. Al cabo de unos segundos el conductor de la furgoneta soltó un silbido por la ventanilla bajada mientras se recogía el cabello, que le llegaba por los hombros, en una coleta con una goma, y perro y niños volvieron, la puerta corrediza se cerró, los brazos de los niños se agitaron y unas voces infantiles chillaron por la ventanilla abierta, aunque no lograron imponerse al ensordecedor ruido del averiado tubo de escape. La furgoneta arrancó.

Una mujer muy joven y de elevada estatura, enfundada en unos vaqueros azul claro y una camiseta blanca, se quedó. A excepción de unos mechones, llevaba el cabello, castaño oscuro, peinado hacia atrás y recogido en la nuca con un pasador. Aparte de un bolso de piel marrón oscuro no tenía más consigo. Les dijo adiós a los niños hasta que el vehículo hubo descendido la rampa de bajada, consultó brevemente el reloj de plástico verde esmeralda que lucía en la muñeca izquierda y cruzó deprisa las puertas automáticas hacia Información, en el vestíbulo del hospital. El amable conserje al que abordó vio un rostro ligeramente bronceado en el que llamaban especialmente la atención, sobre unos pómulos marcados, unos ojos grandes y brillantes. El hombre le hizo varias preguntas, bromeando, como si quisiera que los ojos y los labios de la chica no dejasen de moverse, y finalmente anotó la información solicitada en una hoja sin apartar la vista de ella. Ésta le dio las gracias, risueña, y se metió el papel en el bolsillo derecho del pantalón. Antes de que desapareciera entre la multitud que se dirigía a los ascensores, él observó que la chica se detenía ante un reloj de pared, lo consultaba y ponía en hora el suyo.

15.25. Viernes, 22 de junio de 1990. Vigesimoquinta semana.

Charly Tuchmann buscaba a su hermana.

Paul Saalberg permaneció unos segundos en la puerta, entre el campanario y la nave, se quitó despacio las gafas de sol y comprobó aliviado que el funeral no había empezado aún.

La iglesia era fresca, y la mortecina luz se agradecía después del trayecto en coche. Paul, con la cabeza como un bombo, constató que todos los bancos estaban llenos. En los pasillos había gente de pie que ya no tenía sitio, hablaba en voz baja entre sí y buscaba rápidamente con la mirada conocidos a los que poder saludar discretamente. Sobre el gentío vestido de negro se cernía el denso aroma de un sinfín de lirios reales que adornaban el resplandeciente ataúd de caoba, que Gisela Matthes comparara por teléfono con una valiosa cómoda digna de verdadera lástima. Lirios blancos, mezclados con rosas rojas, llenaban jarrones de pie y vasijas panzudas de plata repujada sobre el blanco altar barroco. Candeleros de pie de latón acogían altas velas cuyo olor se fundía con la fragancia de los lirios y las rosas y el delicado aroma de perfume caro y costosa loción para después del afeitado.

No tenía en mente unas exequias familiares, pensó Paul, sino un acontecimiento social. De esa misma manera celebraba sus grandes cumpleaños: son sus colores, sus flores preferidas, la valiosa caoba, las velas perfumadas y la gente bien para acompañarlo al más allá. Imaginó esta escena hasta el último detalle.

Paul sonrió a algunos conocidos y después decidió ir hacia el altar mayor por el pasillo derecho, junto a los bancos centrales. Permaneció unos segundos ante el altar, bajó la cabeza delante del féretro de su padre, miró brevemente la multitud de rostros de familiares curiosos y, tras saludar a su madre, tomó asiento a su lado.

El lugar del funeral, el preludio de Bach, los himnos, el sermón: su padre lo había especificado todo en las disposiciones testamentarias, la primera de las cuales se leyó en presencia de Paul y Helen Saalberg el día siguiente a su fallecimiento.

Los asistentes no se reunirían en la capilla del cementerio, como era habitual, sino en la amada iglesia de Joachim Saalberg, en la que fue bautizado, recibió la confirmación y contrajo matrimonio.

El órgano entonó *Alabemos al Señor* y Paul coreó mecánicamente el himno que se cantaba en todas las celebraciones religiosas de los Saalberg. No siento nada, pensó. Ni dolor ni emoción. Nada. Quizá tenga que ver con la perfección que ha creado incluso desde el sarcófago. Habría podido dictar también los sentimientos de rigor. A Paul no le habría extrañado.

Echó un breve vistazo a sus sobrinos. Cantaban ruidosamente, en su opinión, atacaban con brío y fervor el conocido himno. Sentados allí, juntos, transmitían una curiosa armonía.

La distribución de los asientos en el funeral también la había determinado su padre: «Helen y Paul en el centro del primer banco; a su derecha Georg con su esposa, Caren; a la izquierda Rosa y su esposo, Wolf Farnheimer. El segundo banco lo ocuparán mis cuatro nietos en su debido orden. Arndt y Michael Saalberg, Rudolf y Wolfgang Farnheimer».

Demonios, se dijo Paul. Si hasta han conseguido que Michi se ponga un traje negro.

Después de hacer la confirmación Michi Saalberg juró llevar vaqueros todos los días y en todas las ocasiones hasta la selectividad. Dicha decisión pubescente ocasionó broncas familiares en casa de su padre y su abuelo durante tres años.

A Paul el comportamiento de la familia se le antojaba extravagante, y le vinieron a la memoria las frases de las disposiciones de su padre que hacían referencia a Michi:

«En el caso de que mi nieto Michael Saalberg insista en presentarse en mi entierro vestido con ropa de calle será exhortado con encarecimiento a no tomar parte en los solemnes actos de la iglesia y el cementerio. No obstante lo echaría en falta».

Una verdadera lástima que Michi no se haya mantenido firme, pensó Paul. ¿Quién habría logrado convencerlo? Observó brevemente el perfil de su madre, que en ese preciso momento se llevaba la mano izquierda a la oreja y hacía girar el pendiente aparentemente sin querer. Esa mano larga y estrecha, la esmeralda, el movimiento del índice y el pulgar: todo ello muy familiar y que tan sólo era indicativo de que en el último segundo había apretado demasiado el pendiente. En ese instante Paul se libró de la sensación de estar rodeado de personas afectadas y extrañas, escuchó con nitidez la clara voz de Helen, que cantaba el himno con la misma convicción de siempre.

A Helen Saalberg le costaba concentrarse en el servicio. Se sabía de memoria el programa impreso, que sostenía en la mano. A continuación vendría una sonata para órgano y flauta travesera de Händel, y después el sermón.

Desde hacía días tenía la intención de leer en la Biblia el pasaje del sermón que se indicaba en el testamento, pero no lo había hecho. No se había puesto con ese texto que, a todas luces, tan importante era para Joachim, y en las últimas semanas tampoco había intentado hablar con él ni de sus inusitadas lecturas de la Biblia o su irritado mutismo ni de su insomnio.

Hablar de sentimientos, problemas o miedos: parece tan natural, pensó Helen, suena a familiaridad y franqueza. Pero eso no existía entre nosotros.

Joachim Saalberg ocultó su juego durante toda su vida, y ella hizo lo propio. Distancia y compostura, ésas eran sus máximas, incluso estando a solas ellos dos. A él no le gustaba hablar de problemas personales. Punto. Sin embargo, las últimas semanas obraron un cambio en él, se llenaron de indicios que ahora a Helen le parecían señales de alarma. ¿Habría podido ayudarlo?, se preguntó.

No obstante sus reproches se mezclaban en ese instante con alivio, todo era según estipulaban las disposiciones testamentarias. Y el sacerdote leería el pasaje de la Biblia: segunda carta de Pablo a los Corintios, capítulo quinto, versículo décimo. Se habían seguido todas las indicaciones, estaban todos los miembros de la familia, Michi había renunciado a sus vaqueros y Paul acababa de llegar, puntual. Gracias a Dios sin Carolin. ¿Por qué tenía que enamorarse precisamente de la tal Carolin? Helen sospechaba que el rechazo de su padre había sido la principal causa de que Paul se metiera en esa relación. Su hijo seguía patrones de obstinación antiquísimos, de los que se pueden leer en cualquier manual sobre educación. Pero con esta joven mujer enamorada de sí misma y madre de dos hijos impertinentes tendría las cosas difíciles, ya que Georg boicotearía la relación todo cuanto pudiera en nombre de su padre.

Georg había vuelto el día anterior por la noche de un viaje de negocios a Sudamérica. Ahora estaba sentado a su derecha, muy elegante con su chaqué, un tanto arrogante y reservado, como su padre. Pero él era más alto y fuerte, y no tenía las manos y los pies pequeños y femeninos de Joachim. Estas características no volvían a repetirse hasta Arndt, el mayor de los nietos, que se sentía orgulloso de ellas.

Se me pasan por la cabeza las cosas más extrañas, pensó Helen Saalberg, e intentó concentrarse en los acordes de la sonata de Händel.

Pero no había manera. ¿Está Georg en contra de Carolin porque quiere proteger a su hermano de ella o le habló mal de ella a Joachim para herir a Paul? ¿Acaso no ha aprovechado cada oportunidad para apartarlo desde que llegó al mundo? ¿Por qué los hermanos de esta familia no se pueden aceptar?, pensó. Los celos y el comportamiento agresivo, el afán de ser el mejor, de ser el primero siempre han marcado a fuego la relación entre hermanos: Arndt y Michi, Georg y Paul, Joachim y... no. Helen no quería seguir pensando.

Oyó el solo de flauta travesera y supo que hacía tiempo que no escuchaba un adagio tan aburrido. Vio que Caren cruzaba sus bonitas piernas y le remordió la conciencia al pensar que también su nuera le resultaba terriblemente aburrida.

Pese a todo había de admitir que la vida privada de Georg era tranquila y equilibrada y los negocios le iban extraordinariamente bien desde que estaba Caren. Por desgracia en sus seis años de matrimonio ésta había conseguido que ya apenas se mencionara a la primera mujer de Georg, Amalie, y que no se hablara de ella con Arndt y Michi. Amalie se había ido hacía diez años y desde entonces vivía de la pintura en el Caribe junto a un escultor. Era feliz, había vuelto a tener hijos, y Helen había entendido su decisión de marcharse. Georg no debería haberse casado con ella. Amalie, que era faldas de vuelo, tintineo de brazaletes, olor a pinturas al óleo, perfume de almizcle y jengibre, risa enigmática e hipersensibilidad, pero también una distribución del tiempo caótica y un concepto del orden genial. Lo raro no era que hubiese abandonado a Georg, sino que hubiese aguantado tanto tiempo con él. Y, siendo justos, lo mismo podía decirse a la inversa.

La sigo admirando, observó Helen. ¿Por qué? ¿Porque me habría gustado tener una hija como Amalie? ¿Porque hizo lo que yo no fui capaz de hacer entonces, cuando mi vida llegó al punto en que sólo cabía seguir adelante, empezar de cero, volver a amar?

Amalie tomó la decisión adecuada para ella y para Georg, no cabía duda. Sólo echaba de menos a Michi. Michi había heredado el encanto y la facilidad de su madre, y Caren permitía que se secara sin decir nada. Si se aproximaba, ella hinchaba las velas de la desaprobación y hacía que se alejara de su cotidianidad ordenada, de sus sofás de piel blancos y de Georg, que seguía idolatrando en ese muchacho a Amalie.

Caren ponía remedio a todo cuanto quería sin palabras; las bonitas piernas cruzadas, sonriente, con un leve asomo de desprecio en la comisura de la boca. Así estaba sentada junto a Georg, escuchando la música sin inmutarse. Es esta falta de emoción, esta participación condescendiente lo que me saca de quicio de Caren, pensó Helen. Siempre peripuesta, elegancia cara. Sin un pelo fuera de su sitio, fría y perfecta como su piso de mármol.

Carolin era la antítesis de Caren en todos los sentidos, pero Helen no quería ver en esa hermosa mujer nada más que a otra novia de su hijo. Joachim había alabado el encanto y el atractivo de Carolin, sí, pero la había rechazado al mismo tiempo. Su encanto le resultaba calculador; sus ideas de autorrealización, falsas; y su vida espiritual, superficial. Tontamente consideraba su deber manifestar sus convicciones en los momentos menos indicados. Helen estaba convencida de que, de lo contrario, la aventura habría terminado hacía tiempo.

Los conocimientos de la naturaleza humana de Georg también eran mejores que sus aptitudes psicológicas. Puede que tuviera razón al afirmar que Carolin sólo utilizaba a Paul para salirse de un matrimonio cuadriculado, pero, al igual que Joachim, convertía tan complicados problemas en conversaciones de sobremesa, y endilgaba buenos consejos a quienes no estaban preparados para escucharlos; y Paul le había dado a entender claramente lo que opinaba de su intromisión.

La sonata de Händel terminó, y el sacerdote se enjugó de la frente las perlas de sudor con un pañuelo blanco antes de levantarse de su banco para pronunciar el sermón.

Con la gente, las velas y las flores también había entrado en la iglesia el calor de la tarde, y el joven religioso, al que Helen conocía sólo desde hacía cuatro días, sin duda tenía aún más calor debido al nerviosismo.

Joachim Saalberg no pudo prever en su plan las vacaciones de verano del párroco del lugar, pero no le habría gustado que un desconocido pronunciara el sermón, consideró Helen. Ese joven agradable, nervioso, con el que no había hablado de la vida de su marido hasta anteayer, no podía decir nada especial por mucho que quisiera.

Para sorpresa de Helen, no leyó el pasaje de la carta de Pablo. Con una voz sonora expuso observaciones poco originales sobre el problema de morir y la importancia de la muerte para cada individuo. A ello siguió un exhaustivo resumen de la vida del fallecido, Joachim Saalberg: infancia y años escolares acomodados en Hanover, pese a la guerra mundial y la inflación. Educación en un hogar religioso y nacionalista con sus padres y sus tres hermanos, dos mayores y uno menor. Aprendizaje en un banco londinense a mediados de los años veinte, estudios de Economía política en Heidelberg e ingreso en la empresa de cemento paterna, que experimentó una fuerte expansión, en 1934. Tras hacer el servicio militar con retraso, en 1936, la rápida decisión de seguir la carrera militar. Al inicio de la guerra, entrada en acción en el frente occidental, después en el oriental. Se libra milagrosamente del cerco de Stalingrado, donde, sin embargo, murió su hermano menor. Enero de 1943, en el campo del honor, como se denominaba en aquellos años demenciales de guerra. En ese mismo año Joachim Saalberg contrae matrimonio y su primer hijo viene al mundo. Sus dos hermanos mayores pierden la vida en el ataque aéreo de Hanover. Al final de la contienda Joachim Saalberg se hace cargo de la empresa paterna...

Helen miró el montón de lirios blancos que cubría el ataúd de su marido.

Algún día, reflexionó, podré contarle a alguien lo que sucedió de verdad entonces.

Paul se inclinó unos segundos para coger del suelo un programa que se había caído. Helen aprovechó para mirar rápidamente a Rosa y, durante unos instantes, vio los ojos verdes de su hija clavados en ella. Esa mirada le llegó al alma, y una vieja y finísima grieta que había mantenido oculta con sumo cuidado se abrió.

Paul se incorporó, el instante pasó como una visión, y Helen contempló el rostro de su hija, el oscuro cabello bajo el sombrero de paja negro.

Rosa era socia de un despacho de abogados de Dusseldorf y, a sus cuarenta y siete años, aún una mujer muy atractiva. Sus movimientos eran de una agilidad felina, y los ojos verdes lo captaban todo en cuestión de segundos. Para disgusto suyo, Rosa era baja, demasiado baja. Levemente, pero ya imposibles de disimular, en su redondo rostro se dibujaban arrugas y marcas que le curvaban hacia abajo las comisuras de la boca. La amargura y la renuncia podían abrir esos surcos, se le pasó a Helen por la cabeza. Pero nuestras diferencias quedan muy atrás en el tiempo. No puede ser eso. Ahora es feliz.

Wolf Farnheimer se inclinó en ese preciso instante hacia Rosa porque ella le susurró algo, y Helen no pudo por menos de pensar –como casi siempre que los veía a los dos– en un dibujo que su nieto Rudolf pintó con siete años. En él había un gran cuadrado amarillo y en medio de éste un cuadrado azul oscuro mucho más pequeño. «Mis padres», ponía, por encima de la infantil firma, en la esquina derecha, y Wolf Farnheimer lo colgó en su consulta. No habría sido posible plasmar mejor los rasgos exteriores de ambos, la clase de relación que tenían.

La propia Helen poseía la discreta autoestima propia de quien ha conocido durante varios decenios el amor, la admiración y el reconocimiento. Y al mismo tiempo había desarrollado un mecanismo de defensa contra las fuerzas que querían atacar ese anillo de autoestima y amor propio. Esa mirada de Rosa, seguro que son imaginaciones mías, pensó Helen. Rosa está en muy buenas manos con Wolf. ¿Qué podría faltarle? Con este calor, sin una gota de aire, se generan espejismos, debido al aroma de las velas y a la gran cantidad de lirios. Desechó el presentimiento que quería invadirla. Rosa ha cambiado desde que se casó, se dijo para tranquilizarse. Vivimos juntas y en paz dieciséis años, cuando estaba en casa, y así seguirá siendo. No voy a estropearlo ahora. Joachim quería a Rosa, y ella también a él. Prometí guardar silencio y así lo haré.

El embriagador olor apenas era ya soportable, el pendiente de la oreja izquierda le hacía daño, el elegante sombrero negro se había convertido en una pinza opresora. Helen se sentía mareada. Esperemos que este cargante sermón termine pronto, se dijo. Necesito aire fresco urgentemente. ¿Por qué no ha cumplido el sacerdote el deseo de Joachim? Y ¿qué pasaje habrá escogido Joachim?

«Joachim Saalberg ha muerto.» Las palabras llegaron de lejos, resonaron en ella, se tornaron un eco entre oscuras paredes rocosas que no quería extinguirse.

Es este sombrero estrecho, el pendiente y el calor. Tengo que calmarme.

«Joachim Saalberg ha muerto», repitió el sacerdote. «Y al final de esta vida larga, interesante y, para quienes no lo conocían, únicamente llena de éxitos hay una frase escogida por el propio Joachim Saalberg para este momento de dolor y recuerdo. Una frase extraída de la segunda carta de Pablo a los Corintios. Pertenece al capítulo quinto, versículo décimo. Yo, que no conocí al difunto, la pongo en conocimiento de los aquí presentes al final de este momento. Tómenla como provocación o como juicio, como pregunta o como respuesta. Éstas son las palabras: "Puesto que todos hemos de comparecer ante el tribunal de Cristo para que reciba cada uno según lo que hubiere hecho por el cuerpo, bueno o malo".»

Qué sería lo que tanto atormentó a Joachim las últimas semanas para haber elegido estas palabras, pensó Helen. El sacerdote las ha leído como si fuesen un mal augurio. ¿O acaso exagero? ¿Sólo lo he sentido yo así? Después se lo comentaré a Paul.

Echó a andar tras el féretro entre sus hijos y observó las espaldas grises, uniformadas, de los portadores. Seis chóferes de la empresa lo habían sacado de la iglesia, y ahora dos de ellos lo subían al coche que lo llevaría a la sepultura. El de la izquierda era flaco. Bajo el nuevo abrigo gris sobresalían unas piernas como palillos arqueadas dentro de unos pantalones demasiado cortos, los calcetines marrones y gastados, con los talones raídos.

Helen se asustó al reconocer al conductor de más edad de Joachim en esa pobre figura. Llevaba ya nueve meses jubilado, y había estado veinte años al servicio de Joachim. ¿Qué le había ocurrido últimamente para que estuviese tan venido a menos?

Vio cómo avanzaban las lustrosas puntas negras de los zapatos de sus hijos junto a sus zapatos de tacón de terciopelo negro por el umbrío y rastrillado camino del cementerio. A pesar del calor de la tarde Helen temblaba y tenía la angustiosa sensación de estar rodeada a un tiempo de seguridad y amenaza. ¿Por qué no pueden ser las cosas tan claras y bellas como el camino por el que vamos? ¿Por qué hay que andar siempre alerta?, reflexionó. Cuánta preocupación y desdicha embargan a este pobre chófer, que sin duda era cumplidor y equilibrado. Si va tan desastrado seguro que tiene preocupaciones mayores que sus fuerzas. Más tarde intentaré hablar con él.

El largo cortejo fúnebre se movía despacio por el extenso cementerio tras el féretro, adornado con lirios.

–Me sé un juego nuevo –oyó decir Helen a su nieto Michi tras ella, y notó el enfado que se apoderó de Georg.

–¿Cuál? –preguntó su hermano Arndt, aburrido.

–Yo hago preguntas y tú respondes.

–Eso no es nada nuevo.

–Sí que lo es. Lo de después es nuevo. Yo hago siete preguntas que he pensado durante el sermón y tú sólo puedes responder a cada una con una palabra, y con la primera letra de las respuestas hay que intentar dar con el nombre de lo que se pregunta...

–Tú siempre igual, en lugar de escuchar el sermón te pones a pensar en cosas absurdas.

–Escuchaba y al mismo tiempo se me ocurrió una idea. Es de lo más normal.

–Puede que para ti.

–Claro. Me he dado cuenta de que incluso existe una correlación entre lo que se dice y lo que se piensa. Dicho de otro modo: cuanto más interesante es el discurso tanto mejores son mis ideas, y al contrario, claro.

–En tal caso el sacerdote puede estar orgulloso de que se te haya ocurrido algo.

–Dime, ¿tú sabías que el abuelo estuvo en Stalingrado?

–No.

–Nunca pude hablar con él de la guerra, y menos de Rusia. La semana pasada, cuando fui a tomar el té a Kirchrode, dije que admiraba a Gorbachov y que me gustaría ir a Rusia y de pronto se puso como una fiera...

En ese momento Georg se volvió un instante hacia sus hijos, que bajaron tanto la voz que Helen ya no pudo seguir su conversación, cosa que lamentó. Sin embargo, recordaba perfectamente la tarde que fue a verlos Michi, que adoraba a su abuelo de un modo conmovedor y acudía a visitarlo a menudo.

La generación de la posguerra estaba formada únicamente por crédulos y tarambanas, le soltó Joachim a su asustado nieto. A los rusos no se les podía creer nada, todos los comunistas eran unos comecocos y querían engullir Europa entera. Michi no era el único al que habían atrapado sus consignas, la denominada distensión política era la mayor fanfarronada de la historia de la posguerra, él conoció a los rusos en la contienda. Joachim se alteró de un modo amenazador, Michi no dijo nada más, y ella lo mandó en cuanto pudo a la cocina con Gisela con el objeto de que a su marido le diera tiempo a calmarse.

«Tal vez nunca pudiera asimilar que su hermano cayó en Stalingrado», le oyó decir a Michi, incapaz de seguir susurrando.

Helen pensó: si el chico supiera de lo que habla. A Georg le puso una mano apaciguadora en el brazo y dijo en voz queda: «Por qué no van a poder hablar». Él se encogió de hombros de mala gana y Paul, al otro lado, sonrió.

–De todas formas es raro. ¿Por qué no ha dicho nunca nadie nada? –le susurró Michi a Arndt–. Tan sólo que los hermanos del abuelo murieron en la guerra. Sólo hablan del ataque aéreo y de la explosión en la empresa.

–Es verdad.

–¿Sabes qué tengo que hacer para Historia?

–No.

–Un trabajo de aúpa sobre Stalingrado.

–¿Y?

–Qué ignorante eres. Me pongo a mirar un montón de libros y en el entierro de mi abuelo me entero de que estuvo en el Sexto Ejército y su hermano también.

–Qué más da. Y ahora cállate. Papá se ha dado la vuelta otra vez.

–Y mi juego, ¿cuándo voy a explicarlo?

–Ya lo has hecho.

–Pero quiero hacer una prueba.

–Después, ahora cállate.

Habían llegado a la sepultura, seis brazos aferraron el pesado féretro, los lirios de encima se movieron. A continuación la caja se acomodó en las tablas sueltas sobre la abierta fosa.

Pasara lo que pasase, reflexionó Helen, y pase lo que pase: este momento es terrible porque es definitivo.

Capítulo 2

A las diez de la noche se fueron los últimos asistentes. La familia estaba sentada dispersa en el gran salón, en penumbra. Aunque Joachim Saalberg siguiera con vida el día habría terminado así. Él habría desaparecido sin tardanza en su despacho apenas hubiese cruzado la puerta el último asistente.

Georg, que se hallaba en la puerta de la terraza, abierta, consultó el reloj y anunció que aún tenía cosas que hacer.

–Creo que no ha faltado nadie –observó satisfecho–. A papá le habría encantado este día, y es como si hubiese estado con nosotros todo el tiempo. Lo has organizado todo estupendamente, mamá.

Todos se mostraron de acuerdo, tan sólo Rosa guardó silencio. Helen era sincera consigo misma y sabía que el comportamiento de Rosa la hacía sufrir. Tampoco era posible hacer la vista gorda, pues su agresividad era palpable. Siempre había sido así y, al igual que antes, del silencio de Rosa surgía una explosividad que parecía propagarse más y más. En la iglesia se abandonó a la ilusión de que Rosa había cambiado. Sonrió, cansada y decepcionada.

–La heroína del día ha sido Gisela –repuso, pese a todo completamente serena, y supo que Rosa le sacaría punta a cada una de sus palabras si se le antojaba–. Deberíamos ir a la cocina a darle las gracias. Seguro que no tardará en terminar y querrá irse a casa.

–Sin Gisela aquí no funciona nada –espetó Rosa. Un suspiro imperceptible recorrió la estancia en penumbra, pero todos pasaron por alto el comentario como se pasa por alto la primera racha de viento de una tormenta porque no se quiere reconocer que se ha levantado.

Desde su asiento junto a la puerta de la terraza Helen observó el nítido perfil de su hijo mayor, con los ojos ligeramente saltones, y pensó: no sólo es igual que Joachim, sino que además ha entendido el entierro como lo planeó Joachim, como un acontecimiento social.

Dijo:

–No pareces cansado, Georg, a pesar de acabar de venir de Sudamérica.

–Al contrario –dijo Paul desde un hondo sillón situado en el centro de la estancia, en el que estaba más tumbado que sentado–. Georg aún podría presidir sin problema una reunión de la junta directiva.

–Georg es de los que dan el pego a madres y tías ancianas. –El comentario vino de Rosa, que se hallaba sentada en un gran sofá pegado a la pared. Acto seguido agarró su copa de vino por el fino pie y dio un pequeño sorbo–. Para descansar duerme con los ojos abiertos. Que es lo que ha estado haciendo hoy en la iglesia.

–No es verdad. Cuando se mencionó al hermano menor de papá estaba despierto. Nunca se ha hablado de él. Casi me llevé un susto.

Paul se dirigió a Helen.

–¿Lo llegaste a conocer?

–Sí.

–¿Cómo se llamaba?

–Benedikt. –Hizo una breve pausa–. Lo llamábamos Ben.

–Pues vaya un nombre –observó Rosa, tiesa como una vela y con la lengua afilada–. Antes no se ponían esos nombres.

–Vuestra abuela era una mujer poco común –afirmó Helen–. Hizo prevalecer su opinión.

–Las madres poco comunes son las peores –escupió Rosa.

Helen calló. Rosa quiere obligarme a retomar el viejo enfrentamiento, pensó. Pero no voy a picar. Esta noche no.

–Y ¿cómo podía saber el sacerdote lo del hermano? –inquirió Caren, que ocupaba otro sofá.

Helen barruntó que la tediosa pregunta acababa definitivamente con la comunión de esa tarde. Caren casi nunca decía nada. ¿Por qué abría la boca, con esa sonrisa indiferente, justo ahora? Rosa profirió un gemido gutural que Helen conocía bien.

–¿Cómo podía saber el sacerdote de él? –Rosa repitió con sorna la pregunta de Caren–. ¿Cómo podía contar nada de papá ese vicario a medio hacer, mamá? ¿Acaso no valía la pena hacerle un último favor a papá e ir a buscar a nuestro sacerdote de siempre?

Ya estaba, tal y como Helen se lo había visto venir. Ella no dijo nada, como siempre que Rosa se mostraba insolente, y los comentarios de sus hermanos no se hicieron esperar mucho.

Georg, apoyado de espaldas en la ventana, cruzó los brazos y replicó con su habitual tono burlón:

–Nuestra Rosa habría ido en busca del sacerdote, cómo no. A donde hiciera falta. A la hija de Joachim Saalberg no le cuesta lo más mínimo fastidiarle las vacaciones a un cura.

Paul se quitó la chaqueta y la dejó, malhumorado, en el respaldo de una silla desocupada.

–Tú lo habrías hecho todo mejor, Rosa –dijo–. Sólo tú entendías de verdad a papá, ya lo sabemos. Incluso le habrías escrito el sermón a ese pobre cura inexperto, ¿no? El pasaje de la Biblia del final me sorprendió –afirmó con la intención de dar otro rumbo a la conversación–. Qué curioso que papá escogiera ese texto.

–Cierto, sí –convino Georg.

–No me puedo creer que penséis que papá eligió un pasaje así. –La voz de Rosa era de una estridencia hiriente–. Alguien no se tomó la molestia de descifrar debidamente su letra. Seguro que se refería a otro pasaje.

–Eso es ir demasiado lejos, Rosa, ¿no crees? –preguntó Helen en voz queda. Antaño tenía que estar en guardia a diario ante comentarios hirientes de ese estilo. Éstos siempre tenían su origen en los voraces celos de Rosa, de los que Helen nunca había podido librarse.

–¿No estás siendo hoy un poco más grosera que de costumbre? ¿O acaso es cosa nuestra? –apuntó Georg, tirándose un tanto del nudo de la corbata–. Si eso piensas, ¿por qué no estuviste aquí? Es evidente que podrías haber echado una mano.

–Nadie me pidió que lo hiciera. Además, trabajo. Aparte de ti también hay otras personas que trabajan, Georg.

–Rosa tenía una vista importante. Y Rudolf estaba en el hospital, sufrió un accidente cuando escalaba –explicó Wolf Farnheimer con tranquilidad. Ocupaba un sillón profundo junto al sofá de Rosa.

–No hace falta que me disculpes –lo reprendió ésta.

–No puede ser –suspiró Paul–. ¿Es que la noche del entierro va a ser como cada sobremesa de antes? ¿Por qué no te dio nadie una buena azotaina a su debido tiempo?

–No os habríais atrevido, si es que te refieres a que era la preferida de papá.

–Sabes de sobra que lo único que le importaba era mamá –puntualizó Georg. Había vuelto a darle la espalda al resto y miraba el jardín–. Nosotros existíamos, luego para él éramos un trabajo que había que hacer bien. Nada más. Ni siquiera tú, Rosa.

–¡Qué sabrás tú!

Como siempre, reflexionó Helen, Rosa defendiendo su posición privilegiada. Sólo ella había conocido el amor y la atención de Joachim, sólo ella, y tenía que demostrarlo constantemente ante sí misma, ante su madre y ante sus hermanos. ¿Por qué tenía que hablar Georg así esa noche de su padre? En opinión de Helen la disputa estaba yendo demasiado lejos. Rosa había empezado, pero, así y todo, no era el momento para atormentarla.

¿Cuánto más fácil les habría resultado a los chicos entender a Joachim si hubieran sabido lo que siempre habría de permanecer silenciado?

Si empiezo ahora a disculpar a Rosa porque la entiendo o si desmiento la idea que tiene Georg de Joachim todo acabará de nuevo en un enfrentamiento verbal implacable entre Rosa y Georg. Cuando eran pequeños, incluso en la adolescencia, siempre terminaban pegándose. Rosa a mordisco y arañazo limpio.

–Menos mal que a Rudolf no le pasó nada malo.

Caren hizo uno de sus comentarios amables, de esos que tenían por objeto pasar a temas menos comprometedores, pero contribuían sin querer a aumentar la tensión. Helen no pudo por menos de sonreír para sí.

–No sabes nada del accidente –le echó en cara Rosa–. No te metas. No tienes ni idea.

–Claro que no sabe nada –defendió Paul a su cuñada, a la que consideraba tan guapa como aburrida, pero apreciaba por su imperturbabilidad–. Pero no puede haber sido malo: Rudolf anda por ahí feliz y contento.

–Ese chico es demasiado revoltoso, Rosa. Hoy lo he pensado varias veces. –Georg, impasible, tiraba de la cuerda–. Se subió a lo alto de los árboles, ¿no? Al fin y al cabo era un entierro, y no una fiesta infantil. Discúlpame, Wolf. Michi no es mucho mejor, desde luego.

–Georg, esta franqueza es lo que tanto me gusta de ti.

Paul se sirvió un poco de vino blanco.

No ha cambiado nada, analizó Helen. Cuando está Rosa por medio no hay ni rastro de calma o unidad. Transforma la casa en una jaula de grillos, y para distenderse todos arremeten contra todos.

El teléfono sonó en la habitación contigua. Era Carolin, para Paul, que pasó la llamada a la primera planta y desapareció.

–Es una lástima. Ahora estaremos una hora sin verlo –apuntó Georg.

–Y en esa hora no hablaremos de Paul y Carolin –pidió Helen.

–Una lástima. Es uno de mis temas preferidos.

–Precisamente.

–Menos mal que no ha venido. –Georg no pudo evitar hacer el comentario.

–A papá no le caía bien, así que yo no le habría permitido entrar en la iglesia –aseveró Rosa.

–Seamos justos –respondió Georg–. Papá no quería que Paul se casara con Carolin, pero pensaba que era muy atractiva.

–Es una bomba sexual –aseguró, sarcástica, Rosa.

–No hablaremos de Carolin en ausencia de Paul, ¿no era eso lo que habíamos convenido? –En la voz de Helen afloró un tono implacable que Georg y Rosa ya conocían de antes y al cual siempre se sometían.

–A todo esto, ¿dónde están los niños? –transigió Georg.

–Arndt ha ido al McDonald's con los pequeños a por una bolsa enorme y están comiendo juntos en la cocina, con Gisela. –La grave voz de Wolf Farnheimer sonó divertida.

–No sé dónde está la gracia. Y encima al McDonald's. Después de todo hoy hemos ido de entierro.

–Seguro que detrás anda Michi –observó Caren, y Helen percibió su sonrisa reprobadora en la voz–. Cuando cree que necesita consuelo le entra hambre y quiere ir al McDonald's.

–Y ¿por qué iba a necesitar hoy consuelo, si se puede saber?

–Le tenía mucho cariño a su abuelo –explicó Helen–. Hoy ha renunciado a sus vaqueros. Por primera vez en tres años.

–Y hay que premiarlo con esa comida maloliente del McDonald's. Me cabrea que mis hijos aprendan esas cosas. Además, es típico de ti, mamá, apoyar a ese chico indisciplinado que no sabe dominarse y permitirle ir al McDonald's en un día así.

–Los niños no preguntaron, por si te interesa. Yo sólo sé, Georg, que se puede hablar con Michi en el McAuto con una bolsa del McDonald's por medio. Y más cuando acaba de sacar un muy deficiente en Inglés.

–Nadie iba a comer conmigo cuando sacaba malas notas.

–Tú, niño modelo, nunca sacaste un insuficiente ni un muy deficiente. –Rosa se encendió un cigarrillo, y durante unos segundos todos miraron su boca pintada de rojo amapola con las finas marcas y la comisura caída.

–Naturalmente que no. Pero la cuestión no son las notas. A mí me sentaba mal sacar un bien y nadie me llevaba a un puesto de salchichas, a eso es a lo que me refiero.

–Y, según tú, ¿qué es lo que hay que hacer? –inquirió Wolf.

–Qué sé yo. En mi caso ser un buen estudiante era algo que daba por sentado porque papá lo exigía. Arndt está harto de oírmelo decir y funciona, pero por lo visto en Michi no cala.

–A Michi hay que tratarlo de forma distinta que a ti o a Arndt o a Paul, y lo sabes –intervino Helen.

–Una buena excusa para dar a entender que todo lo hacemos mal. –Rosa tan sólo entreabrió la boca para soltar su despectivo comentario.

–Eres una furia, Rosa –rio Georg–. ¿Sabes que Paul ha vaticinado que algún día te convertirás en una nube de azufre? –Su risa sonó sombría.

–Muy cómico –musitó Rosa.

Georg consultó el reloj.

–Aún tengo que estudiar dos carpetas. ¡Caren! ¿Vienes? ¿Le parece mal a alguien que nos vayamos ya?

–Yo diría que no –farfulló Rosa–, pero no olvidéis a vuestros malcriados hijos.

Helen miró al exterior desde la puerta de la terraza, abierta de par en par. Se había levantado viento, y las ramas superiores de los árboles se movían como filigrana ante el claro cielo nocturno. Joachim está enterrado y es de noche, pensó. ¿Por qué no podemos disfrutar juntos de un instante de paz? ¿Por qué tendrá que darse pisto Georg con eso que aún tiene que acabar? ¿Por qué tendrá que envolverse Rosa en una nube de hostilidad?

Helen se puso de pie. No quería quedarse a solas con su hija.

–Esta noche dicen que por fin va a llover –se limitó a comentar, y salió a la terraza con unos pocos pasos presurosos–. Voy a recoger los cojines del jardín.

Todos se quedaron mirando la esbelta figura vestida de negro.

–¿Adónde va? –quiso saber Paul, que acababa de entrar en la estancia.

–Se quita de en medio, como de costumbre –aseguró Rosa.

–¿Todavía no has inyectado tu veneno? –inquirió Paul–. Casi das lástima, ¿sabes?

–Solucionaremos los problemas de Rosa –terció Wolf con serenidad–. En cualquier caso vuestra madre ha estado estupenda hoy. Y tiene muy buen aspecto. –Al decirlo cogió la mano de Rosa.

–Mi madre siempre fue una belleza –constató Georg–. Si ves las fotos de joven quitan el hipo.

–Tú tienes los mismos ojos verdes, Rosa, aunque por lo demás no te pareces en nada a ella. –Caren volvió a cruzar las piernas mientras efectuaba tan impasible afirmación, y todos contuvieron el aliento.

–Los ojos de Rosa son de un verde muy distinto –puntualizó Wolf Farnheimer en voz baja–. Son como…

–Será mejor que des la luz antes de que te pongas poético. Tienes la lámpara al lado.

Georg se dirigió hacia un sillón desde la puerta.

–Es mejor utilizar el interruptor central, junto a la puerta del pasillo –propuso Paul–. Caren, sólo tienes que levantar la mano sobre la cabeza.

–Lo sé.

Seis altas lámparas de mesa bañaron el salón en una luz clara.

–Esta habitación sólo resulta soportable a oscuras o con cincuenta personas –se quejó Paul, y cerró los ojos ante los sombríos grabados con marco de caoba guarnecido de latón, ante los pies de porcelana amarilla de las lámparas con las pantallas cónicas lacadas en blanco, ante las mesitas de caoba, los largos sofás Biedermeier tapizados en satén a rayas grises, blancas y doradas, las mesas cuadradas de cristal y latón.

–Papá era el único de esta familia que tenía gusto –afirmó Rosa.

–Claro –musitó Paul.

–No empecéis otra vez. –Georg se acercó a la mesa junto a la que estaba sentado Wolf Farnheimer y, ensimismado, cambió de sitio copas vacías y tazas de café.

–¿No tienes calor, Georg? –preguntó Wolf–. Eres el único que sigue con toda esa ropa puesta.

–Será eso –advirtió Paul–. Quítate el uniforme y toma una copa de vino, Georg. Eso te calmará.

–La verdad es que quería trabajar, pero la verdad sí que tengo sed. –Aceptó la copa llena que le ofrecía Paul y se sentó–. El personal hoy me ha vuelto completamente loco con su bulla sobre las elecciones perdidas. No lo he comprendido hasta ahora. Menudo fastidio. Y encima esta nueva combinación insufrible: el SPD y los verdes. En cualquier caso andan todos inquietos.

–¿Piensas que tienen motivos? –quiso saber Wolf.

–Bah, no lo creo. Pero antes tengo que volver a la empresa después de estos diez días en Brasil. Probablemente la campaña del CDU haya sido mala. Claro que defiende la unidad económica y monetaria con la RDA, claro que aboga por una reunificación rápida. Pero a santo de qué tenían que darles a entender a diario a los votantes lo que costará. Además han espantado a la gente con esa palabrería prusiana sobre el deber y el sacrificio.

–¿Sabes lo que anunciaba hoy a voz en grito el viejo Baumgarten en Garten? –preguntó Paul–. Puede que los del SPD entiendan algo de parvularios y libros escolares, pero ni siquiera saben deletrear la palabra economía.

–Los parvularios y los gastos escolares son muy importantes. –Rosa se inmiscuyó en la conversación con tanta imparcialidad como si nunca hubiese hablado de otra forma con sus hermanos–. El gobierno del CDU en la Baja Sajonia ha subestimado el problema de los gastos de educación. Visto de manera simplificada el SPD logró ganar las elecciones porque el CDU subestimó un instinto elemental de las personas.

–¿Que es…? –se interesó Paul.

–El sombrío afán de codicia.

Rosa no pudo por menos de reírse de su voz de conspiradora y sus muecas, y los otros rieron con ella. Siempre había tenido un carácter dominante y de una fuerza sugestiva. Cuando reía, todos se alegraban, absolutamente maravillados con su originalidad, pero su mal humor paralizaba toda alegría.

–Mirad a la gente –continuó Rosa, aún riendo–. Les gustan las ofertas especiales o las cosas de balde. Recorren kilómetros para hacerse con una bolsa de patatas más barata, se sienten orgullosas de un geranio marchito que les regalan en un apartado centro de jardinería, pero sin mencionar que para ello han vaciado medio depósito. Con eso ha jugado el SPD: libros de texto gratis… para varios años. ¡Gratis! Por eso creen recibir más del SPD y no se paran a pensar en la poca influencia que ejerce hoy en día la política en la economía.

Helen observó a sus hijos en la vivamente iluminada habitación al cruzar el césped camino de la casa. Cuando hablaban entre sí y se escuchaban durante largo tiempo, cuando ninguno de ellos saltaba nervioso, iba de un lado a otro o abandonaba la estancia siempre se trataba de un tema práctico, y Rosa era una conversadora comprometida que analizaba la situación con ingenio y mordacidad, que sostenía y avivaba una charla.

Así tal vez la última parte de la noche aún pudiera salvarse. Aliviada, Helen se acomodó en la vieja silla de mimbre, en la que no había vuelto a sentarse desde la noche en que murió Joachim. Recostó la cabeza y contempló una luminosa estrella en el firmamento, al oeste. Sin embargo, a los pocos segundos hubo de admitir que era un avión, y la decepción le hizo sonreír. En ese momento le habría gustado ver un consolador lucero vespertino.

Frente a los ataques de celos de Rosa siempre se sentía desvalida y triste. Esas invectivas contra ella o sus hermanos, que no hacían sino reflejar su gran vulnerabilidad y un miedo primitivo eran tan viejas como la propia Rosa, y Helen no había sido capaz dc descubrir la fuente de ese miedo. Era consciente de ello. Ninguna lectura sobre el desarrollo psíquico infantil y juvenil, ninguna conversación con pediatras había servido para explicar lo que sucedía cuando en un momento estallaba la guerra entre ellos. En este contexto el concepto «momento» había que tomarlo literalmente. Rosa los miraba unos segundos con los ojos verde mar muy abiertos, espantada y fijamente, como si estuviese en trance. Cuando era un bebé y de pequeña, a continuación se mostraba apática y a la defensiva, desde la pubertad y hasta la época de estudiante le seguían arrebatos hostiles que en ocasiones amenazaban con destruir los lazos naturales que los unían.

En contra del deseo expreso de Joachim, Helen acudió a la consulta de un psicólogo cuando Rosa tenía quince años. Para Joachim psicólogos y psiquiatras eran charlatanes, fracasados que metían las narices en los asuntos de los demás porque no podían lidiar con sus propios problemas.

Pese a todo, en otoño de 1959 Helen decidió ir a un psicólogo.

Después de una cita en casa de Friedrich Riesst, amigo y abogado de Joachim, en Herrenhausen, comió con su marido en Georgenhof. Era un tormentoso día de octubre, y de jirones de nubes grises llovían hojas amarillas. Joachim la acompañó hasta su coche.

–Camina tres pasos por delante –le pidió– para que pueda admirarte con este traje.

Ella se volvió hacia su marido cuando llegó al coche.

–Muchas llevan trajes de Dior y conducen BMW descapotables –afirmó él con orgullo, pues la colmaba de los caros símbolos que poblaban el mundo del milagro económico de la posguerra–, pero sólo han sido pensados para ti. –Con una mano en el bolsillo del pantalón de su traje de franela gris, se acercó a ella sonriendo y le dijo–: ¿Cómo se puede ser tan bella?

Ella se quedó completamente pasmada ante la centelleante admiración que reflejaban sus claros ojos.

–¿Qué planes tienes para esta tarde? –preguntó, y se apoyó con elegancia en uno de los amplios guardabarros curvos del coche azul oscuro.

Una ráfaga de viento hizo revolotear en el aire un sinfín de pequeñas hojas de tilo, y, con un tierno gesto, él ayudó a quitarle las hojas del cabello y del traje, de cuadros blancos y negros.

–¿Qué planes tienes para ahora? –inquirió de nuevo, con ella ya acomodada en el coche. En la mano de Helen estaba mantener ese clima de admiración y ternura o arruinarlo.

–Voy con Rosa al médico.

Con esa frase optó por arruinarlo.

–¿Por qué? Si está sana como una manzana.

–No quieres admitirlo, Joachim. Se está destruyendo con esos ataques, y les envenena los días a los chicos. Y a mí.

–Bobadas.

–Ante ti se contiene, y a nosotros no nos deja respirar. En primer lugar ya no sé qué hacer, y en segundo lugar quiero ayudarla. Iré con ella a un psicólogo.

–¿Es que has perdido el juicio? –preguntó él con aspereza, y con un rápido ademán le arrebató la llave del contacto. La ternura se había esfumado de su rostro terso, sonrosado–. ¿Sabes lo que pasa cuando un psicólogo fisgón empieza a sonsacarte? Te enroscarás y darás vueltas como en un torno del que nunca podrás liberarte. Y al final contarás cosas, amor mío, que hemos enterrado y olvidado, y Rosa no debe saber nunca. ¿Sabes de qué te hablo?

–Sí.

–Bien. Anularás la cita y no se repetirá. –Ahora su voz era ruda–. Rosa está sana, y seré yo quien le diga lo que sea preciso. Todo quedará en familia. Nos va bien. No tenemos ningún problema. ¿Entendido?

–Sí.

–¿Cómo has dicho que se llama ese médico?

–Bebel.

–Debes de haber perdido la cabeza. Vemos a ese caballero rubio en sociedad. ¿Quieres que seamos la comidilla de la ciudad o es que te has enamorado de él?

–¿Por qué me haces una pregunta tan tonta?

–Sé que ese imbécil apenas puede mantener recta la copa de champán cuando te ve. –Los claros ojos de Joachim se volvieron saltones, su rostro era pura ira y celos.

–¿Todavía no lo has entendido, Joachim? –Ahora ella quería hacerle daño–. Me he enamorado una vez en mi vida, y no habrá segunda vez.

Él apartó la cabeza como si hubiese recibido un golpe y se fue sin devolverle las llaves del coche.

Regresó caminando por los paseos de los jardines Herrenhäuser, entre remolinos de hojas de tilo, dejando atrás rosas marchitas, estatuas de dioses doradas y príncipes güelfos de mármol que sonreían desde sus pedestales.

La relación entre Joachim y ella era como un montón de fragmentos de vanidad, celos y orgullo, de afecto y rechazo. Los fragmentos nunca habían casado, tan sólo pegándolos de manera artificiosa habían conformado una vasija que estaba hecha pedazos desde la noche en que Joachim fue a verla en contra de su voluntad. Nueve meses después nació Paul, al cual dejó al cargo de la nurse durante meses.

Años antes de que naciera ese niño la rabia y la insatisfacción ya dominaban su pensamiento y sus sentimientos. Había reprimido su sed de amor, de ternura y confianza, no podía soportar la presencia de Joachim, y era demasiado orgullosa para ceder al deseo de otros. A veces pensaba, asustada consigo misma, que su rechazo de otros hombres tenía menos que ver con criterios morales que estéticos, y entonces pensaba si no seguiría siendo presa de la perfección de su primer amor.

Años antes de que naciera Paul había empezado a dedicarse a la caridad, un medio de probada eficacia contra la clase de insatisfacción que en ocasiones admitía irónicamente. Pero Joachim no habría permitido por nada del mundo que a su mujer le pagara alguien por algo.

Esa tarde en Herrenhausen recordó todo lo que aún tenía que hacer y se fue en taxi a casa.

Por la noche Joachim le pidió perdón sin palabras. Junto a su plato, en una cajita de piel encontró un anillo de diamantes, un anillo que sólo lució esa noche, como todos los anillos que él le regaló. Ninguna joya había logrado sustituir nunca la esmeralda de la mano izquierda, un rombo engastado en platino bajo el cual sólo llevaba la sencilla alianza.

Helen se había levantado del asiento hacía tiempo, como si la hubiesen expulsado los fantasmas. No volvió a la gran estancia, sino que entró en la casa sin hacer ruido por el pasillo de la cocina, donde vio y escuchó a sus nietos por la entreabierta puerta.

En la redonda mesa de la cocina se amontonaban recipientes vacíos de plástico. Arndt, de veinticuatro años, y Wolfgang, de dieciséis, observaban a Rudolf como padres cansados que tras diez minutos de juegos no quieren saber nada de niños ni de educación. Rudolf, que con sus trece años era el menor, se había puesto de pie e intentaba levantar una torre con ocho grandes vasos de cola vacíos. Arndt fumaba, esbelto, elegante y correcto con su chaqué. Como su padre. Michi, la pequeña cabeza rizada de ojos lánguidos, estaba sentado en una mesa de trabajo bajo la ventana, escribiendo algo en el bloc de Gisela.

–Se va a volver a caer –vaticinó Wolfgang con serenidad–. Todavía no has conseguido apilar más de cinco, Rudolf.

Al muchacho se lo veía cuadrado y tranquilo, pensó Helen. Como si estuviera listo para desempeñar cualquier cometido. Y eso que es casi dos años menor que Michi.

–Como alumno del Waldorf no deberías ni tocar los vasos de cola, Rudolf –lo importunó Michi–. Te saldrán manchas rojas en las manos y te condenarás por toda la eternidad.

–No me pasará nada si hoy no me tomo en la taza de barro el té en flor que yo mismo he cogido, pues en mí habitan las verdaderas fuerzas creadoras del ser, de las que vosotros no tenéis ni idea –repuso el pequeño con solemnidad por encima de su torre de vasos de cartón–. Sólo el que ha conocido la profundidad de la madre tierra puede llevar a cabo semejante obra maestra. Ahora ya van seis, Wolfgang, hombre de poca fe.

Los demás lo miraron con una mezcla de diversión, orgullo y admiración.

Todo en este chico es impresionante, consideró Helen. Su pelo, sus ojos, su carácter, su despierta inteligencia. ¿Por qué no puede ser feliz Rosa con Wolf y estos muchachos maravillosos, independientes?

–Ayayay, vaya unas cosas que aprendéis –suspiró Gisela Matthes, que seguía secando tazas de café–. Pero a ti nunca te he oído hablar así, Wolfgang.

–A mí no me ha sido concedido el don de la palabra como a Rudolf.

–Vuelve a contar la historia de vuestros nombres –pidió Gisela a Wolfgang. Helen no pudo por menos de sonreír y se dirigió al recibidor. Sabía cuánto le gustaban a Gisela esas historias que ya había oído diez veces–. Cuéntala –insistió Gisela, y echó un vistazo al pasillo de la cocina, ya que había oído la puerta–. Los nombres tienen que ver con el colegio al que vais, ¿no?

–¿Es así, Wolfgang? –quiso saber Arndt.

–Algo hay.

–Qué curioso.

–Bueno, entonces, ¿cómo fue? –preguntó Gisela con gran impaciencia al tiempo que apilaba las valiosas tazas de café en una bandeja de caoba con el reborde alto.

Wolfgang consintió en relatar la anécdota del rico y soltero tío Bernhard, un hombre entregado en cuerpo y alma a la antroposofía, que sólo leía obras de Rudolf Steiner y de Goethe, claro, y sólo comía verdura que hubiera sido plantada en luna llena antes de medianoche. A decir verdad pretendía legar su fortuna a una granja biodinámica, pero hubo de cambiar su decisión de repente tras vivir una dolorosa experiencia: cuando se presentó allí sin avisar sorprendió al granjero esparciendo pesticida en los lechuguinos sin inmutarse. A la mañana siguiente el tío cambió el testamento, y casa, terrenos y fortuna fueron a parar a su sobrino segundo Wolf Farnheimer. Pero con dos condiciones: en primer lugar el preferido tenía que jurar que en su casa sólo abriría una consulta basada en la medicina natural. En segundo lugar debía jurar que, si los tenía, llamaría a sus hijos Rudolf y Johann Wolfgang y que cuando alcanzaran la edad escolar sólo estudiarían en colegios Waldorf.

–Pero la consulta de vuestro padre no es de ésas –objetó Arndt.

–Es cirujano y trabaja en una clínica –informó Wolfgang–. Ya lo hacía entonces. No se puede operar homeopáticamente.

–Un bisturí siempre será un bisturí –musitó Michi.

Rudolf se subió a una silla para colocar el octavo vaso debidamente en la torre.

–Ayayay, a ver si sale bien –dijo Gisela Matthes.

–Pesas demasiado para subirte a la silla plegable, Rudolf –comentó Arndt–. Hace unos ruidos que no suenan nada bien.

–Estas cosas de plástico de Ikea habría que tirarlas a la basura sin más –apuntó Michi.

–Por cierto, ¿dónde está el viejo banco de madera, Gisela? –preguntó Wolfgang.

–Bueno, me dieron permiso para ponerlo todo nuevo, y el viejo banco no pegaba con la caoba. Arndt compró las sillas conmigo en Ikea, y al señor también le parecían bonitas.

–Estoy contigo, Gisela –dijo Arndt, y se encendió otro cigarrillo.

–Ahora sé por qué no me sale la torre –susurró Rudolf con aire conspirador–. Me faltan las fuerzas impulsoras de la madera...

–Ahora poned a prueba vuestro ingenio y jugad a mi nuevo juego –lo interrumpió Michi.

–Oh, no –se quejó Wolfgang, enterrando las manos en el cabello–. Otra vez no.

–Bah, vete a leer un manual, aguafiestas.

–Odio los juegos.

–Pero éste es muy bueno.

–Y ¿de qué va? –se interesó Arndt.

–Mierda, mierda –chilló Rudolf, y todos vieron cómo volvía a caerse la torre.

–Lo voy a volver a intentar.

–Bueno, pues empezaré contigo, Arndt. Además, ya te expliqué las normas en el cementerio. –Michi se mantuvo en sus trece–. A ver: tú piensas en alguien concreto o en una cosa o algo abstracto sin que nosotros nos enteremos y yo te hago cinco preguntas a las que sólo puedes contestar con una palabra. Por ejemplo: ¿cuál es el coche que más le pega a la persona o la cosa? Y tú dices: Golf. Después apunto la inicial, en este caso, la g, y así hasta el final. Cuando hayas respondido a las cinco preguntas, tendremos que adivinar a qué te refieres y, con las cinco letras, intentar dar con el nombre de la persona, la cosa o el concepto abstracto. El que primero tenga un nombre con sentido recibe un punto.

»Venga, empecemos. Yo ya tengo pensada... Ah, hola, papi; hola, abuela. –Se volvió hacia Georg y Helen, que se encontraban en la puerta. Habían coincidido en el recibidor y, tras hablar un momento de Rosa, habían convenido en tratarla como si no hubiese dicho nada de lo que había dicho, ya que eso siempre había sido lo mejor. Después resolvieron ir a ver a Gisela y los niños a la cocina.

–Queríamos decirle a Gisela lo bien que lo ha organizado todo y beber una copa de champán con ella.

–Muchas gracias, señora Saalberg. Señor doctor. –La voz de Gisela se tiñó de cierto nerviosismo, ya que estaba loca por Georg y por los títulos académicos. «A tal señor, tal honor», solía decir.

–Qué bien huele aquí –observó Georg, mirando la mesa–. ¿Tenía que ser hoy, Arndt?

–Venga ya, papi, déjalo. Perdona, abuela. Michi acaba de proponer un juego de lo más inteligente.

–Michi, me resulta inaudito que en un día así creas necesitar comida del McDonald's. Y además estás sentado en la mesa.

–¡Jobar! –se lamentó Michi, sin moverse.

–Las hamburguesas son culpa mía –aseguró Rudolf–. Les estuve dando la lata hasta que Arndt fue, tío Georg. En nuestra casa nunca las comemos.

–Me encantaría creerlo.

–Bueno, pues salud, señor doctor. Señora Saalberg, salud.

–Bien. Salud, Gisela.

–¿Podemos seguir, papi? –inquirió Michi, entre impaciente y resignado.

–Vosotros a lo vuestro.

–A ver: ¿en qué coche estás pensando?

–Range-Rover.

–¿Qué piedra?

–Saponita.

–¿Qué árbol?

–Arce.

–¿Qué horóscopo?

–Sagitario.

–¿Qué momento del día?

–El anochecer.

–¡Uf! –exclamó Michi.

Después nadie dijo nada.

–Habéis hecho cinco preguntas, y ahora ¿qué? –preguntó Georg con impaciencia.

–Ahora hay que formar un nombre con las letras R, S, A, S y A.

–Rassa, Sasra…

–Menuda tontería, Michi. No sale nada.

–Yo os lo diré –intervino Rudolf–. Nos hemos encontrado a la nueva novia de Arndt y, si fuera por Michi, se llamaría Asra, ¿no?

–Pues claro que no. Se llama Charly y va a venir mañana a tomar el té.

–Y la pobre ¿ya lo sabe? –musitó Michi.
–Y yo ¿ya lo sé, Arndt? –apuntó Helen.
–Si viene, ¿puede venir, abuela?
–El té se sirve a las cinco, a ese respecto no ha cambiado nada.
–Bueno, Michi: ¿apostamos a que viene mañana a tomar el té?
–Precisamente necesito 30 marcos.
–Hecho.
–¿Te casarías con ella, Arndt? –preguntó Rudolf.
–Ya mismo.
–¿Con quién vas a casarte, Arndt?
–¿Quién viene mañana a tomar el té?
Las preguntas se atropellaban, y Helen salió riendo.

Capítulo 3

Por la noche no llovió, y por la mañana no habría rocío. A las dos Helen miró el reloj por enésima vez.

No tiene sentido cerrar los ojos, pensó. Tengo alucinaciones, aunque me gustaría dormir a pierna suelta. Los recuerdos la perseguían en sueños cortos, febriles. Oyó llorar a Paul y fue en su busca. Tenía cinco años, y lo encontró sollozando en el armario de los juguetes, donde se había escondido para no oír los gritos de Rosa. Ésta se hallaba delante de una pared oscura que avanzaba hacia ella, no podía moverse y no podía gritar. Cuando despertó no sintió alivio alguno, oyó la dura risa de Joachim y la sombría voz del sacerdote leyendo el versículo de la Biblia.

Se levantó y se acercó a la ventana, que estaba abierta. El grito de un ave rompió el silencio de la cálida noche. El gordo gato atigrado del vecino había vuelto a encontrar una víctima.

Tengo que decirle a Gisela que no siga dándole leche a esa bestia, reflexionó Helen. Al mismo tiempo sabía que sus recriminaciones no servirían de nada, ya que Gisela Matthes era capaz de compadecer al mismo tiempo a víctima y verdugo.

Helen se puso por encima un albornoz blanco y bajó a la cocina a beber un vaso de agua y tomarse los polvos para el estómago. Quizá lo que le hubiese provocado el ardor fuera la vinagreta que llevaban las alcachofas frías. Seguro que Gisela había vuelto a ponerles demasiado aceite de oliva. Esta explicación natural sería la que más le habría gustado, pero sabía que no se libraría tan fácilmente.

En la cocina encendió la lámpara que colgaba sobre la mesa. El viejo reloj, situado por encima de la puerta, hacía tictac ruidosamente en medio del silencio nocturno. Helen sacó una botella de agua de la despensa. No podía dejar de pensar en el pasaje de san Pablo, en la incomprensible devoción de Joachim a la fuerza mayor y la sumisa aceptación del castigo divino. Y eso que no era especialmente cristiano y desde luego nada humilde.

«Puesto que todos hemos de comparecer ante el tribunal de Cristo para que reciba cada uno según lo que hubiere hecho por el cuerpo, bueno o malo.»

Las palabras no le pegaban nada, y por eso era imposible apartarlas. Era como si su marido hubiese echado el anzuelo y ahora ella tuviera que contemplar lo que subiría a la superficie.

Sin embargo, ahora quería dormir. Los polvos para el estómago, que Gisela debía traer de la farmacia, no estaban donde siempre. Primero los buscó en la cesta de la compra, después en el pequeño estante que había sobre el teléfono, pero no pudo dar con la cajita de cartón. En su lugar se encontró con un gran sobre blanco en la mano, pesado y duro. Sostuvo la carta en la mano izquierda, se pasó la derecha por el cabello como si tal cosa y, entretanto, dio con la distancia adecuada para poder leer las señas sin gafas. La carta, que iba dirigida a ella, estaba escrita a máquina y sin franquear.

Mientras estudiaba el sobre oyó pasos. Por la puerta, abierta, entró Wolf Farnheimer, su yerno.

–¿Tú tampoco puedes dormir? –le preguntó él, y fue directo a la nevera–. Hace muchísimo calor, ¿no?

–Sí –repuso Helen, y dejó el sobre en la mesa–. Estoy buscando mis polvos para el estómago. Probablemente Gisela los haya puesto en otro sitio. ¿Duerme Rosa?

–Rosa siempre puede dormir. –Wolf se sirvió un gran vaso de leche y sacó una caja de aspirinas del bolsillo de la bata–. Muchas gracias por la bata, Helen. Me la regalaste por mi cumpleaños.

–Es muy bonita. –Helen contempló el geométrico estampado de corbatas de la prenda de seda roja–. La escogió Rosa, una muy buena elección.

–Si exceptuamos el día de hoy, todo lo hace muy bien.

–Eso siempre es cosa de dos.

–¿A qué te refieres?

–Es muy sencillo: ha de haber uno que esté convencido de que todo se hace bien y otro que posea la capacidad y la voluntad de hacerlo bien; además del deseo de no decepcionar al otro. Ése es vuestro caso, ¿no?

–¿No lo era entre tú y Joachim?

–Sólo en la superficie. Joachim estaba convencido de que nada podía hacerse con la perfección con la que podría haberlo hecho él. Esperaba literalmente a encontrar algo imperfecto, y esa confirmación era como un elixir para él.

–Pero si no hacía más que admirarte y ensalzarte.

–La costumbre.

–¡Helen!

–Es cierto –aseguró ella y, tras sentarse también a la mesa, abrió una botella de agua mineral, llenó un vaso hasta la mitad y abrió la cajita de los polvos para el estómago, que al final había encontrado entre las latas de té–. Joachim tenía una idea clara de cómo había que presentarse como matrimonio, como familia. Todo debía ser feliz y fabuloso. La vida diaria estaba planeada hasta el último segundo. Empresa y familia debían funcionar como un reloj. Si algo iba mal, se buscaba un culpable en el acto, se encontraba y se le obligaba a arrodillarse. A puerta cerrada, claro está. A Georg lo sometió, pero es demasiado parecido a él. Se defendió, se endureció y adoraba a su padre por su mérito y su competencia. Con Paul fue terrible, sufrió y huyó. El primer matrimonio de Georg...

Helen dejó de hablar bruscamente, como si ella misma se hubiese apagado.

Era como si la habitación contuviera el aliento, no sólo Wolf Farnheimer, que, sentado a la mesa, se había inclinado un tanto hacia delante. El cano cabello le caía por la ancha frente, apoyaba los brazos en la mesa hasta el codo, las fuertes manos juntas, las puntas de los dedos unidas, ligeramente dobladas, la mirada fija en Helen. Sin darse cuenta, estaba sentado frente a ella igual que con los pacientes en la consulta.

Debo de andar mal de la cabeza, pensó Helen. ¿Por qué empiezo ahora a hablar de Joachim? No me servirá de nada. Nunca he hablado de él.

–No tengas miedo de oírte hablar. Sé perfectamente que Rosa le concedía demasiada importancia a tu marido. Nunca he podido entenderlo, pero tiene que ver contigo y es algo que aún hoy se interpone entre tú y Rosa. Pero ¿qué? Hace tiempo que me lo pregunto.

Helen oyó la grave voz de su yerno, pero no levantó la vista, sino que, con las manos tranquilas, pugnaba por rasgar una bolsita y verter el contenido en el vaso de agua que tenía delante, en la mesa. El fino polvo blanco dibujó espirales nebulosas, el agua espumeó un instante y luego el polvo se fue depositando despacio en el fondo del vaso.

–¿Por qué se comportaba con Rosa de forma tan distinta que con el resto? –insistió Wolf–. Joachim la idolatraba, la colmaba de regalos. ¿Era también la costumbre?

–No. Era su preferida. Lo fue desde el principio.

Mientras hablaba, Helen echó mano del sobre blanco, que descansaba en medio de la mesa, con el objeto de desviar la conversación. Tal vez algún día le contara a Wolf lo que quería saber. Pero ahora no. Más adelante. Tendría que estar más preparada.

–Estas invitaciones cada vez son más costosas –afirmó, eludiendo la mirada de su yerno–. Los sobres cada vez más grandes, las tarjetas cada vez más gruesas. ¿Por qué no mandará la gente una carta normal por correo? «Entregar a la señora doña Helen Saalberg, en mano. Por mensajero.» Menuda extravagancia. –Su voz sonaba casual, y alzó brevemente la vista como para constatar si él se sentía satisfecho de sus fútiles comentarios.

Wolf se había reclinado.

Para ocultar el leve temblor de manos introdujo el delgado dedo índice por una abertura del sobre.

–Con el lío que ha habido los últimos días a Gisela se le habrá olvidado dármelo. Con lo cumplidora que es siempre. –Desgarró el sobre y sacó una tiesa tarjeta doble, blanca, que abrió. A los escasos segundos se le cayó de las manos–. No –dijo, con voz apenas audible–. No puede ser. –Se llevó ambas manos al delgado rostro y pidió con los ojos cerrados–: Léela, por favor.

Wolf Farnheimer cogió la rígida tarjeta, en la que reconoció la oblicua letra de su suegro, y poco después la dejó despacio en la mesa.

–Dios mío –dijo, más para sí que a Helen.

–Léela en voz alta, por favor. Quiero oírla.

Helen seguía con los ojos cerrados, las yemas de los dedos en las sienes.

–«Mi querida Helen.» –La voz dura, aguda de Joachim se superponía a la grave voz de su yerno.

> Mi querida Helen:
>
> Cuando leas esta carta yo ya habré muerto. He intentado hablar contigo, pero no he sido capaz.
>
> En el día de mi funeral, aún he de pedirte dos cosas:
>
> 1. No rompas nunca la promesa que me hiciste. Rosa te odiaría por ello y yo no podría soportar la idea de un engaño póstumo. Juraste guardar silencio.
> 2. Vivas lo que vivas los próximos días, conserva ese porte sereno que siempre admiré tanto en ti, y piensa que yo sólo lo hice para no perderte. No lo habría soportado.
>
> JOACHIM

Mientras Wolf leía, a Helen empezó a temblarle todo el cuerpo, su desbocado corazón le hizo sentir un miedo cerval. Se encorvó ligeramente, pegando los doblados brazos al cuerpo, y se cubrió el rostro con ambas manos apretando con fuerza, como para ahogar un grito.

Wolf se había levantado hacía un rato. El texto, que le resultó incomprensible, lo asustó, pero lo primero era ocuparse de Helen. Los temblores eran cada vez más violentos, y él trató de hablar con ella, pero el agarrotamiento persistía. Al ser médico había visto desmoronarse a personas moderadas y desmedidas, listas y tontas. Y, aunque desagradables, los gritos y las lágrimas eran lo más fácil de tratar. Lo que más podía entender era el pánico silencioso, pero resultaba más difícil ayudar a los mudos.

El estado de Helen lo intranquilizó más de lo que quería admitir.

Permaneció a su lado tan sólo unos segundos, y después hizo lo que solía hacer en tales situaciones. Vertió agua en su vaso. Moverse y hablar de algo cotidiano era más útil que cruzarse de brazos perplejo.

–Helen, bebe un poco de agua, haz el favor –dijo, intentando sonar lo más resuelto posible. Le ofreció el vaso e insistió en que bebiera. Finalmente las crispadas manos se soltaron. Sobre los pómulos tenía marcas rojo oscuro de las uñas. Sin decir nada, sin levantar la vista, cogió el vaso y bebió. Varios sorbos largos. Su agarrotamiento y su inmovilidad cedieron, dejó el vaso en la mesa, se echó el cabello hacia atrás y, sin prestar atención a Wolf Farnheimer, volvió a echar mano de la carta de su esposo.

–¿Por qué la ha escrito?

Wolf no se movía. Presentía que no era importante en ese conflicto.

–No debió hacerlo –musitó ella.

Bebió grandes tragos de agua. En el pasillo resonaron unos pies descalzos, y Paul apareció en la puerta.

–¿Qué clase de reunión es ésta, a medianoche? –preguntó adormilado–. Quiero agua. Debe de ser por la comida. Es como si tuviera un saco de cemento en el estómago.

Como ninguno le respondió, se quedó extrañado. Miró a Wolf, que se limitó a sacudir la cabeza, y después a su madre, que, sin dirigirse a él, estaba sentada a la mesa inmóvil, la cabeza apoyada en la mano derecha.

Hay momentos, dichosos o terribles, cuya trascendencia se capta en un solo segundo, pensó. Su peso es elevado y su violencia afecta como si de un golpe se tratara. Y uno siente que después nada volverá a ser como antes.

Paul tenía un instinto certero para los sentimientos de su madre, y corrió a su lado en el acto, se arrodilló en las baldosas y le pasó un brazo por los hombros.

–¿Qué te pasa? –le preguntó con calma.

Ella le dio la carta sin decir palabra.

–No puede hacer esto. –Paul apartó la enigmática carta–. Papá no puede dirigir tu vida desde la tumba.

Permaneció junto a su madre, acariciándole la espalda despacio, de manera tranquilizadora.

Helen seguía muda.

–¿No puedes decir qué le prometiste? ¿Quieres seguir cargando sola con ese secreto?

–No.

Wolf los vio juntos, a la luz de la mortecina lámpara, y se apoyó con serenidad en un armario.

–¿De qué tenía miedo papá? ¿De qué va todo esto?

–Ben –respondió Helen con su aguda voz–. Ben Saalberg, su hermano menor.

Helen nunca pudo olvidar la noche que conoció a Ben. La víspera del 22 de junio de 1942, un año después de la Operación Barbarroja, la invasión de Rusia.

La orden que acarrearía la muerte de Ben se había impartido hacía tiempo.

Nueve meses antes, en un baile de oficiales, había conocido a su hermano mayor, Joachim Saalberg. La agitada clase del instituto de orientación clásica para chicas había sido invitada al baile, y las muchachas llevaban vestidos oscuros con cuellos blancos, los mismos que se pondrían meses después para el examen de selectividad. Los soldados iban de uniforme. En ese baile

Joachim se enamoró de Helen, a pesar de que los signos externos, para él irrelevantes, hablaban en su contra: ella le sacaba casi una cabeza y era quince años menor que él. Le fascinó la resplandeciente sonrisa de él, bailaba muy bien y, al mismo tiempo, le resultó irritante su arrogancia. Se le antojaba un tanto inquietante. Durante el primer baile la interrogó sobre su familia, en el segundo le explicó que ella era la chica que tanto tiempo llevaba buscando: guapa y además inteligente. Cuando la sacó a bailar por tercera vez, una polonesa que encabezaba él, le anunció que se casaría con ella al año siguiente. A ella todo le pareció increíble, alarmante y divertido a un tiempo, y estaba impresionada.

Al día siguiente Joachim fue a ver a sus padres, que vivían fuera de Hanover, al noroeste de Herrenhausen. El padre de Helen necesitaba tranquilidad y su jardín para trabajar. Era un pintor de poca monta, un epígono del impresionismo, como él mismo decía. Los nazis no le habían prohibido pintar, lo cual supuso un duro golpe para él. Lo habría considerado un honor, pues despreciaba a los nuevos gobernantes. Con sus cuadros no ganaba mucho, y vivían del dinero de la madre, cuya familia era propietaria de una empresa de clavos y tornillos. Más adelante Joachim dijo una vez que el ramo de la tornillería estaba tan a prueba de crisis como un zócalo de cemento Saalberg.

Tras inspeccionar brevemente el estudio, Joachim quiso comprar en el acto tres lienzos para los que había posado Helen, pero el padre le dijo que no estaban a la venta. Sintió una aversión espontánea hacia Joachim y no quiso venderle nada. Helen lo notó, y siguió comportándose con Joachim con absoluta indiferencia, algo que a él no pareció molestarle lo más mínimo.

Le escribía casi a diario desde Francia, donde se hallaba destacado entonces. De París y la vida que llevaba allí no decía prácticamente nada, pero por las cartas conoció a su familia, supo de sus dos hermanos mayores, genios de las finanzas y jefes de la empresa; de su madre, a la que adoraba; y de su otro hermano, mucho menor, al que describió como inestable desde el punto de vista del carácter y la política.

En Hanover todo el mundo conocía el apellido Saalberg. El padre de Helen hablaba con desdén de la empresa de cemento y opinaba que era una vergüenza que la familia se enriqueciera en tiempos de guerra, observaciones que a su madre se le antojaron injustas. «Tanto en la guerra como en la paz», aseguró, «siempre hará falta cemento, al igual que clavos y tornillos. Eso no se le puede echar en cara a nadie». Toleraba a su idealista esposo, pero se regía por la moral de los ricos y poderosos. No sólo por lealtad a su familia, sino también por el placer de tener la última palabra y por una suerte de amargo pragmatismo. Era una persona rígida, siempre con los cuellos de colegiala abotonados hasta arriba, un rostro cuadrado cuyas marcadas arrugas ocultaban su desprecio hacia toda forma de inadaptabilidad vital. Como es natural le impresionaron Joachim, la empresa y la riqueza de los Saalberg, lanzó claras indirectas en presencia de Helen y habría celebrado el enlace de ambos jóvenes mejor hoy que mañana.

Después de terminar el bachillerato, en primavera de 1942, Helen quería estudiar Jardinería y paisajismo, algo que por aquel entonces no era precisamente normal, pero sí el sueño dorado de su padre.

Todos los paisajistas y parques famosos de la literatura le eran conocidos. A su propio jardín lo quería como a un hijo, siempre andaba trajinando en él, y a Helen le gustaba echarle una mano. Mantenían largas «conversaciones de jardín» que no hacían sino aburrir a su madre.

Para Helen su padre era otro Monet: pintor, jardinero y cocinero todo en uno. Nunca hablaba de política. La guerra, Hitler y el Partido eran para él poderes sombríos que no debían entrar en su casa.

Con Helen daba largos paseos por los jardines Herrenhäuser, adonde podían llegar a pie, y se metían en la piel de los artistas que proyectaron tan suntuosos jardines. A veces, incluso mientras paseaban por un lugar abierto, escogían un punto desde el cual proyectaban un jardín inglés o francés.

Helen echaba de menos esas conversaciones cuando salía a pasear con Joachim. A él la naturaleza, las flores y los jardines no le interesaban. Tenía una vasta cultura política, histórica y literaria, y le gustaba hablar de temas en los cuales ella aún se sentía muy insegura. Él le hacía cumplidos que la confundían, y en presencia suya siempre se sentía como intimidada. Ejercía un singular poder en la joven.

A finales de abril de 1942 él tenía dos semanas de permiso e iba casi a diario. Helen no estaba a gusto, y al mismo tiempo se quedaba fascinada cuando él la miraba. Evitaba todas las conversaciones que pudieran tener algo que ver con su relación. Tras una larga charla con su padre incluso decidió pedirle a Joachim que no volviera a verla. Justo la tarde en que pretendía hablar con él al respecto, Joachim le presentó de improviso a su madre.

Había ido a recogerla en una limusina negra, de la cual la empresa pudo disponer incluso durante la contienda, para ir a dar un paseo al Tiergarten. Sin embargo, pasó por alto la entrada del parque y, sin dar explicaciones, condujo hasta la casa color albaricoque de Kirchrode, que se alzaba tras altos pinos y primaverales troncos blancos de abedul como un palacio italiano desubicado. Helen se enamoró de la casa nada más verla.

«Me gustaría que conociera a mi madre», dijo Joachim cuando le abrió la portezuela. Ella lo siguió sin decir nada por el vestíbulo y las grandes estancias, que la impresionaron por su luminosidad y su sencillez. Helen notó la riqueza que emanaba de tan artística simplicidad. La olió literalmente en los tejidos, las alfombras, en la madera de los muebles.

Encontraron a la madre de Joachim en la terraza, enfundada en un loden raído. Era una soleada tarde de abril, pero soplaba un viento glacial que le alborotaba el corto cabello cano. En un principio no los oyó, tosía y estornudaba mientras plantaba prímulas en el arriate delantero, las manos enrojecidas. Helen dedujo que Joachim no la había informado de la visita, lo cual la alivió y enojó a un tiempo.

Joachim hizo las presentaciones y puso de inmediato sus reparos por el hecho de que su madre estuviese fuera con el fuerte resfriado que tenía, sin sombrero y realizando una labor que podían hacer otros. Helen reparó en la rápida mirada que la recorrió a ella y que escrutó divertida a Joachim. Después la anciana afirmó, amable, pero con determinación, que no quería ser descortés, pero aún debía acabar con aquello y deprisa, que Joachim entrara en la casa con su visita. A la anciana ama de llaves que apareció en la puerta de la terraza con un delantal blanco de encaje le ordenó que sirviera el té con ron junto a la chimenea. Delante aún tenía dos cajas de madera llenas de prímulas de todos los colores. A Helen le entraron ganas de ayudarla a plantar las flores en la terraza, y así lo manifestó.

«Estupendo», repuso la madre de Joachim, «en tal caso deme dos prímulas amarillas, Helen». Y dejaron a Joachim con un palmo de narices mientras plantaban y conversaban. Helen se dio perfecta cuenta de que la mujer la sonsacó, pero no le pareció mal. Se sentía a gusto junto a la anciana.

A Joachim no tardaron en enviarlo al frente ruso, pero a los quince días su madre invitó a Helen. Pasearon por el jardín, tomaron té, hablaron de plantas, personas, impresiones, relaciones y simpatizaron más aún. También hablaron por encima de Joachim, y Helen le contó que le había escrito. Eso fue todo. La invitación se repitió, y la anciana señora Saalberg le propuso que la acompañara al mar del Norte.

Los Saalberg habían erigido la casa de la isla después de la Primera Guerra, por consejo de un médico, ya que la madre de Joachim era muy enfermiza. En primavera y a principios del verano le afectaba la fiebre del heno, y en la floración huía al mar, ya que su salud se resentía entre campos, árboles y prados.

Más tarde esa alergia sería la causa de su muerte. En 1945 no pudo ir al mar y pasó semanas enteras aquejada de fiebre del heno. En tan debilitado estado contrajo una pulmonía, y no había medicamentos. Se asfixió antes de que la fiebre le provocara la muerte.

Después de que la madre de Joachim le propusiera a Helen que la acompañara a la isla, ella misma llevó a la muchacha a Herrenhausen con el objeto de conocer a sus padres y pedirles personalmente su conformidad para que la chica emprendiera el viaje. La dama se granjeó la simpatía del padre en el acto. La madre apenas tomó parte en la primera conversación, pero permitió espontáneamente el viaje al mar del Norte, algo insólito y que sólo podía explicarse apelando a su mente calculadora.

La madre de Joachim consiguió que esas semanas fuesen declaradas de asistencia y auxilio a los inválidos y, por tanto, contaran como parte del año de trabajo obligatorio –instituido por los nacionalsocialistas– que debía realizar Helen. Era un poco inmoral, pero el padre de Helen había proporcionado a su hija una educación tan contraria a la ideología de los nazis, que a ésta no le pareció mal eludir esa responsabilidad. La mayoría de sus amigas tenía ocupaciones más o menos igual de elegantes para su año obligatorio. Sus padres eran importantes, de manera que las hijas cuidaban de los hijos de otras familias influyentes. Así pues, asunto arreglado.

–Es una lástima que el poder y la influencia nos corrompan con tanta facilidad –observó el padre de Helen.

–Nunca fue de otro modo –respondió la anciana señora Saalberg.

A él su inconsecuencia le entristecía, pero al mismo tiempo se alegraba de que su hija no tuviera que ir a trabajar a Polonia y sobre todo le hacía ilusión que, de esa forma, pudiera realizar un «viaje de fin de curso», que, sin embargo, él había imaginado distinto.

Al término del bachillerato querían ir juntos a Francia, a visitar los jardines de Versalles, Malmaison y Giverny, pero durante la guerra no pudieron emprender dicho viaje, como es natural, y nunca podrían hacerlo. En mayo de 1945, durante uno de los últimos vuelos rasantes, el padre de Helen fue herido de muerte en su jardín.

Mucho después, cuando creyó soportar el recuerdo de él, Helen realizó dicho viaje con Rosa. En él habló de jardines y de su padre, lo cual a su hija le resultó terriblemente aburrido. Nunca le interesaron los jardines, sólo para fastidiar a Helen, y de su abuelo no se acordaba, pero, a su importuno modo, tan suyo, anhelaba a Joachim. Helen no tuvo más remedio que admitir que el intento de estrechar los lazos con Rosa había sido fallido. Sin embargo, le consoló pensar que, de esa manera indirecta, su padre había visto los jardines.

En las décadas posteriores a la guerra creyó sentir cada vez con más fuerza que se puede mantener vivo a alguien mediante el recuerdo.

A finales de mayo partieron rumbo al mar del Norte. El chófer se llamaba Siegfried Stroh, y le pegaba ese nombre, como observó Helen. La madre de Joachim le había dicho a tiempo que era miembro entusiasta del Partido y, por lo tanto, no debían hacer ningún comentario fuera de tono durante el trayecto. Tenían otras muchas cosas de que hablar. Además Helen estaba eufórica y sentía curiosidad por ver el mar; al fin y al cabo sólo conocía el río Leine.

Nada en el mundo la impresionó tanto como el mar. Después, cada vez que iba a la isla, volvía a quedarse sin habla ante la vastedad, la fuerza, la belleza siempre cambiante.

La madre de Joachim le dio a Helen la gran habitación del hastial, en la primera planta. Por las ventanas del sur veía las praderas y la marisma; por la del norte, el mar abierto. La primera noche no pudo dormir: no paró de levantarse. Escuchaba los tranquilizadores sonidos de las aves de la marisma por el sur, el tenebroso estrépito del oleaje por el norte.

La madre de Joachim le habló largo y tendido de sus dos hijos menores. Joachim y Ben, doce años menor, eran como el perro y el gato, aseguró, aceite y agua. Joachim bajo, Ben alto. Joachim correcto y moderado, muy inteligente, por desgracia sabiondo; Ben encantador, inteligente, desenvuelto, nada convencional. En su opinión Joachim tenía mucho talento, pero era inalterable; Ben, en cambio, era un genio para los idiomas. Hablaba con fluidez inglés, francés e italiano, los aprendía en un santiamén, literalmente de oídas. Además pintaba acuarelas, muchas de las cuales se hallaban en la casa de la isla. Helen las contemplaba a menudo. Con abundancia de agua, colores claros y pocas líneas había pintado lo que se veía por la ventana de la casa: el agua alcanzaba hasta el horizonte, desde donde se alzaban las nubes, que formaban paredes verticales, se tornaban figuras panzudas, dibujaban montañas luminosas, se deshilachaban con el viento y eran arrastradas por él.

Más adelante Joachim destruiría los cuadros de Ben.

Su madre dijo que cuando los hermanos coincidían a los pocos minutos ya se estaban peleando. La opinión rígida, militar del deber y la obediencia de Joachim no encajaba con las ideas predominantemente rebeldes de Ben. Y si bien Joachim no era nazi, servía a Hitler por principios, igual que habría servido a cualquier gobierno. En familia Ben se expresaba abiertamente en contra del Partido, en contra de Hitler.

Los dos hermanos mayores Saalberg, ambos solteros, dirigían la empresa con gran eficacia desde que el padre perdiera la vida en un accidente de automóvil en 1936. Joachim, a caballo entre sus hermanos mucho mayores y el mucho menor Ben, sentía celos. De lo que contó su madre, Helen dedujo claramente que se esforzaba por no mostrar predilección por ninguno de tan distintos hijos. Trataba de ser justa con todos, pero también dejaba entrever que no siempre lo conseguía. Ben era el más cercano a ella, eso no se molestaba en disimularlo.

Curiosamente no tenía ninguna foto de sus hijos, cuestión con respecto a la cual se mostraba en extremo tozuda. Con cierta regularidad encargaba dibujos o cuadros de sus hijos, pero las fotos las despreciaba.

El 21 de junio de 1942 era domingo. La madre de Joachim se había torcido el tobillo derecho cuando paseaba por las dunas y se había retirado a su habitación a última hora de la tarde para aplicar compresas de árnica en la dolorida articulación. Helen se encontraba sola en la terraza occidental, al abrigo del viento, contemplando cómo se hundía el sol rojo sangre en la bruma.

Volvió a dar una vuelta a la casa, bajando por el estrecho sendero de ladrillo rojo oscuro que conducía hasta el pueblo. Finalmente se detuvo ante la pequeña cancilla de la propiedad, desde donde se quedó mirando la inundada marisma, más allá de los prados.

Bajo sus pies descalzos los ladrillos aún estaban calientes debido al calor abrasador que había hecho por el día, y ella se sentía incapaz de marcharse de allí, no se movía, como si estuviese hechizada en medio de la calma de la clara noche.

Vio que alguien subía por el camino. Primero despacio, volviéndose una y otra vez hacia la marisma. Sólo cuando el desconocido se acercó a la pequeña puerta distinguió ella un uniforme y unas lustrosas botas de piel en la mano del hombre, que era alto y tenía el cabello oscuro.

–No puede ser verdad –afirmó el extraño en voz queda, la portilla cerrada entre él y Helen–. El soldado fatigado vuelve a la patria del sangriento país enemigo en mitad de la noche para pasar una semana y a la puerta de casa le espera una beldad vestida de blanco con ojos verde mar.

–Son grises.

–Eso lo decidiré a la luz del día, si para entonces sigue siendo usted real.

–Es posible.

–Ahora está aquí y debe quedarse. Cuando vuelvo de un viaje detesto estar solo. ¿Me dejará pasar si le digo mi nombre?

Era Ben.

La crepuscular casa despertó como de una ensoñación. Ben saludó a su madre y la hizo bajar con una sonrisa radiante, dio todas las luces, encendió el gramófono; tenía hambre, abrió las ventanas, fue a buscar vino tinto, preparó huevos estrellados, habló de su viaje en un cúter cangrejero, rio y habló, subió el volumen del gramófono cuando llegó su pasaje preferido del concierto para piano de Beethoven y no dejó de mirar de reojo a Helen.

A ella le ocurrió otro tanto. A menudo había intentado imaginarse a Ben, pero era completamente distinto: rápido, ingenioso, original, desenvuelto –tal y como dijera su madre–, pero ella no contaba con que fuese tan alto, tan fornido. El cuerpo como cincelado, la cabeza angulosa; la frente, la nariz y el mentón rectos y poderosos; los ojos, de un gris verdoso, eran los de su madre: grandes y velados en la comisura exterior por un fino pliegue del párpado.

Décadas después, cuando Helen dio a luz a Paul y le vio los ojos recordó esa noche en la isla y los días que siguieron.

Esa primera noche se sentaron el uno frente al otro, sin decir nada en un principio, pero cogiendo confianza deprisa. Comprobaron desconcertados que entre ellos no había barreras, como suele suceder inicialmente entre desconocidos, reflexionaron al respecto y ya se habían enamorado: de golpe y porrazo, sin reservas, sin cortapisas. No se separaron. La noche, el día y de nuevo la mitad de la noche. Hablaron, leyeron, jugaron al ajedrez, hablaron. Cada mirada, cada roce eran mágicos y no tardaron en no ser suficiente. La segunda noche bajaron a la playa y vieron, sentados en la arena, una cerrazón gris azulada que avanzaba por el norte, como una ola gigantesca. Escucharon el atronador oleaje, sintieron la calidez de la arena y la oscuridad que se avecinaba, espalda contra espalda. Esa noche se amaron por primera vez, en una cabañita de madera de la playa.

Ben tenía siete días de permiso. Antes de salir de Francia se había enterado de que su madre estaría en la isla. Quería verla y quería pasar a toda costa en la isla, en la playa, la noche del solsticio de verano. Hasta entonces siempre lo había conseguido, afirmó, y las costumbres importantes no había que perderlas: ni por la escuela ni por las juventudes hitlerianas ni por el Führer; y desde luego no por la guerra.

Los días eran calurosos, llenos de nubes y viento. Juntos hicieron todas las cosas que Ben amaba, y se amaron con cada mirada, cada roce, ya pasearan por la orilla del mar o se tumbaran en la arena y en la hierba de las dunas o fueran a hacer recados al tétrico ultramarinos del pueblo. Él le enseñó a Helen la pequeña iglesia, cuyo techo de madera era azul celeste salpicado de estrellas doradas. Se pararon delante de la legendaria Piedad, pieza del botín procedente de un barco de la vencida Armada española, el cual, atraído por fogatas sin escrúpulos, encalló ante la isla. Le enseñó un poema de amor revolucionario, hermosísimo y prohibido por la censura, por la noche encendió una hoguera en la playa y le pidió que se casara con él al otro lado de las llamas.

–Di que sí. Dilo.

–Sí.

Hacía tiempo que las llamas ya no se interponían entre ellos.

–Dentro de un año nos casaremos aquí, en la isla, en la vieja iglesia, y por la noche lo celebraremos descalzos en la arena. Di que sí, Helen. Dilo otra vez.

De Joachim no hablaron gran cosa. Su amor les parecía de una sencillez y belleza tan arrolladoras que se convencieron de que Joachim se alegraría cuando lo supiera.

La noche sin luna previa a la partida de Ben fueron por última vez a la playa, y años después Helen aún podía sentir el viento, la arena, sus labios, sus manos, su cuerpo.

Después de Francia Ben no regresaría. Fue destinado al grupo de ejércitos del sur, y desde el momento en que se separaron Helen empezó a escuchar por radio los partes de la Wehrmacht, los cuales antes apenas suscitaban su interés. En la isla la separación aún fue soportable. Helen se tumbaba en la hierba o en la arena y se pasaba las horas muertas soñando despierta. Sin embargo, cuando volvió a Hanover enfermó de añoranza, no hacía más que esperar el correo y seguir las noticias del frente. Conocía sobre el mapa cada centímetro de la zona conquistada en torno a Stalingrado, y por las cartas de Ben se enteraba de los esfuerzos, de las penalidades. Su padre le consiguió un puesto de aprendiza en una explotación hortícola; ayudaba a Helen sin necesidad de muchas palabras. Ella se lo había contado todo.

Cuando la madre de Ben se enteró de que ambos, Joachim y Ben, se habían incorporado al Sexto Ejército, que se hallaba a las puertas de Stalingrado, se sintió desdichada. «Para estos dos el mundo es demasiado pequeño», dijo la anciana, preocupada. «Sería mejor que entre ambos mediaran continentes, pero ¿qué es lo que pasa? Aunque la guerra se libra por doquier, acaban en el mismo batallón.»

Ben escribía casi a diario, y Helen vivía de ello. Joachim le escribía con la misma frecuencia, pero ella ya no respondía a sus cartas. En una de las misivas, de octubre, Ben hablaba de una disputa con Joachim. Éste había ido a verlo mientras prestaba servicio en el barracón de la plana mayor, en la mano una carta de Hanover que le confirmaba lo que se había negado a creer por boca de Ben. Ben volvió a contarle sin ambages que Helen y él se querían y deseaban casarse. Después Joachim lo agredió. Se pelearon como escolares, y un superior de Ben los separó a duras penas. Antes de que Joachim saliera del barracón se acercó a su hermano, el rostro blanco de ira, y le dijo en voz muy baja que Helen y él estaban prometidos, que se casaría con ella y que Ben jamás la tendría.

Al final de la carta Ben decía: «He comprobado que tanto Joachim como yo tenemos permiso en Navidad y Nochevieja, pero lo cambiaré, puedes estar segura».

Y así fue: cambió el permiso con otro oficial y se presentó el 15 de noviembre en Hanover sin previo aviso.

Sorprendió a Helen en el gris crepúsculo de la húmeda y fría tarde de noviembre. Ella estaba junto a la ventana, con un vestido de seda albaricoque, lista para un concierto al que quería acudir con su padre. Ben la contempló unos segundos en silencio y retuvo esa imagen en la memoria.

Por la noche le regaló un anillo de su madre: una sencilla esmeralda cuadrada, como un rombo, engastada en un ancho aro de platino abombado.

La anciana dama y el padre de Helen se hallaban en la biblioteca, a la luz de las velas, y los observaban con una sensación de dicha nacida de la emoción y la orgullosa satisfacción que experimenta la mayoría de los padres cuando los hijos satisfacen sus deseos secretos.

–El anillo del dragón –dijo Ben, medio en serio, medio entre risas, cuando se lo puso a Helen en el dedo anular–. No debes quitártelo nunca ni llevar ningún otro –le susurró al oído, después de besarla.

–A decir verdad hemos sido testigos de vuestra boda –dijo la madre de Ben en voz baja cuando se despidió por la noche.

Durante los días que siguieron Ben plantó rosas. No contó nada del frente, escuchó en silencio los partes de la Wehrmacht y desenterró rosales, arrancando aquellos cuyo color aborrecía ante la casa color albaricoque. Abrió la tierra con saña, como si quisiera enterrar terribles recuerdos.

No hablaron de la guerra. Fueron a un gran vivero con sendos carretones enganchados a las bicicletas y escogieron rosas, como si reinara una paz absoluta. Volvieron con plantas peladas, podadas, que después florecieron como imaginara Ben: de color albaricoque y púrpura, canela y oro, bañadas en la luz de la aurora. Ben plantó rosas nuevas, como había dicho en verano.

Cuando dio comienzo su última semana, se fueron a una cabaña de caza que los Saalberg poseían en Deister. Mientras caminaban entre el follaje rojo y dorado de las hayas y olvidaban la guerra en una habitación revestida de madera e iluminada por la lumbre del hogar, se puso sitio a Stalingrado. Cuando Ben regresó, fue directo al cerco. Pero eso no lo sospechaba nadie.

En ningún momento se les pasó por la cabeza que a Ben pudiera ocurrirle algo. Se querían tanto que estaban convencidos de que un ángel velaría por ellos.

«Nos merecemos un arcángel», afirmó Ben al amparo de la penumbra nocturna de la habitación. No querían dormir, hablaban, se tocaban una y otra vez. Él no sentía más que ese cuerpo, besaba los ojos gris oscuro, los labios cerrados, su pecho. Era su última noche.

Después de la marcha de Ben, Helen intentó trabajar, pero se pasaba cada rato libre pegada a la radio, inclinada sobre el atlas y esperando un correo de él que no volvió a llegar. Cuanto más amenazadoras eran las noticias, tanto más segura estaba ella de que la situación mejoraría, de que Hitler levantaría el sitio del Sexto Ejército.

Joachim no volvió hasta la segunda semana de enero de 1943. Visitó a Helen y pidió su mano como si no hubiera pasado nada. Helen le dijo que sólo amaría a Ben y sólo se casaría con Ben. Él se quedó como si tal cosa.

Cinco días antes de su partida Joachim resbaló en la nieve y al caer se hizo un esguince en una cervical y se vio obligado a llevar collarín. Quedó incapacitado para el combate y no volvió a Rusia. En Berlín había un empleo provisional para él.

A mediados de enero Helen fue al médico, que le confirmó lo que sospechaba hacía tiempo: estaba encinta. Otra señal, una prueba maravillosa de que Ben se salvaría.

Cuando el 3 de febrero se supo que Hitler había renunciado a Stalingrado, Helen se convenció firmemente de que Ben sobreviviría.

A finales de febrero Joachim se plantó en el salón de sus padres. A ella el rostro fino, terso, sobre el cuello del uniforme, se le antojó un espectro. Joachim se sacó una carta del bolsillo como si tal cosa y le dio a leer la hoja abierta como si fuera el programa de un concierto. En las pocas y temidas frases de pésame que todos conocían se anunciaba que Ben había caído el 29 de enero de 1943. Helen no entendió por qué no había sentido nada. Algo en ella tendría que haber sufrido un sobresalto o haberse petrificado cuando él murió. Si sabía cuándo había una carta de él en camino, ¿cómo iba a pasarle inadvertido tan terrible momento? No lo creía. De ninguna manera.

Y, sin embargo, se quedó como paralizada. No podía hablar, ni siquiera con su padre. Sólo quería ver a la madre de Ben, pero ésta se hallaba en Suiza, debido a sus afectados bronquios. Joachim dijo que le daría la noticia allí.

A los pocos días éste volvió y se interesó por la salud de Helen como si preguntara por el tiempo. La conversación que mantuvieron fue muy breve. Ella le dijo que esperaba un hijo de Ben, y él respondió que se había propuesto casarse con ella y que aún tenía pensado hacerlo. Helen rechazó la propuesta de plano y él se marchó.

Joachim regresó. Iba a diario y le daba conversación, le suplicaba que se casara con él, hacía que la hostilidad de ella pareciera afecto, se mostraba cariñoso, encantador, comprensivo e imperturbable. Helen empezó a considerar su situación de manera práctica.

Su madre guardaba cama con mucha fiebre, por primera vez en su vida a su padre se le veía seriamente abatido, y Helen sentía que él ya no tenía bastantes fuerzas para ocuparse de tan apremiantes problemas. De noche yacía despierta y se preguntaba cómo se responsabilizaría del hijo de Ben y de sus padres y si no sería incluso su deber casarse con Joachim.

Cuando su madre murió de fiebre tifoidea y su padre se vio desvalido en su aflicción, Joachim se ocupó de las formalidades, estaba siempre allí, consolando, organizando. Él estaba allí, Ben había muerto. Helen se casó con Joachim.

Joachim expresó un único deseo. Con todo su encanto, todo su poder de convicción le pidió a Helen que no le negara ese deseo: nadie de su familia sabría que él no era el padre del niño. Ella rehusó indignada, dijo que no quería herir a Ben, jamás, ni siquiera estando muerto, y que era incapaz de mentir a su madre, a la que adoraba.

Joachim se arrodilló ante la silla que ella ocupaba. Le suplicó, le imploró con ojos brillantes que no lo pusiera en ridículo.

«¿Es que no lo entiendes?», le dijo. «Ben siempre ganaba, siempre era el primero. Antes eso les hacía sonreír, ahora se reirían de mí.»

Helen lo miró al rostro y accedió.

La noche del entierro de Joachim Saalberg, Paul y Wolf se enteraron de parte de la historia. Helen se limitó a contar que en noviembre de 1942 estaba decidida a casarse con Ben Saalberg y no con su hermano mayor y que desde enero de 1943 supo que esperaba un hijo de Ben.

Después se puso de pie y abrió una ventana. Se oyeron tímidas voces de aves y el cálido aire nocturno inundó la estancia de un aroma a jazmín. Helen se subió el cuello del blanco albornoz como si tuviese frío.

–Para entender esta última carta de Joachim tenéis que saber algo que yo jamás habría revelado en vida de Joachim.

–Di –repuso Paul en voz baja.

–Hube de jurarle que no le diría a nadie que el hijo que yo esperaba entonces era de Ben.

Volvió a sentarse, hablaba de manera inexpresiva y deprisa.

–Hube de jurarle que tampoco se lo diría al niño. No hablaría una sola palabra de Ben, no le enseñaría ninguna foto. Joachim quería borrar su recuerdo. Lo borró. Nos casamos tres días después. Joachim lo organizó todo a la perfección. El hijo era suyo, y en agosto de 1943 yo tendría un parto prematuro. Eso fue todo.

–Rosa –dijo en voz queda Wolf Farnheimer.

–Sí, Rosa. –Helen se levantó y se acercó nuevamente a la ventana–. Yo no era lo bastante fuerte para imponerme a Joachim. El juramento me resultó inquietante, pero no sospechaba cuán atroz sería el silencio. Por aquel entonces yo sólo quería tener al hijo de Ben, y llevaría su apellido.

Capítulo 4

En la tarde de sábado, de la cercana estación terminal llegaban los huecos sonidos de las maniobras de un tranvía vacío. El calor de la tarde se dejaba sentir en la casa y el jardín. En las habitaciones orientadas al sur las cortinas estaban echadas y las puertas de la terraza cerradas para que no entrara el bochorno. En el jardín no se movía una hoja.

Ya eran las cinco, pensó Paul cuando atravesaba el césped. Preferiría tomar el té solo, leer el periódico del fin de semana, no hablar e intentar olvidar el dolor de cabeza que tengo. Y en lugar de eso dentro de un momento se reunirá la familia en pleno.

Se sentó a la sombra de un viejo arce real, en medio de la gran extensión de césped, donde aún corría el aire en torno a la mesa y las sillas cuando la calma chicha de la terraza se volvía insoportable.

Echó una ojeada a la primera plana: unión monetaria y social con la RDA. La línea Oder-Neisse frontera occidental definitiva con la república polaca. Desmantelamiento del paso fronterizo aliado Checkpoint Charlie en Berlín. Tan sólo unos meses antes tales noticias eran inconcebibles. Es fantástico, reflexionó Paul. Pero después cerró los ojos y a su mente afluyeron los acontecimientos de la noche anterior. Después de que su madre se fuese, él se quedó con su cuñado, Wolf Farnheimer, hasta la madrugada, se bebieron una botella de coñac y estuvieron hablando de Rosa: de su celoso amor a Joachim, sus conflictos con Helen, su inteligencia, su ambición, su terquedad. Intentaron imaginar cómo encajaría la verdad Rosa y llegaron a la conclusión de que sus reacciones eran inimaginables. Desanimados por sus propias reflexiones, se separaron a las seis de la mañana.

La agitación de la noche se le metió a Paul en el cuerpo, y el hecho de que no pudiera imaginar cómo asimilaría Rosa la nueva situación seguía intranquilizándolo. Se sentía exhausto y resacoso. Pensaba con lentitud y de manera circular. Su madre había jurado negar al hombre al que amaba, negar a su hijo, no hablar una sola palabra de él, no conservar una sola imagen de él.

¿Se puede considerar de un modo que no sea absolutamente frío?, se preguntó Paul. Papá era increíblemente orgulloso. Y aunque engendrar un hijo antes de casarse por aquel entonces no estaba bien visto, era perdonable en tiempos de guerra. Sin embargo, no podía soportar el hecho de que no fuera suyo, sino de su odiado hermano, así que lo ocultó. El orgullo y los celos tuvieron que devorarlo.

Aunque quizá no fuera más que amor, se dijo Paul, que sabía por propia experiencia que los celos eran peores que la más perniciosa de las fiebres.

Abrió los ojos al oír voces. El hijo mayor de Georg, Arndt, estaba ante la terraza, hablando con una chica que él no conocía. A juzgar por sus gestos le explicaba el estilo italianizante de la fachada.

Si hay alguien de la familia que me parece molesto es este listillo, pensó Paul.

No le gustaba que la casa que tanto amaba fuese enseñada por alguien a quien él rechazaba. Paul amaba la casa no sólo porque había nacido y crecido en ella, sino porque la consideraba perfecta. Así quería vivir él y de ninguna otra manera. Sabía que acabaría viviendo allí. Su padre le había dicho hacía años que, tras Helen, lo había instituido a él heredero de la casa, ya que siempre era el Saalberg de menor edad el que la heredaba. La apertura del testamento estaba fijada para el lunes siguiente, por la tarde, en el despacho de Friedrich Riesst. No habría muchas novedades. En el fondo ni siquiera era necesario ir hasta allí.

Esos ademanes breves de Arndt son insoportables, se dijo Paul. ¡Esa voz usurpadora! Más desagradable que un despertador por la mañana. Se le oye desde kilómetros. Además, ¿cómo se le ocurre traer aquí a una desconocida el día siguiente al entierro? O lo echo o voy detrás por el jardín, me meto en casa y no se me vuelve a ver el pelo. Maldita sea.

Pero Arndt ya había echado a andar por el césped, la chica a su lado, a cierta distancia. Era mucho más alta que él, llevaba una camiseta blanca y unos bermudas beis, algo que a Paul, en principio, no le gustaba. La chica se movía con agilidad y elegancia. Paul hizo como si leyera el periódico, pese a lo cual vio que se acercaba ante el telón de fondo de los prolíferos rododendros. Se echó hacia atrás, a la altura de la sien derecha, el cabello castaño, que le llegaba por los hombros, del brazo izquierdo llevaba un bolso de piel cuya correa asía y en la muñeca brillaba una pulsera de plástico verde.

–¿Qué estás haciendo aquí? –inquirió la aguda voz de Arndt–. Creía que ya estabas en Hamburgo con tu Carolin.

Si es que no se puede ser más tonto y más inoportuno, pensó Paul.

–Nunca dejas de sorprenderme, Arndt –contestó. Y se levantó para no parecer tan maleducado como le habría gustado mostrarse y saludó a la muchacha de pie ante la silla, en la mano izquierda el periódico doblado. Tenía la cabeza como un bombo.

–Este gigante es mi tío Paul –dijo Arndt en un tono fingidamente jovial que demostraba que en realidad le fastidiaba–. Os presento: Paul Saalberg, Charlotte Tuchmann.

Pronunció el nombre en inglés.

–Buenos días.

Un breve apretón de manos, una breve mirada a un rostro desconocido. Admitido: un rostro muy bello, pero desconocido y, por tanto, engorroso.

Una pregunta hecha a regañadientes:

–¿Quiere sentarse?

–Charly, será mejor que te sientes en este sillón de aquí, a la sombra –propuso Arndt mientras apartaba de la mesa el asiento de alto respaldo más alejado del árbol.

Paul, que seguía de pie, observó a Charly, que estaba allí plantada como si fuera a marcharse acto seguido.

–No querría molestar –afirmó, también con seguridad.

Paul le sonrió bajando la mirada, como si quisiera decir: cierto, molestan, pero por lo menos se dan cuenta. Sin embargo, lo que dijo fue:

–Dentro de nada se servirá el té, y me alegro mucho de que Arndt la haya traído. Siéntese, por favor.

Y así también podría sentarme yo, pensó, y respiró hondo porque ahora sentía el dolor de cabeza en la sien derecha.

–¿Dónde se sirve el té? –preguntó Arndt un tanto nervioso–. ¿Por qué no lo ha traído aún Gisela? Charly tiene que estar en la universidad a las seis.

–Gisela libra hoy –respondió Paul–, y se lo merece. Al fin y al cabo la última semana ha estado aquí las veinticuatro horas, ¿no?

–¿Y? ¿Quién va a preparar el té?

–Puede que se ocupe Rosa. Si tienes prisa, ve dentro a ver.

–Por lo visto aquí ya no funciona nada –espetó Arndt con la voz enojada del muchacho ambicioso al que acaban de fastidiarle el espectáculo. Ni rastro de la familia feliz al completo sentada a la mesa, como anunciara. Ni rastro de Gisela con delantal blanco colmándolo de atenciones por ser el nieto mayor de los Saalberg–. Disculpa –le dijo a Charly–, vuelvo ahora mismo.

Charly, que seguía detrás del asiento, volvió a colgarse el bolso del hombro y miró a Arndt como si estuviera ausente.

Es tremendamente alta, observó Paul, y miró brevemente su pensativo rostro. Yo no habría dejado a una novia tan guapa. Me la habría llevado a donde fuera, si es preciso incluso a la cocina para preparar el té. Pero Arndt siempre lo hace todo de forma distinta a como yo lo haría.

–¿De verdad no quiere sentarse? –le preguntó.

–Sí, sí.

Charly sonrió, y la sonrisa pasó poco a poco de los ojos al rostro, y cuando llegó a sus labios era radiante y contagiosa. La he visto en alguna parte, pensó Paul, que asimismo sonrió.

–Arndt acaba de decir que ha de ir a la universidad. ¿Qué estudia usted un sábado a las seis de la tarde con este calor?

–Nada. Ha sido un malentendido. Tengo que ir al hospital.

–Vaya, eso no suena muy bien.

Su voz dejó claro que no le apetecía mucho hablar de ese tema.

Charly rio, levantó la mano para apartarse el cabello del rostro y alzarlo un tanto en la nuca. Él siguió esos gestos breves, vio el reloj de pulsera verde esmeralda en el brazo levantado y su rostro risueño.

Pero dónde la he visto antes, se preguntó.

–¿Vive usted en Hamburgo?

–No, en Londres.

–¿Es inglesa?

–Sí.

–Habla alemán sin acento.

–Nuestra familia es alemana.

–¿Está pasando una temporada en Inglaterra?

–No, vivo allí. Mis abuelos emigraron.

–Ajá –repuso Paul con el tono del pobre desgraciado al que le toca todo. La cabeza le estallaba. Hoy no puedo controlarme, pensó. Ni quiero. No quiero hablar de hospitales ni de emigrantes. Hoy no.

¿Dónde se había metido Arndt? ¿Dónde estaba Rosa? A ella esas conversaciones se le daban de maravilla.

–¿Antes de 1933? –inquirió al cabo.

–No. En 1938 y no por obligación, sino por convicción.

La voz de Charly sonaba casual, como si hablase del tiempo. Volvió a levantarse el pelo en la nuca, y él vio el reloj de plástico verde esmeralda y la sonrisa liberadora en su rostro.

–¡Ya lo tengo! –exclamó él.

–¿Qué tiene?

–El viernes por la tarde iba en una tartana amarilla, un Volkswagen, ¿a que sí?

–Sí, a Hanover.

–Entonces la vi en la autopista. Incluso me guiñó un ojo.

–¿Era usted el del BMW azul oscuro con corbata? Le guiñé el ojo porque a su coche se le notaba cuánto le fastidiaba nuestra pobre furgoneta.

–Es verdad. Creo que nunca en mi vida había tenido tanta prisa. ¿Es suya la furgoneta?

–No.

Charly lo miró a los ojos con aire ausente y apartó la mirada. No dijo más.

¿Qué le pasa?, se preguntó Paul. Sonríe, pero no por mí. Piensa en algo que la deja meditabunda, pero no tiene nada que ver conmigo. No me conoce y tampoco pretende impresionarme.

Esos pensamientos lo despertaron. No porque echara algo en falta; al contrario: le alegraba cada palabra no pronunciada. Sus pensamientos giraban en torno a su padre. Nunca había podido aguantarlo mucho, pero se sentía orgulloso de él. Lo que había oído la noche anterior no se podía borrar sin más como si fuese una mancha molesta.

A Charly Tuchmann le había pedido el novio de Anne, su hermana, que fuese a Hanover lo antes posible. Él había ido a Estados Unidos con su director de cátedra para dar una serie de conferencias, no había podido localizar a Anne y había estado llamando por teléfono hasta que finalmente se enteró por una vecina de que su novia se había caído por las escaleras y estaba en el hospital con varias costillas fracturadas y graves contusiones. Como él todavía tenía que impartir dos conferencias y no podía volver antes de tiempo, llamó a Charly. Por eso había acudido desde Londres. Ya había ido dos veces al hospital y en ninguna de ellas estaba su hermana en la habitación. La enfermera de la unidad le había explicado parcamente que había que hacer varias pruebas para determinar las causas y las consecuencias de la caída. Era completamente normal. No tenía de qué preocuparse. A las seis seguro que podría ver a su hermana y hablar con el jefe del servicio.

Charly aún no había reflexionado sobre la situación y se resistía a tomársela demasiado en serio. A Arndt Saalberg, al que conocía de pasada de Londres y con el que había quedado en la librería del hospital, no le costó mucho persuadirla de que fuera a tomar un té rápido en el jardín de su abuela. A ella le daba más o menos lo mismo dónde pasara el tiempo que quedaba hasta la consulta. Estaba convencida de que su hermana no tenía nada grave. Aparte de las fracturas, seguro que seguía igual de sana, gruñona y cabezota que siempre.

Al acordarse de eso Charly respiró sin hacer ruido, pero hondo. Sus ojos reflejaban a un tiempo preocupación y alivio, y fue un movimiento inconsciente de los hombros, una expresión en su rostro lo que conmovió a Paul y le hizo actuar con tino.

Apartó un tanto la silla de la mesa y la situó de forma que pudiera ver mejor a Charly.

–¿Qué hace en Londres? –preguntó por decir algo–. ¿Estudia?

–No, todavía no. Hasta ahora sólo he estado haciendo fotos.

–Sé que no es asunto mío, pero ¿ha estudiado fotografía?

Charly se retrepó en su asiento, rio y miró la fronda roja oscura del arce.

Paul observó los titilantes destellos que atravesaban el follaje rojo oscuro y se posaban en el rostro ligeramente bronceado y el cabello castaño de Charly. Antes de que ésta volviera a bajar la cabeza, la mirada de Paul recorrió deprisa la menuda figura en el asiento de madera de teca desvaída con el alto respaldo hasta llegar a las piernas cruzadas y los pies. Sus zapatos marrón oscuro, su gran bolso de piel eran de perfecto diseño italiano, lo reconoció con facilidad. Las demás prendas, la camiseta y los bermudas, eran sencillas, muy chic, pero no muy caras. Resultaba ridículo que él llevara casi las mismas cosas que ella: bermudas beis, camiseta blanca y los pies enfundados en unos Timberland marrones del año de la polca. Al menos unas cinco tallas más que ella, calculó.

–Después del instituto entré a trabajar en un estudio de fotografía y aprendí el oficio –le oyó decir a Charly.

–Yo siempre he querido hacerlo.

–Y ¿por qué no lo ha hecho?

–A mi padre le parecía absurdo. Me lo quitó de la cabeza.

–¿Y? ¿En qué trabaja ahora?

–En un banco.

–Qué lástima.

Se echaron a reír los dos.

–¿Qué tiene entre manos ahora, que dice que sólo está haciendo fotos?

Charly echó una ojeada al reloj. Un destello iluminó directamente la esfera, también verde esmeralda, como la pulsera. Paul supo que ya no había mucho tiempo para tomar el té con Arndt.

–Ahora estoy trabajando para una pequeña editorial de libros de arte en Londres –contó Charly, sin mostrarse impaciente–. El editor quería publicar un volumen con fotografías y texto sobre siete esculturas de pequeño tamaño. Es amigo de mi padre, pero le gusta de verdad lo que hago, espero. Me dio una lista con sus siete preferidas y un programa detallado del viaje con todos los billetes. Tengo de plazo hasta septiembre, voy a los museos y trabajo hasta que me siento satisfecha con las fotos.

–Y ¿dónde están los museos?

–En Roma, París, Moscú, Leningrado. En Hamburgo, si tengo suerte, de lo contrario habré de ir a Rumanía.

–Cuando la vi ayer en la furgoneta habría apostado a que es una ecologista militante.

–No, no. A los de la furgoneta los conocí en… Arrival.

Era la primera palabra inglesa que utilizaba vacilante, se fijó Paul.

–Yo ya tenía el billete para Hanover, y allí estaba ese hombre desvalido y amable con los dos niños pequeños y el perrazo.

Agarré al perro porque él no podía con los niños, que no paraban de escaparse.

–¿Por qué no dejó al perro en el coche?

–Porque cuando se queda solo le destroza la tapicería. La verdad es que la furgoneta tenía muy mala pinta, pero el hombre me llevó a Hanover. Fue muy amable, ¿no?

–Amable, pero peligroso.

–En Londres conozco coches mucho más peligrosos. En Alemania ya no se ven cosas así en la carretera.

Paul guardó silencio. Quería que ella lo mirase.

Cuando lo hizo, él decidió que le gustaban sus ojos, aunque, por desgracia, eran azules. Le apasionaban los ojos marrones, como los de Carolin.

–La verdad es que no tiene nada de acento –insistió.

–De pequeñas sólo podíamos hablar alemán en casa y no nos permitían mezclar los idiomas.

–¿Ya no vive con sus padres?

–¡No! –La aguda voz se tiñó de rechazo, y acto seguido añadió, con menos frialdad–: Vivo con unos amigos; pero creo que debo irme ya.

Arndt es un idiota de campeonato, mira que dejar a esta chica aquí, pensó Paul. Y dijo:

–Como por lo visto Arndt ha desaparecido, haré el papel de paladín de Greenpeace y la llevaré.

–Ah, el hombre de ayer no era de Greenpeace –aseguró Charly con vivacidad, y cogió el bolso y se levantó–. Pero sí muy interesante.

–¿Por qué?

–¿De verdad quiere que se lo cuente?

–Sí, claro –contestó, y pensó: si me pongo de pie me volverá a doler la cabeza. Hoy todo se me hace cuesta arriba, pero por ella haré un esfuerzo.

De manera que prestó atención cuando la chica le explicó que el hombre de la furgoneta amarilla protestaba enérgicamente cuando lo encasillaban en Greenpeace.

–Era miembro de WWF, no sé si sabrá qué es.

–Por desgracia, no –repuso Paul con pesar, aunque sí lo sabía. Me gusta oírla hablar, pensó, y también se puso de pie.

–Le estuve haciendo preguntas durante el trayecto –replicó ella, y por su mirada él se percató de que calculaba cuánto mediría él aproximadamente.

–Y ¿qué averiguó? –se interesó Paul, que pensó: medirá 1,75 metros, tal vez 1,76. Es mucho más alta que Rosa o Carolin, que, si extendiera el brazo, podrían pasar por debajo.

–WWF es el World Wide Fund for Nature, y es una fundación que se ocupa de animales amenazados y su hábitat en todo el mundo, pero expresamente sin militancia. La mujer del conductor, madre de los niños y dueña del perro, es fotógrafa y ahora mismo va rumbo al norte de Siberia con un equipo de WWF. A una de las últimas zonas vírgenes de la Tierra. Debe de ser fantástico llegar hasta allí, y si encima puede ir con una expedición…

Paul asintió y se pasó despacio los dedos abiertos de la mano derecha por el cabello oscuro, lo cual le calmó extrañamente el dolor de cabeza.

–Sí –afirmó–. Fantástico.

Le miraba los labios cuando hablaba, sin escucharla. Tiene una boca bonita, observó. No se la pinta. Ahora que lo pienso, todas las mujeres a las que conozco se la pintan.

–Suena ridículo –decían ahora los labios rosáceos–, pero en la península de Taimir crían muchos animales que viven aquí. Por ejemplo la barnacla carinegra, un nombre curioso, ¿no?

Charly miró de reojo a Paul, como si sospechara que no la estaba escuchando.

–¿La barnacla carinegra? –repitió Paul. Se llevó la mano a la sien derecha, que le martilleaba. El nombre flotaba en su cabeza como una tabla salvadora, aferrado a la cual pudo volver a la conversación–. La barnacla carinegra… –repitió de nuevo–. Pero esa ave vive en el mar del Norte. –En el último segundo cogió la tabla y se agarró a ella–. En las dunas de detrás de la casa que tenemos en la isla siempre hay barnaclas carinegras. Cuando era pequeño me pasaba las horas muertas mirándolas y sacando fotos.

–Es posible. –Charly rio y se colgó el bolso del hombro–. Pero hasta sus barnaclas crían en el norte de Siberia, según el hombre de la furgoneta.

Les llegaron voces procedentes de la casa. Charly echó una ojeada, y Paul estudió su perfil: los ojos grandes, brillantes, bajo unas cejas muy rectas y una frente despejada, la nariz rectilínea, delicada, los labios carnosos y el mentón pequeño, enérgico.

–Ahora tendrá que volver a sentarse –observó él satisfecho–. Ahí vienen Arndt y mi hermana, Rosa, y dentro de cinco minutos Rosa lo sabrá todo sobre usted. No hay escapatoria.

El sábado por la mañana Helen se ocupó de que en la casa se restableciera el orden. Sillas, mesas, tazas de café, montones de platos, cubiertos de plata: antes de la hora de comer todo volvía a estar en su sitio.

Esta actividad le vino estupendamente para desechar los acontecimientos de la noche anterior. Gisela y el viejo Otto, que en tales ocasiones echaba una mano en la casa, no pararon de hablar, a su lado no podía abstraerse. El nervudo jardinero de la empresa acompañaba su trabajo con unos ojos despiertos y un sinfín de explicaciones que solían empezar con un «a mi juicio…». Y esa mañana tenía mucho que juzgar. A veces a Helen tanta cháchara se le antojaba insoportable, pero a Gisela Otto le parecía original y, por suerte, ambos tenían el notable don de trabajar mientras hablaban.

Por la mañana Rosa fue con los chicos a la ciudad para quitarse de en medio, y durante la comida Rudolf tenía tantas cosas que contar que a nadie le llamó la atención la escasa amabilidad con que Rosa hablaba con su madre y ésta con ella.

Por qué diablos no pude contenerme por la noche, se recriminó Helen mientras se servía un segundo plato de sopa color verde claro. ¿Por qué les hablé a Paul y Wolf de Ben? Ahora Rosa se enterará a la fuerza, y no tengo ni la menor idea de cómo voy a aguantar la conversación. Sus palabras serán demoledoras, tan despiadadas como siempre.

Wolf no tenía ninguna duda de que Helen debía hablar con Rosa. Por suerte ni él ni Paul habían ido a comer. Se habría sentido demasiado observada. Primero debía dormir. Intentar recuperar el sueño perdido. Luego decidiría cómo hablaría con Rosa.

Después del almuerzo se entretuvo con un jarrón de rosas en la cocina con el objeto de preguntarle a Gisela con la mayor naturalidad posible cuándo había llegado y quién había traído la carta que encontró junto al teléfono de la cocina la noche anterior. Era perfectamente comprensible que a Gisela se le hubiera olvidado dársela, aseguró. Gisela no debía preocuparse ni hacerse reproches, tampoco es que la cosa fuera tan urgente.

Nada hubo nunca más importante, pensó Helen al mismo tiempo. Si hubiera leído la carta a solas, si no me hubiera sorprendido así habría reaccionado de otra forma, más reflexiva. No habría dicho nada.

Retiró flores y hojas marchitas del ramo mientras veía el pequeño televisor de Gisela, que siempre estaba encendido.

Pues claro que también ella miraba la pantalla, aunque fuera por un acto reflejo. Infinidad de gente pálida se movía por una calle ancha entre edificios altos y destartalados. Rostros demacrados azotados por un viento frío, ropa barata y gris ante paredes grises, ventanas exiguas en casas de cartón: ésa fue la impresión que le dio. No podía apartar la mirada, pero ello no le permitía seguir a lo que estaba, a diferencia de Gisela, que desempeñaba a su lado importantes tareas.

Cuando por fin hubo reorganizado el jarrón, Helen cogió el pesado recipiente de cristal con ambas manos para llevarlo al recibidor y pasó ante el aparato cuando se dirigía a la puerta. En ese preciso instante la cámara se acercó a la gente, se centró en un grupito, en los rostros, hasta acabar mostrando cinco, luego tres y finalmente uno solo. Helen se aproximó más al televisor y clavó la vista, como hechizada, en el anguloso rostro de un joven fornido.

¡Se parecía a Ben! Ben Saalberg hacía cuarenta y ocho años. Era completamente imposible, no podía ser. El joven era demasiado bajo, pero así y todo… se parecía a Ben.

Sólo entonces fue consciente de que no oía nada, ya que Gisela siempre le quitaba la voz para complacerla. La cámara abandonó el familiar rostro, lo hizo desaparecer entre la multitud de personas que caminaban deprisa, donde ocupó su anónimo sitio, como una pequeña tesela en un mosaico gigante. Helen trató de sostener el jarrón con una mano mientras los dedos de la derecha palpaban y hacían girar con nerviosismo los distintos botones con el objeto de dar con el único importante, el del volumen. Llamó a Gisela con voz agitada, como si se hallara en peligro. El florero cayó al suelo, se partió en mil pedazos, y Gisela llegó demasiado tarde. La imagen ya no estaba, el programa había terminado.

–No, no, con lo bonito que era el jarrón –se lamentó Gisela, que se arrodilló en el suelo y separó los cristales de las rosas mojadas–. Precisamente estaba pensando que pesaba demasiado para usted, señora Saalberg. Y entonces me llamó.

En el televisor ponían dibujos animados.

Se acabó, lamentó Helen, y recogió las rosas y no dijo nada de lo que había visto en televisión. Puedo ver en la programación lo que estaban poniendo, se dijo para tranquilizarse, además, no puede ser verdad. Son los efectos de la última noche. Es la primera vez que hablo de Ben después de cuarenta y ocho años y ya creo verlo.

Introdujo las rosas en otro jarrón, se sentía débil, exhausta.

–Estoy agotada y veo fantasmas –musitó.

Después durmió profundamente. Al despertar, su mirada vagó por el estampado floral de las cortinas de la ventana, recorrió las exuberantes y variadas flores, las hojas y los enredados zarcillos. Sentía una pesadez plúmbea, sus ojos fueron reconociendo los objetos habituales y se deslizaron sobre los cuadros de su padre, que colgaban de la pared bastante espaciados: campos y jardines en flor, álamos refulgentes a la luz del sol, ríos bajo ramas gachas en marcos dorados. Para Helen en esos cuadros vivía la añoranza de su padre de belleza y paz, su deseo de amor, que él no encontró y quería para ella. Uno de los lienzos era del verano de 1942. Su regalo a Ben.

¡1942! Observó con incredulidad a la chica de diecinueve años que era ella entonces, la joven Helen, que a lo largo del tercer año de guerra conoció el amor, la dicha, el miedo y la desesperación en una medida indescriptible. ¿Qué había sido de ella? Una mujer sensible que se volcó en la beneficencia cuando comprendió que no podía vivir de recuerdos ni soportaba el amor de Joachim; una mujer que intentó escapar de la jaula de las mentiras y en el último segundo se quedó por amor a los hijos. Una mujer que tardó mucho tiempo en hallar la serenidad que ahora todos suponían era un rasgo de su carácter.

Cuando tenía treinta y ocho años conoció a un hombre a cuyo amor, para su espanto, no se resistió. Con él quiso empezar de nuevo, marcharse, hallar una salida a un matrimonio en el que se sentía anquilosada desde que naciera Paul. Sin embargo, el plan, que tenía pensado a fondo, fracasó en el último momento.

Llegó a casa tarde debido a una reunión de la asociación de mujeres y un encuentro a escondidas. Joachim estaba sentado en su despacho con la puerta abierta, jugando al ajedrez. Rosa se encontraba arriba, en la habitación de Paul, que no había parado de llorar, dijo él, y añadió con una mirada de admiración que ni siquiera la intensa labor que desempeñaba en la asociación le hacía mal, que seguía tan bella como siempre. Antes de que él pudiera llegar a su lado y tocarla ya había salido de la estancia para ir a ver a Paul. «Pronto habrá terminado», se dijo, rebosante de la felicidad de la última hora. «Pronto habrá terminado», musitó, y oyó los gritos de Rosa, acompañadas de golpes contra una piel desnuda y gritos de Paul. «Mami no volverá si no te duermes de una vez. Nunca.»

Hubo de tranquilizarlos a ambos: a un Paul medio desnudo, que a la sazón tenía tres años, y a una Rosa fuera de sí, con dieciocho, que rompió a llorar y se disculpó por su terrible comportamiento. Una concesión que se encargó de compensar al día siguiente mostrándose respondona y arrogante.

Durante ese minuto en la habitación Helen supo que nunca se iría, que no sería capaz de abandonar a ese pequeño revoltoso que ahora se aferraba a su cuello. Para ella no habría ningún destino sin él. Y ¿podía dejar solo a Georg, que cuando jugaba en el cuarto de Paul olvidaba sus ganas de ser mayor, o a Rosa, que estaba acuclillada a su lado, el rostro en su rodilla, llorando y susurrando como una niña que no volvería a pegar a nadie de rabia? Helen notó las lágrimas de Rosa a través de sus finas medias de nailon y no tuvo ninguna mano libre para enjugarse sus propias lágrimas. Cuando Paul se hubo calmado y logró dormirse con la puerta abierta, Rosa quiso enseñarle a toda costa una acuarela que había empezado en clase de pintura y terminado en casa. Tenía que entregarla al día siguiente, afirmó, pero quería saber si a Helen le gustaba tanto como a ella.

Tras su afabilidad Helen se olió un plan que, como de costumbre, desembocaría en una pelea, pero le daba lo mismo. En ese instante se sentía extrañamente ingrávida y capaz de hacer frente a cualquier cosa. Su hija había pintado un florero: el arriate que se veía desde la ventana de su dormitorio. Rosas color púrpura y albaricoque, canela y oro, bañadas en la luz de la aurora. Las rosas de Ben con ligeras pinceladas y abundante agua. Como las habría pintado él.

Aturdida, Helen sostuvo la pintura en las manos y le pidió a Rosa que después se la regalara. Vale, respondió ella, al fin y al cabo Helen le había transmitido a ella el talento de su abuelo, del que por desgracia ya no se acordaba; pero tenía que contarle a Helen algo mucho más importante, la acuarela no era más que un pretexto. Estaba muy preocupada por Joachim.

Qué bonito, reflexionó Helen, sin escuchar apenas a Rosa, qué estupendo sería enseñarle a esta chica extraordinaria que trabaja como su propio padre y no como su abuelo; que pinta con el talento de Ben las rosas que él mismo escogió y plantó. Helen sintió cuán íntimamente unida estaba a esa casa y sus recuerdos, era como si personas y cosas se hubiesen conjurado esa noche para demostrarle que ése era su sitio.

La voz de Rosa le llegaba como si estuviese en otra habitación, contándole algo que a todas luces le preocupaba mucho.

Paul no paraba de llorar, decía, y no la dejaba jugar al ajedrez con Joachim. Cuando se disponía a subir para tranquilizarlo, sonó el teléfono y oyó hablar a Joachim furioso, manteniendo la voz baja a duras penas. Ella no anunció su presencia, cosa que seguro estaba mal, pero en su opinión alguien amenazaba a Joachim.

–¿Amenazado? ¿Quién? ¿Por parte de quién? –inquirió Helen, alarmada.

–¿Lo ves? –contestó Rosa, el tono nuevamente cáustico y con la agresividad de costumbre–. Cuando se trata de papá nunca escuchas. Nunca cambiarás.

Si tú supieras, pensó Helen, casi divertida.

–A ver, ¿qué ha pasado? –preguntó, obligándose a no pensar en la noche anterior.

–Papá dijo por teléfono que si el que fuera volvía a llamar podía estar seguro de que daría marcha atrás a lo convenido y haría intervenir a la policía. No estaba dispuesto a dejarse chantajear con suposiciones vagas ni a permitir que personas siniestras y afirmaciones gratuitas intranquilizaran a su familia, y en particular a su mujer.

Joachim dijo: «No vuelva a llamar aquí. Se arrepentirá si me entero de que se pone en contacto con mi mujer. Ya sabe lo que eso significaría para la suya».

Para terminar, después de una pausa mayor, Joachim añadió: «Y olvide de una vez su risa. Ha oído y visto fantasmas. Es imposible, y le prohíbo volver a llamar aquí. Ya sabe cuáles son mis condiciones».

Ahora se oía la risa de Michi en el jardín. Helen miró el radiodespertador negro que le regaló Paul por su cumpleaños y comprobó con pavor que eran las cinco de la tarde. Permaneció unos segundos sentada en la cama y después se dejó caer y rio suavemente. Hacía décadas que se ocupaba de que en la casa se sirviera el té a las cinco en punto, y ahora no se había despertado a tiempo de cumplir con tan sagrada cita. Pero no puede ser que lo haya hecho todo sólo por Joachim o por miedo a su manía de la puntualidad, pensó. Era importante para mí, ¿o acaso no? Todo el que está en casa o quiere venir sabe que a las cinco se sirve el té, yo estoy ahí y dispongo de tiempo. Eso está bien. Yo misma lo dispuse así para la familia.

Pero hoy tenía que recuperar el sueño, se dijo.

De nuevo oyó reír a Michi en la terraza.

Aquella vez, cuando Rosa le habló de la conversación telefónica que había mantenido Joachim y de la risa que se mencionó, la asaltó la sospecha de que Joachim hablaba de Ben por teléfono. Después de tranquilizar a Rosa, intentó sonsacar a Joachim. Éste no había dicho ni palabra de la misteriosa llamada, su tersa fisonomía, su voz imperturbable no dejaban traslucir nada salvo asombro por el hecho de que ella pudiera suponer que le ocultaba algo.

A espaldas de Joachim buscó a Ben a través de los contactos en la Cruz Roja de que disponía. Al final terminó en las manos con una fotocopia del certificado que el propio Joachim le enseñara en 1943. Benedikt Saalberg había caído en el último combate que se libró en Stalingrado, hecho este que se vio obligada a aceptar y, sin embargo, nunca llegó a aceptar del todo. De ello no hablaría con Rosa, pero ese día debía contarle la verdad.

Se levantó con resolución. Entró en su cuarto de baño por un falsete y se echó el cabello hacia atrás. El rostro que le devolvía el espejo mostraba las inevitables arrugas: alrededor de los ojos grises que dominaban el rostro, en la pequeña y recta frente, en torno a la boca carnosa. La piel de por encima de la nariz, ligeramente aguileña, estaba un tanto tensa, y en el rostro se veía algo mate y ajada. No era tan tersa como la de Sophie Riesst, la mujer del abogado de Joachim, que tenía su misma edad y parecía no envejecer, como una taza de porcelana.

Helen observó que cada vez llamaba más la atención lo mucho que tenía que esforzarse Sophie para salir airosa al lado de su marido, triunfador, elegante y unos años menor que ella. «Cuando se tienen veinticinco años nada de eso importa», se lamentó Sophie hacía escasas semanas en el campo de golf. «A los treinta tampoco, y a los cuarenta poco. Pero después se acabó, Helen, entonces es cuando los hombres se encuentran bien, son adultos, capaces y aceptables. Entonces empiezan las treintañeras a perseguirlos. Y se imponen, Helen.»

Probablemente Joachim no se molestara nunca en ir detrás de otra mujer, lo cual, en opinión de Helen, tenía menos que ver con su atractivo y su juventud que con la terquedad de él. Joachim se había dejado dominar voluntariamente por dos obsesiones: el amor a ella y su trabajo. La empresa había sido la segunda pasión de su vida. El cemento, el oro polvoriento y gris de la reconstrucción, lo había dominado.

Tal vez debiera intentar ir al Tiergarten con Rosa después de tomar el té, pensó Helen, y se echó agua fría en la cara. Le hizo bien.

Se cepilló el cabello hacia atrás con energía.

Joachim temía que Rosa dejara de quererlo si se enteraba de que no era su padre.

Pero ¿por qué no pudo hablar con ella cuando se sentía intranquilo y ansioso por las noches? ¿Qué se ocultaba tras su inquietante deseo de que durante los próximos días ella no olvidara nunca que él todo lo había hecho por amor a ella?

Todos los problemas tienen una causa concreta. El propio Joachim lo decía siempre. ¿Podría tener algo que ver con el testamento?, se preguntó Helen, ¿o eso sería demasiado sencillo? ¿Tiene sentido llamar a Friedrich Riesst antes de que nos reunamos el lunes para la apertura del testamento?

Mientras se ponía un sencillo vestido de seda color antracita, miró el jardín por la ventana. Distinguió a Paul debajo del arce. Estaba de pie, hablando. ¿Quién se hallaba con él? Arndt y Rosa cruzaron el césped con la bandeja del té. Tras ellos los niños, Caren, Michi, hasta Georg.

Sacó unos zapatos de tacón de ante gris del zapatero, se examinó en el espejo, y, tras ponerse sendas cadenas de oro en el cuello y la muñeca, salió de la habitación y miró desde la galería el embaldosado blanco y negro del recibidor.

Abajo, la puerta de una de las habitaciones del ala oeste se encontraba abierta, el sol entraba a raudales en el vestíbulo. Las rosas que recogiera a mediodía del suelo de la cocina entre cristales y agua despedían un brillo incandescente con la luz. Helen se quedó embelesada, no podía apartar los ojos de ellas. Era como aquella vez, aquella calurosa tarde de verano que apareció arriba, en la galería, con un vestido de batista blanco y se quedó admirando un ramo de rosas del recibidor encandecido por el sol. Rosas de su arriate preferido del jardín, el que sólo ella atendía y Joachim, por ese motivo, odiaba. Pero no pensó en Ben al ver las rosas. Pensó en cómo se alegraría Joachim cuando le dijera que iba a tener otro hijo. En cuanto a ella, no estaba segura de sus sentimientos cuando pensaba en la noche en que concibió a ese hijo.

Joachim llegó. Ella oyó su característico caminar, lo vio cruzar el recibidor para dirigirse al vestidor, oyó más que vio: cómo dejaba el maletín marrón oscuro en la silla de piel, cogía una percha, colgaba la gabardina que solía llevar hiciera el tiempo que hiciese y dejaba la percha en su sitio, en la ancha barra de latón, con un breve clic; cómo se lavaba las manos y después, con pasos resueltos, iba hasta la mesa redonda que había en medio del recibidor para comprobar si había correo o alguna nota. Delante de la mesa sus pasos se ralentizaron, sus ojos se amusgaron, se detuvo y observó las coloridas flores. Su mirada, rebosante de odio, hirió a Helen, que quiso anunciar su presencia, pero permaneció en silencio y no gritó cuando las manos de él, pequeñas y de una elegancia femenina, agarraron las flores abiertas, las retorcieron, estrangularon y deshojaron.

Helen no recordaba cómo bajó la escalera. Se situó a su lado mientras él destrozaba las flores y farfullaba unas pocas palabras. Al ver a Helen, sus ojos se abrieron como platos, apartó las manos del ramo y clavó la vista en ella durante segundos, entre ambos interponiéndose acusaciones no dichas como un incendio abrasador. Después asomó a sus ojos la resplandeciente sonrisa, y dijo con su voz de hombre de negocios: «Deberías vestir de blanco más a menudo. Te favorece».

Ella no lo siguió con la mirada cuando subió las escaleras, clavó la vista en las devastadas flores, descorazonada y ciega de ira, y pensó: acaba de matarlo. Ben lleva quince años muerto, pero ahora él lo ha matado.

Desde la galería oyó la voz imperiosa de Joachim, que decía que en el recibidor sólo quería ver flores de color rosa. Ninguna otra. Nunca más.

Helen soltó despacio las manos, que se mantenían aferradas a la barandilla, y bajó la sinuosa escalera estremecida por los recuerdos, que la asaltaban con desenfreno. Entonces se encontraba en su tercer mes de embarazo. Llevaba días pensando abortar y, sólo entonces, decírselo a Joachim. Tenía un billete de avión a Londres, cita en una clínica y una sola idea: hacerle daño.

No hizo nada. Cuando seis meses después llegó Paul al mundo, cuando vio que tenía los ojos de Ben, se sintió invencible en la muda lucha que Joachim libraba contra su memoria.

Se juró no volver a dormir con él, es más, por aquel entonces creía que no podría volver a amar a nadie.

En la cocina comprobó si quedaba algo que pudiera sacar al jardín. El pequeño televisor le recordó de súbito el programa de mediodía, el rostro anguloso del joven, su poblado cabello oscuro, los pequeños ojos. No salió al jardín, sino que fue a la pequeña sala de estar en busca de la programación.

Helen se dio cuenta de lo extraño que debía de resultarles a los niños que justo el día siguiente al entierro de Joachim modificara las costumbres con las que la familia llevaba décadas familiarizada. A ella se le antojaba de lo más trivial. Encontró la revista, se sentó en un estrecho sillón de mimbre negro y la abrió por la página del día. A mediodía ponían un programa de economía. El tema: centros industriales en la URSS.

Helen se quedó como paralizada y se sintió asediada por temores imprecisos. El presentimiento que asaltara a Paul vagamente la noche anterior se tornó certeza a sus ojos: después de la noche anterior ya nada volvería a ser como antes.

La conversación con Rosa acechaba como una tormenta tras el horizonte, y Helen sabía que lo mejor sería quitársela de encima cuanto antes. También sabía que ese programa de televisión no la dejaría en paz, que no tardaría en buscar información más precisa al respecto.

Le llegaron voces del recibidor. Helen se levantó deprisa, dejó la programación y miró por la puerta, que estaba abierta.

Paul estaba en el recibidor y miraba como hechizado el rostro de una joven a la que ella no había visto nunca. Su hijo tenía los brazos cruzados, y la chica le explicaba algo con rápidos y elegantes movimientos de manos.

Están ahí como en un teatro, pensó Helen. Al mirar desde cierta distancia desde la puerta no veía más del recibidor que el suelo blanco y negro, la sinuosa barandilla de la escalera y a aquellas dos personas tan próximas, las dos vestidas con pantalones beis y camiseta blanca, como si fuesen gemelos, rodeados de la difusa luz septentrional del vestíbulo.

Paul ni siquiera escucha, observó Helen, pero no puede apartar los ojos de ella. O se divierte o se está enamorando. ¿Quién será ella?

En ese instante apareció Arndt, balanceando las llaves del coche un tanto enfadado, y los rodeó a ambos con pasos cortos como un perro furioso. Taconeaba con dureza en el embaldosado. La joven, a la que Paul sacaba una cabeza y que sacaba una cabeza a Arndt, consultó asustada un reloj de pulsera verde esmeralda, dijo algo y sonrió a Arndt a modo de disculpa. Su sonrisa era tan contagiosa que Arndt suavizó la expresión dura, altanera y Paul miró su rostro con admiración.

Entonces Helen recordó que Arndt quería invitar a una amiga a tomar el té y salió despacio al recibidor para saludar a la muchacha.

–Charlotte Tuchmann –dijo Arndt–. Charly. Mi abuela, Helen Saalberg. Pero tenemos que irnos ahora mismo, Charly, si quieres llegar a la hora.

Es casi tan alta como yo, apreció Helen al notar brevemente el firme apretón de manos de la chica.

–Siento no haber podido tomar el té en el jardín –se disculpó Helen con formalidad, y añadió amablemente–: me alegro de poder saludarla al menos antes de que se marche.

–Muchas gracias por el té –respondió Charly–. Este sitio es precioso. –Miró con fijeza aquellos ojos gris oscuro tras los cuales intuyó un mundo al que pocos tenían acceso, tal vez nadie.

–Charly, pero ¿no tenías prisa? –apremió Arndt en un tono marcadamente autoritario.

–Ya voy –repuso ella sin más, pero no se movió.

Paul, sorprendido, miraba a una mujer y a la otra.

–¿Es usted inglesa o americana? –inquirió Helen, y pensó: qué joven y radiante es. Dan ganas de no dejarla marchar.

–Soy londinense.

–¿Y se apellida Tuchmann?

–Sí.

–Hace años conocimos a un sinólogo en Londres, el profesor Edward Tuchmann.

–Es mi padre.

A ello siguió una breve y animada conversación que puso de manifiesto que el padre de Charly había facilitado a Joachim y Helen la compra de dos jarrones de jade de la dinastía Tang y había cenado con ellos y su preciosa mujer, una veterinaria, varias veces en el Claridge, que él era un famoso científico y un hábil comerciante, pero, a todas luces, un padre de familia sin talento. El matrimonio fracasó, y la madre de Charly había vuelto a casarse, se instaló en una granja en Nueva Zelanda y nunca viajaba a Europa; su padre vivía únicamente para su instituto y llevaba meses en China, llevando a cabo unas excavaciones; su hermana, Anne, a la que Charly quería ir a ver al hospital, estudiaba en Hanover desde hacía años.

–Entonces está usted sola –observó Helen asustada.

–No pasa nada –contestó Charly–. Vivo con unos buenos amigos.

–Pero y aquí, en Hanover, ¿dónde vive?

–Seguro que podré quedarme en el piso de mi hermana.

–Pero está en la ciudad desde ayer –intervino Paul.

–Bueno, ayer era demasiado tarde para hacer nada –se limitó a responder la chica.

–Ha pasado la noche en un sillón en el hospital, ¿no es así? A Helen le extrañó el tono de preocupación que tiñó la voz de Paul.

–Sí –admitió, risueña, Charly.

–Y, sin embargo, tienes un aspecto magnífico. Y ahora tenemos que irnos –concluyó Arndt.

–Un momento, cariño. –Helen lo mandó fuera como sólo las ancianas pueden mandar fuera a sus nietos. Tenía que traer el coche. Mientras Helen acompañaba a la puerta a Charly la invitó a volver por la tarde y quedarse en uno de los cuartos de invitados de la casa. Pensando en lo lejos que estaban sus padres no le hacía ni pizca de gracia la idea de que Charly estuviera completamente sola en una ciudad desconocida.

Charly le dio las gracias, se despidió y prometió llamar.

–Sería un placer –dijo, para terminar, Helen.

Cuando volvía con Paul por el recibidor, comentó:

–Teniendo en cuenta que por regla general Arndt sólo trae a tomar el té a esas chicas estiradas, ésta es asombrosa.

Helen reparó en que Paul sonrió, pero no dijo nada.

Capítulo 5

A las seis y cuarto Charly atravesaba a toda prisa el concurrido vestíbulo del hospital, donde se hallaban las tiendas, los restaurantes y los cafés. Flores, libros, revistas, golosinas y cigarrillos, pantalones vaqueros y camisetas, jabones y perfumes, una peluquería. Como en un aeropuerto, pensó. Sólo faltan los paneles informativos de las llegadas y salidas sobre los ascensores.

Llegaron cuatro ascensores a la vez, que escupieron gente y engulleron a los que esperaban. A Charly le tocó uno para ella sola. La puerta se cerró de repente con un chasquido metálico y se abrió, igual de ruidosamente, arriba. Charly salió deprisa.

El abismo que separaba el mundo de los enfermos del de las alegres compras de la entrada se le antojó insalvable. Cuando cruzó la puerta del servicio, que se abría con dificultad, descubrió de mala gana que allí existía el hospital, como siempre había sido y probablemente siempre fuera, ya que la vida enferma se rige por otras leyes que la sana. Tras la pesada puerta de cristal aguardaba el brillo aséptico de los suelos de PVC encerados, la fría luz de los fluorescentes, las silenciosas pisadas y las voces enérgicas de las enfermeras, la falsa calma de las habitaciones de los enfermos.

Todavía no se habían encendido las luces eléctricas. El sol vespertino se colaba por una gran ventana que se abría en el extremo del largo pasillo como si de un pozo se tratase. En la mitad del pasillo, delante del office, Charly distinguió a contraluz a un médico y una enfermera. Le dio la sensación de que ambos la habían visto y hablaban de ella mientras se aproximaba. Las pisadas de sus zapatos de piel sobre el espejado suelo resonaban en sus oídos.

–¿Es usted la señora Tuchmann? –preguntó la enfermera.

–Sí. Soy la hermana de Anne Tuchmann. ¿Podría indicarme en qué habitación está? Me dijeron que a esta hora mi hermana ya estaría aquí.

Charly habría preferido no dejar de hablar, ya que temía volver a recibir una negativa. Mientras hablaba miró aquellos dos pares de ojos, que le daban a entender algo que le infundió temor.

La suave mano de la enfermera agarró sin fuerza el brazo de Charly.

–¿Le importaría acompañarme? Al doctor Mayer le gustaría hablar con usted primero. Venga por aquí.

Charly se estremeció y retrocedió. Se dejó conducir hasta una pequeña consulta sin decir nada. Paredes pintadas de amarillo, fluorescentes, piel de imitación azul grisácea en tres sillas cromadas, una mesa de cristal cromada, sin ventana. Captó una mirada entristecida en el apergaminado rostro de la enfermera y leyó la pequeña placa cromada con su nombre en la chaqueta del uniforme: «Enfermera Ute».

La lánguida mano le acarició su brazo helado.

–Sólo será un segundo, señora Tuchmann. El doctor no tardará en venir. ¿Le apetece un té? ¿Un zumo?

–No, gracias –respondió ella, y dijo: si vuelve a tocarme, grito.

–Ah, ya llega la cena. El doctor no tardará en venir.

–Enfermera, ¿por qué no puedo ver a mi hermana?

–El doctor no tardará en venir.

Charly esperó cerca de la puerta, que estaba abierta.

Dos estudiantes de Enfermería empujaban el carro por el pasillo entre cacareos y lo dejaron justo dentro del campo visual de Charly. Al otro lado de la puerta, pintada de blanco, vio las bandejas anaranjadas en el carro de seis alturas cromado, las tapaderas de plástico opaco verde claro que cubrían los platos, los blancos letreros con los nombres en soportes de plexiglás, situados en el mismo sitio en todas las bandejas, a la derecha de los platos. El carro se reflejaba en el brillante piso gris claro. Charly se estremeció.

Qué pena no haberme traído la cámara, observó. Este carro al otro lado de la puerta es tan tremendamente feo, funcional y uniforme que la foto sería perfecta. Se podría hacer una pequeña serie de naturalezas muertas sobre comidas preparadas de la más diversa calidad bajo las absurdas tapas en los distintos carros. Se lo propondré a John.

En ese momento una figura cuadrada vestida de blanco se deslizó delante del carro e impidió que siguiera pensando en su editor y en nuevas series de fotografías.

–¿Señora Tuchmann? –preguntó una voz serena–. Buenas tardes, soy el doctor Mayer, de la unidad de vigilancia intensiva de neurología.

Cerró la puerta al entrar.

Quince minutos después Charly estaba sentada junto a la cama de su hermana y se esforzaba por comprender lo que le había explicado el médico con detenimiento: Anne llevaba cuarenta y ocho horas inconsciente.

Charly sostenía con fuerza la mano de su hermana y decía pequeñas cosas sin importancia mientras escrutaba el familiar rostro en busca de alguna señal de actividad, con la esperanza de que Anne reaccionara. No un médico cualquiera, no una enfermera cualquiera, sino ella. Anne tenía toda la cabeza vendada, el rostro con forma de corazón céreo, como extasiado. Así eran las estatuas de las reinas medievales. Exánimes y bellas. Pero esa de ahí era Anne.

¿Qué había sucedido?

Siempre hemos estado tan sanas, pensó Charly. Deslizó su mano por la mano insensible que descansaba sobre la colcha blanca y de pronto se vio sentada junto a la cama de Anne con un fino camisón. Helada en el cuarto frío, apretó la pequeña mano febril de su hermana, le colocó un paño húmedo en la frente y escuchó la voz alegre de su madre, que gritaba tres estrechas plantas más abajo: «Charly, ¿está mejor Anne?». «No.» «¿Por qué le entra siempre esta fiebre tan desagradable? Tengo que ir a ver los caballos urgentemente con Richard, *darling*.» «¿Por qué?» Charly se había acercado a la fina barandilla de la escalera y vio abajo al robusto Richard, que venía todos los años desde Nueva Zelanda a pasar unas semanas, en un escalón junto a su madre. Le había pasado el brazo por los hombros, y ella le peinaba con la mano los gruesos rizos. «Hay un potro enfermo, y Richard tiene que irse mañana, así que sé una buena chica.» «¿Dónde está papá?» «No lo sé. En el instituto, en una presentación, no sé.» «No quiero estar sola.» «Llama al médico, si lo crees necesario.» *«Hi, Charly»,* saludó Richard. *«That's a good girl.»*

Entonces tenía siete años, recordó Charly. Siempre la buena chica, la chica grande que se ocupaba de la delicada Anne. Y eso que era tres años menor.

Observó con incredulidad los ojos cerrados, la boca de esa mujer sin conocimiento. Pero seguro que Anne se daba cuenta de algo. Vamos, Anne. Estoy aquí. Tienes que abrir los ojos. Todo volverá a ir bien. Yo estoy aquí. Intentaré dar con Sebastian. Lo localizaré en algún laboratorio entre Chicago y San Diego. ¿No te das cuenta de que estoy aquí? Los traeré a todos: de Nueva Zelanda, de China, de América. Vendrán todos para estar contigo. Que vengan y se preocupen por una vez en la vida.

«No hay por qué alarmarse», le dijo el médico. El historial había revelado que su hermana no había ingresado nada más sufrir el accidente, lo cual era comprensible. Al fin y al cabo ocurrió por la noche, nadie sabía cuándo exactamente. Por lo que él sabía, se la encontró por la mañana la repartidora de periódicos. El médico de guardia se asustó, ingresó en Urgencias cuanto antes y se le hizo en el acto un TAC. El diagnóstico: dos costillas fracturadas, una fractura de la base del cráneo, una herida abierta poco importante y una hemorragia cerebral. No se podía operar, pero no era un caso perdido. Le medían la presión intracraneal con regularidad. La fractura se resolvería, el hematoma se podía reabsorber. La presión intracraneal también se había reducido, lo cual era positivo. Las fracturas eran dolorosas, pero por el momento ella no se daba cuenta de nada... Estaba en la unidad de vigilancia intensiva de neurología desde que ingresó. A él, al doctor Mayer, le resultaba incomprensible que a Charly le hubiesen mencionado otro servicio. Le pedía disculpas. Era un hospital muy grande, para algunos algo complicado.

La puerta se abrió y una enfermera cambió con resolución la bolsa transparente, prácticamente vacía, por un suero cristalino completamente lleno.

Charly acarició el rostro vendado. Despierta, Anne. Te han dado algo de beber. Apretó la pequeña mano. Tienes que despertar.

La enfermera comprobó y revisó todos los tubos y gomas que unían a Anne con los distintos aparatos, apuntó unos valores en una tabla, sonrió y salió sin decir nada por la fina puerta de cristal por la que había entrado.

Charly estuvo tres horas mirando el rostro sin vida, habló en voz baja con Anne, intentó armarse de valor, se desesperó, se obligó a permanecer tranquila, luchó contra ideas descabelladas, apretó su mejilla contra el rostro vendado como si pudiera esconderse y supo cuán absurdo era. El miedo acechaba tras cada percepción, tras cada pensamiento, se le colaba en el corazón y allí se petrificaba.

A las nueve de la noche Charly se despidió de Anne con un susurro. Qué pasaría si chillara, se preguntó. Quizá el susto la arrancara de la inconsciencia.

Se dirigió a la puerta de cristal con cuidado, de puntillas. ¿Por qué no salgo taconeando? Al fin y al cabo se trata de despertarla.

Se quitó la bata verde mar en el pasillo y en el puesto de control anunció que se iba y volvería al día siguiente.

En el pasillo había abierta una ventana.

Nada de esto es verdad, pensó Charly, y se acercó a la ventana. No puede ser. Anne se pondrá bien. «No hay por qué alarmarse», musitó, a sabiendas de que el médico había dicho eso mismo demasiadas veces.

Fuera hacía una maravillosa noche de junio. Oyó voces procedentes de una ventana. De alguna parte llegaba música de radio. Billy Joel cantaba *Leningrad*. Charly se sabía la letra, siempre cantaba esa canción cuando la oía sola en el coche. Ya había empezado la última estrofa, y ella esperó a oír el final, los tremendos acordes de piano. John y David se burlaban de que le gustara tanto. Tenía que llamar a John y David.

Desde esa altura la vista llegaba hasta el candente horizonte rosa, las carreteras y las casas se volvían diminutas en la neblina crepuscular. Las farolas y la iluminación de las casas parecían luces flotantes en un mar rosa y gris.

Allí abajo, en alguna parte al suroeste del hospital, debían de hallarse la casa y el jardín donde había estado esa tarde. Probablemente esa familia grande y amable aún siguiera sentada bajo el gran arce rojo oscuro, charlando y riendo. Al pensar en la cantidad de personas que habían aparecido de pronto en el jardín para tomar el té no pudo por menos de sonreír. Primero ese gigante indolente, Paul, al que era evidente que había molestado; luego el enjambre de hermanos, sobrinos, nietos. Ciertamente era digna de admiración la rapidez con que Rosa, la hermana mayor del llamado tío Paul, la había interrogado. Aunque ya se lo había advertido él. Rosa distribuyó en un santiamén las tazas blancas de té en la mesa y, como de pasada, averiguó que Charly tenía veintitrés años y vivía en Londres, concretamente en Chelsea, que había hecho el bachillerato en St. Paul's College, igual que su hermana mayor, Anne, que ahora estudiaba Medicina allí, en Hanover, dentro de unas semanas terminaría el primer examen estatal final y vivía con su novio, que se llamaba Sebastian, también era médico, opositaba a una cátedra y se encontraba en Estados Unidos dando una serie de conferencias con su director.

Después Charly sacudió la cabeza al recordar el bombardeo de preguntas y se acordó de Paul, que no paraba de observarla con aire divertido.

¿Eran esos párpados lo que tenía de especial, tan sesgados y de aspecto tan sensible? Dan ganas de tocar el párpado, pasarle el dedo con mucho cuidado, observó Charly. Tal vez sea eso lo que hace que sea tan excitante; ¿o acaso la nariz o la boca? No lo sé. Todo en él es grande, recto, negligente y, pese a todo, reflexivo. Arndt, en cambio, es un creído.

Qué curioso que Arndt la hubiese invitado el día siguiente al entierro de su abuelo. Ella no habría ido con él de haberlo sabido. Ni siquiera lo conocía. En cualquier caso una breve conversación en un aburrido At Home londinense no bastaba para presentarle a uno a su familia.

Le habría gustado disculparse por la intromisión, sobre todo con la anciana, a la que saludó en el recibidor justo al final.

Charly se apoyó en la repisa de la ventana y, tras la tensión de las últimas horas, se sintió cansada por vez primera. Esa mujer conoce a nuestros padres, pensó. Hace unos quince años comió con ellos tres veces en el Claridge. Sólo pudo ser unas semanas antes de que se separaran. ¿Qué diría ella si le contara que probablemente haya comido más veces con mis padres que Anne y yo?

Charly recordó la pequeña y desordenada cocina del sótano de la casa de Londres, que siempre olía a quemado. Johanna, al igual que las demás estudiantes alemanas que se ganaban así un dinero, no sabía cocinar, pero en cambio hablaba alemán con ellas. Los padres sólo comían en casa cuando tenían invitados, en cuyo caso lo hacían, naturalmente, contratando servicio y sin sus hijas.

Quince años hacía de aquella inolvidable tarde de verano en que Anne y ella comprendieron que sus padres tenían menos aún en común de lo que se temían en sus horas de angustia.

Charly se vio a sí misma y a su hermana bajando por la calle, infinitamente larga, de Chelsea donde vivían. Hacía calor, e iban dejando atrás las fachadas blancas, las puertas oscuras y las ventanas sin cortinas. Anne ya llevaba tres años en el St. Paul's, y ella, Charly, tan sólo tres semanas: una niña de ocho años con las piernas flacas, el denso cabello castaño recogido en una trenza a la espalda, orgullosa de su nueva cartera, del primer uniforme, la *blazer* de rayas rojas y blancas con los botones dorados, orgullosa de cada paso que daba con los nuevos zapatos de charol; más sana, delgada, desenvuelta y alta –le sacaba una cabeza– que la rechoncha y rubia Anne.

Ese día Anne también iba del lado de la carretera, ya que ella, Charly, quería ir pegada a las verjas. Todavía podía sentir las yemas de los dedos rozando los barrotes redondos, pintados, todavía podía sentir el tirón que le pegó Anne, que le obligó a detenerse. Al final de la calle, ante la casa con la puerta azul subido, paró un taxi, una mujer rubia con un traje claro introdujo una gran maleta de aluminio en el vehículo, se subió a él y a los pocos segundos el taxi había desaparecido por la esquina. Era su casa, y la que se subió al taxi era su madre. Echaron a correr como nunca antes, Charly aún podía sentir en la mano el grueso llamador de latón con el que aporreó sin cesar la puerta para acallar el miedo que la dominaba.

Cuando Johanna finalmente abrió, las enviaron al dormitorio y media hora después su padre las llamó al pequeño despacho.

Él, pulcramente afeitado y envuelto en el aroma de su intensa agua de colonia, estaba sentado ante el abarrotado escritorio y las miraba con indiferencia.

–Vuestra madre nos ha abandonado y a partir de ahora vivirá en Nueva Zelanda.

Silencio.

–Johanna se ocupará de todo por el momento. Todo seguirá como antes.

Silencio.

Anne rompió a sollozar suavemente, buscó la mano de Charly y sus dedos se entrelazaron.

Charly aún podía oír su propia voz preguntar débilmente:

–¿Se ha ido con Richard?

–Sí. Si te refieres al señor Richard Jones.

–¿Por qué?

–Cuando llegue el momento tal vez la entendáis. Aquí tenéis una carta.

En la carta ponía, entre otras cosas: «Tal vez vuestro padre tenga la bondad de deciros por qué no puedo permanecer un día más bajo el mismo techo, en la misma ciudad, ni siquiera en el mismo país que él».

No se lo dijo, pero años más tarde lo averiguaron ellas mismas. Sin escandalizarse especialmente, se enteraron de que a su padre no le gustaban las mujeres. Quería a Peter, un experto en arte de Asia oriental. Ambos eran amigos de John y David, que se mudaron a la casa de enfrente y dirigían una pequeña editorial de libros de arte. Anne y ella, Charly, querían a su padre porque lo consideraban su obligación, pero querían mucho más a Peter y, especialmente, a John y David, ya que se preocupaban de veras por las pequeñas. Entonces eran una familia completamente feliz, hasta que apareció Sebastian, el novio de Anne. Para él la homosexualidad era una flaqueza, mientras que sus necesidades polígamas las consideraba masculinas y normales. Anne sufría con aquel macho inteligente, pero lo quería y siguió a su lado. Él se la llevó a Alemania y tan indignado estaba con su padre y sus amigos que Anne no iba a casa desde hacía dos años.

No puedo quedarme aquí sin hacer nada, se dijo Charly. Tengo que llamar a John y David. También debía intentar dar con Sebastian.

¿Y si cogía un taxi y se iba a casa de Anne? Habría de pedirle la llave a la vecina, que tendría un aspecto tan triste al otro lado de la puerta entreabierta como su teckel, que estaría tras ella en el oscuro pasillo sin ventilar. Y ¿subir ahora esa escalera mugrienta por la que se cayó Anne por la noche?

Charly seguía apoyada en la repisa de la ventana. ¿Podré llamar aún a esa preciosa casa?, se preguntó. Cansada y un tanto acobardada se imaginó cogiendo un taxi y plantándose allí en diez minutos. La fachada estaría iluminada de noche, ella entraría en la penumbra del recibidor y podría hablar con alguien. En algún lugar de esa gran casa habría una habitación, ella se dormiría con la última luz nocturna y no estaría sola.

Es absurdo, dijo, reprendiéndose. Sería inoportuno y descarado. En casa de Anne encontraré algo de comer y me dormiré en el acto. Puede que aún llame a Nueva Zelanda. Allí ahora es por la mañana.

Bajó al vestíbulo, pasó indecisa ante los escaparates de las tiendas cerradas y, tras detenerse ante las cabinas de teléfono, entró vacilante en una, buscó la pequeña tarjeta de visita que llevaba en el bolso y marcó el número de la casa color albaricoque.

Michi cogió el teléfono y disculpó a su abuela: no podía dar con ella. Tampoco podía pedirle a su hermano Arndt que se pusiera al aparato, ya que estaba jugando al tenis de mesa en el sótano, pero él sabía que se la esperaba. ¿Por qué? Porque precisamente le habían encargado a él llevar a uno de los cuartos de invitados agua mineral, un albornoz y toallas. Debía ir sin más, de lo contrario él habría hecho todo aquello en balde.

Después de colgar, Michi se paró a pensar un instante en lo que estaba pasando en aquella casa. Oía la iracunda voz de Rosa tras una de las habitaciones de la planta de arriba, su abuela no cogía el teléfono, aunque estaba en su cuarto, y su padre y Paul llevaban una barbaridad sentados al fondo del jardín, cosa que nunca sucedía. A Michi no se le escapó que había pasado algo que había puesto fin de repente a la poco habitual armonía de los adultos.

Antes, cuando aún estaba su madre, por la noche solía oír las voces de sus padres, cada vez más altas y furiosas, como si uno quisiera acallar al otro. Entonces él se metía bajo el edredón con la esperanza de apagar su miedo. De aquello ya hacía diez años, pero seguía experimentando esa sensación de impotencia y temor. No quería volver a consentir ese miedo, quería despertar, pero, para enfado suyo, una pelea nocturna tras unas puertas cerradas hacía que el muchacho, que a la sazón tenía diecisiete años, sintiera que volvía a ser arrojado a la oscuridad.

Quería quedarse, no volver a esconderse, y ahora alguien tenía que ocuparse de Charly.

Esa tarde, en el jardín, Charly le había caído bien, y debía sentirse a gusto allí. Por teléfono su voz sonaba tan cautelosa y titubeante, seguro que se había llevado un buen susto con el accidente de su hermana. Aunque en la casa reinaran la riña y la discordia, se ocuparía de ella.

Michi se apartó el cabello de la frente, respiró hondo y sacó para Charly de la nevera repleta una cena que habría bastado para diez personas. La comida, la bebida y la luz de las velas salvan cualquier principio difícil, se dijo. Después llamó a Wolfgang, Rudolf y Arndt para que subieran del sótano, y cuando el taxi llegó a la entrada, a la puerta había cuatro jóvenes esperando a Charly. La hicieron pasar a la cocina sin mucha ceremonia. Arndt sirvió vino y le ofreció una copa. Ella oyó su estridente voz y se topaba continuamente con una mirada que pedía su aprobación. Fue el único que no se sentó a la mesa redonda, sino que iba de un lado a otro reclamando atención. Los tres más jóvenes bebían cocacola, no hacían preguntas ni tampoco hablaban entre sí, tan sólo la miraban atentamente. Charly cazó la serena mirada de Wolfgang, que empezó a interrogarla con pies de plomo. Quería ser médico, le dijo, como su padre. ¿Podía contarle qué le había pasado a su hermana?

Ella se lo contó utilizando las objetivas palabras del neurólogo, y le tranquilizó hablar al respecto. La compasión del asustado muchacho le sirvió de consuelo, y el ambiente no tardó en ser tan distendido que Michi incluso se mostró dispuesto a tocar canciones de Billy Joel. De manera que pasaron a la habitación que quedaba entre la biblioteca y el gran salón, donde estaba el piano de cola, y Michi comenzó su actuación con semblante imperturbable, gafas de sol y una gorra de béisbol.

Los acordes de piano se oían hasta en el jardín, donde Paul y Georg seguían sentados bajo el oscuro arce.

–¿Cuándo hay que ir a ver a Friedrich Riesst por ese otro testamento, Georg? –inquirió Paul.

–El lunes a las cuatro. ¿Te viene bien?

–No –repuso Paul–. Tengo una cita desde hace semanas.

–Normalmente mientes mejor. –Georg rio para sí–. Ayer mismo me dijiste que lo habías despachado todo en el banco y podías cogerte vacaciones la próxima semana.

–La cita no tiene nada que ver con el banco. Es sólo que tengo que ir al dentista.

–Pues tendrás que dejarlo para otro día. Friedrich me ha dicho que la apertura del testamento sólo se puede llevar a cabo en presencia de toda la familia. A mí tampoco me viene bien, pero el martes Friedrich se va a Nueva York…

–¿Por qué no viene él mañana aquí o vamos nosotros a verlo al bufete? Ahora estamos todos y tenemos tiempo.

–Imposible: celebra el septuagésimo cumpleaños de su hermano en Hamburgo.

–Es verdad. Mañana por la mañana. Será todo un acontecimiento, y yo tengo que ir.

La última luz crepuscular apenas atravesaba el denso follaje del oscuro arce, y la casa se recortaba como una ingente silueta ante el arrebolado cielo.

–Este circo en el despacho de Friedrich Riesst es absolutamente innecesario. El testamento está en el registro civil desde hace al menos una semana, y de todas formas ya sabemos lo que pone, ¿no?

Se volvió hacia Georg, pero en la figura menuda de su hermano sólo pudo distinguir dos manchas de luz: la superior, mortecina, era la cuidada máscara de ejecutivo, y la inferior, luminosa, la camisa azul clara de finísimas listas blancas hecha a medida en Londres por la que llevaba toda la tarde envidiando a su hermano.

Georg no dijo nada. De la casa llegaron acordes de piano.

Apuesto a que ahora se está planteando si puede y debe decirme lo que ya le ha contado Riesst, observó Paul. ¿Y yo? ¿Le digo lo que sé desde ayer por la noche o dejo que lo haga nuestra madre?

Del salón de música llegaban con suma claridad la grave voz de Michi y la luminosa risa de Rudolf.

¡Leningrad!, esa canción tan pegadiza, pensó Paul. Billy Joel y su voz ahogada. Cara de póquer, gafas de mafioso, gorra de béisbol.

–¿Qué música es ésa? –preguntó Georg irritado–. Michi está loco por esa canción. Se viste como un traficante arrabalero y la canta al piano. Para morirse de risa.

–Michi es bueno –afirmó Paul–. Me gusta.

–Si fuera la mitad de aplicado que Arndt, no tendría nada que objetar. Pero, así, es que todos los días me entran ganas de darle una paliza. Ahora va a caerle un muy deficiente en Inglés. Sólo me da disgustos.

–¿Por qué no lo mandáis un año a Inglaterra?

–No quiere ir. Y su amigo tampoco. Eso es lo que pasa.

–Podría pasar los fines de semana conmigo, si no soporta el internado.

–Los fines de semana nadie que vive en Londres se queda en Londres, Paul.

–No seas tan estricto. La casa está ahí. Seguro que Arndt va a menudo. Su nueva novia es londinense.

–¿La chica que ha estado hoy aquí?

–Sí.

–No es para él.

–No hace falta que pienses en décadas.

–No le conviene.

–Hablas igual que papá.

–Y tengo razón. Como papá.

Increíble, analizó Paul, y sintió que lo asaltaba la ira de siempre. Papá me engañaba así: uno está en el jardín, sin pensar mal, y de pronto sobreviene la debacle. Georg es igual, y nadie se lo impide. Él es el único que tiene razón, él es el único estupendo, y eso que es un puñetero ignorante y un presuntuoso.

Había oscurecido. Enfurruñado, Paul arrastró la botella de champán por la mesa y se sirvió una copa.

–No puedes rechazar a una chica que, a todas luces le importa a Arndt, después de verla cinco minutos.

En la habitación de Helen había luz; debajo los chicos encendieron la del salón. El oscuro bloque se iluminó de golpe, como una transparencia tras la cual ardiera una vela.

–No rechazo a la chica. Rechazo la forma de idolatrarla de Arndt, y ni siquiera me hicieron falta cinco minutos para darme cuenta de que se comporta como un engreído, mientras que a ella él no le importa nada y nunca le importará.

–¿Por qué no va a sufrir un poco? –contestó Paul–. Eso no le hace daño a nadie.

–Suena bien, pero no es así –respondió Georg, y Paul percibió la amargura en su suave voz–. Las penas de amor no tienen por qué servir para nada, no tienen por qué hacer avanzar a uno. Más bien al revés. Ni siquiera las normales... Bah, no sé cómo explicarlo.

–¿Quieres más champán, suponiendo que encuentre tu copa? –inquirió Paul, y pensó: hoy estoy hablando de cosas rarísimas. Barnaclas carinegras y penas de amor. Y eso que todavía me duele la cabeza y encima estoy bebiendo otra vez alcohol, si seré idiota. No me puedo creer que Georg quiera hablar conmigo de penas de amor–. Tú siempre te explicas la mar de bien cuando quieres –dijo para alentarlo.

–Sabes a qué me refiero. Con Amalie fue así. Papá intentó quitármela de la cabeza, aunque la admiraba. Yo la idolatraba, y ella me toleraba. Después nos enredamos en unas peleas espantosas y tratamos de someter al otro. Ella nunca me aceptó ni me quiso ni me admiró, a pesar de mis éxitos y de los niños. Faltaba algo. No quiero que a Arndt le ocurra lo mismo.

–Pero tú no hiciste caso a papá.

–No. Pero quizá haya que empezar esas conversaciones de forma distinta a como lo hacía él. Sea como fuere, sus advertencias iban muy en serio, y a veces pienso que hablaba por propia experiencia. ¿Sabes lo que quiero decir?

–Creo que sí –respondió Paul–, pero mira lo que está pasando ahí arriba.

Rosa y Helen se hallaban junto a la gran ventana de la habitación de la segunda. Rosa, sentada en un sillón con un cigarrillo en la mano, miraba a Helen, que hizo ademán de levantarse del sillón de enfrente, vacilante, pero permaneció sentada muy erguida. La larga mano derecha de Helen se movía ante el tronco arriba y abajo, a intervalos regulares.

–Mamá está explicando algo, ¿no? –aventuró Georg–. Tengo la sensación de que mamá siempre le ha tenido a Rosa el mismo miedo que nosotros. Y Rosa se aprovecha, como siempre. Mira cómo se inclina hacia delante. Como un gato a punto de saltar. Seguro que está diciendo alguna barbaridad. ¿Tú sabes de qué va?

Es preciso, reflexionó Paul. Se lo diré. Mamá incluso se alegrará.

–Acabas de dar a entender que algo no funcionaba y nunca funcionó entre papá y mamá, ¿no?

–Sí.

–Desde ayer por la noche sé lo que era.

Cuando Georg hubo escuchado la historia se puso en pie despacio.

–No sé qué decir, Paul. Creo que no tengo imaginación para entender algo así. Prefiero irme antes de que bajen, ¿sabes?

–Yo en tu lugar haría lo mismo.

–Por cierto, ¿dónde se ha metido Wolf la tarde entera? –preguntó Georg, pretendiendo así señalar al responsable de los problemas de Rosa.

–Esta mañana cogió un avión a Dusseldorf por una emergencia. Tenía intención de volver.

Cruzaron el césped despacio hacia la terraza.

–¿Qué hora será? –preguntó Georg, deteniéndose bruscamente.

–Las diez y media, más o menos. ¿Por qué?

–La chica ha vuelto. La tal Charly. ¿La ves al lado de Michi, junto al piano?

–Mamá la invitó a quedarse. Conoce a sus padres.

–Pues entonces todos contentos –dijo Georg, más bien despectivo.

–Todos quieren caerle bien. La chica es maja, Georg. Eso al menos has de admitirlo.

–Basta por hoy. Los chicos se vienen conmigo. Me voy.

–Yo también.

–Pero no irás a Hamburgo, ¿no?

–¿Por qué no?

–Porque es una estupidez. Has bebido demasiado.

–Es verdad. Pues entonces saldré mañana por la mañana temprano. Tengo que ir a la recepción. No hay más remedio.

–Cualquier cosa mejor que pasar un domingo con Rosa, ¿no? No lo olvides: el lunes a las cuatro en el despacho de Friedrich Riesst.

Capítulo 6

Charly despertó en el pequeño cuarto de invitados de la casa de los Saalberg. A gusto bajo el edredón, escuchaba la lluvia torrencial, sin decidirse a levantarse. Pensó en su situación.

Tendría que quedarse en Hanover mucho más de lo que pensaba, por lo menos hasta que Sebastian, el novio de Anne, volviera de San Diego. Pero sería de mala educación abusar de la hospitalidad de esa familia más de dos días, aunque nada le gustaría más.

Charly se incorporó y se abrazó las rodillas por encima del edredón de plumas azul pastel. ¿Cómo es posible, se preguntó, que aquí me sienta tan bien?

En Londres planificaba su tiempo de manera totalmente independiente. Su padre nunca le imponía nada, no quería saber cuándo estaba dónde y a qué hora.

Sin embargo, en aquella casa había horarios a los que todos se atenían, preguntas, explicaciones e instrucciones que se seguían porque el centro de la familia era Helen Saalberg.

Lo que habrá que hacer, pensar, vivir para llegar a ser como ella, se dijo Charly, y fue consciente de que hasta ese momento en su vida no había existido ninguna mujer a la que poder admirar, imitar o incluso querer.

Pese a todo era feliz. Quería a su padre y a Peter, John y David.

¿Se habría perdido algo sin saberlo? Le daba la impresión de que conocía esa gran casa y a quienes vivían en ella, desde hacía tiempo, como si la hubiese buscado y por fin la hubiese encontrado. John diría que era su lado burgués, que volvía a aflorar.

Charly se sentía bien, aunque se había dado perfecta cuenta de que en la familia Saalberg no sólo reinaba la armonía. Notó las tensiones que emanaban de Rosa, dedujo de miradas de reojo, gestos y matices que entre ella y el resto había una profunda desavenencia. Pero algo así sin duda era inevitable en una gran familia, pensó, y envidió a todos los que pertenecían a ella.

Se levantó para bajar a tiempo a desayunar, repasó los distintos rostros de la familia que se habían vuelto hacia ella la mañana anterior, en la mirada de admiración de Paul, y se alegró.

Sin embargo, cuando bajaba la escalera volvió a acordarse de Anne. ¿Cómo estaría esa mañana? Charly tuvo el presentimiento de que debía ir con ella en el acto, y sintió dentro de sí el miedo petrificado, con más fuerza que antes, como si se hubiese alimentado alevosamente de sus fuerzas y la hubiera debilitado. Pero no podía dejar que se le notara el miedo. Debía abandonar la casa, no podía acostumbrarse a su amparo ni a la seguridad que proporcionaba esa gran familia.

En el comedor sólo estaba Helen, que se asustó cuando entró Charly. La luz que en un principio le fascinara en la chica parecía haberse desvanecido. Helen casi creyó notar el miedo de su invitada. ¿Acaso no se siente capaz de hacer frente a las cosas que quiere solucionar ella sola? Probablemente sea mejor no hablar ahora de su hermana. Cuando Charly hubo tomado la primera taza de café, Helen le preguntó con tiento por el libro al que iban destinadas sus fotos.

–La idea de dejar que fuera yo quien hiciese las fotos nació el pasado verano, cuando las fotografías de mi primera exposición se vendieron bien. John, que es un amigo de mi padre, sacó adelante el proyecto porque me explicó que mis fotos eran demasiado bonitas debido a que soy adicta a la armonía. –Se sirvió una segunda taza de café y, para alivio de Helen, volvió a esbozar una tenue sonrisa.

–No entiendo cómo algo puede ser demasiado bonito –observó ella.

–John dice que las fotografías no deben ser tan bonitas como para que la belleza parezca artificial y el observador diga: una nube no puede reflejarse en el agua de manera tan bonita, no aquí, donde estoy yo. La pasada primavera me limité a ir por las calles haciendo fotos con un zoom muy potente de detalles bonitos: un charco que refleja una nube, una puerta, un llamador de latón, un gorrión en un charco de agua. A John las fotos le parecieron muy bonitas, pero aburridas, y me aconsejó que llevara conmigo otra cámara y fotografiase el objeto bonito en su entorno, en blanco y negro y con un gran angular. Es una gran desilusión. Entonces él sacó copias en ese mismo formato, las enmarcó y yo señalé con un fluorescente la relación existente entre la foto en blanco y negro hecha con gran angular y el objeto fotografiado con zoom en color. El mensaje es sencillo: todo el mundo puede ver algo extraordinario en cualquier entorno si lo quiere ver. Sea como fuere las fotos se vendieron a los dos días. Fue estupendo.

Charly no pudo evitar reír de alegría al recordarlo.

Helen pensó: entiendo que los chicos no puedan dejar de mirar a esta muchacha. Los ojos, la boca, su risa. ¿Cuál fue el veredicto de Michi? ¡Majísima! Arndt no se merece algo tan lindo. Tampoco ella olvidaría nunca a Charly cuando apareció en la puerta abierta del comedor. La cabellera, que le llegaba por los hombros, despejando ese rostro de marcadas facciones, los ojos azules brillando por encima del corto y ceñido vestido verde, que era del mismo color que el reloj de pulsera y lucía como si fuese una modelo. Y eso que era una camiseta desvaída que Helen le acababa de regalar.

Helen se dijo preocupada: a pesar de tanto encanto y autoestima la acechan el miedo y el desvalimiento.

–La próxima vez que vaya a Londres –afirmó– visitaré a su padre y la galería y convenceré a su John de que haga más copias para poder comprarme una foto.

–Estupendo –contestó Charly–. Ahora, antes de que me vaya, le apuntaré nuestra dirección. Me encantaría volver a verla.

–¿Significa eso que regresa hoy mismo?

–No… es sólo que creo que debería irme al piso de mi hermana… ha sido muy generoso por su parte permitir que me quedara aquí…

Más adelante ninguna de las dos tuvo claro cómo consiguió Helen que Charly siguiera siendo su invitada. Sin embargo, cuando Charly bajó con ella a la ciudad, donde tenía la intención de ir a ver el piso de Anne para después acudir al hospital, era un hecho que por la tarde volvería a Kirchrode.

Probablemente quisiera que me convenciese, pensó Charly al recorrer con la mirada la escasamente amueblada y estrecha sala de espera que precedía la unidad de vigilancia intensiva de neurología. Tal vez soporte esto mejor si puedo ilusionarme con algo. Había unas cuantas sillas contra las paredes, una mesa baja en un rincón que quedaba detrás de la puerta. Los objetos eran grises y lavables; fríos, como el encerado piso. Allí iban pocos a sentarse aliviados. En esa habitación no se concebían falsas esperanzas. Al acecho entre las lisas paredes verdosas aguardaban, invisibles, la intranquilidad y el miedo. Junto a la puerta había una única foto, enmarcada: un bosque otoñal de vivos colores tras un cristal con un marco de aluminio. Artificial y hortera. Los ojos de Charly se apartaron de la foto.

Apoyó las manos en la fría repisa de la ventana y miró al patio interior, en el que la intensa y persistente lluvia había dejado grandes charcos. Dentro de nada entraría una enfermera, le daría una bata y unas calzas estériles y se la llevaría con ella. Hoy va a pasar algo con Anne. Lo sé, se dijo, y tuvo la ridícula sensación de que en la sala de espera ni siquiera se podía susurrar. Pegó la frente al frío cristal. Finalmente la puerta se abrió. Charly volvió la cabeza y vio casi asustada el rostro de una enfermera, identificó la confianza instituida decreto en los ojos ligeramente enrojecidos y una sonrisa ejercitada en la boca.

–Soy la enfermera Lena, señora Tuchmann. Buenos días. ¿Qué tal está?

La voz sonaba abatida, como si la enfermera Lena hubiese vuelto a respirar hondo con arrojo ante la puerta para hablar con alegría facultativa.

–¿Cómo está mi hermana? ¿Ha habido algún cambio? ¿Ha despertado?

Charly se puso deprisa la bata, las calzas y el gorro estériles. El gorro parecía un gorro de ducha hinchado. El corazón le latía acelerado, y se dio cuenta de que la enfermera Lena no iba a responder sus preguntas.

–Venga conmigo, por favor. Es la hora de visita. El doctor Mayer hablará con usted dentro de un momento.

Después de quince minutos Charly volvía a estar sola junto a la cama de su hermana. En la pequeña estancia sin ventanas se oía el zumbido de los aparatos electrónicos. El brillo mate del cromo y la luz verdosa de los monitores centelleaban en la tenuemente iluminada habitación.

¿Qué pasará al despertar en esta cabina de supervivencia extraterrestre sin alguien al lado?, se preguntó Charly. Probablemente uno piense que ha muerto.

Y ¿qué pasará si estoy sentada con esta ropa junto a Anne cuando despierte?

Cuando Anne despierte: el pensamiento llegó con facilidad, pero con él también regresó el miedo que Charly no quería admitir.

Anne no va a morir. El médico ha dicho que todo es normal. No puede morir. Charly se arrodilló junto a la cama para tener muy cerca el rostro de Anne y agarró su mano pequeña y caliente.

–Esta noche di con Sebastian, Anne, ¿me oyes? Hablé con él. Se encuentra en San Diego y hoy da la última conferencia. Su hotel está en la playa. Oía el Pacífico por teléfono. La conferencia ha ido fenomenal y ya se vuelve. Estará aquí pasado mañana, y tú te vas a despertar. ¡Anne! Todo irá bien otra vez.

Se había acercado tanto al rostro de Anne que tocaba con la nariz el vendaje de la cabeza.

–Ayer te cogí las llaves del coche –siguió contando entre susurros–. Di con tu coche. Menudo cacharro. Me muero de vergüenza. ¿Cómo te has podido comprar un coche así? Pero funciona, que es lo principal. Sin embargo, no puedo presentarme en donde estoy viviendo con esta tartana. Tu casa está bien. He tirado la leche pasada y te he regado las plantas, fregué y llamé a mamá. Dice que te quiere, pero que ahora no te sería de utilidad. Que vayas tú a recuperarte a su casa. Dentro de quince días tres yeguas parirán, dice que hemos de entender que no puede dejar a sus yeguas. Le dije que vale, porque siempre ha sido igual. Yo estoy aquí, Anne, ¿me oyes?

Durante un segundo Charly pensó que los párpados de Anne se habían movido, que la presión de su mano había sido devuelta. Tenía que pegarse a Anne, así le llegarían las palabras, el amor y el cariño. No debía darse por vencida. Tenía que conseguirlo, siempre había conseguido todo lo que se proponía. Charly siguió así hasta que se sintió entumecida y hambrienta.

Ante las puertas de los ascensores de la planta baja se hallaba Arndt Saalberg, la reservada mirada fija en cada ascensor que llegaba. Esperaba pacientemente, listo para saltar como un perro de caza. Charly Tuchmann no se le iba de la cabeza. En algún momento acabaría saliendo de uno de esos ascensores. La había visto entrar, pero, por desgracia, no había podido alcanzarla. Se había enamorado de ella de golpe y porrazo, y hasta ese momento había conseguido a todas las chicas que había querido. Y era bajo, sí, pero también lo eran su abuelo y su padre –bajos, musculosos, rápidos y triunfadores–, y él hasta estaba orgulloso de serlo. El hijo será exactamente igual que ellos, decían todos los que conocían a la familia, y Arndt lo sabía.

Charly lo vio nada más abrirse la puerta del ascensor. Él se volvió y le mostró el bien peinado cogote, la trabajada espalda, y se balanceó ligeramente sobre los relucientes zapatos calados.

–Por fin –dijo con agresividad en la voz–. Llevo esperando dos horas y media.

–Tengo hambre –se limitó a responder ella. Se sentía desfallecer tras las horas que había pasado junto a la cama de Anne, sólo podía describir cómo se sentía por dentro y por fuera con esas dos palabras.

–Te invito a comer –contestó Arndt de inmediato–. Conozco un restaurante estupendo. Podríamos ir incluso sin reservar, me conocen.

Charly lo miró distraída.

–No, muchas gracias –repuso con la pequeña sonrisa en los ojos que Arndt esperaba desde hacía horas–. Necesito espaguetis. Cuando llueve necesito espaguetis, además me gustaría quedarme aquí. ¿Te importa si comemos unos espaguetis sin más en la cafetería?

Arndt habría comido con ella en cualquier parte, lo que fuera.

Se pusieron a la cola de la cafetería en silencio y cogieron unas bandejas en las que aún se veían restos de agua. Los cubiertos todavía humeaban y estaban calientes, acababan de salir del lavaplatos; los espaguetis brillaban en una aceitosa salsa boloñesa que, por desgracia, sólo estaba templada cuando Arndt y Charly finalmente pudieron sentarse.

–Podríamos haber comido tan bien –suspiró Arndt al hacer girar el tenedor contra la cuchara en la densa pasta.

–Esto también está bien –respondió ella, que siguió taciturna, se concentró en su comida y dejó la conversación en manos de Arndt.

¿Cuándo volvería a Londres? Ella no lo sabía. No, no había ningún cambio. ¿Quería cenar con él esa noche? ¿En un sitio de lo más chic?

No, ni hablar. No tenía tiempo.

¿Qué me pasa?, pensó Charly. No me salen las palabras, y eso que él se está esforzando. No puedo hablar de Anne, no puedo. Que Arndt me deje en paz. Voy a echarme a llorar. Pinchó los últimos espaguetis sin levantar la cabeza.

–Pero seguro que mañana tienes tiempo.

La mirada y la voz de Arndt no habían perdido un ápice de confianza.

–¿Qué día es mañana? –preguntó Charly.

–Mañana es martes, 26 de junio, y tengo una entrevista en Hamburgo. Vente conmigo y te enseño lo que quieras de la ciudad.

–Un momento.

Charly sonrió con cautela, y él podría haberla abrazado por ello. Sus ojos son tan azules como sus vaqueros, observó Arndt embelesado, y olvidó que en realidad no le gustaban las chicas con vaqueros, que despreciaba las cafeterías y los espaguetis a la boloñesa.

Mañana no puedo venir a ver a Anne hasta por la tarde, reflexionó Charly. El médico le había informado de que a su hermana le iban a hacer más pruebas, de que no estaría en su habitación durante gran parte del día. De manera que ella sólo podría esperar y angustiarse. Entonces, ¿por qué no hacer lo que de todas formas tenía pensado?

–¿En Hamburgo hay un museo llamado Kunsthalle?

–Sí –confirmó él–. En Hamburgo hay un montón de museos y galerías estupendos.

–Sólo me hace falta el Kunsthalle. Tú vas a tu entrevista y yo al Kunsthalle, ¿te parece?

Es uno de esos hombres de los que no hay forma de librarse, se dijo Charly. Tan excesivamente solícito, pero ¿por qué no iba a llevarme? Puedo intentar trabajar con la cámara de Anne, y de ese modo tendré una foto para John en el bolso.

Quedaron a la mañana siguiente delante de la entrada principal del hospital. Arndt se sentía tan dichoso que todo le parecía bien. Charly dijo que antes de salir tenía que hacer unas cosas en el hospital. Antes me pasaré por el servicio, pensó. Puede que Anne despierte esta noche y no hagan falta las molestas pruebas. En ese caso no iré a Hamburgo, claro.

Helen esperaba a su nieto delante del colegio.

Los lunes eran días duros para Michi Saalberg, el obseso de los juegos, el enamorado de los vaqueros, el pianista. Pese a todo los esperaba con impaciencia, pues todo lo que le divertía en su planificada vida escolar sucedía ese día: doble ración de Química e Historia, clase de piano a primera hora de la tarde y después entrenamiento de hockey. El profesor de piano y el club de hockey estaban cerca de la casa de sus abuelos, por eso los lunes no se iba a su casa. Se había instituido la costumbre de que Helen fuera a buscarlo al colegio y él comiera en Kirchrode y practicara al piano hasta que llegara la hora de ir a la clase.

Tras los tintados cristales de pequeños utilitarios se veía a elegantes damas con pendientes como la palma de una mano, en automóviles grandes o monovolúmenes esperaban madres de familia extenuadas con hermanos más pequeños, alguna que otra limusina aguardaba con el conductor leyendo el periódico al volante. A lo largo de los años lo único que había cambiado para Helen era la carrocería de los vehículos y el peinado de las mujeres. Primero se había encargado de recoger a Georg, luego a Paul y finalmente a Arndt.

Consultó con impaciencia el reloj al oír el timbre del colegio. La oleada de alumnos que rompía contra el patio del colegio y la calle, refluía despacio y decrecía deprisa, tan variopinta como si se abriera un gigantesco tubo de Smarties. Con sus camisetas y chaquetas de colores los alumnos parecían mucho más alegres que en tiempos de Georg, cuando llevaban americana, trinchera y corbata. Parecían no pesarles las estampadas mochilas deportivas, que llevaban colgando de un hombro como si nada. Sólo los rostros que acompañaban a las luminosas camisetas eran como los de los alumnos que Helen había visto tantos días a lo largo de los últimos treinta años: tras seis horas de clase estaban desde cansados hasta gruñones, reservados, aburridos, pero de vez en cuando también muy atareados, hablando animadamente, riendo, compungidos, satisfechos.

Michi, que se lanzó al asiento del copiloto, con sus desenfadados y modernos vaqueros, parecía tan hecho polvo y hosco como Helen sólo lo había visto cuando era pequeño y maleducado.

Helen leyó en los labios del muchacho que juraba en arameo, pero sabía que se contendría en su presencia.

Arrancó el coche y en el primer semáforo en rojo le dirigió una breve mirada. Él se apartó los húmedos rizos de la frente y dijo en un tono rudo, pero ya medianamente civilizado:

–Puedes seguir. El semáforo está verde.

–Gracias –repuso Helen. Nada más.

–Qué mala leche –dijo él al cabo de más minutos de silencio.

–¿Qué?

–Pues el Inglés. Ese tipo nos pone un examen sorpresa de vocabulario a sexta hora.

–Mmm –contestó Helen.

–Papá no se lo va a creer. Ahora suspenderé y tendré que ir a Inglaterra, y no quiero. No quiero ir a un internado.

–Seguro que os mandan otro trabajo...

–Bah, me saldrá igual de mal que el examen de hoy. Ya tengo un miedo horroroso metido en el estómago, si sabes a qué me refiero.

Helen subió la ventanilla, ya que entraba la lluvia, puso el limpiaparabrisas al máximo y frenó en seco ante un tranvía que se detuvo.

–Sí, lo sé –respondió ella distraída, y reanudó la marcha.

Sentía miedo cuando pensaba en Rosa. Jamás habría creído que la conversación que mantuvo con ella pudiera ir tan mal. En opinión de Rosa había suspendido.

Rosa tenía un enfado monumental, se había erigido en fiscal de la noche a la mañana. Se sentía traicionada. Era una bastarda, gritó. Rosa despreciaba lo que siempre había sido especial para Helen: Rosa se odiaba por ser hija de Ben.

Llegaron a la siguiente parada del tranvía y Helen vio cómo se bajaba una señora de cierta edad, la permanente gris echada a perder por la lluvia, enfundada en un viejo impermeable que se le ceñía en los abultados hombros y por delante se le abría por encima de la cadera; una mujer de su edad que arrastraba los pies por la calle con sus zapatos dados de sí, en las dos manos sendas bolsas de plástico hasta arriba.

Era deprimente. Lo cierto es que debería alegrarse de que lloviera, pues el jardín lo necesitaba urgentemente. Pero la intensidad era excesiva: las flores se estropearían. Volvió a pararse en un atasco. La lluvia acribillaba el techo del coche como una ducha abierta a tope.

–Tienes que encender las luces, abuela –sugirió Michi.

–Sí. Tienes razón –respondió ella mecánicamente.

Dentro de nada volvería a verse sentada frente a Rosa. Seguro que Paul aún no había vuelto de Hamburgo, y Charly no estaba allí para desviar la atención. Sin ella la vida en la casa desde la pasada noche del sábado habría languidecido. De ese modo en la superficie se había visto como arrastrada por un agua rápida y clara, ya que todos se preocupaban por Charly. Sus penas y necesidades distraían al resto del estado de ánimo de Rosa. La llevaban al hospital y la iban a recoger, jugaba al tenis y ganó un partido con Michi contra Arndt y Georg, que desde entonces estaba encantado con ella. Incluso hizo hablar a Rosa al mostrar su admiración por Rudolf, ya que, como cualquier madre, a Rosa le entusiasmó de tal forma que halagaran a su hijo que interrumpió su silencio. Charly tocaba el piano y cantaba con Michi, ayudaba a quitar y poner la mesa, siempre asistida y seguida con admiración por los chicos.

–¿Está Charly en casa? –quiso saber Michi, como si le hubiese leído el pensamiento a Helen.

–No. La dejé en la ciudad. Quería ir a ver el piso de su hermana y después pasarse por el hospital.

–¿Va a estar allí todo el día?

–Sí.

–Qué pena.

–Afortunadamente la he convencido para que se quede con nosotros, porque esta mañana quería irse al piso de su hermana.

–La habría ido a buscar yo mismo –aseguró Michi–. Y Arndt también. Y los demás. Creo que hasta Paul.

Helen no escuchaba.

Nadie sabía lo que había sucedido el sábado por la noche entre ella y Rosa, nadie podía imaginarse lo que se había dicho antes de que Rosa saliera de su dormitorio.

Su preciosa, pequeña Rosa, la preferida de Joachim. Él la adoraba. ¿Y Rosa? A Helen se le había caído la venda de los ojos: Rosa quería mucho más a Joachim que a ella. Y él correspondía ese amor, a pesar de Ben, a pesar de los prejuicios. No podía resistirse al amor posesivo de esa cría. Rosa acudía a él cuando no le iba bien, cuando llamaba desde el extranjero, cuando estaba feliz. La lista podía continuar hasta el infinito. La relación que Rosa tenía con Joachim siempre había sido fuerte. Ella lo quería y lo admiraba, y ahora se sentía excluida y le hacía a Helen tremendos reproches.

–Podríamos seguir. –Michi había retomado el frío tono que últimamente empleaba–. Nos pitan a nosotros, abuela. –Se quejó de manera contenida, como sólo puede quejarse un muchacho de diecisiete años al que todavía tiene que llevar en coche su madre o su abuela.

–Ay, por Dios. –Helen metió primera–. Creo que debería concentrarme en el tráfico.

–Historia ha vuelto a ser genial –afirmó Michi de pronto, cuando Helen hubo arrancado–. ¿Puedo llevarme a casa después unos libros de la biblioteca del abuelo?

–Sí, claro –repuso ella.

–Hoy me han enchufado un trabajo enorme. Primero teníamos que encargarnos de la campaña rusa, pero luego Scholz se lo dio a otros. Ahora estamos haciendo la resistencia contra Hitler entre cuatro. En primer lugar la Rosa Blanca, la Iglesia de la Confesión, el atentado del 20 de julio. Scholz me ha dado un trabajo adicional: el NKFD, el Comité Nacional para una Alemania Libre. Es muy interesante, dijo Scholz, poco conocido, seguro que no se aburre, Saalberg.

–¿El Comité Nacional para una Alemania Libre? –preguntó Helen inexpresiva mientras frenaba ante el primer paso de cebra de Kirchrode. Un grupo de niños pequeños con vistosas mochilas a la espalda cruzaba en tropel a la acera de enfrente–. Y ¿ya sabes de qué se trata, Michi?

–Claro. Muy por encima: se trata de un grupo de prisioneros de guerra alemanes que combatió contra Hitler en Rusia, después de Stalingrado.

–Sí… después de Stalingrado… –repitió Helen con un hilo de voz. Ahora conducía deprisa, por fin adelantó al tranvía detrás del que había ido todo el tiempo para torcer poco después.

–En Stalingrado es donde cayó el hermano del abuelo, ¿no? –Michi interrumpió su silencio.

–Sí, en Stalingrado es donde cayó el hermano del abuelo.

Helen dobló a la izquierda por la Ostfeldstrasse.

–Pero el abuelo también estuvo en Stalingrado. Seguro que entonces seguíais de cerca lo que pasó después en Rusia, ¿no?

Helen cruzó la verja verde oscura y se detuvo poco después, ante la entrada.

–Pues claro que lo seguíamos –repuso, con la esperanza de que sonase incidental–, pero de forma distinta a como os lo imagináis hoy.

Vaya una casualidad, pensó cuando apagó el motor. Joachim y Ben habían muerto, sus días quedaban atrás, y ahora…

Al bajar miró la casa y vio un agujero en el canalón. El rastro de humedad en el revoque llegaba hasta las ventanas de la cocina. Tendría que llamar a un obrero.

–Podrías contarme cosas de esa época, ¿no? –inquirió Michi, que seguía en el coche, la mochila azul y verde en las rodillas–.

El abuelo nunca quería hablar de ello, pero tiene libros sobre el Comité Nacional, lo sé.

–Vamos, date prisa –pidió Helen antes de cerrar la portezuela–. Gisela tiene que irse hoy a las dos en punto porque quiere ir a buscar a su hijo al aeropuerto.

–¿Al que trabaja en Basora? –Se bajó y cerró la puerta.

–Gisela dice que es incapaz de retener el nombre de los reinos de esos jeques.

–¡Abuela! Basora es una ciudad de Irak, la única ciudad portuaria, si es que eso te dice algo. No es ningún reino.

–Lo sé –contestó Helen distraída–. Y ahora espabila para que podamos comer deprisa.

Capítulo 7

Paul había vuelto de Hamburgo. Se encontraba en el comedor, las manos en los bolsillos del pantalón, mirando el aguado jardín por la puerta de la terraza, que estaba abierta.

Aliviada, Helen fue al vestidor, pero mientras colgaba de una percha la gabardina empapada la asaltó la inquietante idea de que Rosa pudiera dirigir su ira contra Paul. Recordó de nuevo a su hija, sosteniendo en la mano la fotografía amarillenta del pasaporte de Ben y en un primer momento pensando, sobresaltada, que se trataba de Paul. A continuación tiró la foto al suelo con odio teatral. ¿Por qué odiaba Joachim a su hermano tanto como para querer borrar su recuerdo? Todo lo que tenía que ver con Ben fue destruido, hasta que nació Paul. Después se vio obligado a reprimir su obsesión a diario.

Helen no olvidaría jamás la cara de susto que puso Joachim tras el nacimiento de su segundo hijo. El pensamiento que ella leyó en sus ojos también fue su primer pensamiento: los ojos de Ben. Había una sanguina heredada de su madre que mostraba a Ben de pequeño: un niño grande y fuerte de abundante cabello y párpados extremadamente delicados, sesgados. Paul era exactamente igual. Helen recordaba a Joachim en la habitación del hospital, inclinándose sobre la minúscula camita de barrotes sin dar crédito a lo que veía, la cuidada uña dibujando el delicado párpado del niño como si quisiera marcarlo a fuego.

«Se parece a mi madre.» Le dirigió a ella una fría sonrisa. «Por eso te ha salido tan grande.» Rosas rojas, un collar de esmeraldas, un beso –no escatimó los distintivos de orgulloso agradecimiento–, pero del niño no dijo nada más. Ése fue su primer encuentro con Paul.

Nunca habló del parecido, nunca lo comparó con Ben, pero hizo sufrir a Paul por ello. Trató con frialdad y distanciamiento al muchacho, que no podía sospechar por qué era rechazado, que, siempre expectante, a un tiempo seguro de sí mismo y deferente, esperaba un amor que no le sería profesado.

Helen decidió hablar tranquilamente al respecto con Paul, pero no en ese momento, cuando faltaban tres minutos para comer. Se secó las manos, se peinó el cabello y constató con asombro que no parecía tan cansada como se sentía. A continuación enfiló el recibidor para ir al comedor y se acercó a la puerta con Paul.

–Buenos días –la saludó éste, como si no hubiese estado fuera–. Precisamente estaba pensando que habrías sido una gran paisajista.

–Me alegro de que te guste mi escabechina. Lo cierto es que debí preguntarte. A Rosa le horrorizó, a Georg le da igual.

–Me gusta mucho. Lo que has hecho con ese rincón escondido es un milagro.

–Sólo quité lo superfluo para liberar espacio.

–Por lo visto ése es el secreto.

Al sureste de la delimitada finca urbana Helen había arrancado, a excepción de la última hilera de árboles que crecían junto a la baja tapia, todo cuanto le estorbaba la vista: saúcos adultos que siempre proliferaban desordenadamente y en otoño echaban unas deprimentes hojas manchadas; rosales viejos y leñosos cuyas sosas flores amarillo limón nunca había podido soportar, y groselleros informes que ya no daban fruto. Habían sobrevivido pinos y vetustos robles cuyas imponentes ramas no impedían divisar el vasto panorama ondulado. De ese modo había creado la ilusión de un paisaje infinito y romántico.

Al menos en verano. Cuando caían las hojas, hacia el este se distinguían los tejados de las casas vecinas y feas urbanizaciones de altos edificios. En los años noventa el plan de ordenación del suelo había cercado la clásica construcción, erigida a principios de siglo en el aislado terreno de las afueras.

–Cuando hay neblina, como hoy, o al anochecer es como si viviéramos aquí solos –observó Helen.

–Por lo menos desde aquí. Pero pobre de ti si te mueves un centímetro a la izquierda –respondió Paul.

–Desde mi asiento no veo otra cosa.

–Eso es lo principal.

Se echaron a reír y entraron en la luminosa habitación. En el centro había una gran mesa de comedor redonda que siempre vestía manteles de generosas dimensiones. Ante ella, diez butacas macizas, tapizadas de ante gris pizarra. El mobiliario lo había escogido la madre de Joachim, y Helen lo había aceptado. Era su estancia preferida, y también la de Paul. Helen no cambiaría una sola cosa en ella.

Paul, no obstante, hacía dos salvedades: sobre una cómoda, en un enorme marco de zinc, colgaba un paisaje de montaña. Apagados tonos azules y verdes dominaban en el óleo expresionista, por el que Joachim debió de pagar un dineral. A Paul sólo le gustaba el marco, opinaba que el cuadro parecía una postal de unas vacaciones de esquí. Por lo demás, consideraba que los suntuosos manteles sobraban, ya que debajo se ocultaba una mesa maravillosamente labrada con un resistente sobre de cristal. Sin embargo, Helen no soportaba lo ruidoso y frío que era el cristal para comer.

Ese día un mantel con un estampado de gran tamaño en tonos azules, verdes y blancos vestía la mesa ante la cual se había reunido la familia para comer. Había patatas nuevas, filete y mantequilla de hierbas, ya que el lunes Gisela cocinaba para Michi y sabía qué era lo que más le gustaba.

Helen no hubo de esforzarse por mantener una conversación embarazosa. Para Michi, Paul, Wolf, Rudolf y Wolfgang había temas de sobra. Primero hablaron de Charly con entusiasmo unánime y lamentaron que no estuviese allí. Helen se percató de que Paul no decía nada. Después se especuló sobre el hijo de Gisela, el ingeniero de caminos, canales y puertos que se encontraba en Irak y al que su madre debía ir a recoger al aeropuerto por la tarde. A Helen tan animada conversación le vino bien: no tuvo que dirigirle la palabra a Rosa, que, con el cabello negro peinado hacia atrás bien tirante y un vestido del mismo color, corto y ceñido, se movía como un gato a punto de saltar. Así observaba también antes lo que sucedía a su alrededor, así se comportaba siempre que estaba enfadada y rumiaba su enfado.

Después de comer Helen se despidió deprisa. No quería tomar café, sino tratar de dormir algo. Quedó con Paul a las tres y media: iría con él al bufete de Friedrich Riesst, si no le importaba. Paul se mostró conforme, y cuando Helen salió por la puerta todos volvieron a centrar su atención en Michi, que se sabía el último chiste sobre Trabis: ¿cómo se reconoce un Trabi deportivo? Por las zapatillas de deporte en serie del maletero.

Entusiastas gritos de indio de los chicos, que adoraban a Michi y nunca se cansaban de oír sus chistes. Helen no rio cuando subía por la escalera, sino que se planteó si Rosa les contaría a sus hijos lo que había averiguado sobre su padre. ¿Qué papel obligaba a adoptar a Wolf en tan desesperada competición? No le daba la impresión de que él consiguiera aplacar a Rosa.

Profiriendo un suspiro de alivio Helen cerró la puerta de su dormitorio tras de sí. En ese cuarto se sentía segura. Paul podía decir misa del entelado de las paredes: para ella no había nada más bello que esa seda apagada color albaricoque. Abrió de par en par la ventana para oír el golpeteo de la lluvia. Los esplendorosos rosales ya mostraban graves señales de deterioro, pero por el momento daba lo mismo. Corrió la cortina hasta la mitad y se tumbó en la cama para al menos dormir media hora.

No lo logró. Su mirada se posó en el sillón que la furibunda Rosa volcara. A Helen le vino a la memoria en el acto la desagradable escena:

–¿Por qué no has cumplido el deseo de papá? Él tenía toda la razón al decir que yo te odiaría por ello. Lo único que se le pasó por alto es que siempre te he odiado.

–¡Rosa!

–Estabas tan ocupada con tu persona que no te dabas cuenta, y a mí me daba lo mismo, porque tenía a papá. Pero con él he sufrido.

»Nunca quisiste a papá –gritó Rosa–. Siempre lo engañaste. Puedes darme un bofetón tranquilamente, pero es lo que pienso. No se trataba de un engaño normal y corriente, ni de una asquerosa aventurilla. No, lo engañaste durante años en tu fuero interno, que es mucho peor. No lo necesitabas, lo traicionabas a diario, y él no lo sospechaba, eso es algo que tengo perfectamente claro después de todo lo que me has dicho. Ahora la traición es completa, ya que ni siquiera has respetado su último deseo. Él lo intuía, de lo contrario no habría escrito esa carta. Siempre le dolió que te trajeran sin cuidado sus deseos y sus disposiciones, te miraba a menudo con cara de decepción cuando no te dabas cuenta de sus sentimientos. Él te adoraba, y tú lo trataste peor que a un perro.

–Rosa, ¿es que no puedes entender...? –intentó interrumpir a su hija.

–No hay nada que entender, no te esfuerces. No digas nada más, no serviría de nada. Sólo tengo un padre, y es Joachim Saalberg. Ese Ben en el que piensas día y noche no me interesa. Nada. Lo utilizaste para engañar a papá, has vivido durante años en una burbuja y te has instalado cómodamente en ella, y me asquea creer que pensaras precisamente en él cuando me mirabas. Me das asco, y ese Ben me da asco. No es mi padre, seguro que fue un miserable, un inútil al que papá despreciaba con razón. Papá siempre tenía razón. Su único error fuiste tú, si es que quieres saber lo que opino de ti...

–Puedes irte –dijo Helen, haciendo un esfuerzo–. No me apetece escuchar esto.

–No, claro. –Rosa se puso en pie de un salto, los ojos echando chispas–. Tú siempre lo has dado todo por sentado: que eras guapa, que eras amada, que pasaba lo que querías. Y eso que ni siquiera sabes lo que es el amor.

–Vete de una vez.

–¡Ah, no! No pienso hacerlo. –Rosa se paseaba a un lado y a otro hecha una furia–. Me iré cuando hayas oído que no te creo. Papá era una persona estupenda, y es mentira que no quisieras casarte con él, es mentira que sólo lo hicieras por mí. Porque ¿qué eras tú? Una chica guapa embarazada. Pobre, sin formación y embarazada de un hombre sin oficio ni beneficio. Sin papá habrías acabado marginada. Sólo te casaste con él para poder soñar tranquilamente con tu Ben. Ben aquí y allá y en todas partes, tú misma acabas de admitirlo.

A Helen aún le temblaba el cuerpo entero. Temblaba de rabia, incapaz de decir nada, incapaz de moverse. Permaneció en su asiento inmóvil hasta que Rosa finalmente salió de la habitación.

A las tres y media en punto Paul salió con su madre por la puerta y se dirigió al coche para ir a ver a Friedrich Riesst. Había dejado de llover, el día era neblinoso y hacía bochorno, el aire olía a tierra y hojas mojadas. Junto a su coche había un rectángulo de asfalto seco, allí donde estuviera el coche de Wolf Farnheimer. Wolf y Rosa habían salido puntualmente para llegar a tiempo al bufete.

Me alegro de que después se vayan a Dusseldorf, pensó Paul. Allí Rosa podrá meditar tranquilamente qué otros ataques de histeria va a sufrir y, sobre todo, delante de quién. Increíble el numerito de hace un rato.

Se acomodó un instante en el asiento del conductor, puso el limpiaparabrisas, escuchó las noticias del tráfico y retiró hojas y gotas de lluvia del retrovisor izquierdo. A continuación echó una ojeada al coche, consultó el reloj, se bajó y cogió la gabardina y un palo del golf del asiento de atrás, que metió en el maletero. A las 15.33 miró hacia la casa con desasosiego. Por encima de la puerta de la cocina reparó en el herrumbroso reguero de agua de la pared, había que echarle un vistazo cuanto antes. A las 15.34 se miró con inquietud la chaqueta del traje de verano beis y retiró una minúscula pelusa oscura en la manga izquierda. Tras esperar otros sesenta segundos volvió a entrar en la casa, subió la escalera y llamó a Helen. Finalmente, sin dejar de llamarla, asomó la cabeza por la puerta de su habitación y la despertó.

Cinco minutos después Helen se hallaba junto a Paul en el coche e iniciaban la marcha.

–Ya veo que lo tuyo no es la puntualidad –observó él del modo más agradable posible al salir de la propiedad. Siempre había rechazado la obsesiva puntualidad de su padre, pero desde no hacía mucho había constatado que le enfadaba que lo hiciesen esperar. Fuera quien fuese.

–Precisamente a la apertura del testamento no me gustaría llegar demasiado tarde –respondió Helen.

Sacó una brillante cajita azul oscura del bolso y, tras abrirla, se miró el rostro lo mejor que pudo en el pequeño espejo y se empolvó la nariz y las mejillas. Luego se oyó el leve clic del cierre de resorte de la caja y el bolso se cerró. Helen se pasó la mano por la fina tela estampada en negro de la falda del traje de chaqueta, cruzó las piernas y se retrepó, profiriendo un suspiro de alivio.

–No sé cómo he podido quedarme tan dormida.

–La verdad es que es un milagro, teniendo en cuenta el ruido que había en la casa.

–¿Qué pasó?

–Rosa les gritó a los chicos –se limitó a contestar Paul.

–Rosa –repitió Helen, agradecida por el pie–. Lo suyo es desesperante. Nuestra conversación fue un desastre absoluto. Se empecina en lanzar acusaciones crueles y está obsesionada con la idea de que ha sido traicionada.

–No se puede estar con ella –afirmó Paul–. A mí ni me deja hablar. Hasta Wolf está perplejo; él mismo me lo ha dicho. Rosa le ha prohibido que se dirija a ti.

–Peor es que se marche sin intentar entenderme. No ha vuelto a intercambiar ni palabra conmigo desde el sábado por la noche. Tengo la extraña sensación de que me acecha como antaño.

A Helen la asaltó con una claridad meridiana la imagen onírica de que la libró Paul al despertarla. Soñó con una escena que se remontaba en el tiempo. Había llegado a casa a última hora de la tarde, abrió la puerta y, al entrar en el recibidor, tenuemente iluminado, vio a la tierna Rosa, que por aquel entonces tenía cinco años, acurrucada en un sillón de piel con su camisón rosa preferido, enfrente mismo de la puerta. Ella cruzó a la carrera la puerta de cristal que separaba la entrada del recibidor y fue directa a Rosa con los brazos extendidos para cogerla. Sin embargo, ésta se aovilló más aún en el asiento, miró a su madre con sus verdes ojos, rechazó las manos y dijo con frialdad: «Sólo estoy esperando a papá».

Helen sintió en todo su cuerpo la plúmbea decepción que experimentara entonces e incluso cuando soñaba.

Paul se centró en el tráfico.

–Y ¿por qué chilló a los chicos? Michi acababa de empezar a practicar con el piano. Eso lo oí antes de quedarme dormida.

–Bah, todo empezó de la forma más inofensiva. –Paul se situó en el carril de adelantamiento–. Tomamos café, los chicos se repartieron una caja de bombones y Michi se puso a jugar al que ahora es su juego preferido con Rudolf y Wolfgang. La verdad es que es más viejo que la tana, pero él le ha añadido algo de su cosecha: coge la letra inicial de todas las respuestas y con ellas hay que formar un nombre o un concepto.

–Sé cuál es –lo cortó Helen–. El sábado por la tarde me obligó a jugar a mí. Por desgracia no salió nada con sentido.

–Pues hoy fue de lo más emocionante –dijo Paul mientras metía cuarta–. Rudolf pensaba en algo y los otros dos le hacían las preguntas. Se quedaron pasmados con el resultado, porque Michi construyó la palabra Zenit con las iniciales. En realidad no tenían ninguna T, sólo una D, pero ellos pensaron que no tenía importancia. Fue rápido y divertido, aunque Rosa no paró de criticarlo todo.

–Y ¿en quién estaba pensando Rudolf? ¿Quién se llama ahora Zenit?

–Rudolf tenía en mente un nombre para este siglo. Ni más ni menos. En su opinión, si a huracanes y tifones se les daba un nombre, por qué no dárselo también a un siglo.

–Ese niño es increíble.

–Sí que lo es, sí. Wolf respondió, casi asustado, que llamar Zenit a nuestro siglo era filosofía sin quererlo, y Michi terminó diciendo que Rudolf había explicado con una palabra aquello en lo que él había estado pensando detenidamente tantas veces, que en este siglo todos los sueños soñados se harían realidad. Se había alcanzado todo cuanto llevaban deseando y estudiando los hombres desde hacía miles de años. Volar, por ejemplo, o los avances en la medicina. Habíamos llegado al punto culminante. Ahora empezaba todo, pero al mismo tiempo todo tocaba a su fin. En cualquier caso, éste era el último siglo en el que él quería vivir.

–¿Alarmante o no?

–Sea como fuere habría resultado interesante seguir hablando, pero Rosa armó un escándalo porque Michi hizo rodar el servilletero por la mesa y fue como una bala hacia la taza de café de Rosa. La taza se rompió, el café se derramó en la mesa y Rosa se puso a pegarle gritos a Michi como una loca porque era la taza preferida de papá.

–Lástima de conversación –aseveró Helen–. Es tan poco habitual saber lo que piensan de verdad los chicos. –En ese mismo instante supo que Rosa la odiaría por haber hecho ese comentario, por pasar por alto el amor que le profesaba Joachim a una taza. «Nunca te importaron los sentimientos de papá... Sólo te divertías... Lo trataste peor que a un perro...»

Helen se preguntó si podía hacer a un lado sin más esas acusaciones. Le había dado a Joachim lo que deseaba: se había casado con él, había negado a Ben, había sacrificado la identidad de Rosa y le había dado dos hijos. No lo había querido, pero eso él lo sabía. Había vivido a su lado durante años como en trance y sufrido por la muerte de Ben, por el rechazo de Rosa. Pero ¿era todo tan sencillo?

–Las cuatro menos cinco. Con un poco de suerte lo conseguiremos –dijo Paul, y entró en Herrenhausen por la autovía.

–Qué vamos a hacer con Rosa... –Helen habló más para sí que para Paul.

–Hace un momento ya no hubo forma de que se calmara. Michi decidió practicar con el piano y salió del comedor cabizbajo. Cuando empezó a ensayar ese hit americano que quiere tocar la próxima semana en las fiestas de colegio, ella perdió los estribos por completo. Tiene los nervios de punta. Cruzó la puerta corredera como una exhalación, le gritó a Michi y le cogió la partitura del piano. Luego le preguntó de dónde había sacado la letra: era lo más estúpido que había oído en su vida, y Rudolf y Wolfgang no deberían escuchar semejante idiotez.

–¿Por qué se pone así? ¿Sabes qué canción es?

–No del todo. Va de un muchacho ruso de Leningrado. Un niño nacido durante la guerra, sin padre. O algo por el estilo.

–Qué disparate. Pero es típico de Rosa. Cuando quiere conservar viva la rabia, la alimenta con cualquier menudencia.

–Pobre Michi –dijo Paul–. Lo llevé a la ciudad después de que Rosa lo atacara por tercera vez.

–¿Qué más pasó, por el amor de Dios?

Paul entró en el garaje subterráneo del edificio de oficinas. El despacho de Friedrich Riesst ocupaba la última planta.

–Michi casi se disculpó por la tonta canción y dijo que mejor dejaba de tocar el piano, cogía unos libros y se iba. Rosa le preguntó en el acto que qué libros quería llevarse. Él contestó que te lo había comentado a ti, que eran unos libros de la biblioteca de papá que necesitaba para un trabajo de Historia. Ni siquiera había terminado de hablar cuando Rosa se plantó delante de la puerta del cuarto de papá y dijo a voz en grito que no podía coger ni un solo libro de papá, que a nadie se le había perdido nada en el cuarto de papá, ni siquiera a ti. Que no tenías por qué decidir sobre las cosas de papá. Que si intentaba entrar en el cuarto no lo permitiría. Procuré tranquilizarla, pero no me dejó terminar una sola frase. Al final cogí a Michi por el brazo, lo saqué de casa y nos fuimos. Creo que si no le habría dado un bofetón.

–Es tremendo. Si ni siquiera quiere hablar contigo, ¿qué vamos a hacer?

–Georg.

–No lo dirás en serio. Si no se soportan. ¿Sabe algo Georg de la carta de papá y nuestra conversación?

–Se lo conté yo.

Desde el garaje un ascensor subía hasta las distintas plantas. Su puerta, de un brillo cromado, se hallaba a la derecha, junto a un pequeño cuarto iluminado que podía utilizar el personal de vigilancia o conductores que estuviesen esperando. Un nuevo conductor de la Saalberg AG, Erich Günther, se encontraba con otro en la puerta abierta. Ambos se habían quitado la chaqueta gris, aflojado la corbata gris y abierto la camisa azul celeste. Ambos fumaban.

Helen y Paul fueron deprisa al ascensor, sus rápidos pasos resonando en el amplio garaje en penumbra. Paul lo llamó y aguzó el oído en el hueco cerrado del ascensor. Nada. Consultó el reloj.

–Las cuatro y un minuto –musitó Helen–, todavía no es una catástrofe.

Comprobó divertida que en los garajes en penumbra hablaba en voz baja por instinto. Después oyeron que llegaba el ascensor. La puerta se abrió automáticamente con un siseo, y Helen y Paul entraron. La cabina subió veloz al sexto piso. Paul se miró la punta de los limpísimos zapatos marrones oscuros y pensó: en Londres tengo que comprarme sin falta zapatos nuevos.

Cuando el ascensor aminoró la velocidad antes de llegar a la sexta planta, Helen y Paul se sonrieron brevemente, casi asombrados, como diciendo: no hemos vuelto a hablar de lo que nos espera ahora. Pero será aburrido y discurrirá con normalidad. Qué otra cosa podría pasar.

Entonces se abrió la amplia puerta y se encontraron en el vestíbulo iluminado del bufete Fehrenbach, Giegeler, Riesst & Co.

Para revestir las paredes, para las altas puertas, para los macizos archivadores, estanterías y mesas de oscura madera noble veteada en una superficie de mil metros cuadrados sin duda se habían arrasado algunos metros cúbicos de selva tropical.

Los despachos habían sido objeto de una costosa restauración a mediados de los años sesenta, en una época en la que no se conocían palabras como protección del medio ambiente, contaminación atmosférica, protección de las especies y programa de ahorro energético; en la que abreviaturas como CFC o PWR* no despertaban ninguna emoción; en el mundo del milagro económico de la Alemania Occidental, que parecía en orden porque aún no se hablaba de la creciente miseria que había ocasionado en otra parte.

En Fehrenbach, Giegeler, Riesst & Co. el mundo parecía seguir estando en orden. Sólo había que aprender algunas palabras y utilizarlas con tino, había que almorzar con la gente adecuada, seguir a los socios jóvenes adecuados. Había que tramitar con éxito los prometedores casos de los clientes adecuados, de manera flexible, pero sin miramientos por la angosta cresta del Derecho, y así se podían mirar con satisfacción desde el sexto piso del edificio de oficinas de granito las copas de los árboles de los jardines Georgengarten, hacia el futuro –también el futuro económico de toda Alemania, y en particular de toda Europa–, pues el bufete estaba especializado en Derecho mercantil. Fehrenbach, Giegeler, Riesst & Co. eran sinónimo de liquidación fructífera y flexible de casos de altos vuelos, y Friedrich Riesst, a esas alturas socio mayoritario, era uno de los abogados de más éxito en la secular historia del bufete. Entre otras cosas era consultor jurídico de la Saalberg AG

* CFC son las siglas de cloroflurocarbono y PWR de reactor de agua a presión. *(N. de la T.)*

y buen amigo de la familia, y en calidad de tal se había mostrado dispuesto a proceder a la inusitada apertura del testamento.

Todavía no había llegado, según les informó su secretaria en voz queda. Acababa de llamar para decir que estaba en un atasco en la parada Steintor. Un accidente había ocasionado el bloqueo del tráfico en ambos sentidos. La secretaria repartía su sonrisa de manera rutinaria entre Paul y Helen. Un verdadero fastidio, pero seguro que llegaba dentro de diez minutos. Los demás ya estaban esperando en el despacho. Si lo deseaban podían pasar. Una mirada amable bajo unos párpados sombreados de verde junco acompañó la acentuada sonrisa. La secretaria avanzó con cierta torpeza por el pasillo, panelado e iluminado con focos, y abrió la puerta del despacho de Friedrich Riesst.

Helen entró delante de Paul, y su mirada se topó con los ojos verdes, muy abiertos, de Rosa. Se asustó, como ya le sucediera el viernes en el funeral, y el corazón le latía arrítmicamente al compás de los familiares besos y las palabras con las que saludó a sus hijos. Georg parecía tenso, Caren estaba elegantísima con su traje de lino gris azulado, Wolf esbozaba una sonrisa pesarosa y al mismo tiempo tranquilizadora, como si quisiera decir: todo irá bien, aunque no sé cómo.

Helen se sentó en uno de los sillones de piel negra, desde el que podía ver las copas al otro lado de las ventanas. Todo menos mirar a Rosa. Cuando terminara la cita con Friedrich Riesst, Rosa se iría y todo se calmaría, ya sólo con la distancia temporal y espacial. Escribiría a Rosa y haría todo lo posible por salvar el abismo que mediaba entre ellas.

Helen notó que le temblaban disimuladamente las rodillas y, al igual que le sucediera durante el servicio fúnebre, sintió que le invadía una singular flojera. Observó las copas de los Georgengarten y a su memoria afluyeron escenas como imágenes resquebrajadas de momentos del pasado: una tarde pasada por agua de noviembre de 1943. Ella llevaba el vestido de seda clara que tanto le gustaba a Ben, miraba por la ventana del cuarto de los niños el otoñal jardín y tenía en brazos a Rosa, su tierna niñita, caliente y cansada, los párpados de los ojos verdes despiertos casi cerrados. Celebraba sola el día que Ben volviera de Rusia un año antes. Sólo por ella, para tenerla toda para él, para casarse con ella. También entonces llovía, el césped de delante de la casa se había inundado de hojas rojas, amarillas y marrones. Miraba los árboles desnudos por encima de la pelusilla del cabello de la niña. Aún creía sentir nítidamente el abrazo de Ben y apretaba el diminuto cuerpo de Rosa contra el suyo con fuerza. Permaneció en ese estado de voraz añoranza durante minutos, evocando el recuerdo con los ojos cerrados hasta que se acordó de la pequeña a la que estrechaba entre sus brazos. Rosa la miraba profundamente asustada, el cuerpecillo como petrificado.

Helen se puso una mano ante los ojos para protegerlos, como si una visión los hubiese cegado. ¿Cabría la posibilidad de que esos pocos minutos fueran importantes para ella y Rosa?, se preguntó. ¿Podía notar un niño que uno se había olvidado de él o era tan sólo una aversión natural? ¿Había estado a punto de aplastar a la niña y desde entonces Rosa veía en ella instintivamente a la que estuvo a punto de asfixiarla?

¿Quién podría ayudarme a averiguarlo?, se preguntó.

Oyó la fútil conversación de sus hijos, después el runrún hueco del aire acondicionado durante una pausa en la conversación, y mientras seguía mirando las copas de los árboles, pesadas debido a la lluvia y tan inmóviles ante las ventanas como si estuvieran pegadas al sofocante aire.

–Este despacho es espantoso.

Caren, que sólo aceptaba sin compromiso el diseño italiano moderno, volvió a impulsar la charla. Paul y Georg abordaron el tema en el acto. Wolf, a pesar de la dura crítica al gusto de Friedrich Riesst, admiró las dimensiones de la alfombra afgana roja oscura, que sólo dejaba a la vista el borde de la moqueta verde clara que revestía el despacho.

Rosa dijo con frialdad:

–La del despacho de papá es más bonita.

–Desde luego.

La voz de Georg dejó traslucir una vieja burla infantil. Bajo el título: *Papá es el más guapo* representó con Paul pequeños sketches en la boda de Rosa. Ésta fue quien rio con más ganas. Ahora no rio, sino que miró a Georg acechante, como si quisiera decir: ¿qué sabes tú? ¿A ti qué te importa?

Cómo debe de estar sufriendo, pensó Helen. Pero no puedo ayudarla. No me lo permite.

Como en una película muda rebobinada vio los ojos verdes muy abiertos en el rostro con forma de corazón de Rosa, enmarcado por negros rizos: Rosa de joven, de chica, de niña, de bebé. Los ojos de Rosa, que la miraban asustados y fríos cuando se inclinaba hacia ella en la cama o aparecía en la puerta tras una ausencia prolongada.

Cómo deseó tener a Rosa más de unos segundos en el regazo, en brazos. Helen sintió de nuevo el dolor casi físico, que creía olvidado, al saber que esa niña que esperara con tanto amor, la hija de Ben, la rechazaba.

Cómo envidió a Joachim, depositario de todo el amor de Rosa, al que engatusaba con suavidad gatuna, para el que reservaba su buen humor y su encanto juguetón. Cuando él no estaba, ella se convertía en una niña arisca. Tras el nacimiento de Georg, con el que Joachim no supo qué hacer, aunque era el deseado heredero, y con más claridad aún tras el de Paul, del que el padre no quiso enterarse, Helen apartó de su cabeza el rechazo de Rosa y más tarde incluso se lo tomó con resignación.

Helen percibió vagamente que el mobiliario conservador del despacho en el que se veían obligados a esperar mano sobre mano seguía siendo un tema de conversación agradecido.

Joachim había puesto por las nubes ese despacho, pensó Helen, pero no dijo nada para no enzarzarse en una discusión con Rosa.

–Uno de estos focos te da justo en el anillo del dragón, mamá –le oyó decir a Paul. Al igual que los demás, Helen también se miró la mano izquierda, que descansaba ligeramente cerrada en la fina falda de seda estampada en blanco y negro, y vio la gran esmeralda cuadrada relucir bajo la intensa luz.

–Brilla como un anillo mítico, Helen –comentó divertido Wolf Farnheimer–. Encierra un secreto.

–Es más que eso –añadió Caren entre susurros–, el anillo ayuda a revelar un secreto y lleva a su portador hasta el fin del mundo.

–Tenéis mucha imaginación –rio Helen, apartando la mano del anillo del haz de luz. Pensó: si miro a Rosa ahora sabrá que el anillo es de Ben. Aún duda.

Por suerte, Georg observó en ese instante:

–Papá te regaló joyas fabulosas. Yo tuve que ayudarlo a elegir el collar de esmeraldas de cuando nació Paul, y, sin embargo, después te lo dio como si yo no estuviera.

–Pero después, para consolarte, te dejó que me regalaras una cadenita. Me la he puesto prácticamente tanto como el collar.

–Sin embargo, en las manos nunca te he visto más que ese anillo –dijo Paul–. Nunca has llevado otra cosa, ¿no?

–Con el anillo del dragón gané mi primera gran apuesta –recordó Georg, y Helen se alegró de que nadie esperase su respuesta. Todos miraron a Georg con atención, invitándolo a continuar, lo escucharon, escucharon a Paul, que contó unas pesadillas de la infancia en las que el anillo siempre desempeñaba un importante papel liberador. Pasaron el tiempo relatando anécdotas y especulando. Helen se esforzó en escuchar con serenidad; Rosa no dijo ni palabra.

Finalmente la puerta se abrió y la secretaria vio seis rostros decepcionados. Por desgracia Friedrich Riesst aún los haría esperar diez minutos más, les informó con pesar. A continuación, risueña, les ofreció unos refrescos.

–Cuando traiga las bebidas podría abrir la ventana –propuso Caren–. Hace calor y no corre el aire.

–No podrá, por el aire acondicionado –razonó Georg.

–Ventana o aire, tanto da –afirmó Paul con apatía–. En este sitio tan oscuro me falta el aire de todas formas. Aquí no podría pensar.

–¿Y tu despacho en Londres? –preguntó Georg. Y cruzó las piernas y al hacerlo observó de forma crítica la punta de los lustrosos zapatos negros.

–En el extremo opuesto –sonrió Paul–. Todo aluminio y blanco, con el encanto de la cocina de un hotel.

–Probablemente no haya nada de tu gusto –espetó Rosa.

Helen vio un breve intercambio de miradas entre Rosa y Wolf, que le puso la mano en el brazo para calmarla.

De no existir Wolf, Rosa se desesperaría, observó. Entonces, antes de que se casaran, él la libró de sus histerismos, tal vez también lo lograra esta vez. Ciertamente Joachim lo hacía todo bien en lo tocante a los problemas de Rosa. ¿A cuántos novios le quitó de la cabeza hasta que finalmente apareció Wolf, al que aceptó en el acto, aunque por aquel entonces era un médico asistente sin recursos? En opinión de Joachim, para Rosa nada era lo bastante bueno. Alta nobleza, mejor aún altas finanzas o una simbiosis de estos pilares de la llamada alta sociedad, eso era lo que soñaba para su hija, pero nunca se entendió con los admiradores procedentes de familias ilustres, ya que Rosa no amaba de veras a ninguno de ellos, lo veía con suma claridad. Ella sólo lo quería a él, pensó Helen. Qué ciega he sido como para no darme cuenta hasta ahora. Rosa ha intentado desentenderse de mí, de Georg y de Paul. Quería a Joachim todo para ella. Las cosas importantes sólo se las contaba a él. Cuando era joven, cuando se hizo abogada no quiso independizarse, sino que se quedó en casa, donde estaba segura de ver todo lo posible a su padre.

Helen recordó el día en que Rosa fue consciente de que Joachim hablaba con Helen todo cuanto concernía a ella, que se lo contaba todo. Rosa le montó un numerito shakespeariano y poco después se marchó a Colonia. Aceptó la propuesta de una amiga abogada de entrar como socia en su bufete. Después conoció a Wolf y se casó con él sorprendentemente deprisa. Desde entonces rara vez iba a la casa, estaba completamente volcada en su profesión, su vida con Wolf y sus dos hijos. Joachim iba a verla con regularidad a Dusseldorf, unos viajes breves que en los últimos años habían sido su único placer.

Helen volvió a mirar el sofá en el que estaban sentados Rosa y Wolf y se tropezó con la mirada fija de Rosa.

Tal vez Wolf pueda ayudarnos a ella y a mí si le doy más información, añadió. Si no quiero perder por completo a Rosa, debo luchar por ello, y ¿quién sino Wolf podría ayudarme?

¿Por qué no se le había ocurrido antes? Podía ir a la isla y pedirle a Wolf que fuera a visitarla con Rosa. La idea le confirió calma y seguridad.

Ahora las noches allí eran claras. La hierba, la arena y las baldosas aún conservaban el calor por la tarde. Respiró mentalmente la profunda calma que reinaba en la isla, escuchó los cadenciosos sonidos de las palmípedas. Esa casa siempre había sido su refugio, ¿por qué no iba a ayudar también a Rosa?

Cuando por fin llegó Friedrich Riesst habían pasado tres cuartos de hora. Era una de esas personas capaces de hacer vibrar toda una planta con su sola presencia. Su voz se oía pese a todos los materiales amortiguadores, pese a las gruesas alfombras y puertas dobles. Y eso que no hablaba especialmente alto, sino que únicamente cuidaba el vibrato de su voz de barítono, de la que se sentía orgulloso. Su caminar no era particularmente rápido o impetuoso, pero primero pisaba con los tacones de sus elegantes zapatos italianos, sus movimientos dentro del traje de verano beis eran coordinados, no deportivos, cosa que habría considerado vulgar. En su opinión la apariencia no debía dejar traslucir ninguna actividad privada. Exacto, preciso, inmediato eran los adjetivos preferidos de su vocabulario. Odiaba la falta de puntualidad, el desorden, el color lila, el café templado y la «cháchara improductiva».

Cuando abrió la puerta del despacho, los hombres se levantaron para saludarlo.

–Esperar tres cuartos de hora es un suplicio –anunció con su cálida voz de barítono mientras se acercaba a Helen–. No podré resarciros nunca.

Con eso despachó el tema accidente… atasco… hora punta… helicóptero de salvamento, en el que otros se habrían explayado a gusto.

Un beso en la mano a las damas, un apretón de manos a los caballeros, acompañados de sendas miradas rápidas y directas a los ojos y la mención del nombre: «Rosa... Caren... Georg... Paul... Señor Farnheimer». Los saludos se liquidaron en un santiamén, y miró brevemente el reloj.

–¿Cuánto tiempo tenemos?

–Diez minutos –repuso Georg sonriendo–. Tengo una cita dentro de media hora.

–Yo también –contestó Friedrich Riesst–. ¿Reunión del consejo de R & B, Georg?

El aludido asintió.

–Entonces tenemos la misma cita. –Todos rieron liberados–. Lo tengo todo listo. –Friedrich Riesst se sacó un pequeño manojo de llaves del bolsillo de la chaqueta, abrió un cajón del escritorio y puso sobre la mesa ovalada de palisandro una delgada carpeta de piel negra. Se sentó de espaldas a la ventana, como hacen todos los jefes en su despacho, situó la carpeta bajo la luz de un halógeno y la abrió.

–Hoy se os ha enviado a cada uno de vosotros el testamento desde el registro. Dado que ya está en el correo, también podéis verlo aquí. –Repartió tres páginas hectografiadas a cada uno de los miembros de la familia.

–Joachim llevaba años sin efectuar cambios en este testamento, y que yo sepa conocéis los principales puntos.

Todos asintieron.

–De manera que, si estáis conformes, no iremos párrafo por párrafo, para ahorrar tiempo.

Seis pares de ojos recorrieron deprisa las páginas. Conformidad silenciosa.

–En lo tocante a esta inusitada apertura de testamento, a Joachim le importaba única y exclusivamente esta carta. –Friedrich Riesst sacó un gran sobre blanco de la carpeta de piel negra–. Joachim no me habló de su contenido. Vino a verme hace doce días y escribió tres cartas. Sumamente agitado, si se me permite la observación. Una te fue entregada a ti, Helen, inmediatamente después de que falleciera. Si no te entendí mal, sólo contenía instrucciones detalladas para el sepelio. La segunda carta llegó a tus manos antes del entierro. ¿Fue todo bien?

Helen asintió, miró a Paul y se encogió ligeramente de hombros como diciendo: a decir verdad no pudo ir peor, pero eso ahora carece de importancia y además ya no hay nada que hacer.

Friedrich Riesst continuó:

–La tercera carta es esta que tengo en la mano. Joachim me pidió que la abriera delante de vosotros y la leyera en voz alta. ¿Hasta aquí todo claro? ¿Alguna pregunta? ¿Alguien quiere beber algo?

–Tu secretaria ha tenido la amabilidad de traernos café y agua –respondió Paul.

–Muy bien –contestó Friedrich Riesst–. En tal caso abriré la carta sin más y os la leeré.

Se sacó unas gafas de lectura del bolsillo interior izquierdo y se las puso. De la carpeta de piel extrajo un abrecartas de plata y abrió el sobre. El sordo desgarro se oyó con absoluta claridad porque nadie dijo nada y nadie se movió.

Friedrich sacó del sobre un folio DIN-A4 blanco doblado por la mitad. Ni muy grueso ni muy fino, ni de barba ni con membrete. Una hoja de papel normal, de las que se emplean en todos los bufetes del mundo para escritos de poca importancia.

Friedrich Riesst abrió el papel deprisa y lo puso a la luz del halógeno.

–«A mi familia» –leyó, y al hacerlo miró a los allí reunidos con el vivo desapasionamiento del presentador de un telediario–. «A mi familia» –repitió. Y a continuación leyó la carta sin una sola interrupción.

Hanover, lunes, 11 de junio de 1990

Después de largas y angustiosas reflexiones he llegado al convencimiento de que debo haceros partícipes de un hecho que conozco desde el verano de 1943. Antes de que muera debo y quiero librarme de él.

Mi hermano, Benedikt Saalberg, sigue con vida.

Después de llorar su muerte en Stalingrado tuve la dicha de saber que sólo había sido herido de gravedad, pero se había curado. Sin embargo, esa dicha se vio emponzoñada en el acto. Mi hermano apareció en el verano de 1944 en unas circunstancias que, por aquel entonces, por fuerza tenían que indignar a cualquier soldado alemán. No apareció como prisionero de guerra ruso ni como soldado alemán honrosamente vencido, sino como traidor a su patria, como miembro de una banda comunista que afirmaba actuar en pro de Alemania. Todos conocemos los famosos nombres de los combatientes del Comité Nacional para una Alemania Libre. Exhortaban a los soldados alemanes a pasarse al enemigo, a cometer alta traición. Según me enteré, mi hermano era un elemento activo y eficaz de dicho Comité. Un traidor a la patria, un acusado de alta traición.

En otoño de 1944 murió por segunda vez para mí.

Rechacé tener cualquier contacto con él. Si al hacerlo incurrí en culpa, habré de cargar con ella.

No sé más –y lo juro– que en agosto de 1989 Ben aún vivía. Se supone que Bernd Haller, un amigo de su regimiento que luchó con nosotros en Stalingrado, asegura haberlo reconocido en 1944 en un campo y en 1989 en Moscú, en el aeropuerto. Ya sólo por su estatura mi hermano era inconfundible. Bernd Haller combatió a su lado durante meses y lo compartió todo con él. Nadie puede conocer mejor a una persona. Por eso se puede confiar en la verdad de sus palabras. Como es lógico, al hablar con Bernd Haller mi reacción fue negativa. Haller intentó llamar la atención de Ben, pero no lo consiguió. Cuando salió de la zona de tránsito, ya no hubo forma de dar con Ben. Bernd Haller murió el año pasado.

A lo largo de los últimos meses me han asaltado terribles dudas sobre la rectitud y la justificación de mi modo de obrar.

En el ocaso de mi vida ya no puedo cambiar nada, tan sólo decir la verdad. Sólo puedo repetir las palabras que me impulsaron a escribiros esta carta:

«Puesto que todos hemos de comparecer ante el tribunal de Cristo para que reciba cada uno según lo que hubiere hecho por el cuerpo, bueno o malo».

JOACHIM SAALBERG

Friedrich Riesst alzó los ojos y vio los semblantes desconcertados, asombrados. Sin embargo, no esperó a que nadie dijese nada, sino que añadió de inmediato que preferiría que rumiaran la carta y ese día, por motivos de tiempo, no pasaran a comentarla, en caso, por supuesto, de que quisieran comentarla. Un vistazo al reloj y un rápido ordenar de los papeles que tenía delante subrayaron su deseo de poner fin a la reunión.

Después Helen no supo cómo había llegado a la calle. Aprovechó la prisa de Georg y adujo que también ella tenía una cita urgente en la ciudad. Había que llamar por teléfono, que Paul se fuese en el acto a Hamburgo, como tenía pensado. Ella tomaría un taxi. Se despidió de Rosa y Wolf con un escueto saludo.

Mientras sus hijos bajaban en ascensor al garaje subterráneo, ella salió a la calle por la puerta giratoria del edificio, paró un taxi y recorrió en él tan sólo los centenares de metros que la separaban de la entrada de los jardines Herrenhäuser.

El aire húmedo, tibio, olía a flores y tierra mojadas. Bajó despacio por la avenida de los tilos. El cabello y el traje se le humedecieron con el agua de lluvia que caía sin cesar de los árboles, pero ella hizo caso omiso.

Tan sólo los pocos que paseaban por los jardines y atravesaban la avenida a esa hora vieron adentrarse en el espesor de la alameda a la figura solitaria de una dama entrada en años. Nadie advirtió que sus pasos cada vez eran más lentos.

Capítulo 8

Helen tenía la sensación de que alguien de sonrisa desdeñosa había formado en su lugar un dibujo que representaba su vida a partir de grandes y sencillas piezas de puzle. Ante sus ojos surgía una imagen de autoengaño y traición. Y es que la tarea de unir los fragmentos ya estampados tendría que haber sido cosa suya. Sólo ella tendría que haber decidido si quería enseñar a otros la imagen que se formaba. Ahora era demasiado tarde. Toda su vida expuesta. La verdad la hizo doblarse, y lloró allí donde nadie la veía.

No ha vuelto, pensó. Vive y no ha vuelto. Eso es verdad y traición a un tiempo.

Recorrió las recónditas avenidas de tilos y los sinuosos caminos de los jardines Herrenhäuser, dejando atrás tejos podados y arriates circulares de rosas, sin percatarse de nada. Las gotas de agua que caían de los tilos y le daban en el rostro se mezclaban con sus lágrimas.

Ben vivía y no había vuelto. Ninguna explicación, ninguna historia reconfortante podía hacerle olvidar eso.

¿Por qué se había estado mintiendo sin cesar?

También ella albergó dudas con respecto a la muerte de Ben desde el primer minuto. Por aquel entonces se negó a aceptar el certificado de defunción, se dejó convencer de mala gana por Joachim de que un amigo lo había abandonado, muerto, bajo la bóveda de un sótano que se derrumbó en Stalingrado, de que no encontraron su chapa de identificación bajo los escombros en llamas. Entonces permitió que entre Joachim y ella naciera una desconfianza no expresada. Él me quería mientras yo seguía añorando a Ben, se dijo, y yo me sentía en mi derecho porque él quería matar a Ben en mí. Correspondía su voraz amor y al mismo tiempo notaba lo cruel que era. La promesa que le exigió fue como un estrangulamiento. ¡Ni palabra de Ben! ¡Nunca! Rosa no debía enterarse, ni tampoco la madre de Joachim, desesperada por la muerte de Ben. Tan sólo la memoria de Helen había mantenido con vida a Ben. Su amurallado mundo interior pasó a ser normal para ella.

Dejé que Joachim me colocase en un pedestal, me admirara, me deseara y al mismo tiempo me atormentara. Yo permití que sucediera y viví junto a un hombre al que sólo veía como a un sustituto. ¿Tenía Rosa razón? Vivía a su lado, al margen de él, pensaba en secreto que lo verdadero y perfecto sería con Ben. Veo una rosa color albaricoque y pienso en Ben. Incluso hoy. Voy por la playa, veo las gaviotas y pienso en Ben.

«Debes ponerte de cara al viento», dijo él antaño en la isla cuando ella se volvió de espaldas a la tormenta de poniente. «Siempre de cara al viento. Es estupendo. Ya lo verás.»

Todavía me sé de memoria el poema de Brecht, de «cartografía poética», sobre los amantes, que entonces era nuevo y estaba prohibido:

¡Mira aquellas grullas formando un amplio arco!

Se lo enseñó Ben, y juntos, tumbados en la arena, lo recitaban alternativamente, como en la obra de teatro de la que él le hablaba.

Las nubes que les acompañan
ya se fueron con ellas cuando huían
de una vida a otra vida.

Así contemplaban las nubes y las aves, entonces, en junio de 1942. La orden que acarrearía la muerte de Ben se había impartido hacía tiempo. La guerra aún no les había dado alcance.

Ben vive y no ha vuelto. Los versos, guardados con mimo y nunca manidos, sonaban burlones:

Que la grulla con la nube comparta así
el hermoso cielo que por breve tiempo surcan,
que por consiguiente ninguna permanezca aquí más tiempo,
y que no vea más que el balanceo
de la otra en el viento, que ambas sientan
que ahora van juntas en su vuelo.

A mediados de los años sesenta, cuando Brecht se representaba por todas partes, acudieron a ver la obra. El triunfador Joachim Saalberg y su preciosa mujer. *Ascenso y caída de la ciudad de Mahagonny*. Estreno con vestidos largos, sandalias doradas, los caballeros con esmoquin, para Bert Brecht, el prohibido, el proscrito, cuyos libros habían visto arder, que prefirió la gris RDA al país del milagro económico.

Aunque el viento quisiera raptarlas hacia la nada,
sólo si no perecen y se demoran
durante ese tiempo nada podrá tocarlas,
durante ese tiempo se las puede expulsar de cualquier sitio
donde amanecen lluvias o resuenan disparos.
Así bajo los discos poco diferenciados de la luna y el sol
siguen volando a merced por completo las unas de las otras.

Asiendo con fuerza los brazos de la butaca de terciopelo de la primera fila Helen musitó el poema. Sin embargo, en el escenario la escena era desnuda y cruda. Joachim quería irse. Ella no lo oía, se había perdido en los versos del poema. Lo habían recitado en medio del viento y las nubes y para la soledad que se comparte y no desea otra cosa.

Una parte de ellos se quedó allí, en la isla. Ben había muerto, pero sólo la muerte había podido interrumpir su amor. Eso pensó aquella vez en el teatro, con Joachim a su lado, que odiaba las obscenidades del escenario y no quería entender la magia del texto.

¿Adónde vais?
Hacia ningún lugar.
¿De quién huís?
De todos.
Preguntáis ¿cuánto tiempo llevan juntas?
Desde hace poco.
¿Y cuándo se separarán?
Muy pronto
Así también el amor a los amantes les parece un apoyo.

Helen se sentó en un banco y enterró el rostro en las manos. Aquella vez le habría gustado no oír los últimos versos. No acababan de encajar en un poema de amor, pensó.

Joachim estaba sentado a su lado en aquel teatro, sabía que Ben vivía. A ella no le dijo nada. ¿Por qué no? ¿Para vengarse? ¿Para protegerla? ¿Por qué?

Paul aún no había nacido, sus días se caracterizaban por las peleas con la celosa Rosa, que por aquel entonces tenía trece años. Georg, a sus nueve años, ya casi era independiente. Joachim sabía el efecto que habrían causado sus palabras, aunque sólo hubiese sido la más leve insinuación: ella lo habría abandonado. De forma insensata e irreflexiva, como el amante en los cuentos, habría ido en busca de Ben para demostrar que no la había traicionado.

Helen clavó la vista en la parte oscura de la palma de las manos.

¿Por qué no había regresado? ¿Qué le había sucedido realmente? Si seguía con vida, ¿la culpaba a ella? ¿Y si no era cierto? ¿Qué sabía Joachim? ¿Con qué derecho había obrado así? ¿Dónde estaba sepultada su culpa en ese montón de añicos de engaño, amor y traición? Tenía que averiguar qué había ocurrido realmente. Las grandes piezas del puzle que parecían encajar fácilmente volvían a convertirse en millares. Yacían en el suelo partidas en infinidad de pequeñas piezas. Extraño y enrevesado.

Abrió el bolsito de mano y, tras sacar un pequeño peine de carey y la caja azul oscura, borró los restos de lluvia y lágrimas de su rostro y se peinó el cabello. No sé cómo ni por dónde empezar, pero he de hacerlo, pensó. Averiguaré por qué Ben no ha vuelto. Ante las puertas de los jardines paró un taxi que acababa de dejar libre un grupito de ancianas damas que hablaban en inglés.

En el taxi el sofocante aire era irrespirable. Helen se echó hacia atrás y cerró los ojos.

¿Cómo se habrán tomado la noticia los niños? ¿Qué pensará Rosa? No me ayudará bajo ningún concepto. ¿Qué interés podría tener en averiguar lo que fue de Ben? Ahora no puedo ir a la isla con ella y con Wolf, pero no puedo olvidar que tengo que ayudarla. ¿Cómo conseguir que me quiera entender?

¿Tendrá alguno de ellos tiempo para pensar qué se puede hacer o qué se debe hacer para encontrar a Ben? ¿Paul? Empieza a trabajar en Londres a finales de esta semana y ha de separarse de Carolin.

No puedo echarle ninguna carga encima.

Y Georg también tenía otros problemas importantes en ese momento. Era como Joachim. Al igual que su padre, a sus ojos afloraba un brillo acechante cuando tenía al alcance de la mano un negocio audaz. En tales casos nada privado podía molestarlo.

Ni siquiera se ocuparía de Michi, cuyo paso al siguiente curso estaba en juego. Ella no podía perder eso de vista.

Había muchas cosas que hacer.

Helen bajó la ventanilla del taxi despacio y sintió el viento en el rostro.

Ese lunes por la tarde Georg Saalberg proyectaba unos planes que nada tenían que ver con la cita familiar celebrada en el despacho de Friedrich Riesst.

Esperaba a Kurt Matthes, que debía volver de la ciudad portuaria iraquí de Basora. Kurt quería pasar quince días de vacaciones con sus padres, Gisela y Heinz Matthes.

Llegaría desde Fráncfort en el vuelo de la tarde de Lufthansa, y en Llegadas no lo estaría esperando únicamente su madre.

Gisela Matthes aguardaba puntual en el aeropuerto. En el pobremente iluminado vestíbulo de Llegadas no había muchas personas. Hombres en gabardina que, aburridos, iban de un lado a otro. Una morena pintarrajeada cuyas abultadas formas rebosaban de un abrigo de charol negro, con dos niños maleducados que querían subir por la escalera mecánica, cosa que no podían hacer. Para consolarlos los atiborraron de ositos de goma, que ellos escupieron. Sólo para divertirse. Advertencias inútiles, un cachete, lloros. Finalmente subieron los tres en la prohibida escalera.

Kurt Matthes fue uno de los primeros pasajeros del vuelo de Lufthansa procedente de Fráncfort que bajó la angosta escalera. Sin mirar, se dispuso a esperar junto a la cinta transportadora. Alto y corpulento, con unos vaqueros azules y una cazadora de cuero negra, bronceado y con el cabello rubio platino, descollaba entre los viajeros, discretamente vestidos, que esperaban con él. Cuando vio a su madre, levantó brevemente la mano. Gisela, orgullosa, le devolvió el saludo contenida. Observándolo al otro lado de las paredes de cristal que separaban las áreas de Aduana y Llegadas constató que los penetrantes ojos de su hijo no paraban de recorrer el vestíbulo de Llegadas, como si esperase a alguien más. Después se centró en las maletas, que ahora se deslizaban por la cinta en rápida sucesión, giraban al llegar al recodo, daban la vuelta seguidas de numerosos ojos y desaparecían tras una trampilla de goma negra, como si volvieran al Hades para no regresar jamás.

Finalmente en la cinta aparecieron dos bolsos de piel negros que Kurt Matthes tenía en la mano antes de que otro pasajero pudiera ponerles los ojos encima. Parecían pesados, como si estuviesen llenos de cemento, y él los llevaba como si fueran bolsas con panecillos. Con una sonrisa en los ojos pasó por delante de los funcionarios de aduanas y, nada más cruzar la puerta de cristal automática, le dio un breve abrazo a su madre.

Tras intercambiar unos saludos echó una ojeada al vestíbulo, descubrió a un hombre de cierta edad en la puerta del servicio de caballeros y en un santiamén le hizo una señal con el pulgar de la mano derecha.

Gisela, que buscaba las llaves del coche en el bolso, no vio el gesto. Tras abandonar con su hijo la terminal de Salidas y cruzar la calle, cuando se hallaba ante la caja del aparcamiento elevado, la puerta del servicio de caballeros se abrió y un hombre elegante de mediana edad ataviado con un traje de estambre gris se dirigió hacia la escalera mecánica, subió al vestíbulo de Salidas y fue directo hacia un Golf que ocupaba una de las plazas de aparcamiento exprés ante el edificio. En el asiento del copiloto estaba la gorra de visera gris que llevaban todos los conductores de la Saalberg AG.

Wilfried Hanke enfiló la autovía Westschnellweg para volver a la empresa, donde un joven chófer le cedió el BMW negro de su jefe. De ese modo llegó a las siete en punto al edificio de administración de la sociedad mercantil R & B para recoger a Georg Saalberg y darle una buena noticia.

Acto seguido llevó a Georg por el centro de la ciudad hasta la entrada principal de la estación. Hanke aparcó un instante en la plaza Ernst-August-Platz, salió brevemente del vehículo y regresó a los pocos minutos, durante los cuales Georg estuvo observando tras los oscuros cristales de su limusina a un grupo de chicos punkis que se habían dado cita en el monumento a Ernst August. Georg tan sólo levantó unos segundos la vista del expediente en el que estaba trabajando. Por lo demás nunca miraba fuera, trabajaba de principio a fin en cada recorrido en coche. El tiempo escaseaba. Sin embargo, esa escena en la desierta plaza de la estación le fascinó porque la ociosidad sin sentido a la que se abandonaban los jóvenes le parecía tangible. Cinco se desligaron del grupo, y a él le dio la impresión de que iban directos a su coche. Aunque Michi decía que los punkis eran inconformistas pacíficos, Georg hubo de hacer un esfuerzo por no pulsar el botón de cierre centralizado. No se avergonzó del movimiento reflejo. Aliviado, acto seguido vio a los cinco por el espejo retrovisor.

No hacía mucho en Nueva York dos hombres habían asaltado un coche que se hallaba delante del suyo, un Mercedes 600 oscuro, símbolo de riqueza intocable. Una tarde lluviosa como ésa, con el motor en marcha delante de un semáforo en rojo, sacaron a un hombre con gabardina del asiento trasero del coche, lo desvalijaron y lo golpearon en el suelo. Cuando el semáforo cambió ya lo habían tirado a la parte trasera del coche, como una gabardina inerte. Esa experiencia acechaba en el recuerdo de Georg. Desde entonces ya no se sentía intocable en el habitáculo de lujo, tapizado de piel, de su coche.

Hanke volvió con un gran ramo de flores envuelto en papel verde claro. Debajo se escondían diecinueve rosas de invernadero de tallo largo y color fresa que estaban pasablemente lozanas. El experto ojo de jardinero aficionado de Hanke aún les concedía treinta y seis horas de vida. El rosa fresa era el color preferido de Gisela Matthes.

Antes de que Georg se reuniera más tarde con socios extranjeros en el restaurante Wiechmanns para cenar de manera informal, tal y como figuraba en su agenda si Kurt Matthes volvía sano y salvo a casa, se metió con el Golf gris oscuro de su mujer por la estrecha carretera de una urbanización en Anderten. Al final de la calle, tras una celosía recién pintada, se alzaba una casita color fresa que reconoció en el acto. Junto a la puerta verde lima vio el número 34. Las cifras, de brillante latón, se leían especialmente bien esa tarde de junio lluviosa y crepuscular. Se bajó del coche y, después de coger las flores del asiento trasero, cruzó la puerta, que olía a protector para la madera, y llamó al timbre. En la casa de enfrente, pintada de color verde cloro, se movió una cortina.

–No, pero si es el señor doctor –soltó Gisela, que abrió la puerta vestida con un traje color turquesa–. Dios mío, qué sorpresa.

–Sólo quería darle una cosa, Gisela.

–Qué sorpresa. Pero pase, señor doctor, pase.

La puerta verde lima se cerró tras el hombre elegante de la discreta gabardina beis.

En el pequeño pasillo pintado de color claro sacó el ramo de flores del papel y extrajo un sobre del bolsillo interior de la *blazer* azul oscura.

Con voz baja explicó que, por desgracia, la semana siguiente no estaría en Hanover para felicitar a Gisela el día de su quincuagésimo cumpleaños. Ella constituía un apoyo sumamente importante para su madre, y su difunto padre la apreciaba como a ninguna otra ama de llaves, razón por la cual deseaba entregarle en persona esas flores y el sobre.

Mientras se sostenía esa pequeña conversación, Kurt Matthes apareció en el recibidor. Georg lo saludó con escasa cortesía, si bien acto seguido le preguntó amablemente cómo se encontraba y qué tal le iba el trabajo y la vida en Irak. Por último se alegró de que hubiera podido coger vacaciones para llegar a tiempo al cumpleaños de su madre. Gisela lo escuchó sin moverse, en el rostro una sonrisa congelada, como si temiese que esa única visita de Georg Saalberg, el admirado y temido director de la Saalberg AG, pudiera tornarse un sueño si cambiaba de posición. Tan ensimismada estaba que no le llamó la atención el interés de Georg por las vacaciones de su hijo. Además le concedía verdadera importancia a su quincuagésimo cumpleaños, y al fin y al cabo Georg conocía a su hijo desde que era pequeño; a ello había que añadir que ahora Kurt trabajaba de ingeniero para la SAMA, una sociedad de construcción y obras públicas con un elevado volumen de pedidos extranjeros, una filial de la Saalberg AG.

Georg rechazó con una amable sonrisa pasar al salón, la casa era pero que muy bonita, afirmó, le encantaría poder quedarse más, pero tenía otras citas, sí, la verdad, el trabajo nunca acababa.

Gisela Matthes no esperaba otra cosa; incluso le agradó la negativa. A fin de cuentas ella esperaba a su marido, que era ferroviario y debía de estar a punto de llegar, y además esa tarde querían a su Kurt para ellos solos.

Sólo iría a dejar rápidamente las preciosas rosas y después acompañaría al señor doctor al coche.

De eso nada, intervino Kurt Matthes. Que ella se ocupara tranquilamente de sus rosas, él acompañaría al doctor Saalberg, no faltaba más. Gisela se despidió con una sonrisa radiante.

Kurt Matthes se dirigió hacia la puerta, y mientras ponía la mano izquierda en el pomo sacó con la derecha un delgado sobre marrón del bolsillo interior de la holgada cazadora de cuero negra que, para asombro de su madre, no se había quitado en toda la tarde. Georg cogió el sobre y se lo guardó en el hondo bolsillo de la gabardina.

–Muchas gracias por acompañarme –dijo él, y salió a la escalera y en el segundo escalón preguntó–: ¿Todo va según lo acordado?

Kurt Matthes asintió. Entre sus inteligentes ojos marrones se abría un profundo surco. Un apretón de manos, una breve sonrisa y, segundos más tarde, Gisela vio en la carretera el pequeño coche gris oscuro.

–Es una lástima que no haya venido en el BMW –le dijo más tarde a su hijo, que finalmente se desprendió de la cazadora y miró con aire pensativo el cercado jardín delantero–. Una verdadera lástima. Así el don nadie de ahí enfrente habría tenido algo que mirar.

Entretanto Georg Saalberg se dirigía por la autovía Südschnellweg a la Hildesheimer Strasse, pero, en contra de lo previsto, tomó la salida a Kirchrode.

Su tiempo libre estaba planificado hasta el último minuto. Había que convencerlo de que acudiera a importantes acontecimientos sociales o reuniones familiares ineludibles. En su segunda mujer, Caren, había encontrado a alguien que lo quería como era y se ocupaba de sus asuntos privados. Era una lástima que no tuviera hijos propios, pero encaró dicha situación con una sonrisa, nunca lo agobiaba. Justo lo que era importante para poder trabajar concentrado.

Georg Saalberg sólo se permitía un lujo: la preocupación por el futuro escolar y vital de su talentoso, complicado y gandul hijo Michi.

Aparte de eso, para él sólo había un material en el que mereciera la pena pensar. Lo sabía todo sobre él, con él podía fabricarse toda clase de cosas. Entre la base de 3 × 3 metros para un monumento a un héroe, solados para invernaderos de cultivadores de orquídeas meditabundos y puentes de hormigón armado que salvaban mares había un sinfín de objetos cuya planificación y fabricación apenas era posible sin este material: el cemento. Ése era el material del que estaban hechos los días, los sueños y las ilusiones de Georg Saalberg.

La breve reunión con Friedrich Riesst lo inquietó con posterioridad, la última carta de su padre le había dejado un amargo regusto. Acudió a la reunión del consejo de R & B con Friedrich Riesst, y por el camino repasaron brevemente las posibles dificultades que podían derivarse de la nueva situación. Friedrich no creía que fueran a surgir complicaciones para la Saalberg AG.

«Sin embargo, en este momento no me gustaría estar en la piel de tu madre», afirmó, y añadió: «Si hay problemas, Georg, no será en la empresa, sino en la familia».

Georg albergaba la vaga sensación de que los problemas serían incluso graves. Por eso iba ahora, sin pensarlo mucho, a Kirchrode. Quería asegurarse de que su madre había llegado bien a casa, por extraño que pudiera parecer. Para ello había de sacar tiempo ese mismo día, aun teniendo un sobre tan prometedor en el abrigo de la gabardina. Al menos diez minutos.

Antes de bajar del coche, Georg abrió la combinación de su maletín marrón oscuro y, tras sacarse el pardo sobre DIN-A5 del bolsillo, lo guardó en un compartimento vacío de la tapa. Al cerrar el coche reparó sorprendido en el BMW azul oscuro de Paul. ¿Por qué no había ido Paul a Hamburgo tal y como tenía pensado?

En el recibidor Georg dejó la gabardina en el respaldo del viejo sillón de piel que había frente a la puerta, como siempre. El maletín no lo perdió de vista.

Después de la reunión con Friedrich Riesst, Paul fue directo a Kirchrode y no a Hamburgo, como suponía Helen. Había sido el último de la familia en salir del garaje subterráneo. Un observador ajeno no habría visto otra cosa que a un hombre alto y de cabello oscuro vestido con un traje de verano claro que se dirigía a su coche. Como los demás hombres bien vestidos que bajaban al garaje desde los elegantes despachos del edificio y se dirigían a sus selectos coches. Tal vez al observador le hubiese llamado la atención el hecho de que este hombre caminara muy despacio, que introdujera la llave en la cerradura con aire vacilante, clavara la vista unos segundos en la salida del garaje y permaneciera un tiempo sentado al volante, pensativo, antes de poner el motor en marcha y salir.

No puedo hacer como si no hubiera pasado nada, pensó Paul. No puedo ir a una inauguración y a cenar y hacer como si todo estuviera bien. Si Rosa se queda, yo también.

De todas maneras se sentía incapaz de admirar a la artista en cuestión, que probablemente presentara sus lienzos monocromos salpicados de pinturas acrílicas con orgullo, sonriendo torpemente, como si en su vida hubiese oído hablar de Yves Klein.

Él odiaba todo eso. De nuevo hubo de admitir cuán complicada era su vida personal. Con Carolin nada iba bien, y el inesperado cenagal de turbiedades de su propia familia se le antojaba absolutamente insoportable.

Paul se sentía tan impotente como un pelele y aborrecía de tal modo ese estado que decidió ponerle fin. Ya mismo. Debía hacer algo de inmediato. Y quería empezar por aquello que le hacía sentir más desvalido: tenía que intentar averiguar cuanto antes algo sobre el misterioso Ben Saalberg, el hermano desaparecido de su padre, el gran amor de su madre, el padre de su hermana.

Una vez en casa, tiró la chaqueta y la corbata a su lado, en la alfombra roja oscura, sin miramientos, y buscó en su fina agenda de piel negra el número de teléfono de Berlín de un viejo amigo. En Heidelberg, Bernd Schumann había compartido con él un pequeño piso que daba a un patio interior durante cuatro semestres. Entonces estudiaba Filología eslava e Historia y preparaba comida china; ahora era profesor de Historia militar del siglo XX.

Todo cuanto Paul sabía de Ben Saalberg lo había inferido de las insinuaciones que hiciera su madre la noche del entierro y de la última carta de su padre. Lo que podía interesar a Bernd Schumann de ello se podía resumir fácilmente en dos nombres con peso histórico: Stalingrado y Comité Nacional para una Alemania Libre. Ambos desencadenaron en su amigo todo un mar de información. Paul apuntó algunas cosas y concertó una cita en Berlín para el viernes siguiente. En opinión de Bernd Schumann lo más importante era acudir a un organismo de cuya existencia Paul no sabía nada hasta ese momento.

Se trataba del denominado Deutsche Dienststelle WASt, una oficina que proporcionaba información sobre caídos de la antigua Wehrmacht a familiares próximos. Bernd quería concertar una cita y creía que si existían dudas fundadas con respecto a la verdad de los testimonios anteriores porque la persona que supuestamente había caído seguía con vida lo más probable es que encontraran una explicación en los archivos. Además recomendaba visitar la exposición permanente Resistencia contra el Nacionalsocialismo, en el complejo de edificios Bendler Block, la cual, a su juicio, podía proporcionarle valiosa información. Paul se sentía confuso, pero satisfecho de haber encontrado un comienzo.

Se apoyó en la repisa de la ventana, de espaldas, y recorrió con la mirada las altas librerías de la habitación. Siempre había admirado la biblioteca de su padre: la calidad de las ediciones, la variedad de temas, en particular la colección de literatura histórica. De eso no había leído nada a modo de protesta, precisamente porque debía interesarle y su padre siempre le estaba tomando la lección. Fotografía, arte y arquitectura, eso era lo que le interesaba a él y dejaba completamente frío a su padre, en cuya opinión las fotos eran necesarias para el pasaporte; aparte de eso no eran más que recuerdos superfluos de reuniones familiares y vacaciones. Se negaba a nombrar en una misma frase arte y fotografía. Mobiliario, cuadros y grabados de los siglos XVIII y XIX: a eso se reducía su idea de arte y cultura.

¿Por qué era tan intransigente?, se preguntó Paul. No compartir sus gustos era sinónimo de confrontación, casi ofensivo. Cuando se confirmó, Paul no pidió un tocadiscos propio ni tampoco un televisor propio, como casi todos sus amigos, sino una cámara réflex. Sin embargo, ¿qué recibió? ¡Un diccionario enciclopédico propio! Un enorme diccionario de veinticuatro tomos que, tal y como estaba en la mesa junto con los demás regalos, fue a parar a la biblioteca de su padre. Éste coleccionaba enciclopedias, estaba orgulloso de primeras ediciones de bibliófilo de la Brockhaus o la Britannica. Después Paul se compró la cámara a escondidas con el dinero que le dieron sus padrinos, para fastidio de su padre.

¡El dinero se tiene, pero no se regala!

A los grises ojos de Paul asomó una mirada divertida. Había devuelto a la vida a su padre, lo veía en la silla giratoria de piel negra, tras el escritorio, y aún creía oír el enérgico tamborileo de los dedos sobre la lustrosa mesa con el que Joachim Saalberg acompañaba sus comentarios sobre conducta, rendimiento escolar, actitud laboral, juicios sobre las personas y cuestiones de vestimenta mientras él se encontraba delante de la mesa: de pequeño con pantalones de franela planchados, de escolar y estudiante con los mal vistos vaqueros, finalmente, cuando era un joven empleado de banca, de nuevo con pantalones de franela planchados. Su padre no dejaba pasar ninguna confrontación para manifestar sus dogmas. Por fastidioso que pudiera resultar, la mayoría de las veces tenía razón.

Lo único que no me quitaste de la cabeza fue a Carolin, dijo Paul al sillón negro. Y eso que en muchas cosas no te faltaba razón; por desgracia es cierto que puede ser codiciosa e insustancial, y no voy a casarme con ella, pero no te habría dado la satisfacción de admitirlo.

Su mirada pasó del sillón a las estanterías.

Menudo idiota estoy hecho, dijo para sí. Era evidente que allí podría encontrar algo relacionado con Stalingrado y el Comité Nacional para una Alemania Libre. Le resultaba bastante desagradable hurgar en los libros de su padre en busca de escritos que él no había mencionado a propósito, pero ya no quería seguir jugando al escondite. Quería saberlo todo del tal Ben.

En la pared que quedaba frente a la ventana se hallaban las biografías, autobiografías y diarios de personajes históricos en orden alfabético.

Paul dio a primera vista con los títulos de los que le hablara Bernd Schumann: el conde Heinrich von Einsiedel, Diario de la tentación; Bodo Scheurig, Alemania Libre: el Comité Nacional y la Liga de Oficiales Alemanes en la Unión Soviética 1943-1945; Jürgen Schmädecke y Peter Steinbach, Resistencia contra el Nacionalsocialismo; Heinrich Gerlach, Odisea en rojo.

Finalmente estaba sentado ante la mesa, satisfecho, cuando sonó el teléfono. Era para él. Carolin.

Al cabo de unos minutos constató sorprendido que escuchaba sus historias como escucharía un disco rayado: intranquilo, con el agudo temor de que tras unos molestos arañazos pudiese aparecer una raya de la que la aguja de zafiro ya no fuera capaz de salir. A veces era materialmente imposible decir qué ocasionaba el daño en el cuidado y resplandeciente disco negro. Se producía sin más. Y por desgracia había que quitar el disco.

Escuchó, respondió y se preguntó qué demonios le veía ella a esas conversaciones telefónicas.

Hoy estoy siendo injusto, pensó deprisa. Este día ha sido para volverse loco, y aún no ha terminado. Sin embargo, entre tanta afectación Carolin se organiza de fábula, siempre va al grano. Menuda, delicada, morena. Es despampanante, ingeniosa y lista. Trabajadora, independiente, con experiencia. La mujer ideal. Y él no era el único que pensaba así, lo cual hacía que el juego fuese especialmente interesante. Pese a todo ahora debía decirle que no podría ir, y ello desencadenaría una nueva oleada de verborrea.

Cuando Georg entró en la casa y cruzó la estancia en busca de algún miembro de la familia, Paul seguía hablando por teléfono. Georg se sentó en un sillón bajo situado frente a las puertas de la terraza del gran salón, se sacó del bolsillo interior de la oscura chaqueta la agenda y efectuó algunas anotaciones con un lápiz fino y afilado.

«Sí, sí», decía Paul al teléfono con aspereza. «Todo eso ya me lo has dicho cinco veces, pero no puedo hacer nada... No, esta noche seguro que no voy a Hamburgo... ¿Qué? No seas ridícula, Carolin. Ya te he dicho que tenemos que hablar de algo importante en la familia... Bueno, pues no te lo creas... Muy bien, claro. Ahora mismo me voy a cenar con una mujer increíble. Me está esperando fuera... Qué tontería, nadie es más guapa que tú... Pues claro que no... De acuerdo. Mañana a la una en el Kunsthalle... Sí... ¿Cómo siempre?... Eso. Pues claro que no lo he olvidado...»

Paul colgó con la clara sensación de que no quería volver a entablar esa clase de conversaciones. Le ponía enfermo tener que confirmar y demostrar cosas.

Se acercó a la ventana, miró las rosas que la lluvia había echado a perder y se sintió mal. Tenía miedo de no poder seguir queriendo a Carolin. No quería que su admirado padre acabara siendo el héroe póstumo de una historia espeluznante, que su madre permaneciera desvalida ante el montón de añicos en que se había convertido su vida en cuestión de minutos.

Había hecho un tremendo ejercicio de contención, pero él había visto cómo temblaba, cuánto le costaba hablar. Georg les impidió a Caren y a él ir tras ella. En el garaje subterráneo, después de que Rosa y Wolf hubiesen salido, se pararon a pensar un instante si debían hacer algo.

«Quiere estar sola, así que dejadla sola», afirmó Georg. «No es ningún niño, como Michi», y al decirlo a punto estuvo de sonreír tímidamente. «Mamá siempre ha sido serena e imperturbable. Esta noche volverá a ser la misma de siempre, la que nosotros conocemos. De la única que hay que ocuparse es de Rosa.» En ese instante apareció Friedrich Riesst y se marchó con Georg.

Todo apuntaba a que Rosa haría un despliegue de dramatismo. En el ascensor le había dicho algo a Helen, la voz demasiado baja como para que se le entendiera. Wolf la cogió por el brazo, Rosa miró con desdén a sus hermanos y de su hermosa cara de gato petrificada únicamente salió una frase: «Yo me quedo». Y allí estaba. Paul la oía. Se le hacía imposible dejar a su madre sola en semejante situación.

Si se pudiera hablar con ella o al menos intuir lo que se proponía. Paul oía sus fuertes y pequeños pasos justo sobre su cabeza. En la habitación de Rosa, que quedaba justo sobre el despacho de su padre, nunca había cambiado nada, aunque ya hacía dieciséis años que estaba casada. Joachim Saalberg había insistido en ello: ella debía poder volver a su cuarto siempre que quisiera.

–¿Dónde os habéis metido todos? –Georg entró en el despacho. Paul se detuvo junto a la ventana, las manos en los bolsillos del pantalón. Ni siquiera le extrañó la inesperada presencia de su hermano–. ¿Ha vuelto mamá? –quiso saber.

–Sí. La oí llegar, pero todavía no la he visto. Probablemente haya ido arriba.

Ambos hermanos permanecieron juntos en silencio, mirando por la ventana. Encima se oían los pasos de Rosa.

–¿Qué vamos a hacer con ella? –preguntó Georg, sacudiendo la cabeza.

–Es más bien al revés, Georg: ¿qué va a hacer ella con nosotros? –repuso su hermano.

El teléfono sonó de nuevo. Georg lo cogió.

–Hola, Charly –le oyó decir Paul, y reparó, sorprendido, que la sombría mirada de Georg se iluminaba débilmente y que hasta él sonreía sin querer–. Sí, mi madre está aquí –respondió Georg–. ¿Va todo bien? Cómo lo siento. ¿Quiere que Arndt vaya a buscarla más tarde? Ajá. Sí. Adiós. Un segundo, voy a pasar la llamada arriba.

Informó a Helen de la llamada y le aseguró que volvería más tarde. Antes tenía que acudir a una cita importante.

–Bueno, tenía que haber salido hace cinco minutos. Nos vemos después, Paul.

Ya estaba en el recibidor.

Capítulo 9

Helen estaba sentada en un profundo sillón de su dormitorio, limándose las uñas con la esperanza de calmarse. Un poco de tranquilidad y tiempo, nunca le había hecho falta más para salir por su propio pie.

Era consciente de que ese día no lograría recuperar el menor sosiego, ya que una parte importante de sí misma había nacido del amor a Ben y del amor que Ben le profesaba. La traición de ese amor suponía un fuerte peso. Ben vivía y no había vuelto. El entramado de su vida se había visto socavado en los dos últimos días por la corriente de los acontecimientos, ¿podría volver a ponerle orden?

Helen se limaba con energía el meñique de la mano izquierda, aunque hacía tiempo que no había nada que limar.

Otra parte de su ser radicaba en sus hijos, algo que ni siquiera la hostilidad de Rosa había podido cambiar nunca. Rosa, la hija de Ben, le había enseñado que Joachim también era digno de ser amado. En un principio albergó la sospecha de que él sólo quería ganarse el afecto de Rosa para saborear su triunfo secreto sobre Ben, pero después se tomó en serio el profundo vínculo que existía entre él y la tierna niña y nunca lo perturbó. Cuando los observaba a los dos se sentía feliz, a veces casi un poco celosa.

Pero con los recuerdos no llegaré a ninguna parte, pensó. Tengo que averiguar qué fue de Ben.

A esas alturas estaba convencida de que en sus últimas semanas y días, en particular en la última noche, Joachim había intentado hablarle de Ben. Había abierto la caja fuerte sin cerrar la puerta del despacho. Sabía que ella volvería del jardín de un momento a otro y no se había encerrado como solía hacer. ¿Sería su intención atraerla con el olor a papel quemado? ¿Qué quemó? ¿Qué dejó en la caja fuerte?

Sonó el teléfono. Descolgó, pero ya lo habían cogido. En su habitación Rosa sólo podía coger llamadas internas, así que ¿estaba allí también Paul, en lugar de en Hamburgo? El aparato volvió a sonar, y Georg le pasó a Charly. Al oír la joven voz a Helen casi le remordió la conciencia, ya que con lo que había sucedido ese día se había olvidado por completo de la chica. Ahora se alegraba de que Charly fuera a volver por la noche, es más, todo le parecía bien mientras la sensible muchacha no estuviese a solas con su miedo.

Al colgar miró unos segundos el jardín mojado. Rosa no había regresado a Dusseldorf, Paul no había ido a Hamburgo. Georg iba a volver. El día aún no había terminado.

Decidida a empuñar las riendas, se dirigió al vestidor. Los gestos y movimientos habituales la calmaron, el espejo le devolvió una imagen familiar. Con la serenidad e imperturbabilidad de siempre iría abajo y se ocuparía de aquello que podía resolver interrogantes en su casa. Y abriría la caja fuerte, tal vez con Paul, sin duda sin Rosa.

Minutos después recorrió las estancias de la planta de abajo y encontró a Paul en el despacho de su marido.

–¿No querías estar esta noche en Hamburgo? –preguntó con la mayor naturalidad posible, y miró sorprendida los libros abiertos que había en la mesa y se acercó a la ventana con Paul.

–No. Veré a Carolin mañana por la tarde –repuso–. ¿Sabes que Rosa no volvió con Wolf y los niños?

–Sí, pero aún no he hablado con ella.

–Primero se pasó una hora al teléfono y luego no ha parado de dar vueltas en su cuarto, como si tuviera que medir cuadrículas a pasos.

–Eso es que trama algo. No te quepa duda de que nos enteraremos hoy mismo.

–No suena bien. –Paul se había quitado los gemelos de la camisa, dos pequeños escarabajos de distinto tamaño y color con un fino engaste de oro rojizo. Los mantuvo unos segundos en la mano abierta y después se los guardó en el bolsillo derecho del pantalón.

–Qué curioso que lleves esos gemelos hoy –comentó Helen–. Enséñamelos, por favor.

Los sostuvo en la mano. Dos piedras semipreciosas levemente abombadas de primorosa factura. De color rojo subido y estrecha una; la otra más redondeada y verde oscura, ambas un óvalo perfecto.

1942, pensó. Navidad de 1942. Dos escarabajos sin engastar que mi padre me dio por Navidad. Quería regalárselos a Ben en la boda. ¿Por qué cada pequeño detalle me recuerda hoy a Ben?

–¿Cuándo te los regalé? –preguntó, aunque lo sabía de sobra.

–Creo que cuando me confirmé, ¿no? –contestó Paul con su pícara sonrisa–. Son los que más me gusta ponerme, aunque no resultan nada prácticos. Esta cadenita floja apenas atraviesa los ojales, y cuando voy con prisa no soy capaz de meterla.

Mientras hablaba observaba a su madre, que miraba por la ventana con el semblante serio. Seguro que los gemelos eran de Ben, pensó. Ella no lo dice porque no quiere hablar de ello. ¿Querrá saber cuáles son los libros que he dejado en la mesa o preferirá estar tranquila? ¿Nos querrá a todos lejos, sobre todo a Rosa?

El sinfín de gotas de lluvia en el cristal se le antojó a Helen una sarta interminable de perlas, y sintió que los acontecimientos de esa tarde no habían perdido fuerza. Hacía escasos minutos había intentado convencerse de lo contrario. Pero se trataba de una traición, no sólo de la traición de Ben, no, sino también de la traición de Joachim a Ben. ¿Por fanatismo o por celos? Y

¿acaso su amor a Ben no había sido una traición a Joachim durante décadas? ¿Qué culpa tenía Ben? ¿Por qué había traicionado su amor? Ben y siempre Ben. No era cierto que sólo ese día cualquier menudencia le recordara a Ben. Nunca había sido de otra manera. Sin embargo, desde hacía unas horas le resultaba doloroso.

Paul se había subido la manga de la camisa de listas hasta el codo y observaba el cambio que se había operado en la expresión de su madre. Por primera vez y con suma claridad comprendió que había envejecido. Se fijó en la fatigada piel en torno a sus ojos, en las sienes, el cabello, que se le antojaba más plateado que antes.

–Georg ha estado aquí –comentó por decir algo–. Quería saber si habías llegado bien. Se volverá a pasar después de la cena de negocios a la que ha ido.

–Sois estupendos. –Helen se sentía sorprendida y observada de un modo peculiar. Por una parte le conmovía la atención que le dispensaban sus hijos, pero por otra prefería controlar la situación a que se compadecieran de ella–. Tenemos que hablar de la carta de Joachim. Es algo que no puede esperar –se limitó a decir.

Aliviado, Paul comprobó que su voz sonaba con la determinación habitual.

–¿Qué haces aquí? –preguntó ella mientras se acercaba con resolución al escritorio.

–Intentaba averiguar algo de ese Comité Nacional que papá censuraba.

–Bien. –Helen puso los libros en fila en la mesa y leyó los títulos.

–¿Tú habías oído hablar de ese Comité?

–Claro, cómo no oír los incendiarios discursos de Goebbels.

–Hasta esta tarde yo ni siquiera sabía que existía. En la Brockhaus sólo he encontrado un breve artículo.

Paul arrastró el grueso libro con el canto dorado por la lustrosa mesa de caoba y escucharon el ruido que hacía. Se miraron un instante y no pudieron por menos de echarse a reír.

–«Los tomos pesados no se arrastran» –recitó Paul mientras dirigía el haz de luz del flexo hacia la página izquierda del diccionario.

–«Se estropean el libro y el barniz» –Helen completó una de las normas de su difunto marido. Paul se acercó el tomo y comenzó a leer el artículo en voz alta.

–«Comité Nacional para una Alemania Libre. Organización alemana bajo los auspicios soviéticos fundada en 1943 por emigrantes comunistas (W. Pieck, W. Ulbricht, H. Matern, A. Ackermann, R. Herrnstadt, E. Weinert, J. R. Becher), desertores y prisioneros de guerra alemanes tras la derrota militar del Sexto Ejército alemán en Stalingrado. Su objetivo era eliminar a Hitler y el sistema de gobierno nacionalsocialista, así como instaurar rápidamente la paz.» –Paul alzó brevemente la vista–. Yo más bien admiraría que condenaría al tal Ben por formar parte del grupo –aseguró.

–Eso mismo dirá Michi cuando se entere –contestó Helen–. Esta misma mañana me contó que tiene que hacer un trabajo sobre el Comité Nacional. Qué coincidencia más ridícula.

Helen sabía que Paul esperaba más de ella: comentarios sobre Ben, sobre lo que sucedió antaño después de Stalingrado. Se acercó el pesado diccionario sin decir palabra y cogió una lupa antigua con el mango de ébano tallado. El haz de luz de la lámpara se desvió al tocar la lente convexa y amplió una porción redonda del texto en la que sólo vio la palabra Stalingrado.

Helen no había olvidado que Paul la observaba y esperaba algo de ella, pero sólo podía pensar en una cosa: Ben no ha vuelto.

–¿No deberíamos cenar algo? –dijo.

Gisela Matthes se había tomado la tarde libre para celebrar la llegada de su hijo Kurt de Irak, pero había dejado puesta la mesa en el comedor de los Saalberg por costumbre. Había cuatro cubiertos, aunque Helen había dicho que estaría sola. Sin embargo, Gisela sabía que esos días siempre se presentaba alguien sin avisar.

En cuestión de minutos Paul sacó de la nevera lo necesario y lo dejó en la mesa: sopa, pan, mantequilla, quesos y fiambre, vino y agua. Ver el repleto frigorífico hizo que se diera cuenta del hambre que tenía.

Como no esté sentado dentro de tres minutos me pongo a comer aquí mismo, se dijo. Se obligó a no arrancar la punta de la baguette antes de meterla en el horno.

Helen encendió cinco velas azules oscuras y sirvió el vino; Paul ya había retirado la silla al ver cómo temblaba su madre.

–¿No deberíamos avisar a Rosa para que baje a cenar? –propuso ésta, aun cuando era lo último que deseaba.

–De acuerdo –se lamentó Paul–. Yo ya no puedo más, pero la llamaré.

Tras cambiar unas palabras por el teléfono de la cocina volvió dando zancadas.

–Por suerte Rosa no tiene hambre –declaró sin más.

–Ten cuidado –advirtió Helen–, la sopa está caliente. –Sabía que Paul se sentaría en el acto, se colocaría la servilleta de cualquier modo en las rodillas y se llevaría la primera cucharada de sopa a la boca sin pensar.

–Los microondas son un invento satánico –afirmó después de dar buena cuenta de la sopa con cuidado.

–Son de lo más práctico –opinó Helen.

Paul dejó su taza, bebió un sorbo de vino y se partió una cuarta parte de la baguette.

–Siempre caigo. –Sonrió–. Hace cuatro semanas, en Londres, me invitaron a almorzar después de la última reunión del consejo. Porque entraré a trabajar con ellos, pero sobre todo por ser hijo del viejo Saalberg, creo yo.

»Estábamos esperando al jefe en el último piso. El comedor era de satén gris perla, con vistas al Támesis.

»El señor Grey tardó media hora en llegar. Casi me desmayo de hambre. Sirvieron la sopa en el acto. Yo pensé que con tanta finura habrían olvidado precalentar los platos, y me quemé con el caldo de tal forma que estuve a punto de pegar un grito. Fue de lo más embarazoso.

–¿No se dieron cuenta los demás?

–Claro que sí, pero estuvieron geniales. El señor Grey dijo con la cuchara en alto: *«It's terrible unfair, this microwave-heat, isn't it?»*. Después se pusieron todos a hablar de microondas en general, y en particular de cuándo, cómo y dónde se habían quemado la lengua la primera vez.

–Empiezas el próximo lunes en Londres, ¿no?

–Sí, el lunes –respondió Paul mientras se servía rosbif en el plato.

–¿Qué vas a hacer con el piso de Hamburgo?

–En principio no lo voy a dejar.

–Probablemente sea lo más adecuado. –Helen untó un pedazo de pan negro con mantequilla–. Al fin y al cabo vendrás a menudo a Hamburgo y querrás mantener tu independencia, ¿no?

Y pensó: la única razón por la que no deja el piso es Carolin. Ahora, sin los prejuicios y la hostilidad de Joachim, tendría que ser posible hablar tranquilamente con él de Carolin.

–Ésa es la idea –observó Paul, y pensó: sólo falta que empiece a hablar de Carolin. Hoy no toca hablar de mis problemas. Se trata de ella o de papá y este misterioso Ben. Pero no me extrañaría nada que intentase desviar la conversación con una solícita charla maternal.

Se sirvió más vino, observó que Helen aún no había bebido nada y trató de centrar la conversación en Ben Saalberg.

–El artículo de la Brockhaus me ha parecido muy informativo.

Helen no dijo nada.

–Qué curioso que el hermano de papá formase parte de esa organización.

–Sí.

–¿Papá no mencionó nunca el Comité?

–Hablaba y discutía mucho sobre esa época, pero a mí nunca me dijo nada al respecto.

Así no hay manera, observó Paul mientras miraba a su madre de reojo. Helen se había retrepado con la copa en la mano y miraba el jardín. Le encantaba el ambiente nocturno en el comedor, esa hora tardía en que se comía y se hablaba, y se preguntó: ¿por qué no soy capaz de decirle que lo sé todo sobre Stalingrado, sobre el Comité Nacional? ¿Que escuché todas las noticias sobre la campaña rusa después de Stalingrado, toda la información disponible sobre el Comité? ¿Que incluso una vez pensé que si Ben viviera formaría parte de él? Seguí sus huellas instintivamente. ¿Por qué no puedo decírselo a Paul? ¿Acaso me da vergüenza que él no haya vuelto? ¿Me siento rechazada después de casi cincuenta años?

Y Paul se dijo: ¿qué estoy haciendo aquí? Ella está agotada después de un día así. Necesita distancia y tranquilidad antes de poder hablar de esta historia tan rocambolesca. ¿Por qué me habré quedado? ¿Por Rosa? ¿O simplemente no quería acompañar a Carolin a la inauguración? Pero con Rosa no se puede hablar. Está en casa y no se deja ver. Se encierra ahí arriba como una colegiala engreída. No te preocupes por ella, dijo Georg. Mi hermano probablemente haga bien: primero la empresa y luego la familia. Con sus cenas de negocios informales se está haciendo de oro, y ¿qué hago yo?

–Mira quién viene –dijo Helen con alegría.

Por el césped mojado, el stick de hockey al hombro, avanzaba Michi, que pegó el enrojecido y delgado rostro juvenil al cristal.

–Qué pasa, compañero –lo saludó Paul al abrirle la puerta–. ¿Buscas a alguien con quien jugar al hockey o la cena?

–Lo de cenar suena bien. Hola, abuela. Creía que esta noche estabas sola.

–Me alegro de que hayas venido. Como verás, Gisela os ha tenido en cuenta.

–Qué bien. ¿Puedo cenar tal como estoy?

–Queremos pensar que después del entrenamiento te has pasado media hora bajo la ducha –respondió Paul mientras echaba mano de la botella de agua.

–Claro... –sonrió Michi–. Un segundo y me siento.

A los dos minutos estaba sentado a la mesa, el cabello, el rostro y las manos brillantes, pues acababa de refrescarse. Disimulando a duras penas su voracidad comió sin decir palabra la sopa, que a esas alturas ya se había enfriado.

–¿No te espera Caren? –inquirió Helen cuando el muchacho hubo retirado la taza y echó mano de la baguette por encima de una de las velas.

–Bueno, sí –contestó Michi un tanto abochornado, y abrió el pan en un santiamén como si se tratara de un bollo–. La cosa es que esta tarde olvidé la mochila aquí. No sé cómo. Todo fue tan deprisa.

–¿Esa andrajosa mochila del armario es tuya? –preguntó Paul.

–Claro. Así es como debe ser.

–Pide ayuda cuando se caiga a pedazos.

–Ayuda a montones es lo que necesito –afirmó Michi y, tras recorrer los platos con su hambrienta mirada, alargó el brazo de través y cogió una generosa cantidad de rosbif.

–Cuando quieras que te pase algo, dilo –observó Helen contenida.

–Perdona, abuela. –Sus irregulares facciones se iluminaron con una sonrisa–. Después de entrenar siempre me comporto mal. El abuelo no me habría dejado sentar a la mesa.

–Ya vemos que tu repentino ascenso a primera división fue un grave error –constató Paul–. ¿Quieres un poco de vino?

–Uf, todavía tengo cosas que hacer.

–Y ¿con qué quieres torturar a esta hora tu cansado cerebro?

–Con Inglés, claro.

–Ésa es la madre del cordero, ¿no? –Paul clavó la vista en Michi.

–Pues sí –contestó el muchacho–. Si tengo suerte me libraré por los pelos de sacar un MD en Inglés. Pero necesitaré compensarlo, y ha de ser con el sobresaliente que espero sacar en Historia. En el claustro tienen que decir: este Michi Saalberg tiene tanto talento, le pone tanto interés y es tan capaz cuando se esfuerza. Ya recuperará la parte de gramática inglesa que le falta, pero no podemos hacerle repetir curso. ¿No sería una lástima perderlo?

Helen se echó hacia atrás en su silla y rompió a reír. Su risa liberadora de siempre. Paul estiró las largas piernas bajo la mesa y se alegró.

Ya no había quien parara a Michi.

–Así que ahora tengo que bordar el trabajo, que caiga como una bomba, y para eso necesito libros del despacho del abuelo, aunque Rosa lo considere una falta de respeto y me lo haya prohibido.

–¿Cómo, que Rosa te ha prohibido coger libros? –preguntó Helen en voz queda.

Pero si ya se lo dije yo, pensó Paul. Esta tarde, en el coche, se lo conté. ¿De verdad lo ha olvidado o sólo lo finge?

–Sí –replicó Michi–. Bueno, creo que no estaba muy en forma esta tarde. El caso es que se puso a gritarme. ¿A que sí, Paul?

–Por desgracia sí.

–Ahora que se ha ido, ¿me dejas escoger los libros, abuela?

–Rosa aún no se ha ido –dijo Helen con frialdad–, pero claro que puedes llevarte los libros, si te sirven de ayuda.

–¿Sobre qué tienes que hacer el trabajo? –se interesó Paul.

–Seguro que no te dice nada. Esta tarde la abuela no sabía muy bien por dónde cogerlo. El Comité Nacional para una Alemania Libre. ¿No te acuerdas, abuela? Te lo pregunté esta tarde.

A Paul le dio la impresión de que las velas habían dejado de titilar. Sostenía la copa de vino en la mano sin beber, sin dejarla en la mesa.

Helen se bajó dos finos brazaletes de platino que se le habían subido demasiado en el brazo y le apretaban; dejaron escapar un leve tintineo al chocar en la muñeca con el reloj.

–¿Qué día es hoy? –preguntó a continuación en voz queda.

–Espera. –Michi consultó su reloj deportivo de caucho negro–. 25 de junio de 1990. ¿Por qué?

Durante unos segundos reinó un silencio absoluto.

–Creo que recordaremos este día durante mucho tiempo. –La voz de Helen sonaba extraña.

Fuera había oscurecido. La luz de las velas se reflejaba en las copas de vino y arrancaba destellos a la plata. Michi vio una expresión recelosa en los hundidos ojos de Paul, que miraban a Helen. Por su parte, no se llevó a la boca el rosbif que tenía pinchado en el tenedor, sino que lo mantuvo en el aire y también miró a Helen.

–¿Qué pasa? –inquirió ésta–. ¿Por qué me miráis así?

–Porque acabas de decir que hay un secreto –respondió Michi sin inmutarse–, has dicho que no olvidaremos este día, así que tienes un secreto.

Paul miró a Michi divertido.

–Claro, para ti aún es un secreto –respondió Helen risueña–. Te enterarás de todas formas, así que ¿por qué no ahora?

El teléfono sonó.

Helen se levantó tan deprisa que Michi y Paul se quedaron mirándola desconcertados.

Adiós, se dijo Paul, y terminó de beberse el vino. Otra vez. Después se pondrá a hablar de algo completamente distinto. Está gafado.

–De alguna manera las cosas no son como antes –comentó Michi mientras masticaba.

–Cierto –convino Paul resignado.

–¿Qué pasa?

En ese momento, caminando con decisión, volvió Helen. Cuando se hubo sentado, cruzó las piernas y se volvió hacia Michi.

–Hoy nos hemos enterado de que el hermano de tu abuelo no cayó en Stalingrado, como creíamos desde hace décadas –contó sin dilación–. Cabe suponer que vive, probablemente en Rusia.

–Flipante –fue todo lo que logró decir Michi.

–Pues sí, la verdad –aseveró Helen–. Tu abuelo sabía que su hermano seguía con vida, pero no dijo nada. Uno de los motivos, que menciona en su última carta, es que su hermano pertenecía al Comité Nacional para una Alemania Libre. Es evidente que tu abuelo lo consideraba una traición. En cuestiones políticas él y Ben siempre tenían puntos de vista distintos.

–¿Y el otro motivo?

Michi quiere saberlo todo sin cortapisas, pensó Paul, me alegro. Así tal vez ella continué hablando.

–Entre tu abuelo y su hermano había más desavenencias –repuso Helen, la voz indiferente–. Pero esto hoy nos apartaría del tema. –Sonrió para sí como si contemplara sin dar crédito una foto amarillenta olvidada hace tiempo.

Oyeron ruidos. La puerta de la calle se cerró.

–Porque lo que a ti te interesa ahora es ese Comité Nacional, Michi –prosiguió Helen como si tal cosa–. Sé algunas cosas al respecto, y Paul ya ha escogido unos cuantos libros. Sin embargo, antes de que te los lleves, deja que veamos si están todos los importantes. ¿No podrías volver mañana después del instituto?

–Sí, claro. –En el severo tono con que su abuela formuló la pregunta Michi percibió la inequívoca exhortación a dejar el tema por el momento.

Unos pasos enérgicos se acercaban a la puerta del comedor. A continuación apareció un animado Georg. Tras él volvió a abrirse la puerta: era Arndt.

–Qué bien –la imperiosa voz de Georg inundó la estancia–. Así ya están todos los que necesito.

Michi se encogió en su asiento.

–Seguro que no se refiere a mí –musitó sin mirar a su padre.

–Pues no. –Georg pellizcó un instante el nervudo cuello de Michi y acto seguido se sentó en una silla entre Helen y su hijo–. A estas horas tendrías que estar trabajando o durmiendo, amigo mío.

–El hombre necesita alimentarse con regularidad y que le profesen cariño.

–Concedido. ¿Sabe Caren dónde andas? ¿Has llamado?

–Precisamente iba a…

–Pues ve. –Un pequeño movimiento de mano hizo que Michi se levantara.

–Dile que estaremos en casa dentro de veinte minutos. Y discúlpate. ¿Dónde está Rosa? –Se dirigió a Helen sin transición–. ¿Al final se ha ido? ¿Ya ha realizado su demoledora actuación y me la he perdido?

Helen sacudió la cabeza.

–Ya sabes cómo era antes, cuando se ponía a caminar arriba y abajo en su habitación, no hablaba con nadie y no bajaba a comer. Paul y yo estábamos pensando precisamente en eso antes de cenar. Era como si no hubiese cambiado nada en veinticinco años.

Paul no podía apartar la vista del rostro y la figura de su hermano. El industrial triunfador de la cabeza a los pies. Perfecto con su *blazer* de verano azul marino. En el apogeo de la vida y el éxito a sus cuarenta y cinco años. Había llegado la noche de un día prometedor. Primero la empresa y después la familia. Incluso a las nueve y media de la noche parecía recién afeitado, el cabello castaño claro, que ya empezaba a ralear, perfectamente cortado y peinado. Sus carnosos labios dejaron al descubierto al sonreír unos dientes grandes e inmaculados. Un toque de maquillaje le habría conferido una belleza casi femenina. Al menos al anochecer y a la luz de las velas, pensó Paul. Durante esa cena informal debe de haberse asegurado un negocio fabuloso. De lo contrario no tendría esa sonrisa tan radiante.

Arndt entró en la habitación y, tras saludar a Helen besándole la mano y agraciar a Paul desde el otro lado de la mesa con un gesto propio de un jefe de Estado en la escalerilla del avión privado del presidente, se sentó ante el cubierto que no había sido utilizado.

–Me encanta este cuarto. –Miró a su alrededor con orgullo de propietario, para disgusto de Paul–. Pero ¿no le habéis dejado nada de carne al bueno de Arndt, abuela?

–Si ya no hay aquí puedo ir a buscarte más. –Helen hizo ademán de levantarse, pero Paul la cogió del brazo y la obligó a sentarse de nuevo.

–Hasta ahí podíamos llegar –se limitó a decir–. Arndt sabe de sobra dónde guarda Gisela la carne.

Este chaval amoldado, conformista, al que las cosas le van bien siempre intenta a su chistosa y ridícula manera hacerse el príncipe heredero. Pero no delante de mí, no en mi casa, se dijo Paul. Por primera vez ese día pensó que ahora él era el dueño de esa casa. Y al hacerlo estiró un poco más las piernas bajo la gran mesa redonda.

–¿Qué has estado haciendo toda la tarde para tener hambre ahora? –preguntó Georg. A su voz siempre afloraba un deje de orgullo cuando hablaba con Arndt. En ese hijo veía a su prometedor sucesor y estudiante modelo de dos carreras. Arndt empezó el colegio a los cinco años, se saltó segundo de primaria y octavo de bachillerato e hizo la selectividad con diecisiete años. Debido a una escoliosis insignificante se libró del servicio militar. Por último (y eso era algo que también admiraba Paul), había terminado Economía política y Derecho en un tiempo récord con las máximas calificaciones.

–Me he estado ocupando de Charly –repuso Arndt a la pregunta de Georg entre bocado y bocado.

–Por teléfono dijo que su hermana ha empeorado.

–Sí, es un golpe muy duro. Mañana no hace falta que esté en el hospital, porque a la hermana le van a hacer pruebas, así que la distraeré un poco y la llevaré a Hamburgo. Además, dentro de seis meses como mucho me casaré con ella.

–¿Lo sabe ella? –inquirió Helen, y pensó: habla igual que Joachim antaño. «Dentro de seis meses como mucho me casaré con usted.» Y la verdad es que me impresionó.

–No tendrá elección.

–¿Que Charly no tendrá elección? –preguntó Helen con incredulidad.

–No la tendrá.

A Paul las palabras le sonaron de una presunción insufrible.

–Es una broma, ¿no? –intervino Georg, preocupado.

–No.

–Mañana tienes una entrevista de trabajo importante en Hamburgo. Supongo que será lo primero, ¿no?

–Desde luego.

No soporto esta charla de machos, observó Paul. Georg está enamorado como un mono de su piojoso hijo. Y mamá también. ¡Cómo lo mira!

Arndt buscó algo de beber con sus vivos ojos mientras comía a dos carrillos, vio la botella de vino a medias junto a Paul y le hizo a su tío una señal con el índice de la mano izquierda para que le sirviera una copa.

Paul no reaccionó, y Arndt fingió reprocharle con voz de escolar ofendido:

–Mañana le diré a Charly que no me has querido servir vino. Y eso que esta tarde pensaba que yo tenía un tío muy majo.

Un bofetón y fuera, pensó Paul.

–Entonces, ¿ya se lo has pedido? –se interesó Helen.

–No, no exactamente –contestó Arndt–, pero mañana le diré que quiero casarme con ella.

–¿A quién? –preguntó Michi, que había vuelto a ocupar su sitio–. ¿A Charly? –Y encendió una cerilla con una vela. La cerilla silbó al prenderse, y Michi observó interesado cómo se consumía la delgada madera.

–Claro –respondió el aludido mientras masticaba–. Y dirá que sí.

–Pobrecita. Lo lamentará al cabo de diez minutos.

–¡Basta! –cortó Georg–. Toma las llaves. Dale la vuelta al coche antes de que sigas por ese camino, Michi. Tenemos que irnos ya mismo.

–Qué pena que no sea el BMW. –Michi miró con desdén las llaves del Volkswagen.

–¿Vas de incógnito, papi? –preguntó, perspicaz, Arndt–. Si no ¿por qué llevas el coche de Caren?

–Se trata de algo muy interesante –respondió Georg con una sonrisa radiante. No le molestó que Arndt adivinara sus intenciones, más bien al contrario–. ¿Tienes tiempo? ¿Y tú, Paul? Podemos hacernos con un negocio que es la bomba con la SAMA y quitárselo a los franceses delante de sus narices. Lo ideal sería que dejaras Hamburgo seis meses, Arndt, o tú Londres, Paul. Uno de vosotros tendría que ir ahí abajo.

–¿Adónde? –inquirió Michi.

–Te he dicho que traigas el coche. Nos vamos a casa.

Georg no respondió a la pregunta, y Paul se percató del rápido intercambio de miradas que se produjo entre Georg y Arndt, que quería decir: nombres, datos y fechas a solas.

Los dos son enervantes, pero también envidiables, consideró. Entre ellos todo es como era antes entre papá y Georg. Durante unos instantes le asaltó el viejo pesar del hijo no querido. No querido era una expresión demasiado fuerte, lo sabía, pero siempre había tenido la sensación de ser prescindible cuando se hallaba con su padre y Georg. Completamente prescindible.

Por eso la decisión de irme a Londres y no entrar aún en la empresa es adecuada, analizó. Aparte de que no tengo con Georg una relación tan estrecha como la que tiene Arndt. Puf, si no aguanto ni una hora con él. Hoy es una excepción.

–Por cierto, ¿sabías que es posible que el hermano del abuelo esté vivo, papi? Eso es mucho más interesante que todo lo demás. –Michi no se había ido.

–Sí, claro.

Paul disfrutó oyendo el tono de culpabilidad en la voz de Georg, al que al final no le quedaba más remedio que hablar de la última carta de su padre.

Sólo hay que dejar a Michi, pensó Paul. Yo no habría podido abordar el tema sin quedar como un idiota.

Georg fingió estar impresionado.

–¿Has tenido tiempo de pensar en la carta, mamá?

Fue al grano en el acto, como si de una reunión de la junta directiva se tratase.

–¿Qué carta? ¿Qué ha pasado? –quiso saber Arndt.

Helen le contó con voz serena lo que antes le refiriera a Michi.

Se hace la dura, observó Paul, y una mirada a Georg le dijo que él pensaba lo mismo. Ni palabra de Ben, su gran amor. Ni palabra de Rosa. No quería hablar de ello. ¿Quería proteger a Rosa?

A Georg pareció gustarle mucho la versión de las viejas desavenencias. Bebió aliviado un sorbo de vino blanco.

–A tu salud, mamá –dijo, mientras le dirigía una mirada de admiración.

Georg tenía razón, se dijo Paul. Esta noche mamá intenta ser la de siempre, y Georg es como era papá. Se huele las cosas, y las crisis familiares le incomodan. Mamá sigue el viejo juego, se muestra fría y capaz de hacer frente a cualquier dificultad. Domina la norma de la casa según la cual no hay problema que no se pueda solventar en el menor tiempo posible y, a ser posible, por uno mismo. En caso necesario uno se lo traga, y sólo en muy contadas ocasiones se atraganta con él.

–Y ahora ¿qué pensáis hacer? –había preguntado Michi entretanto–. ¿De verdad vive aún ese hermano? ¡Es tan emocionante!

Nadie dijo nada, hasta Arndt se quedó mudo.

–Una historia singular, de ser cierta –afirmó Georg, y en ese mismo instante dio la impresión de estar enfadado por su propio comentario.

–¿Acaso lo dudas?

Helen lo miró asombrada.

–No, no –repuso él con voz tranquilizadora.

–Entonces, ¿qué quieres decir?

–Bueno, Friedrich Riesst tenía la sensación de que la carta y las circunstancias que la rodean eran tan poco propias de papá que cabía suponer que poco antes de morir tuviera… en fin, alucinaciones.

–Lo único que tuvo tu padre fue demasiado tiempo para pensar en él.

En ese momento intervino Arndt:

–En mi opinión, el comentario de Friedrich Riesst pone la mira en posibles problemas futuros que, a efectos de la empresa, se pueden considerar desde el punto de vista jurídico.

–Y eso ¿qué significa? –preguntó Michi, estupefacto.

–Ahora mismo los problemas jurídicos son lo menos importante, ¿no? Seguro que a mamá no le interesan. –El tono de Georg oscilaba entre la formalidad y la preocupación.

–¿Por qué no es importante? –La voz de Helen sonaba completamente serena–. ¿Qué más se puede deducir de las reflexiones de Friedrich Riesst?

Georg no respondió en el acto, sino que se sirvió un vaso de agua mineral, cerró la botella con esmero y la dejó cuidadosamente en su sitio, junto a uno de los candeleros de plata. Las velas azul oscuro ya se habían consumido tanto que las llamas titilaban a la misma altura que la tapa de aluminio de la botella de vidrio.

Estos zorros, pensó Paul mientras observaba las certeras maniobras de Georg. No han dejado pasar ni un segundo en el coche. En cuestión de minutos han atado bien el paquete para la empresa y lo han amarrado todo. Primero la empresa y después la familia. Ahora el viejo Georg contesta con evasivas porque le resulta embarazoso revelar sus prioridades.

–Si mis estudios de Derecho han servido de algo, os puedo explicar cómo analizaría Friedrich Riesst el problema que podría plantearse –dijo Arndt mientras a su vanidoso rostro de escolar asomaba la sonrisa de yo-soy-el-mayor.

–Es un poco tarde para hipótesis jurídicas –le restó importancia Georg con un enérgico movimiento de mano–. Ahora no deberíamos importunarte con problemas secundarios, mamá.

Qué raro, pensó Paul, el chaval siempre puede soltar sus diarreas mentales y ahora lo frena.

Pero a Helen no le parecía nada mal el giro que había dado la conversación. Antes bien, le venía estupendamente tratar la existencia de Ben al margen de sus sentimientos personales. Durante unos instantes se le antojó enojoso no haberse dado cuenta mucho antes de la eficacia con la que un análisis objetivo desviaba la atención de su verdadero estado de ánimo. Se retrepó, aliviada, y miró el rostro de sus hijos y nietos, iluminado por las velas. El cristal reflejaba vagamente la imagen del grupo que estaba sentado a la mesa, que parecía confabulado.

–Deja que Arndt nos explique tranquilamente lo que sabe –dijo ella con serenidad–. En este momento todos los puntos de vista son interesantes, ¿no, Georg?

–Naturalmente.

–De acuerdo –repuso Arndt, radiante. Tener razón ejercía en él el mismo efecto que una droga–. Sin duda lo que más le gustaría a Friedrich Riesst sería archivar esa última carta y dejar correr las cosas. Probablemente fuese razonable, teniendo en cuenta el menoscabado estado de ánimo del abuelo.

Mientras hablaba iba clavando en Helen, su padre, Michi o Paul unos ojos que pedían aprobación.

–El estado de ánimo de tu abuelo no sufría menoscabo alguno en términos de salud, si es a eso a lo que te refieres –repuso Helen con tranquilidad–. Como ya he dicho, sólo tenía demasiado tiempo para pensar en él y en su vida. Puede que eso cambie algunos puntos esenciales.

Los dedos de Arndt cogieron migas de pan del mantel estampado; después él siguió hablando como si Helen no hubiera dicho nada.

–Tengo presente que la Saalberg AG es el hijo predilecto de Friedrich. Cree que la transformación de una empresa familiar en una sociedad anónima es cosa suya. Cuando Friedrich se entera de que un hermano del abuelo sigue con vida, sólo le interesa un aspecto: ¿reclamará este Ben Saalberg vivo la Saalberg AG? ¿Pueden perjudicar a la empresa sus pretensiones? En tal caso Friedrich insistirá en estudiar a fondo todos los pactos sucesorios o testamentos existentes desde 1940 en busca de puntos débiles. Como es lógico sólo para protegerse. Sin embargo, hay algo indiscutible: todas las disposiciones testamentarias están sujetas a una ley según la cual los títulos legales no reclamados judicialmente prescriben al cabo de treinta años. De manera que el hecho de que el tal Ben Saalberg exista o no, vuelva o no, carece de importancia.

Georg reprimió un suspiro, Helen miró el diligente rostro de su nieto mayor sin entender nada, Paul observó: es el colmo de la chabacanería, y Michi musitó:

–Cerdos, eso es lo que sois. Unos cerdos codiciosos. Y eso que…

–¡Michi! –lo interrumpió bruscamente Georg.

–Pero es verdad.

Arndt espetó:

–No te las des de listo, inútil. Yo sólo he dicho lo que podría pensar Friedrich Riesst.

–Eso no se piensa, tú. Antes me muero que hablar o pensar como Friedrich Riesst.

–Está claro que ése es tu problema.

–Basta –medió Georg–. Pídele disculpas a tu abuela y ve por tus cosas.

Estupendo, pensó Paul. Arndt se comporta mal y el que paga el pato es Michi.

–Muy bien. Perdona, abuela –musitó Michi, y se levantó de mala gana. Detrás de la silla, empezó de nuevo–: Pese a todo, esto no es normal, papi, admítelo. Cuando uno se entera de que vive alguien que lleva nada menos que cincuenta años muerto lo que piensa es: ¿dónde vivirá, cómo le irá, qué habrá hecho en todos estos años, cómo podré localizarlo? Pensar lo primero en dinero es demencial. Este Ben tiene que haber sido un tipo especial si formó parte del Comité Nacional…

Helen celebró oír las últimas frases de Michi, ya que le daban pie a pasar a otro tema, y lo interrumpió:

–Estoy segura de que daremos con su rastro si nos centramos en el Comité Nacional.

Paul vio que Arndt, la vista fija en el vacío plato, seguía cogiendo migas del mantel. Al menos ha comprendido que le ha salido el tiro por la culata, se dijo. Démosle la oportunidad de recuperarse.

Dijo:

–Lo cierto es que hay posibilidades. Esta tarde he estado haciendo algunas llamadas.

–¿A quién has llamado? –preguntaron Helen y Georg al unísono.

–A un viejo amigo de Heidelberg, Bernd Schumann.

–¿El que cocinaba *nasi goreng* en vuestro pisito en vez de estudiar? –preguntó Georg.

–El mismo. Ahora es profesor de Historia militar en Berlín. Me ha propuesto dos cosas que suenan muy bien.

–Habla –pidió Georg, y consultó brevemente el elegante reloj.

–Bernd mencionó en primer lugar una oficina en Berlín que por aquel entonces era responsable de informar a los familiares de los caídos, me sonó muy prolijo. Un nombre oficial tremendamente largo. Lo importante es que todavía existe. Bernd dijo que dará con quien corresponda para que podamos escribir, llamar, ir o lo que sea. También es posible que consigamos un expediente de Ben Saalberg.

–Muy bien –comentó Georg–, muy útil.

–Pero Joachim tenía una notificación en la que se le informaba de que su hermano había caído –apuntó Helen–. Lo recuerdo perfectamente.

–Papá archivaba meticulosamente todos los documentos. Seguro que el papel anda por ahí; o en el despacho de Friedrich Riesst o aquí, en la caja fuerte.

–Mañana echaré un vistazo –afirmó Helen con el tono de voz que nietos e hijos respetaban.

–¿Y la segunda propuesta? –Comprendida la primera, Georg pasó al siguiente punto.

–Bernd cree que la alusión al Comité Nacional podría sernos de ayuda. Hay algunos miembros prominentes del Comité que todavía viven en Alemania Occidental, por ejemplo Lev Kopelev, el poeta ruso al que Bréznev desterró. Ahora vive en Colonia. También está el conde Einsiedel que vive en Múnich, más o menos de la quinta de Ben Saalberg. En 1952 escribió un libro sobre el tiempo que pasó en el Comité Nacional. Bernd podría establecer fácilmente el contacto y también dar con otras direcciones. Se podría ir a verlo con una foto de Ben Saalberg o bien enviársela. Puede que alguien se acuerde de él o incluso sepa qué fue de él. Al menos es una posibilidad.

–Todo parece muy útil –aprobó Georg–. Sólo hemos de decidir quién se ocupa de qué. Bien. ¿Y el Comité ese? ¿Qué, dónde, cuándo fue eso? A ese respecto la carta de papá no era muy instructiva, y he de admitir que no tengo ni idea.

–Eso tiene fácil arreglo –repuso Helen para sorpresa de sus hijos–. El Comité Nacional era una organización de prisioneros de guerra alemanes del Sexto Ejército que, después de Stalingrado, se unió a emigrantes comunistas alemanes de Moscú para luchar contra Hitler. Eso sólo fue posible porque la organización contaba con el permiso de Stalin, yo creo que incluso con su aprobación. Publicaban su propio periódico y escribían octavillas que lanzaban para los soldados, tenían su propia emisora de radio y recorrían el frente con vehículos provistos de altavoces. Según ellos, la finalidad de la propaganda era apelar al pueblo alemán y a la Wehrmacht para que derrocaran a Hitler. En el frente ruso intentaron, sin mucho éxito, mover a los soldados a la deserción.

–¿Por qué sin éxito? –preguntó Michi, ávido de conocimientos–. Hitler era un criminal, la guerra entera era un crimen.

–Eso es salirse del tema, Michi –lo interrumpió Georg–. No sabía que estuvieras tan informada, mamá.

–Sin embargo, es natural que me empapara de toda esa información. De Ben no se podía hablar, pero la guerra, Stalingrado, la campaña rusa, los prisioneros de guerra siempre fueron temas de discusión. Joachim compraba cada libro, leía cada artículo de periódico, veía cada reportaje televisivo, se carteaba con soldados, historiadores y políticos y los invitaba a venir a casa.

–Un juego peligroso –aseveró Paul con claridad–. Alguien podía conocer a Ben o incluso saber que seguía con vida.

–Sí, visto así era jugar con fuego, pero típico de él ocuparse de la suerte de Ben así y no de otro modo. Muchos de los que podían conocerlo estuvieron aquí cuando recibíamos. A mediados de los años cincuenta Joachim incluso invitó a comer a un joven que había trabajado para el Comité Nacional. Se suponía que iba a dormir aquí, pero después de comer se fue porque él y Joachim se enzarzaron en una disputa de aúpa sobre el Comité.

–Sigue, por favor –pidió un vehemente Michi–. ¿Qué dijeron, te acuerdas?

–A mí también me gustaría saberlo, pero ahora sí que tenemos que irnos. ¿Qué hora es? –Georg miró el reloj.

–Exactamente las 22.06, Georg –anunció tras ellos la voz de Rosa–. Hoy le has dedicado muchos segundos a la familia, o ¿acaso no estaban previstos?

Todos se volvieron de repente hacia ella, que estaba apoyada en la puerta, abierta, del pasillo de la cocina.

Georg y Arndt se pusieron de pie en el acto.

Como debe ser, pensó Paul. Una dama entra en la habitación y los caballeros se levantan. Sólo que ella se ha acercado sigilosa como una gata. Miró brevemente a Michi, que al igual que él permaneció sentado. En su franco rostro juvenil se podían leer ideas rebeldes.

–Ven –le dijo Paul a su hermana con toda la amabilidad de que fue capaz–, ven a sentarte.

–No me siento porque mi taxi está a punto de llegar. Además, ya veo que no hay cubierto para mí.

Rosa cruzó despacio la estancia hacia la mesa de comedor, todas las miradas pendientes de ella. Se situó tras una silla libre y se aferró a la madera, que brillaba tenuemente, con fuerza. Los huesos de la mano se dibujaron angulosos. Dirigió una penetrante mirada a todo el mundo hasta que sus ojos se clavaron en Helen.

¿Hemos venido al bautizo de la Bella Durmiente y ella hace de hada decimotercera o a qué viene la escenita?, se preguntó Paul, que recogió las estiradas piernas bajo la silla y se sentó derecho.

–Me he quedado esta tarde para aclarar las ideas y recabar información, y he conseguido ambas cosas. Ahora me voy porque mañana por la mañana tengo un juicio a las nueve y porque cuando lo haya dicho todo no os quiero volver a ver. No es necesario que estén presentes tus descarados hijos, Georg, pero lo que tengo que decir también les atañe a ellos en su mayor parte.

Georg cruzó los brazos, se irguió en la silla y miró al jardín, más allá de Rosa. Nadie se movió. La nítida voz de Rosa, su agresiva postura y su mirada desdeñosa lo impedía. Todos estaban clavados en sus sillas como si de un salón de actos se tratase.

–Esta tarde me he dado cuenta de que he sido utilizada durante toda mi vida: por mi madre, como vehículo de recuerdo, sí, no me pongas esa cara, mamá, porque sólo querías a tu Ben en mí, no a mí. Por mi padre, como instrumento de venganza viviente, ya que yo, la hija de su odiado hermano, lo idolatraba y lo consideraba mi padre. Me habéis mentido durante toda la vida y hoy tengo la intención de saldar cada segundo de ella.

Helen dejó la servilleta en la mesa y se levantó: no quería volver a entrar en ese juego.

–Será mejor que te vayas –repuso tranquilamente–. Basta ya de escenas e insultos patéticos. A partir de ahora sobran en esta casa. A ver si te enteras de una vez por todas. Además, no contribuyen nada, nada en absoluto, a aclarar la situación.

–Ah, no. No me voy. Sin embargo, estaré encantada de hacer lo que sea necesario para aclarar la situación. –La voz de Rosa fue un jarro de agua fría. Clavó los ojos en Helen y Paul, al otro lado de la vestida mesa iluminada por las velas–. En esta casa haré y desharé lo que me plazca, porque es mía. Es mía desde esta tarde.

–Repite eso –pidió Paul con voz atronadora. La silla cayó al suelo al levantarse bruscamente. Se situó junto a Rosa, a la que sacaba cabeza y media, su hermana mirándolo imperturbable.

–Has oído bien: es mía.

Paul respiró hondo, se metió ambas manos en los bolsillos del pantalón, donde se cerraron, se abrieron y volvieron a cerrarse.

–Esta casa, como pudo leer hoy todo el mundo en el testamento, me la transfirió papá, porque es tradición que pase a manos del hijo menor. Lo sabes de sobra, todos lo sabemos. Mamá tiene el usufructo de por vida, vivirá aquí cuándo y cómo le plazca. Es así y punto.

Paul procuró dominar la voz, había captado la asustada mirada de Michi.

–Papá no te pudo transferir esta casa, porque formaba parte de la herencia de su hermano Benedikt, que era el hijo menor.

Georg se puso también de pie.

–¿Qué significa esto, Rosa? ¿Te importaría repetirlo desde el principio tranquilamente?

–Será un placer. No he hecho más que empezar, aún hay algo más. Que afecta sobre todo a ti y a tus aventajados hijos, Georg.

Cuando Arndt se levantó, pisó torpemente el largo mantel. Un tenedor que estaba demasiado cerca del borde salió catapultado al brillante parqué, donde dio unos cuantos botes.

Georg siguió con la mirada la fuente del tintineo como si quisiera apagarlo. Se hallaba detrás de su silla, una mano en el respaldo, pugnando por permanecer sereno.

–Di, soy todo oídos.

–Yo también siento curiosidad –añadió Paul en el mismo tono, y cogió la silla del suelo y asimismo se situó tras ella.

–No tenéis idea de lo esclarecedora que ha sido para mí esta tarde.

Rosa vaciló levemente y miró a Helen, que estaba sentada frente a ella. Los ojos de Michi se posaron ora en una mujer, ora en la otra y acabaron fijos en Helen, la admiración reflejada en ellos. Ésta, con gran frialdad, la cabeza echada hacia atrás, la mano izquierda a medio camino en el bolsillo de la falda, dijo:

–Muy bien, empieza.

–Si tengo que aceptar que no soy hija de papá, sino de un iluso huido, me voy a desquitar. Soy hija de Ben Saalberg, así que también soy su heredera. Reclamaré su herencia, escúchame bien, Georg, reclamaré en los tribunales todo cuanto tendría que haber sido de mi padre, Benedikt Saalberg. No, ése no es el tiempo verbal: reclamaré todo cuanto es suyo.

–Para eso primero tendrás que encontrarlo.

–No es preciso.

–Sí que lo es. Y él tendría que reconocerte oficialmente.

–Eres peor de lo que pensaba, Georg.

–No soy yo quien ha empezado esta discusión, pero si hay que pelear, lo haré a brazo partido, te lo aseguro. A brazo partido y con todas las consecuencias.

–Me reconocerá.

–Pero para eso necesitas la ayuda de mamá.

–Me la dará, si es que quiere conservar una pizca de credibilidad –contestó Rosa con frialdad.

Helen estaba como paralizada.

–Entonces, ¿vas a impugnar el testamento de papá? –preguntó Paul.

–No será necesario, como tampoco lo es que dé con Benedikt Saalberg. El testamento de papá es nulo per se. ¿Lo habéis entendido? Nulo, porque admitió que su hermano sigue con vida, que, en cualquier caso, seguía con vida cuando él redactó el testamento. Así que el testamento es válido para el 50 por ciento de la fortuna de la empresa y la familia. Ese 50 por ciento os lo repartiréis entre vosotros, como dispuso él, y la otra mitad es mía. No soy experta en Derecho sucesorio, pero lo que tenía que saber me lo ha explicado un amigo esta tarde a grandes rasgos. Si papá sabía que su hermano seguía con vida y ahora nosotros sabemos que él lo sabía, sólo podía hacer testamento por la parte de la fortuna que le corresponde. Existe una disposición testamentaria de 1938 en la que nuestra abuela fue instituida heredera universal; y sus cuatro hijos, sustitutos. Ella falleció en 1944. Entonces, como sabemos ahora, Benedikt Saalberg aún vivía, de modo que tenía vocación y delación de la herencia junto con papá. Por aquella época yo era pasante en el despacho de Friedrich Riesst y estudié a fondo los documentos.

–Buena chica. Siempre has sabido aprovechar el tiempo, ¿no?

–Con sarcasmo no vas a llegar a ninguna parte, Georg.

–Y tú no te vas a salir con la tuya. No si te enfrentas a mí.

–No podrás detenerme, así que será mejor que escuches atentamente mis condiciones.

–¿Que serían…?

–Mañana acudiré al bufete de unos amigos para informarme debidamente de cómo proceder contra el testamento. Vosotros tendréis que dar con Benedikt Saalberg en el plazo de seis meses. Él tendrá que venir a Alemania, demostrar su identidad y reclamar su 50 por ciento de la fortuna de los Saalberg. Si ha fallecido en estos últimos meses, insistiré en que mamá me nombre legalmente hija de Benedikt Saalberg. Os lo repito: todos sabemos que papá estaba convencido de que mi padre seguía con vida cuando redactó el testamento, así que le estafó su parte de la herencia, una herencia que ahora me pertenece a mí, como hija y heredera de Benedikt Saalberg. Podemos arreglar esto a puerta cerrada o ir a juicio, y no me acobardaré ante nada.

Llamaron a la puerta.

–Mi taxi –afirmó Rosa–. No os molestéis en hacerme cambiar de opinión. Sólo hablaré con vosotros a través de mi abogado. Tendréis noticias mías.

Alzó un tanto la mano y se dirigió hacia la puerta.

–Rosa –pidió Paul–, no te puedes ir ahora. Esto no es un teatro.

–Un teatro no, pero sí el escenario de la venganza de Rosa –apuntó Georg.

–Exacto –contestó ella.

–Dios mío, estáis locos –espetó Helen casi desde su mutismo–. ¿Dónde acabará esto, Rosa?

–¿Es que no lo has entendido? Si es preciso, en los tribunales: Saalberg contra Saalberg.

Charly llegó al mismo tiempo que el taxi de Rosa. Vio a ésta salir de la casa, subirse al coche sin decir nada y marcharse. La puerta de la calle estaba abierta de par en par, y ella, abatida, pasó al recibidor, donde estaban los demás miembros de la familia, perplejos, que tardaron unos segundos en percatarse de su presencia.

Michi, el primero en saludarla, la llevó con serenidad a la mesa, y Arndt no tardó en ir detrás. Encendieron la luz e interrogaron a Charly un tanto sofocados para evitar que las preguntas se las hicieran a ellos, de lo cual ella se dio cuenta en el acto. Se pusieron de nuevo a comer y beber, haciendo un conmovedor esfuerzo por sortear la desagradable situación.

Charly comió y bebió poco, respondió a las preguntas sobre el estado de su hermana, que seguía siendo grave, sobre el piso que había ido a ver y al que no se había mudado, y pensó que habría sido mejor hacerlo, aunque al mismo tiempo se alegraba de que no fuera así. Mientras tanto observaba a Michi, y reparó en que estaba blanco como la pared, que le temblaban las manos y que su inquieta mirada no paraba de dirigirse a los adultos, que se hallaban en la estancia contigua y hablaban en voz baja de lo que quisiera que hubiese ocurrido. Con la idea de distraerlo, se puso a describir el coche de Anne, que había encontrado y utilizado para llegar a Kirchrode, y consiguió su propósito. Imaginar aquel montón de chatarra, su equipamiento vulgar y los ruidos que hacía desató la desaforada fantasía de Michi, mientras Arndt se quedaba de una pieza.

En la habitación contigua Paul veía desde el profundo sillón que ocupaba el grupito de la mesa, y mientras meditaba con Helen y Georg cómo encarar las categóricas amenazas de Rosa no paraba de mirar a Charly. Vio que sus preocupados ojos se centraban en Michi e intuyó que le estaba contando algo expresamente a él. Se alegró al oír la risa de Michi y ver la sonrisa de alivio de Charly.

Después quitaron la mesa entre los tres, desaparecieron en la cocina y volvieron en silencio al cabo de unos minutos. Sólo Arndt se acercó a Helen para despedirse.

Georg aprovechó la ocasión para marcharse. Michi tenía que ir a casa urgentemente, lo que quedara por hablar podían tratarlo al día siguiente por teléfono. Paul volvió a observar a Charly, que escuchaba a Michi en segundo plano. Durante una décima de segundo ella lo miró, y él supo que nunca había conocido a una chica con esa luz y que le habría gustado ser el depositario de la ternura que reflejaba su mirada. Luego Arndt se colocó a su lado y le pasó el brazo por los hombros con ademán posesivo, del cual, para satisfacción de Paul, ella se zafó risueña al cabo de unos segundos. Durante el intercambio generalizado de adioses y buenas noches Arndt dijo de nuevo que al día siguiente tenía intención de llevar a Charly a Hamburgo para que fuese al Kunsthalle a sacar fotos. A su insolente modo Arndt trató de hacer que Paul admitiese que conocía bien los bancos, muy bien los restaurantes y los bares de Hamburgo, pero el Kunsthalle sólo por fuera. Al contrario, respondió el aludido sonriendo, en el Kunsthalle no sólo estaban sus cuadros preferidos, sino también un restaurante al que iba siempre, y al día siguiente casualmente estaría allí y tal vez se vieran.

Nadie notó la atención con que Helen seguía los gestos, las miradas y las conversaciones de sus hijos y nietos, y durante algún tiempo nadie supo lo que resolvió en esos nocturnos minutos.

Capítulo 10

El Café Liebermann, en el Kunsthalle de Hamburgo, no era un sitio para ver y dejarse ver. Precisamente por eso le gustaba a Paul. Era un tanto complicado llegar, y de camino allí Michi había farfullado en una ocasión que no a todo el mundo le gustaba arrastrar los pies por interminables pasillos para tomarse una taza de café.

Pero a Paul le gustaba ese recorrido por el oscuro museo, el olor a linóleo de posguerra encerado y óleos, las pequeñas hornacinas con serenas imágenes de Aumühle, el valle del Alster y la playa Elbstrand en Blankenese.

Esa tarde lo recorrió dando zancadas, entró en el café y vio de una ojeada que Carolin todavía no había llegado. Se sentó a una mesa libre que quedaba cerca del bufé. Carolin se quejaría nada más llegar del sitio e intentaría encontrar una mesa mejor: detrás de una columna, cerca de una palmera, en suma no justo en el pasillo que llevaba hasta la escalera. Él lo sabía, pero le era indiferente.

Casi me da igual que venga o no, se dijo, y le horrorizó pensarlo.

Se sacó el periódico del bolsillo de la chaqueta para olvidarse de Rosa. Leer el periódico, tomar café, actuar normal, mantener la boca cerrada para, a las dos, acudir a la última cita con su jefe.

«Un devastador seísmo en Irán se cobra 40.000 vidas.» Paul echó un vistazo a los titulares sin leerlos debidamente, los ojos puestos en la puerta por la que entraría Carolin, y encontró el ambiente del café tan agradable y discreto como de costumbre. En el inmenso salón alargado con columnas las mesas redondas y las sillas Thonet negras parecían de juguete entre los sólidos pilares de mármol. El cálido tono terracota de las paredes resultaba tranquilizador, y las elevadas ventanas de vidrio opalino dejaban entrar una luz difusa.

Paul quería sentirse bien. Carolin no tardaría en llegar y él la encontraría preciosa. Tal vez el conflicto entre Rosa y la familia cesara, ella entrase en razón, guardase las garras y cayera rendida como un tigre de papel. Él intentaría hablar con ella por teléfono antes de su cita de las dos. Tenía claro que nadie más de la familia lo intentaría. Él quería mantener a toda costa el contacto con ella, ya que a pesar del enfado sabía que su hermana estaba sufriendo.

Se paró a pensar en todo lo que tenía que hacer a lo largo de los próximos días. Examinaría el expediente en la oficina berlinesa, y con una fotografía de Ben Saalberg de joven alférez visitaría cuanto antes a aquellos que posiblemente lo conocieran después de Stalingrado. Desde el banco trataría de localizar al conde Einsiedel en Múnich. A Georg se le había ocurrido que tal vez Ben Saalberg se hubiese afiliado al Comité con otro nombre, ya que de lo contrario a alguna de las personas que iban de visita a la casa de Joachim le habría llamado la atención la coincidencia de apellidos de un conocido miembro del Comité y su reaccionario anfitrión. Por eso mismo no bastaría llamar por teléfono a Lev Kopelev. Con él ya había concertado una entrevista para la semana siguiente. Tan sólo media hora. La voz grave y amable del anciano le había impresionado.

Georg quería ponerse en contacto con la embajada en Moscú, quizá allí pudieran darles algún buen consejo. Había que encontrar a Benedikt Saalberg. A ese respecto no hubo ninguna discusión entre Georg, él y Helen. Su hermano estaba convencido de que Rosa cumpliría sus amenazas sin tardanza, y a todos les aterrorizaba la idea de volver a ver los problemas de la empresa y la familia en el titular del periódico.

Y eso que esta semana lo único que quería hacer era leer, seleccionar libros y fotos y estar en forma para el próximo lunes. Ya que no puede ser, al menos hay que evitar las polémicas familiares. Desde luego llamaré a Rosa o iré a verla. Puede que incluso lo espere, y la escenita de ayer por la noche fue un grito de socorro que hay que entender.

Carolin no llegaba, en su lugar un grupo de estudiantes inundó las mesas libres que quedaban. Agotados, moderadamente ruidosos y alegres: adolescentes con vaqueros como Michi y muchas hijas burguesas de buen ver.

Tras mirar de nuevo los titulares de la portada y estremecerse al pensar en la desesperación y la impotencia de los medios técnicos en vista de la catástrofe de Irán, Paul hojeó deprisa las páginas de economía, leyó por encima las cotizaciones, buscó el precio de las acciones de la Saalberg y pensó que Georg no volvería a tener un instante de calma mientras hubiera de sopesar la posibilidad de ceder a Rosa una parte del volumen de acciones de la empresa.

–Una vez dijiste que sabes en el acto cuándo he llegado. –A sus espaldas oyó la grave voz de Carolin. Bronca y sexy, como siempre, se dijo Paul. Fue a ponerse de pie, electrizado, pero la presión de las manos de ella en sus hombros le indicó que no lo hiciera–. Gira la cabeza y mira a tu derecha –le susurró al oído. Y lo besó en la mejilla y se sentó deprisa.

–No puede ser verdad –lamentó Paul, la voz lo más baja posible, cuando la vio–. Pero ¿por qué?

Carolin se había cortado el pelo. La negra cabellera abundante, lisa, por los hombros había desaparecido a favor de un corte a lo Liza Minelli que enmarcaba su sensual rostro, dominado por unos grandes ojos marrones casi negros y unos labios pintados de rosa. Naturalmente seguía siendo increíblemente guapa, tal vez un poco demasiado chic, por decirlo con tiento, pensó Paul. Atónito, no podía apartar la vista de ella.

–¡Vaya! No se puede decir que estés entusiasmado. –Carolin mostró completa indiferencia–. Iré por un café mientras se te ocurre un buen piropo.

–Te he pedido una copa de champán.

–Mi nivel de alcohol todavía es demasiado elevado por culpa de ayer por la noche. Si bebo algo ahora me caigo redonda. La verdad es que tendría que estar en la cama. Dime, ¿no sería mejor ir a tu casa? Hace siglos que no nos vemos, Paulino. ¿Por qué me diste plantón ayer por la tarde? Era nuestro aniversario.

Paul retiró en el acto la mano que, desde hacía rato, descansaba en el brazo de ella.

–Eres mezquino, amigo. ¿Por qué no puedo hablar de nuestra relación, cuando es tan importante?

–Estuve en Hamburgo desde el domingo por la tarde hasta el lunes por la mañana y tú no fuiste.

–¿Vas de Otelo? Estuve con los niños en casa de mi madre, en Luneburgo, te lo dije el viernes por la noche por teléfono. De todos modos no iba a pasar nada, teniendo en cuenta que no me llevaste al entierro.

Como si el entierro de mi padre hubiese sido una inauguración a la que se pudiera llevar a alguien.

–¿Dónde están tus hijos ahora? –prefirió preguntar.

–Hoy se quedan en el parvulario hasta las cuatro. Ahora acabarían conmigo. Tengo que dormir como es debido antes de ir a buscarlos.

–Bien, pues te dejaré descansar. Tengo que estar entre las tres y las cuatro en el banco.

–*¡Fuck!,* Paul. No seas tan impersonal. Siento mucho haber vuelto a hablar del entierro. Sé que no formo parte de la familia, pero así y todo me ofendió. Además, si te hubieses parado a pensarlo un instante me habrías visto el fin de semana. Antes al menos eras capaz de hacerlo.

–Deberíamos dejar de hablar de eso.

–Deberíamos dejar de hablar de eso –lo imitó ella–. ¿Sabes qué? Escurres el bulto. Te escudas en tu asquerosa familia y pretendes no hablar de nuestro problema o no hacer nada al respecto, como un político seboso. Maldita sea. Hablamos de nosotros, Paul, y es muy importante. He venido para estar a solas con el hombre más estupendo que existe, porque ya no sé a qué atenerme, y en lugar de eso estoy en este café horrible, que parece un templo, sentada en una silla dura, mientras me miran unas colegialas que encima andan detrás de ti.

–Basta, Carolin.

–Pero es verdad –musitó ella–. Todas las que te miran demasiado a los ojos se quieren ir contigo a la cama. Todas. La edad es lo de menos.

Y se levantó de pronto y se acercó al bufé. Su menuda y tiesa figura iba enfundada en una cortísima y ceñida falda blanca y un jersey de canalé gris oscuro de finísimo algodón todavía más estrecho. Su caminar, encaramada a unas sandalias de tiras de tacón alto, era lento y cimbreante, y al mirarla Paul interceptó en el acto la codiciosa mirada del camarero.

¿A qué viene todo esto?, se preguntó. ¿Por qué demonios no pueden seguir las cosas como estaban? Es tan guapa.

Hasta que cumplió treinta y un años Carolin hizo cuanto era de esperar en una hija de buena familia. Llevaba lazos de terciopelo en el cabello peinado hacia atrás, faldas de tablas, zapatos de charol, un collar de perlas sobre la blusa camisera de rayas, y sólo decía mierda en caso de extrema necesidad. Tenía amigos formales, iba al teatro, al cine y, sólo en compañía masculina, a discotecas. Se sacó el carné de conducir, terminó el bachillerato y finalmente dedicó su talento, notable, pero inconcreto, a estudiar Magisterio. Poco antes de terminar la carrera se prometió con un formal estudiante de Derecho porque iba a tener un hijo suyo, todavía con un lazo de terciopelo en la coleta. Boda, primer hijo, fin de carrera, oposición, examen de licenciatura de su marido, segundo hijo, su autoestima y su belleza aumentando en la misma medida que su insatisfacción con un matrimonio aburrido. Después fue consciente de que tenía un cuerpo estupendo, un rostro de belleza sensual y una luz que encandilaba a hombres y mujeres por igual, y supo que quería hacer algo distinto, nuevo, alocado. Siguió siendo profesora, porque le gustaba, dejó a su marido de canguro perfecto con los niños y su arduo doctorado y descubrió el ocio nocturno de la ciudad. Trabó amistad con gente poco convencional, creativa, independiente, metió las blusas camiseras, las faldas de franela y las bufandas en una bolsa para la Cruz Roja y optó por la bisutería, el cabello suelto y la ropa cara y atrevida. Conoció a Paul Saalberg y tuvo la primera gran relación amorosa de su vida, que utilizó de manera inconsciente para seguir cambiando más y más. Cambió su forma de andar y hablar y no se daba cuenta de que su relación con Paul sólo era el primer peldaño en la escalera de una vida completamente nueva. Trataba con todas sus fuerzas de retener a ese hombre, pero no había comprendido hacía mucho que en ese momento lo único que le importaba era el sexo.

Sin embargo, en ese estadio de desarrollo Paul ya no quería ni podía seguirla.

Ahora ella volvía a estar sentada a su lado. Su mirada marrón oscura era inquisitiva, asombrada y al mismo tiempo acariciadora, una mirada que despertaba instantáneamente en el cerebro de cualquier hombre ideas y fantasías inequívocas.

Carolin bebió el primer sorbo de café mientras Paul la observaba.

–Bueno, di algo. ¿Cómo estoy?

De nuevo esa mirada sabuesa y acariciadora.

Paul se encogió de hombros y le sonrió. En ese momento no podía ni quería hablar de su nuevo peinado.

–Se sale de lo común –comentó de pasada.

–Te pasas de formal. A los demás les vuelve locos. Ayer por la noche en casa de Lena celebraron el nacimiento de mi segunda identidad. Fue demencial. Te perdiste algo grande. A las cuatro nos pusimos a bailar en la repisa (que era ancha) del pequeño mirador y después yo grabé al resto desde fuera como si fuesen un grupo de sombras delante de la luz de neón azul clara. Esta noche veremos el vídeo. Vente y podrás admirar a esta joven realizadora. Luego nos iremos a cenar solos para celebrar el aniversario de ayer y después iremos a tu casa...

Paul observó los bellos y grandes labios color de rosa, vio la amplia mancha de carmín rosa en la taza de café y al mismo tiempo leyó por décima vez el titular que informaba del terremoto en Irán. Mientras Carolin apoyaba los dedos de la mano izquierda, cuyas uñas llevaba pintadas de rosa, en la muñeca de Paul y la acariciaban, mientras le explicaba cómo sería la noche con su voz grave y vibrante, él imaginó que era una de las cuarenta mil víctimas, que tras algunos instantes de miedo y pánico sobre un suelo tembloroso se precipitaba en grietas que se abrían en el suelo por paredes que se desmoronaban y se asfixiaba bajo polvorientos montones de tierra y escombros.

–Ahí está ese sobrinito tuyo tan majo... *Ciao*, Arndt! –saludó Carolin, interrumpiendo así su propia perorata y las apocalípticas imágenes de Paul.

Lo que me faltaba, pensó Paul, pero recordó que Arndt había dicho que iría con Charly. Vio que los labios de Carolin besaban a Arndt. Mejilla derecha, mejilla izquierda y una mirada abrazadora de la que Arndt se apropió en el acto. Ni rastro de Charly.

–Estás genial –dijo Arndt a Carolin–. Hola, Paul. Nada de hablar de la familia, ¿de acuerdo?

–Me has leído el pensamiento, Arndt.

–Oye –la estridente voz de Arndt no tardó en soltar un gallo–, deberías hacer cine o algo grande, Carolin. Una belleza así no se puede marchitar en un colegio de barrio.

Apenas podía sustraerse a la mirada de ella.

–Qué mono. –Carolin volvió a besarlo en ambas mejillas–. ¡Guau! Me encantan los piropos, y hoy aún no he cumplido el cupo. –Miró a Paul, sin que sus ojos se cruzaran–. Tú también estás estupendo, Arndt. –Sus manos se deslizaron por los brazos del muchacho–. *Bellissimo*. Siéntate con nosotros a tomar un café. ¿O quieres comer algo?

Enhorabuena, se dijo Paul. Esta forma de venganza es más sutil aún de lo que imaginaba. Sabe que no soporto a Arndt.

–Un momento. –Los inquietos ojos de Arndt recorrieron el lugar–. Tengo que ver dónde anda Charly. Quería ver tranquilamente esos aburridos pintarrajos de Hamburgo y yo tengo que irme dentro de nada. Pero antes he de comer algo como sea. Tienes que conocer a Charly, Carolin.

–Vaya, ¿una nueva novia, Arndt?

–Por desgracia tú estás comprometida por partida doble. –Le regaló su descarada y ligeramente femenina sonrisa–. De algún modo habrá que consolarse cuando los primeros premios ya están repartidos.

–Habrase visto, qué fresco. ¿Tú lo has oído, Paul? El pequeño Arndt se ha vuelto un cachondo.

En su opinión yo tendría que levantarme y poner fin a la escena con mano dura, como ya he hecho al menos dos veces. A ella le encantaría que estrangulara a Arndt con su corbata con motivos heráldicos como si fuera un chaval malcriado. ¡Y una porra!

Arndt salió solo de la situación: había descubierto a Charly. Ésta, que se encontraba al fondo, lo vio, lo saludó y se dirigió hacia la mesa próxima al bufé.

Con la misma tranquilidad se acercó a mí el pasado sábado por la tarde, los rododendros blancos y rosas a su espalda, una pulsera de plástico verde esmeralda en la muñeca y un bolso colgado del hombro, pensó Paul.

Se dio cuenta de que se alegraba de verla, de ver a esa chica a la que tal vez Arndt hubiera dicho la noche del día anterior que se casaría con ella.

–Pero si no es más que una niña, Arndt –oyó decir a Carolin–. Seguro que te lo pasas pipa con ella, ¿no?

¿Por qué me gustaría darle un bofetón por esa frase?, se preguntó Paul. Y ¿por qué me agito de esta manera?

Carolin, a la que no se le escapó la mirada que le dirigió Paul, volvió a sentarse y musitó:

–No me mires así. Hay gente que no es aburrida y habla de sexo. Es lo más normal del mundo y lo mejor. –Y apoyó la mano en su muñeca con ademán posesivo y le clavó un instante las uñas en la piel.

–Ven –pidió la estridente voz de Arndt a Charly–, tienes que conocer a la mujer más guapa de Hamburgo. Ésta es Carolin, la novia del viejo tío Paul.

–Hola. –Charly esbozó una sonrisa vacilante, miró al grupito que ocupaba la mesa y vio que Paul se zafaba de Carolin antes de levantarse para darle a ella la mano, vio la resplandeciente sonrisa en el bello rostro de Carolin y el gesto de Arndt, entre jactancioso y tímido. Entre las tres personas sentadas a la mesita redonda de mármol no casaba nada.

Aquí no se me ha perdido nada, pensó Charly. Si hubiera una película de infrarrojos con la que poder localizar el enfado que emana de una persona como el calor que escapa por el tejado de las casas mal aisladas, la foto de esta mesa estaría dominada por filamentos rojos irisados.

–Muchas gracias por traerme –le dijo a Arndt, y consultó el reloj verde esmeralda, se bajó el bolso del hombro izquierdo y metió en él una bolsita de papel. Durante esos escasos segundos de serena movilidad supo lo que quería hacer–. Ahora tengo que irme. A las cuatro delante de la estación, ¿vale?

–Pero no puede irse así sin más –afirmó Carolin–. Después de todo, lo suyo es que conozca a una novia de Arndt. Siéntese unos instantes. Aquí tiene una copa de champán.

–No puedes irte ya, Charly. –Arndt a punto estuvo de soltar un gallo–. Creía que íbamos a comer algo aquí.

–No, muchas gracias. Nunca como cuando aún tengo trabajo que hacer.

–Así y todo, siéntate, por favor –insistió Arndt–. Necesito comer algo, y te traeré algo a ti también. En el coche tenías hambre. Al menos una taza de café.

Charly no quería que los demás pudieran creer que se hacía de rogar, de manera que tomó asiento.

–Pero sólo un vaso de agua, por favor –dijo con resolución.

–Muy razonable. Ven a mi lado. –Carolin retiró la silla que tenía a su derecha.

Es la primera vez que ve a esta chica, analizó Paul. ¿Por qué demonios la tutea ahora? Cabreado, se retrepó en su asiento y cruzó las piernas.

Le gustaría mandar a todos a la porra, pensó Charly, y eso que me ha hecho ilusión verlo. Su mirada se sumió en la contemplación del mármol entre beis y dorado de las columnas y reparó en la infinidad de celdillas alveolares de la cálida piedra de Verona. Unas celdas que entrechocaban, cuyos bordes eran más oscuros que el interior. Yo también vivo como en una celda, se dijo, y reprimió el enfado que sintiera por la mañana al ver la cabina vacía en la UVI. Se había obligado a ir a Hamburgo, y había sido un error. Ahora estaba sentada allí, pero una parte de ella se había quedado en el equinoccio de la UVI de neurología. Había ido a Hamburgo para evadirse y escapar. Quería trabajar, ser normal y estar sana como antes. Se hallaba sentada en el bien provisto café de un museo, entre altas columnas de mármol, bajo palmeras de invernadero, y pedía un vaso de agua. Había comprado un catálogo y observado tranquilizadores cuadros antiguos, se movía y hablaba, pero en el fondo de su ser se sentía petrificada, impotente y pesada, como si su sangre se tornara poco a poco plomo fundido.

Arndt se había acercado al bufé, y Carolin estudiaba atentamente el rostro y la figura de Charly.

–¿Con qué trabajas aquí, en el museo? –le preguntó al cabo de los segundos que transcurrieron en silencio.

–Hago fotografías. –Charly apartó la vista despacio de las columnas e intentó sonreír con circunspección, un gesto un tanto desvalido, como si quisiera disculparse por no dar conversación. Paul lo vio y le dio la extraña sensación de que Arndt no debería haberla llevado. Es tan sensible, observó, por eso estuvo tan bien ayer con Michi. Ahora mismo se está tragando el miedo, y ello la vuelve aún más impresionable. Le entraron ganas de sacarla de aquel expuesto sitio en el pasillo y hablar tranquilamente con ella.

–¿Cómo? ¿Eres fotógrafa profesional? –inquirió Carolin con incredulidad.

–Sí.

–¡Guau! ¡Fotógrafa! –exclamó Carolin–. Yo también quiero hacer eso. Dejaría ahora mismo de enseñar estupideces a tontainas si pudiese vivir de la fotografía. –Y se volvió a Arndt, que colocaba un vaso de agua delante de Charly, y espetó–: Ten cuidado de que nadie te robe a tu ave del paraíso. Alguien con este aspecto se hace modelo de fotografía en un pispás. ¿No crees, Paul? Ya sólo con esos ojos. Como el azul oscuro de unos vaqueros con apresto. ¿Sabes cuál sería una foto estupenda, Charly? Tú con unos simples vaqueros, los ojos y el pelo. Quedaría estupenda y muy sexy… –Dejó escapar su sensual risa.

Se ha vuelto loca. Paul miraba a Carolin estupefacto.

Charly bebió un sorbo de agua y pensó: tengo que salir en menos de cinco segundos. Seguro que su intención es buena, pero no lo soporto.

Arndt rio brevemente, los ojos deteniéndose en el perfecto pecho de Carolin.

–Oye, no me mires así, pequeño libertino –dijo ella–. Tu novio es un descarado, Charly, ¿lo sabías?

La aludida esbozó una muda sonrisa.

Arndt sonrió a Carolin y a Charly y sopesó:

–No cuesta nada imaginar una foto así con todas las variantes posibles… pero ahora se me hace tarde. Tengo que estar en el coche dentro de cinco minutos y ocuparme de mi carrera. ¿Nos vemos a las cuatro, Charly? ¿Como habíamos quedado? Bien. –Se había comido la ensalada de arroz y bebido el espresso a toda prisa.

Charly se levantó con Arndt, cogió el bolso y, tras alzar brevemente la mano derecha, dijo:

–Yo también tengo que darme prisa, si no no conseguiré hacer nada. Hasta luego, Arndt.

–*Ciao, bella!* –dijo éste, ya en movimiento.

–*Ciao bella!* –coreó Carolin. Charly se volvió en la puerta que daba a la escalera, saludó, se echó el cabello hacia atrás como si quisiera quitarse algo y continuó su camino.

–Una monada. ¡Qué ojazos! Guau, no me importaría ser como ella –aseguró Carolin con la generosidad que pueden permitirse las mujeres jóvenes y guapas–. ¿A ti qué te parece la inglesita de Arndt, Paul? –Carolin se bebió el champán de un trago y dejó la copa en la mesa de mármol, junto al vaso de agua a medias de Charly, y Paul constató que en ese vaso no había marcas, parecía no haber sido utilizado, abandonado, y se le antojó conmovedor–. Eh, Paul, ¿es que no me has oído? ¿Qué te parece la novia de Arndt?

–Tengo que irme al banco –repuso él, poniéndose en pie–. Quizá debieras preguntarte qué impresión le has causado a esa chica con tu parloteo. ¿Es que ya no eres capaz de controlarte?

Salieron del café y atravesaron el museo hacia la tienda.

–Mira, viejales, no te des tono ahora. ¿Te refieres a esa expresión de deseo de si-yo-no-estuviera-aquí? El truco de las niñatas. Lo único que quieren es que les echen un polvo, nada más.

Paul se paró en seco y miró la boca que había pronunciado esas palabras como si tal cosa. Hasta aquí hemos llegado, se dijo. Sé que no importa, es chic hablar así, pero me asquea. Sus palabras manchan como mancha su pintalabios las tazas y los vasos.

–No pongas esa cara de espanto. Tengo razón –rio ella. Se hallaba, sumamente atractiva, ante un paisaje romántico–. Sólo quieren que les eches un polvo –repitió–, nada más.

–Sí –contestó él, y siguió andando despacio–. Creo que no fue nada más.

Paul fue a pie hasta Ballindamm después de despedirse de Carolin y sin haberse comprometido a quedar esa noche.

Su coche estaba bloqueado de tal modo por un Suzuki de un blanco deslumbrante que, por mucho que hizo girar el volante y maniobró, no pudo salir del aparcamiento.

Después de esperar cinco minutos sacó de mala gana un delgado maletín negro del maletero del coche y cruzó la carretera por el paso de cebra que quedaba por encima del Kunsthalle.

Ya en el banco constató, gratamente impresionado, la sobria amabilidad con que lo saludaban. Por suerte había personas y lugares que no cambiaban.

En su despacho intentó hablar con Rosa. Al otro lado del teléfono respondió Rudolf, que acababa de llegar del colegio y le pudo decir que Rosa volvería de los tribunales como muy pronto a las seis. Paul notó hambre en la quebradiza voz de escolar de Rudolf y pocas ganas de abrir la boca.

–Por favor, dile que he llamado y tengo que hablar hoy sin falta con ella, Rudolf.

–Vale.

–Es urgente. No lo olvides.

–Claro, Paul.

–¿Lo has anotado?

–No.

–¿Dónde estarás esta tarde a las seis?

–Ensayando en el colegio.

–Entonces, ¿no vas a ver a Rosa?

–No.

–Rudolf, ¿cuándo la vas a ver?

–Mañana en el desayuno. Cuando yo vuelva estarán en un concierto.

–Hazme un favor, Rudolf. Apúntalo y deja la nota de forma que Rosa la vea, ¿de acuerdo?

–De acuerdo. Ahora tengo que comer, ¿vale?

Al menos puedo intentar localizar a Rosa entre las seis y las siete, se dijo Paul con resignación, y se acercó a la ventana descontento. Adormecido, el Binnenalster quedaba encajonado entre las casas. Ni un soplo de viento rizaba la superficie del lago, el cielo se ocultaba tras un velo de niebla alta de un gris prosaico, el agua se había empapado de ese color y era un gran charco sucio en el que se hundían de cabeza edificios y árboles.

Habría que romper en pedazos esta vista como si de una mala fotografía se tratase, pensó Paul. Romper el día anterior en Hanover como si fuese una mala historia.

Miró el reloj: era hora de ir a la última planta. A los jefes no había que hacerlos esperar. No había que hacer esperar a nadie. Otro punto en el que no coincidía con Carolin, para la cual últimamente llegar tarde era una victoria sobre el resto del mundo, que, en su opinión, lo conformaban fanáticos de la puntualidad aburguesados.

Paul sintió que no quería volver a discutir sobre ese respecto, dejó de contemplar el gris Alster y se dirigió a los ascensores.

Tras mantener una conversación sumamente satisfactoria en el último piso, cuarenta y cinco minutos más tarde se hallaba en la calle. Paró un taxi para llegar lo antes posible a su coche. Seguro que había rebasado hacía tiempo la hora del parquímetro. Sólo faltaba que le pusieran una multa por culpa de ese Suzuki torpe. ¿O acaso quería volver al museo cuanto antes por otro motivo?

Aunque el Suzuki ya había salido, Paul se metió las llaves del coche, que ya tenía en la mano, en el bolsillo derecho de la chaqueta. Después sacó un marco suelto, que introdujo en el parquímetro, y se dirigió por segunda vez ese día al Kunsthalle.

«Hago fotografías», había dicho Charly.

A Paul no se le iba de la cabeza lo que había sucedido hacía un rato en el café. Por primera vez se había avergonzado de Carolin, y la idea de que Charly lo relacionara con tan mordaces comentarios le resultaba tan insufrible que regresó al museo para asegurarse de que ella no lo despreciaba.

«Ahora estoy trabajando para una pequeña editorial de libros de arte en Londres...» Recordó de manera fragmentaria la conversación que había mantenido con Charly el sábado por la tarde, a la sombra del arce rojo oscuro, vio los reflejos rojizos de su cabello, los ojos brillantes, los labios carnosos, la liberadora sonrisa. «Un volumen con fotografías y texto sobre siete esculturas de pequeño tamaño... voy a los museos y trabajo hasta que me siento satisfecha con las fotos.»

Sólo quería comprobar rápidamente si ella seguía allí. Era lógico que quisiera saber si se sentía herida. Al fin y al cabo era una invitada de su madre.

Paul consultó el reloj. A las cuatro podría ver a Einsiedel en Múnich, hasta entonces tendría tiempo más que de sobra para estar delante de su escritorio. Atravesó deprisa la caja y la tienda, cruzó la sala de artistas hamburgueses y el café Liebermann, y enfiló los pasillos sin mirar los cuadros, fijándose únicamente en los escasos visitantes y el reluciente suelo de parqué. Sólo cuando vio la primera escultura aminoró el paso. Al final se detuvo a observar al otro lado de una puerta la escultura de Lembruck de una muchacha de pie en piedra gris. Ocupaba el centro de la luminosa sala de exposiciones cuadrada. A Paul no le gustaba especialmente esa pieza. El abnegado aislamiento del mundo que reflejaban la mirada y la postura de la mujer le producía una singular desazón; sin embargo, le encantaba la sala, el desahogo con que estaban expuestas las obras.

Cuando ese martes por la tarde entró en la sala y contempló la obra de arte, aparentemente sumido en sus pensamientos, en realidad no era eso a lo que había ido. Había supuesto que encontraría allí a Charly, pero no era así.

¿Qué demonios estoy haciendo aquí?, se preguntó. Cómo voy a hablar con ella de la embarazosa conversación de antes. Ella está trabajando aquí y habrá olvidado hace tiempo los cinco minutos que pasó en el café.

Tenía intención de dar media vuelta, pero siguió adelante. Se paseó como si tal cosa por la amplia habitación rectangular de los expresionistas. Allí no había nadie más, nadie que fotografiara las esculturas de Barlach. En el pequeño gabinete que quedaba detrás a la derecha, desde el que se accedía a la escalera que conducía hasta la sala dedicada a Arp, vio el bolso de piel marrón oscura contra la pared. De la habitación contigua llegaba la voz rápida y agitada de un hombre. Paul vaciló un instante, miró con cautela el pequeño gabinete oscurecido y descubrió a Charly.

Desde donde él se encontraba apenas podía verle el perfil tras la abundante cabellera. Charly estaba sentada en la estrecha escalera, recubierta de moqueta azul, que llevaba hasta la planta superior, la cámara en el regazo, sujeta con la mano derecha, el brazo izquierdo apoyado en el peldaño de atrás, la pierna derecha doblada en otro escalón, la izquierda relajada sobre la otra, balanceando en la punta el estrecho zapato. Miraba la pared de enfrente, donde colgaba el lienzo preferido de Paul, un pequeño óleo de Robert Delaunay.

Sin embargo, Charly no parecía contemplar el cuadro. Probablemente estuviera pensando en otra cosa. Daba la impresión de tener miedo y estar muy perdida. Entonces apretó ambos codos contra el estómago, como si quisiera apartar una piedra que se hubiera instalado allí.

¿Por qué no digo nada? ¿Por qué no me muevo? Le hace falta algo, y yo debo ocuparme de ella, pensó Paul.

Permanecía inmóvil junto a la puerta, al amparo de las ruidosas voces de la habitación adyacente. Desde el lado opuesto Paul vio que la pareja que hablaba entraba en el pequeño gabinete. Él esbelto, casi delicado, hablando con énfasis, los entusiastas ojos en un rostro ovalado y con arrugas, el ralo cabello blanco *à la Brutus* peinado cuidadosamente en la frente; ella como un frío cuadrado, la boca una raya sobre unos cuellos de colegiala cerrados. Ambos estaban enzarzados en una acalorada discusión sobre Nolde y Nay que era imposible no oír. Continuaron andando, sin mirar a derecha o izquierda, y sólo se detuvieron en los expresionistas. Paul aprovechó el movimiento en la sala para entrar. Charly se había levantado y se estaba colgando la cámara del hombro derecho cuando lo vio.

–Ah, hola –se limitó a decir, echando mano del bolso.

–¿Ya ha terminado?

–Ni siquiera he podido empezar.

–¿Por qué? ¿Pasa algo?

–Mucho: me he equivocado de museo.

Charly buscó algo en el bolso de piel, el pie izquierdo apoyado en el segundo escalón, formando con la pierna flexionada una superficie plana para el bolso. Lo primero que salió fueron unas gafas de sol, que sólo se puso para apartar del rostro el abundante cabello. Tras mirar brevemente a Paul, siguió buscando y afirmó:

–Estos bolsos son horribles: no se ve ni se encuentra nada.

Pensó: ¿por qué está aquí? Y ¿por qué me tiemblan las manos? ¿Porque me ha sorprendido? ¿Porque me impresiona? ¿Sería yo la causa de su enfado abajo, en el café? ¿Fue desconsiderado marcharme así? En cualquier caso es desesperante que me tiemblen las manos.

Paul se sintió aliviado. Había dado con ella y no se mostraba fría. La miró. Todo era de lo más sencillo.

–Y ¿qué es lo que busca?

Charly lo miró con cara de asombro.

–La tapa del objetivo –repuso, y él constató que lo dijo casi como disculpándose.

–No quería sonar tan impertinente. –Se acercó a ella–. Me refiero a qué escultura busca.

–Busco *El beso* de Brancusi. La tiene justo detrás. Pero la de aquí es una copia en yeso, y bastante pobre.

Se situó al otro lado de la base, que medía 1,30 metros de alto, de manera que la escultura de Brancusi quedó entre ambos bajo su protección de plexiglás. Una escultura pequeña y sólida que no mediría más de treinta centímetros, calculó Paul.

–¿Puede creer que es la escultura más bella del mundo?

–No, nunca le he prestado demasiada atención.

–No es de extrañar. Desmerece en este pasillo oscuro y estrecho, con el piso de moqueta y bajo un cristal.

–¿Cómo la expondría usted?

–En una sala luminosa y cuadrada, sobre madera o piedra. Completamente sola. Olvide el cristal protector y este yeso amarillento e imagine una piedra gris, basta. Es arcaica, maciza y preciosa.

Paul vio que miraba concentrada la obra y así la contempló él por primera vez: dos amantes fundidos en un abrazo. Sólo la parte superior del cuerpo, desnudo, nada llamativo. El torso del hombre parecía una masa indistinta, el pecho de la mujer apretado contra él, ligeramente abultado. Más fascinante que la cercanía de los dos cuerpos que se abrazaban era la mirada absorta de los amantes, un ojo frente al otro, de la misma altura y entregados a un completo abandono mientras sus labios se rozaban.

–Es realmente bonita –aseveró.

–Una vez hice una foto en Roma y, si pudiera, la pondría junto a la de esta escultura en el libro –le oyó decir a Charly.

–Y ¿de qué es?

–No es una escultura ni nada antiguo, tan sólo dos pequeños Fiat, uno rojo y otro azul, los dos con la carrocería pasada de moda, redondeada. Estaban juntos en un aparcamiento a orillas del Tíber, envueltos en la niebla. No uno detrás del otro, sino tocándose con el parachoques delantero, como si se besaran. Entremedias no habría podido pasar nadie.

Hacía tiempo que Paul no miraba la obra, sino a Charly, sus ojos, su boca, y escuchaba el sonido de su voz. Cuando ella apartó la mirada de la escultura, ambos se miraron sin decir nada, inmóviles, separados por el cristal y la piedra. Y, abrumados de ternura, se acercaron y se besaron. Después ninguno supo decir quién había dado el primer paso, quién tocó antes los labios del otro.

Sólo se separaron, lentamente, cuando oyeron las voces de otros visitantes justo delante de la pequeña sala. Charly cogió el bolso del suelo y salió del gabinete.

–¿Dónde está el original?

Paul fue el primero en hablar cuando bajaban la ancha escalera de mármol.

–En Craiova, en Rumanía.

–Entonces Rumanía es la siguiente etapa, ¿no?

Paul quería que lo mirara y le sonriera, pero Charly respondió sin alzar la vista:

–Por el momento no. Tengo que quedarme en Hanover.

No sonó fría, pero sí tan lejana que Paul sólo albergó el deseo de frenar su enérgico paso para mirarla, abrazarla, decir algo. Aún podía sentir el roce de sus labios y sabía que ella no diría nada al respecto, sino que callaría, ya que lo que acababa de ocurrir arriba, en el pequeño gabinete, era de una belleza y una sencillez apabullantes, pero también tremendamente complicado.

A Charly le habría gustado detener el tiempo para prolongar ese momento perfecto hasta el infinito, y se dijo: ha sido precioso, incomparable. Ha pasado porque tenía que pasar. Pero ¿sentirá él lo mismo? ¿No pensará que soy la novia de Arndt porque Arndt así lo afirma? ¿Pensará que para mí es normal besarlo antes incluso de pronunciar una vez su nombre? ¿Que me da igual el hecho de que acabe de conocer a su novia?

–Ya son las cuatro y cinco –dijo.

–Espero que no me hayan vuelto a bloquear el coche. –Paul se esforzó por sonar natural. Cuando se acercaban a la salida, él le contó lo del jeep blanco que lo había retenido.

–Si un coche permitiera sacar conclusiones sobre su propietario, no querría ni saber lo que pensarán de mí cuando voy por Hanover en el coche de mi hermana.

Charly cruzó la puerta, que él le sujetó. Fuera ahora brillaba el sol. Ella se bajó las gafas del cabello a la punta de la nariz y pareció ensimismada en el acto.

–¿Y? ¿Qué coche es? –inquirió Paul, tratando de verle los ojos tras el cristal marrón oscuro.

–Un Opel amarillo con el techo negro, franjas de rally y pegatinas. A mi hermana le salió casi regalado y no le importan nada las apariencias. Pero yo creo que es pasarse. –Esbozó una sonrisa e inmediatamente después dijo–: Adiós. Tengo que estar en la estación a las cuatro.

Dio media vuelta deprisa y echó a andar.

–¿Charly? –Paul pronunció su nombre por primera vez.

–¿Sí?

Se volvió y levantó un tanto las gafas. Paul dio tres pasos hacia ella.

Ella dio uno hacia él y se detuvo justo delante.

–¿Paul? –Su voz se perdió entre el ruido de coches que salían y las pitadas.

–¿Sí?

–Debo darme prisa.

Sus ojos decían otra cosa, y leyeron la reciprocidad en los de él.

–Lo sé –oyó decir a Paul.

Capítulo 11

Esa mañana Helen esperaba con aparente tranquilidad a estar sola.

Charly había salido de la casa muy temprano para ir a Hamburgo con Arndt, mientras que, para su gusto, Paul había tardado mucho en marcharse.

Cuando su coche finalmente cruzó la entrada, ella pasó un instante a la cocina para decirle a Gisela que durante la hora siguiente estaría en el despacho de su marido y no quería que se la molestara bajo ninguna circunstancia, ni con llamadas de teléfono ni con ninguna visita matutina.

–Muy bien –replicó el ama de llaves mientras cerraba con brío el lavavajillas–. Yo me encargo, señora Saalberg. Por suerte hoy es un día un poco más tranquilo.

–Esperemos que siga así. Pero Michi volverá a comer.

–Estupendo. –Gisela arrancó una bolsa de basura azul clara del rollo–. Me gusta cocinar para el chico. Ahora que Kurt está aquí otra vez también tengo que andarme con cuidado con lo que pongo en la mesa en casa. –Sus ojos reflejaron su deseo de explayarse.

–Ay, Gisela, ¡cómo he podido olvidarlo! Ayer por la tarde fue a buscar a Kurt. ¿Cómo le va, después de todos estos meses?

–Bien. –Gisela intentó en vano abrir la bolsa. Frotaba el ruidoso plástico con los dedos pulgar y corazón para dar con una pequeña abertura en el borde perforado–. Y tiene buen aspecto.

Ayer pasamos una tarde estupenda. Y encima fue a vernos el doctor Saalberg.

–¿Ayer fue a verlos Georg? –Irritada, Helen observaba las anchas uñas pintadas de rosa de Gisela, que daban vueltas en el plástico azul claro. El ruido le estaba sacando de quicio.

–Sí, el doctor fue a vernos a casa. Kurt le habrá traído algo importante de allí abajo. El doctor quería recogerlo sin que yo me diera cuenta. A usted se lo puedo decir. Me divertí de lo lindo, porque los dos pensaban que yo no me daba cuenta. Pero el doctor lo hizo muy bien. Me felicitó y me llevó flores por mi cumpleaños, porque ese día estaría de viaje, dijo.

Una historia singular, pero Helen no quería distraerse, tenía que hacer lo que se había propuesto.

–Después me lo cuenta todo detenidamente, Gisela –concluyó–. ¿Quiere que pruebe yo con la bolsa?

–No estaría de más. Con estas bolsas me pasa lo mismo que con las tapas de los botes de pepinillos: si no va a la primera, ya no va, y a otro le sale a la primera.

Cuando, minutos después, Helen cerró tras de sí la puerta del despacho de su marido, se detuvo un instante y respiró hondo. A continuación se dirigió despacio hacia la estantería tras la que se hallaba la caja fuerte. Estaba sola en la casa por primera vez desde la noche que Joachim murió.

Esa tarde ella había estado en el jardín, disfrutando de la cálida tarde de junio. Pensó en la isla, en luminosas tardes de junio que quedaban atrás en el tiempo. Hacía mucho que había vuelto a recordar a Ben. Luego, asustada por el olor a papel quemado, cruzó a la carrera la habitación a oscuras y vio a Joachim justo allí donde se encontraba ella en ese momento: el rostro contra el brillante suelo de parqué, el delgado cuerpo con el traje de verano claro doblado sobre la mano derecha, que debió de llevarse al corazón cuando le sobrevino el infarto.

Helen aún creía oler la asfixiante humareda de aquella noche, que se concentraba ante las cortinas de terciopelo verde oscuro, echadas, y a punto estuvo de cortarle la respiración. Primero fue directa a Joachim y después abrió la chimenea y la ventana. Mientras hablaba por teléfono con el médico observaba, confusa, cómo ardían los papeles en la chimenea y las nubes de humo que salían. ¿Fue una imprudencia quedarse mirando? ¿Habría podido rescatar papeles importantes? Pero ella sólo pensó en Joachim, que necesitaba aire fresco.

El médico le quitó a Joachim un papel de la mano. Ella recordaba con suma claridad que el doctor dejó el maletín junto a su marido, se arrodilló, le tomó el pulso, le levantó los párpados y perseveró un instante antes de volverse hacia ella. Sólo el que diagnostica una muerte se puede volver tan despacio y tan mecánicamente, se dijo ella, y comenzó a temblar de tal modo que hubo de sentarse.

Acto seguido le ayudó a poner a Joachim boca arriba, y él le quitó el arrugado pliego de la crispada mano y lo metió de cualquier manera en la caja fuerte, que estaba abierta. Al hacerlo el papel se rompió. Por el ruido que recordaba, debía de tratarse de un papel duro y resistente.

Dentro de un instante sabría qué fue lo último que sostuvo en la mano Joachim. A la altura de los ojos había biografías de emperadores medievales, y Helen buscó en la pared lateral del estante de madera un lomo de piel granate en el que se podía ver estampada, en desvaídos caracteres rúnicos plateados, la palabra «Barbarroja». Sacó el volumen, presionó un resorte metálico oscuro y deslizó la estantería hacia la derecha. A la vista quedó una caja fuerte verde oscura, grande como un frigorífico americano de gran capacidad, y Helen introdujo la combinación: 22061941.

De haberle preguntado a Helen Saalberg si el título del libro o la combinación numérica de la caja fuerte tenían un significado especial, ella habría respondido con toda tranquilidad que no era más que la información necesaria para abrir la caja, que albergaba gran parte de sus joyas, de las joyas de la familia, la plata de la familia y valiosos cuadros, nada más.

En la caja también había dos compartimentos independientes. De uno siempre había tenido la llave ella, y el otro lo utilizaba Joachim. Ahora Helen llevaba consigo su manojo de llaves. Los dos compartimentos inferiores de la caja, abiertos, siempre habían estado vacíos.

Barbarroja. 22061941.

Para Joachim Saalberg, que hizo instalar la caja en 1951, el nombre y la fecha del ataque alemán a la Unión Soviética significaron un cambio político y personal. Helen lo intuía, más que saberlo, ya que nunca habían hablado al respecto. Para ella volcarse en la campaña rusa fue más que nada seguir los últimos meses de vida de Ben, y sin que Joachim lo supiera empezó a enterarse de todo. Aprovechaba cualquier ocasión: de los libros de texto de sus hijos a conversaciones con supervivientes, pasando por artículos de periódico y películas. No dejó que él se enterase de que se estaba informando, pretendía saber lo que sabía él sin tener idea de la magnitud de las pesquisas que realizaba su marido. Éste había hecho mucho más que procurarse todo nuevo libro, todo artículo periodístico importante sobre el comienzo, el desarrollo y el final de la campaña rusa. A través de una extensa correspondencia que ocultaba a Helen había logrado adquirir unos conocimientos casi exhaustivos. Estaba familiarizado con cada operación de los grupos de ejércitos entre la Operación Barbarroja, del 22 de junio de 1941, la derrota de Stalingrado, de 1943, la ofensiva rusa y la rendición incondicional del 8 de mayo de 1945. Además le había dedicado especial atención a las actividades de los prisioneros de guerra alemanes en Rusia y la creación de la zona ocupada soviética.

Joachim Saalberg, un símbolo del milagro económico alemán con amplios intereses personales y una vasta formación en política actual e historia, así quería ser, así se presentaba. Y, sin embargo, sus averiguaciones sólo fueron un medio para lidiar con el abismo que se abría en su ser. En su subconsciente siempre habían acechado las dudas y el desprecio hacia su propia persona. Porque Ben vivía: odiado, admirado y envidiado. Suplantado, negado, declarado muerto y siempre presente.

Helen abrió despacio la pesada puerta de la caja fuerte y echó mano del roto y arrugado papel, en el compartimento inferior, vacío. Era una hoja de libreta del tamaño de una postal. En esas hojas Joachim siempre apuntaba lo que tenía que hacer: cartas, llamadas telefónicas, recados. Había dos líneas escritas con su esmerada letra:

> Recordar a Helen los pañuelos con monograma.
> Llamar a Friedrich R. por la última carta (eliminar a toda costa).

Con el papel en la mano, Helen se acercó lentamente a la mesa y se sentó en el sillón de piel negra.

Fuera Otto cortaba el césped, ahora justo delante de la ventana. El ruido de los motores rompía el silencio de la estancia.

Lo que sostenía en las temblorosas manos era la última voluntad de Joachim. Su última nota afectaba a las tres cartas funestas que habían dominado la vida de la familia los últimos diez días y la cambiarían para siempre.

Tenía que llamar a Friedrich Riesst, a Georg. Paul tenía que saberlo, y Rosa. Aunque ya no serviría de nada. No había nota capaz de anular los acontecimientos de los últimos tres días.

Helen apoyó brazos y manos en la lisa y fría madera, se miró las largas y huesudas manos, la esmeralda en el dedo anular de la mano izquierda, y sintió que le temblaban las rodillas y las puntas de los dedos. El ruido del cortacésped era ensordecedor. No podía pensar. Pero tampoco se levantó para cerrar la ventana o pedirle a Otto que cambiara excepcionalmente su plan de trabajo e hiciera algo menos ruidoso en otra parte del jardín. Estaba como aturdida. La mentira con la que Joachim creía tener que vivir lo había echado todo a perder. Como el agua estancada que busca un escape y se abre paso en forma de crecida aniquiladora.

Helen notó que tenía frío, de manera que se levantó y se puso una chaqueta de punto gris perla, despacio. Acto seguido comprobó, enojada, que la lana le producía un leve picor en el cuello, y supo que no soportaba la lana que picaba, ni un solo minuto, así que se quitó la chaqueta. Se acercó a la ventana y le hizo una señal a Otto, que justo entonces levantó la cabeza y se llevó el dedo índice brevemente a la raída gorra de visera verde mientras la saludaba moviendo el pícaro y flaco rostro. Era martes por la mañana. Otto cortaba el césped de delante de las habitaciones de la casa como cada martes por la mañana en verano.

Helen cerró la ventana y volvió a la caja fuerte. En el manojo de llaves de Joachim buscó la llavecita del cajón secreto, y cuando la introdujo en la cerradura se dio cuenta de que la puerta no estaba cerrada. Se podía abrir sin más. Poco antes de morir Joachim debió de abrir el compartimento. Helen vio que prácticamente no había nada. Sin embargo, con la cruda luz del día se distinguían claramente huellas en el polvo. Allí debía de haber habido libros o cartas. Joachim debió de sacar de ese sitio lo que se fue consumiendo poco a poco en la chimenea en la hora fatal. Su intención era destruir las tres cartas que tenía en su poder Friedrich Riesst, a todas luces también esos papeles. ¿Constituían la prueba de una culpa inconfesada? ¿Intuyó en su última hora de vida la tormenta que desataría?

–Tiene que haber documentos –aventuró Georg–. Papá siempre lo guardaba todo meticulosamente.

–Los quemó, Georg –musitó Helen–. Los quemó. Cómo os podré hacer entender…

Metió la mano hasta el fondo del estrecho cajón. En el rincón izquierdo aún había dos montones de papel. Uno eran papeles gastados, amarillentos, sujetos por dos quebradizas gomas rojas; el otro, más abultado, eran DIN-A4 sueltos encuadernados. Helen los llevó al escritorio, retiró primero las gomas y separó con cuidado las hojas.

«Comité Nacional para una Alemania Libre», leyó.

> N.º 8 / A todos los miembros alemanes de la Wehrmacht, las SS y la policía del sector de Mitte / ¡ENUNCIAMOS! / Ningún enemigo externo ha hundido más a los alemanes en la miseria que Hitler.

Después cogió el *Manifiesto del Comité Nacional para una Alemania Libre para el pueblo y el Ejército* y hubo de echar mano de la lupa para leer las pequeñas y borrosas palabras:

> ¡Alemanes! Los acontecimientos nos exigen que tomemos una determinación de inmediato. El COMITÉ NACIONAL PARA UNA ALEMANIA LIBRE nace cuando un peligro mortal se cierne sobre nuestra patria y amenaza su existencia. [...] Hitler está conduciendo a Alemania al abismo [...] Hitler ha estado preparando durante años esta guerra de conquista sin consultar la voluntad del pueblo. Hitler condujo a Alemania al aislamiento político: desafió de manera irresponsable a las tres mayores potencias mundiales, que se unieron para librar una batalla inexorable contra el hitlererismo. Hitler ha convertido a toda Europa en enemiga del pueblo alemán...

Michi dirá que las frases son muy juiciosas, reflexionó Helen. Pero ¿antaño? ¿En 1943? Un claro caso de alta traición, en opinión de Joachim. Después cogió un mapa de Rusia dibujado y marcado por Joachim. Helen leyó nombres que le eran familiares y otros que le resultaban completamente desconocidos: Moscú, Stalingrado, Frolov, Oranki, Elabuga, Lunjovo, Krasnogorsk, Leningrado. ¿Averiguó y marcó Joachim los nombres de los campos, los lugares donde se celebraban las reuniones del Comité? ¿Eran ésos los distintos lugares a los que llegó Ben y que después abandonó? Con qué cuidado elaboró Joachim ese mapa, dibujó grados de latitud y longitud, ríos, mares y ciudades del enorme país situado entre el golfo de Finlandia, el Volga y el mar Caspio. Se inclinó sobre él, agitada. ¿Podría por fin descubrir algo sobre la suerte que corrió Ben? ¿Determinaron esos nombres el mundo del vivo mientras ella lloraba al muerto? Se sentía desamparada y abatida.

Helen dispuso las hojas en fila con sumo cuidado. La letra pequeña, borrosa, y el papel amarillento, le costaría lo suyo leerlas. Primero tendría que ir por otras gafas, pero ahora no quería salir del despacho. Sólo tomó en la mano la última hoja y leyó el título, en negrita: «Discurso del capitán Ernst Hadermann, comandante del II Regimiento de Artillería 152 (Cassel), ante los oficiales alemanes prisioneros de guerra del campo n.º 95 el 21.05.1942».

> Caballeros: nosotros, oficiales antifascistas, nos dirigimos el día de hoy a la Wehrmacht alemana, al pueblo alemán. Exhortamos a nuestros camaradas del frente a salvar al pueblo alemán de la mayor de las catástrofes y, a saber:
> *mediante el derrocamiento de Hitler,*
> *el restablecimiento de la libertad del pueblo alemán,*
> *la firma de una paz oportuna y honrosa.*
> [...]

¿En mayo de 1942?, se preguntó Helen. ¿Acaso no se hallaba Hitler en pleno avance por doquier en mayo de 1942? ¿Quién pensaba y decía tales cosas antaño? ¿Y Ben? En mayo de ese año ni siquiera estaba en Rusia, pensó desconcertada. De las páginas encuadernadas cayeron dos hojas sueltas. En una había una acuarela: casas apaisadas pintadas de amarillo bajo abedules y alerces, bajo un cielo azul claro. El dibujo estaba firmado en la esquina derecha. La firma parecía una U cuadrada que en la parte inferior derecha, en el ángulo, presentaba un pequeño trazo hacia fuera. Debajo se veía una breve frase. A Helen se le aceleró el corazón. Cogió la gran lupa negra para descifrarla: «Krasnogorsk, junio de 1944. Aquí vivimos y aprendemos». Era la letra de Ben, y la acuarela debía de ser suya. Era su estilo: ligero, fácil y con abundante agua. Por aquel entonces, en la isla, había estado sentada a su lado observando cómo nacían en su bloc nubes, agua y dunas. Las manos comenzaron a temblarle cuando miró la otra hoja y descubrió todo un párrafo escrito con su letra recta, menuda.

«Al menos léelo, Joachim», ponía.

> Trata de entender, por una vez en tu vida. Estas ideas son necesarias para salvar a Alemania. El trabajo que hacemos aquí para mí es una liberación. ¿Cómo está Helen? ¿Le has dado mis cartas?

Ahora Helen temblaba de tal modo que le costaba controlar los dedos. Después dejó la hoja en la mesa, ante sí, y leyó una y otra vez las mismas palabras: «¿Le has dado mis cartas?».

–Dios mío –se lamentó, y continuó doblada sobre el papel como si no fuera capaz de apartar los ojos de él.

«¿Cómo poner fin a la guerra?» El título del texto quedaba medio tapado por la caligrafía de Ben. Bajo el título, en negrita, se veía otro menos intenso, pero también perfectamente legible: «Palabra de honor de un capitán alemán. Discurso preliminar de Erich Weinert». Justo ahí, escrita a lápiz poco marcado, estaba la frase que truncaba todas las esperanzas de que Joachim fuese inocente: «¿Le has dado mis cartas?».

«He impedido todo contacto con mi familia...» Friedrich Riesst miró breve y significativamente por encima de las gafas mientras leía en voz alta esa frase de la última carta de Joachim.

«Mi hermano menor es un revolucionario y un iluso desde el punto de vista político. Además, en contra de todo reglamento estricto...»

Era como si le resonara en los oídos la frase que pronunciara Joachim en la primavera de 1942 mientras los ojos de Helen recorrían las frases en negrita del documento:

> La consigna, hoy aún subterránea, será mañana el encendido lema que prenda la llama de la rebelión en el pueblo y el Ejército. La inevitable reivindicación: DERROCAR A HITLER PARA SALVAR ALEMANIA se ha convertido ya en un deber patrio en la conciencia de numerosos oficiales.

Helen se puso de pie. Ben ya debía de albergar esos pensamientos e ideas cuando me conoció. De lo contrario, ¿cómo habría podido Joachim opinar así sobre él?

Ahora la estancia se le antojaba insoportablemente oscura y sin aire. Abrió una ventana y contempló las dos palomas, grises y gordas, que habían anidado en el arce. Tenían para ellas solas la amplia extensión de césped recién cortado para picotear.

Cuando Ben y yo estábamos juntos el mundo que nos rodeaba dejaba de contar, pensó Helen. Sólo existíamos nosotros, en medio del día a día en guerra de antaño, que ahora me asalta desde estos viejos papeles. A veces Ben decía algo de Hitler y la guerra, razonamientos que a ella le eran familiares, que conocía por su padre.

Pero ¿qué le había escrito? Nunca lo sabría.

A lo lejos se oyeron las atronadoras maniobras de un tranvía. El aire era gris y estaba en calma. Se oía todo.

Helen salió al jardín. Estuvo hablando con Otto, que ahora trabajaba en sus rosales, lo ayudó a cortar las flores que la lluvia había arruinado y escuchó sus viejas historias del cautiverio ruso, que, aunque ya las conocía, siguió con mucho más interés que de costumbre. Cuando en la casa sonó el teléfono y Gisela la llamó, Helen constató, sorprendida, que el cielo que cubría el jardín seguía siendo gris. Había estado mirando las rosas amarillas y albaricoque tanto tiempo que creía que brillaba el sol.

Al teléfono estaba Wolf Farnheimer, que aún no sabía nada de Rosa. Sólo le supo decir que su mujer había acudido a su despacho a las siete y le preguntó a Helen cómo había ido la noche anterior.

Ésta le relató de manera sucinta lo sucedido. La amenaza de Rosa de ir a juicio a costa de la privacidad de la familia a Wolf le pareció increíble. Estaba seguro de que ella no haría nada que pudiera perjudicar a la empresa y equivaliese a desacreditar públicamente a Joachim. Helen le pidió que la llamara cuando hubiese hablado con Rosa.

Durante la conversación, que mantuvo sentada al escritorio de Joachim, acercó la acuarela de Ben y el minucioso mapa de la Unión Soviética obra de Joachim, los situó uno junto al otro y fue como si delante tuviese sendos retratos de los hermanos.

«Krasnogorsk, junio de 1944», leyó en la acuarela.

«Krasnogorsk sólo era para los oficiales, concretamente sólo para los que lo eran al cien por cien», le dijo Otto en el jardín.

Krasnogorsk también figuraba en el mapa de Joachim, un lugar próximo a Moscú.

Como era de esperar, Michi fue a comer a Kirchrode y se llevó una ligera decepción al comprobar que allí no había nadie salvo Helen. Sin embargo, después recordó que Paul, su hermano y Charly habían ido a Hamburgo. Durante un breve instante tuvo la sensación de que su abuela quería decir algo al respecto, pero luego se limitó a sonreír, y Michi se puso a comer tranquilamente.

Antes de que se fuera al despacho de su abuelo por lo del trabajo, habló con tiento de la noche anterior. La nocturna aparición de Rosa en el comedor le había conturbado profundamente. Por la noche creía estar despierto, reinaba una gran claridad y las cortinas no estaban echadas. No se oía un ruido. Por la ventana abierta se fueron deslizando poco a poco animales gordos y escurridizos. Ni ratones ni ratas ni serpientes. Quiso gritar, salir corriendo, pero no podía moverse ni articular sonido alguno. Más y más bichos salvaban la repisa de la ventana y se fundían en una masa informe que iba en aumento y amenazaba con ahogarlo cuando, bañado en sudor, despertó de la pesadilla.

Eran las cuatro de la mañana. Fuera despuntaba un nuevo día, y el adormilado canto de los pájaros lo había calmado. Pero ya no pudo volver a dormirse. Ante sí se amontonaban preocupaciones, temores y sospechas: la deprimente perspectiva de un proceso entre su padre y Rosa que él imaginaba con suma precisión; el asfixiante miedo de no pasar al duodécimo curso; el dolor, que creía haber enterrado hacía tiempo, por la pérdida de su madre. Se figuraba lo que sucedería cuando los problemas silenciados de su familia ocuparan los titulares. ¿Qué demonios haría él si tenía que repetir curso? ¿Por qué lo había dejado solo su madre y se había ido al Caribe con un pintor?

La sensación de ser insignificante y no ser querido nunca lo abandonaría del todo, permanecería siempre al acecho, y él tendría miedo de sentir un dolor nuevo que siempre duplicaría el viejo.

Ya de pequeño había concentrado todo su amor en su padre, su abuelo y, sobre todo, su abuela. De Helen le encantaban su inteligencia, su generosidad y su alegría de vivir, y Joachim era para él el ideal de un padre de familia responsable, triunfador y ético. A su padre lo veía igual, y a Paul lo adoraba.

Sin embargo, la noche anterior todo se había tambaleado, y se esforzaba desesperadamente por no prestar especial atención al sueño de esa noche. Helen percibía en cada una de las palabras del muchacho su deseo de normalidad, amor y estabilidad.

Su miedo disminuirá cuando hablemos, cuando no ande a tientas con sus preguntas, pensó Helen, y le contó lo que debía saber para entender a Rosa, a su abuelo y a su padre.

Ya en el despacho, Michi se abalanzó sobre los documentos que ella le tenía preparados. A menudo dejaba de leer, preguntaba algo, quería hablar con ella de ese hermano de su abuelo al que cada vez comprendía más, que había actuado como había que actuar en su opinión.

Michi no puede entender lo inconcebible que me resulta que Ben siga con vida, observó Helen. Estaba sentada erguida, un tanto apartada de la mesa, observando al jardín. La mirada fija en algo que Michi no podía ver, la cabeza echada hacia atrás, de manera que la nariz sobresalía a la defensiva. El muchacho notaba que ella no reparaba en su presencia. Estaba sentada delante de él como bajo una campana de cristal. Michi continuó leyendo, observándola, hasta que no pudo aguantar más.

–¿Por qué no coges los otros papeles? –preguntó, alzando la voz–. Me muero de ganas de saber qué son.

Helen se estremeció de manera imperceptible.

–Sí, claro –respondió con aire ausente, y echó mano del montón y separó despacio las hojas.

Por suerte él no entiende lo que me pasa, consideró. Ya tiene bastantes preocupaciones, y el hecho de que Ben exista es algo sensacional, un descubrimiento emocionante: un miembro de la familia desaparecido cuyas últimas cartas le proporcionan documentación actual para su trabajo.

Helen centró su atención en los papeles.

«Estimado señor coronel; querido, estimado señor Saalberg», ponía con letra ladeada en un pliego que cayó del cuadernillo de encima.

> Con un cordial saludo (después de tantos años sin vernos) le envío estos informes elaborados por ex combatientes en Stalingrado y otros prisioneros de guerra rusos. Todo cuanto he podido reunir a lo largo de los últimos años. Las actividades del Comité Nacional para una Alemania Libre, por las que se interesa usted especialmente, figuran por doquier. Con afecto y a la espera de un próximo reencuentro, se despide atentamente.
>
> HUBERTUS KNOLL

La carta era del 28 de mayo de 1978; el nombre le era desconocido a Helen. Hojeó los informes. La pulcra caligrafía de Joachim recogía el autor y la fecha de entrada en la esquina superior derecha de la primera página. Debajo figuraban nombres de personas a las que Joachim sólo podía haber conocido por asuntos de negocios, otros con los que habían mantenido un contacto social superficial. Seguro que él nunca había hablado del tema con esas personas, se reunía con ellas por motivos sociales o profesionales y guardaba sus apuntes personales en la caja fuerte. Con aparente frialdad y facilidad había llevado a cabo sus distintos cometidos y planes, ocultando el creciente miedo de coincidir con alguien que supiese que Ben seguía vivo. ¿Tendría algún plan por si se daba el caso? ¿Qué había de Haller, compañero de regimiento y amigo de Ben, al cual él mismo mencionaba en su última carta? ¿Obligó a guardar silencio al hombre que vio a Ben en Moscú?

Miró a Michi, que estaba leyendo febrilmente el manifiesto del Comité Nacional. Ella misma paseó la mirada sin orden ni concierto por frases aisladas, títulos y párrafos pequeños. Sus ojos se detuvieron en un signo de admiración en negrita.

«¡... así que se concedían permisos!», ponía.

> Tuve suerte y me tocó Navidad, pero entonces se me acercó un oficial en la reserva de cierta edad y me preguntó si no me importaría cambiárselo...

A la palabra «permiso» le acompañaba un grueso signo de admiración. Permiso del frente ruso. Invierno de 1942. El permiso de Ben de aquella época se frustró de manera similar.

–No puede ser –musitó Helen para sí.

–¿Qué? –inquirió Michi intrigado.

Pero Helen no levantó la vista. Buscando el nombre de Ben ahora leía sumamente concentrada los diversos informes, que proporcionaban información sobre los meses de verano previos a la lucha por Stalingrado, sobre las desesperadas semanas de sitio, el lamentable estado de los transportes de prisioneros, las epidemias en los campos. Llamaba la atención la cantidad de informes que había sobre las actividades del Comité Nacional y sobre los problemas de aquellos que regresaron en 1955. Con amargura o una ira profundamente arraigada, los hombres escribían que nadie, ningún político, se interesaba por su suerte, nadie abogaba por una indemnización adecuada. Los años perdidos, la salud menoscabada, las faenas en el campo de trabajo, nada de eso contaba en el milagro económico de la Alemania de posguerra. Cuando volvieron a su hogar, con treinta y cinco años, y tuvieron que empezar su vida profesional, las plazas se habían repartido hacía tiempo. Todos los nombres de esos últimos informes estaban subrayados por el fino lápiz de Joachim. Debió de seguir con especial atención a aquellos que podían haber visto a Ben.

Pero la búsqueda del nombre de Ben en esos escritos fue infructuosa. Desilusionada, Helen se retrepó mientras pensaba en el alivio que debió de sentir Joachim al no encontrar indicio alguno de Ben. No se le mencionaba en ninguna parte, sus cartas habían ardido. ¿Qué habría sido de él en Rusia?

Capítulo 12

En agosto de 1942, Benedikt Saalberg se hallaba de nuevo en la compañía de su regimiento de infantería. El 21 de agosto de 1942 fueron trasladados al sur de Rusia, y el batallón logró construir una cabeza de puente sobre el Don desde la que, pocos días después, avanzaron carros de combate hasta el Volga, al norte de Stalingrado. Tan eficaz y admirado ataque determinó el emplazamiento y la suerte del batallón.

No cabía duda de que Ben Saalberg era un oficial querido. La tropa lo estimaba porque era entusiasta y, sin embargo, ecuánime, y porque su sentido de la justicia no sabía de compromisos. Su actitud negativa hacia Hitler y el Partido sólo era conocida en un reducido círculo de amistades, pero gozaba de aceptación. Algunos adoptaron con gusto sus convicciones, así como su escepticismo en lo tocante a la situación estratégica. A esas alturas discutían intranquilos el hecho de que no dispusieran de unidades en la reserva para ocupar Stalingrado, por aquel entonces una plaza relativamente abierta. Cabía imaginar que la lucha por la margen occidental del Volga, donde los rusos se habían atrincherado en una franja de tan sólo trescientos metros de ancho en algunas partes y pretendían resistir, sería encarnizada. La angostura del espacio y el pronunciado declive de la orilla dificultaban el empleo de armas pesadas, de manera que no se consiguió conquistar esa franja tan importante desde el punto de vista estratégico hasta el final y, con ello, interrumpir el avituallamiento de los rusos. Sin embargo, entonces nadie podía suponer que se produciría la enconada lucha por Stalingrado –cuerpo a cuerpo, casa por casa–, que se aproximaba un combate por cada metro cuadrado por el que Hitler sacrificaría a todo un ejército: doscientos mil hombres.

Joachim Saalberg servía en la compañía de plana mayor del mismo batallón, pero ambos hermanos no se veían a menudo, cosa que los dos celebraban. Joachim no estaba conforme con los comentarios de Ben que llegaban a sus oídos. En una ocasión lo fue a ver, y también lo hizo llamar dos veces, para conminarlo a que se abstuviera de hacer observaciones que «minaban la moral del ejército». En el segundo encuentro, en el barracón de la plana mayor, al parecer el vergonzoso comportamiento de Ben tan sólo fue un pretexto para Joachim, que más bien le pidió explicaciones de su relación con Helen, la muchacha con la que él, Joachim Saalberg, pretendía casarse. La aplastante seguridad de Ben en lo tocante a su amor a Helen irritó al frío Joachim Saalberg, a quien se conocía por su prepotencia y su autocontrol, y los hermanos se enredaron en una pelea que, bajo la amenaza de emplear la violencia, hubieron de zanjar dos oficiales.

En septiembre de 1942 la división se hizo fuerte en el norte entre el Don y el Volga, en una zona esteparia con profundas gargantas, posición que consolidó minuciosamente. Una intrincada red de trincheras permitía acceder a todas las posiciones de combate, y además se reforzó dicho emplazamiento con carros de combate inutilizados cuyas torres aún funcionaban y que fueron ocultados para proporcionar defensa antitanque. En el lugar se creó una sensación de seguridad.

Por aquel entonces en su sector, en el flanco de Stalingrado, reinaba una calma relativa, y la cancelación de permisos se levantó: ¡se concedían permisos!

Ben cambió el suyo con un oficial de más edad cuando se enteró de que tendría que ir con su hermano a casa por Navidad. Sólo tardó dos días en partir.

A mediados de noviembre fue a Hanover, se desplazó de inmediato a Herrenhausen para darle una sorpresa a Helen y no volvió a separarse de ella durante sus semanas de permiso. Ambos estaban completamente seguros de que a él no le sucedería nada, en su dicha se consideraban tan invulnerables que renunciaron a un matrimonio rápido. Querían casarse en verano, en la isla, como se habían propuesto.

«En junio, en la isla...» Ésas fueron las últimas palabras que Ben le gritó desde el tren al salir, las últimas que Helen le oiría pronunciar.

Cuando Ben volvió al frente, recordó al duro ritmo del tren las semanas pasadas con Helen, desde aquella neblinosa primera tarde de noviembre, en que la encontró junto a la ventana con el vestido claro de seda, hasta el último día, cuando despertó con la primera luz del alba de la fría mañana de diciembre porque se le había quedado dormido el brazo derecho, sobre el que descansaba la cabeza de Helen, y le hormigueaba; pero al mismo tiempo sintió una dicha inconcebible al notar el cuerpo de ella junto al suyo. Conservaría esos recuerdos como frágiles imágenes.

Entretanto en Stalingrado la situación había sufrido un cambio dramático: desde el 22 de noviembre la ciudad estaba cercada. El pueblo alemán no sabía nada, de lo contrario aquellos que disfrutaban de permiso, como Benedikt Saalberg, tal vez hubiesen podido escoger otro camino.

Cuando su tren se detuvo en Charcov, un oficial recorrió a toda prisa los vagones ordenando: «Oficiales y soldados del Sexto Ejército, bájense del tren. Oficiales, a la reserva». Nadie sabía lo que significaba eso, pero poco a poco se tuvo noticia de que «algo iba mal» en Stalingrado. Ben y el resto se tomaron con calma los rumores. Se les antojaba impensable que el Sexto Ejército pudiera ser cercado.

Al cabo de unos días en Charkov llenos de incertidumbre y preocupación, las fuerzas de la reserva fueron trasladadas a Rostov del Don, donde ya circulaban rumores de un «sitio a Stalingrado».

Hacia allí, en dirección este, se pusieron en marcha Ben y otros oficiales.

Pero ya en Chir, a unos ciento cincuenta kilómetros de Stalingrado, los sacaron del tren y les dieron orden de formar un destacamento con la guarnición del tren para defender el lugar. Las armas más pesadas de que disponían eran mosquetones y pistolas. Eso fue el 23 de diciembre de 1942.

En Nochebuena acamparon en el tren y mantuvieron las provisionales posiciones de defensa en torno a Chir. No se llegó a establecer contacto con el enemigo. No tenían idea de cuál era la situación militar en general, pero poco a poco tuvieron claro que ni siquiera allí, tan lejos de Stalingrado, existía un frente de defensa capaz.

Dicho temor les fue confirmado por un transporte de heridos que ese 24 de diciembre entró en la estación de Chir procedente del este. Observaron, aterrados, a los macilentos y desahuciados heridos. Cuando se hizo de noche, uno de los oficiales puso un árbol de Navidad en el andén, encendió velas y, milagrosamente, dio con un soldado que supo formar un coro de entre el heterogéneo grupo. Cantaron los antiguos villancicos a varias voces, cantaron con entusiasmo en aquel andén expuesto a las corrientes de aire donde hacía un frío intenso. Nadie sabía qué pasaría después, pero todos sintieron un gran consuelo.

El 30 de diciembre a Ben le llegó en Chir una nueva orden de marcha: «regresar con el grupo de ejércitos del Don», que entonces se encontraba en Novocherkask bajo las órdenes de Manstein. Fue hasta allí y se presentó en el puesto de mando, donde se le pidió que sacara a su división de la zona cercada. Era evidente que de allí habían salido todos los oficiales veteranos. Tras el ir y venir de los días previos, a Ben le alegró la perspectiva de volver con su antiguo destacamento. Desechó la idea de que la situación pudiese ser crítica o incluso desesperada.

Su vuelo salía al día siguiente, así que Ben tenía tiempo. Justo cuando estudiaba las posiciones del grupo de ejércitos, la puerta se abrió a sus espaldas y oyó un conocido sonido de arrogante extrañeza. En la pequeña habitación del puesto de mando del grupo de ejércitos del Don, caldeada en exceso, se encontró con su hermano Joachim.

–Uno viene y otro se va –dijo Joachim con frialdad, sin saludar. A diferencia de Ben recobró el aplomo en el acto.

En Ben prevaleció una espontánea sensación de alegría al encontrar en ese momento y lugar a su hermano. Se acercó a Joachim y le dio un abrazo, y él se dejó.

–¿Ha sido grato el permiso? –inquirió Joachim con escasa cortesía mientras se quitaba la gorra de la pequeña cabeza, el cabello liso y peinado con raya.

–Grato –repitió Ben con incredulidad las indiferentes palabras–. He estado en el paraíso, Joachim.

Al verlo allí plantado, aquel joven alto con el abrigo del uniforme desabrochado, radiante y con una indolencia envidiable, en Joachim se fundieron en un profundo odio la envidia pasada y los recientes celos. Temblaba de cólera reprimida cuando preguntó:

–¿Has visto a Helen?

Ben le dio la espalda y desempañó un tanto el cristal helado de la ventana. Mientras lo hacía repuso en voz queda:

–Métetelo de una vez en la cabeza, Joachim: nos amamos. No te imaginas cuánto.

–Está claro que no. ¿Puedo darte la enhorabuena?

–¡Por fin! –Ben se volvió hacia él y dejó oír su gran risa sonora, la que más adelante perseguiría a Joachim en la vigilia y los sueños–. Puedes darme la enhorabuena, en cualquier caso. La boda no será hasta el próximo verano.

Ben malinterpretó el centelleo en los claros ojos de su hermano y se alegró de su cambio de expresión.

–¿Sigue vivo Bernd Haller? –inquirió para desviar el espinoso tema.

–Sí, que yo sepa.

–¿Cuándo sale tu avión?

–Puede salir de un momento a otro. Me alegro de que hayas vuelto –dijo Joachim, inopinadamente animado–. Necesitamos a todos los hombres.

–Entonces, ¿cómo es que tú estás aquí? –preguntó Ben, irritado–. Me han dicho que por ahora sólo pueden salir del cerco los heridos.

–Salgo ahora mismo en un avión correo, una misión especial.

–¿Qué está pasando, Joachim?

–Nada del otro mundo –le restó importancia éste–. No puedo decir nada, y tú, como soldado, deberías saberlo. Además, se está hablando demasiado. Si cada cual cumple con su obligación hasta que el Führer ordene levantar el sitio no pasará nada.

–Y ¿piensa levantarlo?

–Sin duda. Y debemos estar orgullosos de luchar por él y, si fuera preciso, de morir por él. –El rosado rostro de Joachim iluminó la baja habitación a oscuras. Ben reconoció la inflexible expresión de presuntuoso celo que tanto despreciaba, percibió el tono de cumplimiento del deber sin discernimiento en la dura voz de Joachim, pero en esa ocasión desistió de darle una contestación burlona. Se sacó un sobre del bolsillo del abrigo y le dijo:

–¿Te importaría llevarle esta carta a Helen?

Semanas después, mientras Göring pronunciaba su tristemente célebre arenga en la que comparaba a los supervivientes del aniquilado Sexto Ejército con los espartanos, que con su sacrificio en la batalla de las Termópilas salieron victoriosos en la defensa de su patria frente a los persas, Benedikt Saalberg, en el sótano de una casa asolada en las ruinas de Stalingrado, no pudo por menos de pensar en ese último encuentro con su hermano. Se resistía a pensar que Joachim pudo haberlo retenido.

¿Por qué no le impidió con todas sus fuerzas que fuera al cerco? Sabiendo que la situación militar ya era desesperada, sabiendo cómo estaba Stalingrado: con escasez de víveres, sin posibilidad de calentarse mínimamente, sin la menor oportunidad para los heridos, con apenas munición, sin carros de combate útiles, sin perspectivas de liberación procedente del exterior. Su regimiento estaba compuesto únicamente por dos batallones con sendos destacamentos cada uno –al frente de los batallones se situaban capitanes, ya no había oficiales adjuntos; de los destacamentos, tenientes o alféreces–; el batallón aún contaba con tres oficiales, uno de los cuales era Bernd Haller, amigo de Ben.

Benedikt Saalberg se hizo cargo de uno de los destacamentos, con aproximadamente treinta hombres; su predecesor había sido herido de gravedad el día anterior. Era difícil dirigir a un grupo de soldados a los que no conocía y apenas se acercaba, ya que permanecían en grupos de dos o tres en sus agujeros. Sólo podía ir en su busca de noche, siempre y cuando el cielo estuviese encapotado. Las bien construidas trincheras ahora las ocupaban los rusos, Ben estaba con su destacamento en la planicie, donde habían conseguido abrir a duras penas algunos agujeros en el suelo helado, cubiertos precariamente con chapa, sin posibilidad alguna de caldearlos. Había un metro de nieve y estaban a entre 15 y 20 grados bajo cero.

El 10 de enero fue el principio del fin: el poderoso ataque ruso llegó por el norte. Ben y Bernd Haller consiguieron mantener la posición un día, después los rusos se abrieron paso en las proximidades y, para no quedar aislados, ellos tuvieron que retroceder ante el avance de las tropas enemigas. Noche tras noche hacia el este, hacia la ciudad. Sólo llevaban consigo a sus heridos, a los que arrastraban en trineos por la profunda nieve, ninguna otra cosa, las fuerzas ya no les daban para más.

Noche tras noche hablaban de cómo podrían abrirse paso hacia el oeste, en caso de que fuese posible. Ben consideraba semejante intentona, de forma aislada o en grupos, un completo sinsentido: trescientos kilómetros de estepa nevada, sin posibilidad de esconderse, sin posibilidad de hallar algo comestible. Los soldados, que llevaban meses pasando hambre, no podrían aguantar una marcha forzada así. Pese a todo algunos lo intentaron. Ninguno lo logró. El resto tuvo claro que todo el que sobreviviera caería prisionero de los rusos, aunque nadie hablaba abiertamente de ello. Todos tenían en mente las terribles imágenes de las interminables columnas de demacrados y apáticos prisioneros de guerra rusos, y ninguno podía ni quería imaginar que no tardaría en arrastrarse de igual modo por la nieve.

Entretanto el cerco estaba dividido en tres partes. Ya no había aeródromos y, por tanto, suministros tampoco. Aunque de vez en cuando algún avión aún lanzaba víveres, los rusos habían descifrado muy deprisa las señales alemanas, de manera que la valiosa mercancía iba a parar la mayoría de las veces a manos de los rusos. A finales de enero el cerco de la parte norte se rindió con el general Paulus, que poco antes aún había conminado a luchar hasta que no quedara un solo proyectil. Justo entonces Benedikt Saalberg se hallaba bajo los escombros de un sótano cuya pared se había derrumbado por la noche, dejándolos atrapados a él y al resto de su destacamento. Bernd Haller logró salir de los cascotes junto con otros tres supervivientes. Durante décadas sufrió por no haber podido retirar o franquear los compactos bloques de piedra que lo separaban de su amigo Ben. Había visto el rostro yerto, lleno de sangre encostrada a la desvaída luz de la mañana y estaba seguro de que Ben había muerto. Quería llegar hasta él para cerciorarse, para coger sus papeles y su chapa de identificación, cuando un sonoro crujido anunció el derrumbamiento de los muros del sótano que quedaban en pie. Él consiguió salir a la calle en el último instante.

La toma de prisioneros fue pacífica. Los soldados de ambos bandos estaban exhaustos y se alegraban de que aquello finalmente terminara.

Mientras que Bernd Haller fue asignado a un grupo de oficiales que se puso en marcha en dirección norte y hubo de caminar ininterrumpidamente durante tres días antes de que pudiera descansar por primera vez en una aldea completamente arrasada y rodeada de centinelas, a Ben lo encontraron en Stalingrado dos soldados rusos bonachones para los cuales era más importante encontrar un botín valioso que proteger una vida amenazada.

Después de que los alemanes capitularan y fueran hechos prisioneros, los dos soldados rusos peinaron las ruinas, y al principio de su expedición hallaron a tres soldados alemanes muertos en los escombros de una casa de la que no había quedado nada en pie, aparte del pesado bastidor de una puerta pintado de un llamativo verde. Salvo cantimploras vacías y una radio reventada, no pudieron encontrar nada más junto a los tres cadáveres. Decepcionado, uno de los rusos se agachó para no pasar nada por alto y a través de una abertura irregular, iluminado por el bajo sol de febrero, vio el rostro de Ben. Se acercó a rastras cuanto pudo, con cuidado, a la abertura, constató por el uniforme que delante tenía a un oficial y presintió, es más, supo en ese mismo instante, que ese soldado seguía con vida. Sencillamente porque tras las experiencias de las últimas semanas sabía con exactitud qué aspecto tenía alguien que llevaba días muerto.

Apartaron los escombros entre los dos, llegaron hasta Ben e intercambiaron una breve mirada que significaba: tal vez podamos salvarlo más tarde, pero es alemán y oficial, y si ha de vivir, será sin sus objetos de valor, ¡ésos nos pertenecen! Rápidamente y de común acuerdo metieron las manos en todos los bolsillos, cogieron todo lo que encontraron, le quitaron el sello y el reloj de pulsera de oro, vieron si llevaba un bolsillo al cuello, que también encontraron, y le arrancaron como de pasada la cadena con la chapa de identificación, se llenaron los bolsillos para deshacerse más tarde de las cosas inútiles y le abotonaron la camisa con tiento, casi con ternura gracias a la suerte de haber dado con semejante botín. Incluso informaron a la ambulancia de que entre los escombros había un soldado herido gravemente en la cabeza, pero todavía con vida, a tan sólo una calle, tras un marco verde, no sería difícil llegar hasta él antes de que cayera la noche.

Dos horas después la médica de turno examinó al enfermo, que estaba inconsciente, limpió y vendó la herida del occipucio, le lavó la cara y le conmovió la serena expresión del joven y viril rostro. Cuántos años tendrá, cómo se llamará: constató, encogiéndose de hombros, que le habían quitado todo cuanto hubiese podido proporcionarle alguna información sobre él.

Elisaveta Zontarova era una mujer alta y fuerte. Bajo la cofia se veía un rostro redondo y pálido y unos ojos marrones avispados. Tenía treinta años, amaba su profesión y hacía por principio todo lo que estimaba necesario. Y dado que Ben aún vivía, decidió mantenerlo con vida. Al cabo de dos semanas de abnegados y expertos cuidados de la grave lesión en la cabeza, Elisaveta sentía más que debilidad por el soldado sin nombre que aún no había alzado los pesados párpados, que no había dado ninguna señal de que sintiera algo, que moriría sin su ayuda. Para ella no era un inconveniente que no hubiese forma de identificarlo, es más, le suponía un alivio poder justificarse. Empezó a convencerse y convencer a los demás de que no era alemán. A solas con él, le tocaba con delicadeza la gran boca, los contornos del anguloso rostro, y se decía que los altos pómulos bajo el oscuro cabello bien podían ser de un europeo del Este o un ruso, y no quería pensar otra cosa. En contra de sus anteriores costumbres comenzó a urdir misteriosas historias en torno al hombre al que había salvado y rumiaba la forma de permanecer a su lado. Entonces a su unidad médica le llegó la orden de ocuparse de los oficiales rusos. De ese modo pudo salvar a su protegido con mayor libertad aún.

Así pues, Ben yacía en las ruinas de la unidad médica, acondicionadas provisionalmente, cuando el grupo de oficiales al que había sido asignado su amigo Bernd Haller tuvo que retroceder en dirección sur. Marcharon durante tres días hacia Stalingrado, atravesaron los setenta kilómetros de largo de la ciudad, pernoctando en los sótanos que encontraban, donde la mayoría de las veces aún había cadáveres de alemanes y rusos caídos, y finalmente acabaron en un campo en Begetovka.

Elisaveta Zontarova, que ahora atendía a oficiales rusos, se estremecía al ver la colonia de casas de madera de dos plantas en las que debían agrupar a los prisioneros de guerra para su evacuación. Allí reinaba un auténtico caos. No había aseos y comenzaba el deshielo. El tifus se extendió como un incendio en la estepa. En Begetovka murieron cincuenta mil hombres, la mitad de ellos soldados hechos prisioneros en Stalingrado.

Ella oyó que los alemanes mantenían una unión inquebrantable. Por ejemplo, escondían a los muertos bajo los catres para hacerse con su ración de pan. Elisaveta se ocupaba de sus paisanos en la medida en que podía, si bien sólo pensaba en su misterioso soldado. Sabía que su destino era incierto, pero al mismo tiempo se alegraba de que no hubiera ido a parar al campo.

Después de otras tres semanas acompañó al transporte de prisioneros que salió de Stalingrado en tren rumbo al norte y que tardó diez días. Había conseguido llevar a Ben entre los otros heridos. Ahora su protegido levantaba a veces los pesados párpados y le agradecía el sorbo de agua que recibía con una sonrisa.

La tasa de mortalidad en el transporte que Elisaveta seguía era elevada. En las proximidades de Gorki bajaron a los alemanes y los llevaron al antiguo monasterio de Oranki. Allí, en la gran iglesia conventual, habían dispuesto literas formadas por tres o cuatro camastros, lo cual, en comparación con las condiciones de Begetovka, debía de resultar cómodo. A esas alturas casi todos los prisioneros habían contraído el tifus. Para desesperación de Elisaveta también se había contagiado su protegido, al que llamaba Sergei desde que había recobrado el conocimiento, pero que únicamente respondía a las preguntas con una mirada de desconcierto. Los que hablaban de él y Elisaveta lo llamaban Sergei Zontarov, y fue ese nombre lo que hizo que la mayoría no tardase en olvidar que lo envolvía un secreto. Estuvo quince días delirando con fiebre alta, mencionando nombres que más tarde ella le ocultaría por miedo a perderlo. Entretanto Oranki se había convertido en un hospital militar sin medicamentos, sin asistencia médica. A Elisaveta le resultaba duro no poder ayudar, pero comprendió que sería absurdo y peligroso para ella.

Debido a la alta tasa de mortalidad, finalmente los responsables pidieron ayuda a los americanos, y de pronto llegaron huevo en polvo, carne en lata y leche condensada azucarada. Sin embargo, las calorías concentradas sólo pudieron ser de utilidad a quienes habían sobrevivido a la fiebre. Entre éstos se encontraba, por un lado, Bernd Haller, en el monasterio de Oranki, y, por otro, Ben Saalberg, alias Sergei Zontarov, en el servicio médico ruso, acampado delante.

Cuando el enfermo estuvo fuera de peligro y empezó a repetir como un niño palabras en ruso, cuando ella constató en varias ocasiones que no encontraba palabras para hacer preguntas, las sospechas de Elisaveta se vieron confirmadas: el soldado había perdido la memoria. No hablaba ningún idioma, no recordaba quién era ni nada de su anterior vida.

La médica no sabía nada de síntomas neurológicos, pero sí que la deplorable constitución física de su protegido, las semanas de inconsciencia, la deficiente alimentación, la herida de la cabeza (que le dolía y no paraba de abrirse) y el tifus habían agotado toda su capacidad de resistencia. Medía 1,90 metros de altura, tenía una estructura ósea robusta y sólo pesaba 63 kilos.

Ella le daba la mayor parte de su propia ración de comida, y a finales de mayo, cuando la herida se hubo cerrado definitivamente y Elisaveta se aseguró de que su unidad médica aún estaría mucho tiempo en el monasterio de Oranki, lo llevó a una aldea situada a treinta kilómetros del campo, a la casa de un trabajador forestal que solía llevar leña al monasterio y al que ella regaló un reloj y cigarrillos por el favor que le hacía. Allí Ben dormía en una habitación con la abuela, la madre y la hija, un ternero y tres gansos y comía alimentos saludables. Cuando al cabo de cuatro semanas recobró las fuerzas, conducía el carro de caballos del hombre, se devanaba los sesos, a veces con desesperación y siempre en vano, intentando atravesar la oscura maraña de la amnesia, y aprendía ruso. Un primer rastro finísimo llevaba hasta la vida de la que no se acordaba. Sintió lo que siempre había sentido cuando tenía delante los sonidos y símbolos desconocidos de una lengua extranjera: una profunda curiosidad, facilidad de comprensión y el placer de dominar lo desconocido en el menor tiempo posible. Aprendió a hablar con la avispada abuela, y la pequeña hija del trabajador le enseñó con ayuda de sus libros de texto el alfabeto cirílico, así como a leer y escribir.

Durante el verano la situación en el monasterio sufrió un considerable cambio para los prisioneros, el personal de vigilancia ruso y el pequeño grupo de asistencia médica.

Comisarios del Comité Nacional, fundado en julio, visitaban con regularidad Oranki para tratar de convencer a los prisioneros de que colaboraran con el Comité. Su objetivo era combatir a Hitler con todos los instrumentos de propaganda disponibles desde el cautiverio. El trabajo del comprometido grupo de oficiales prisioneros contaba con el apoyo de emigrantes alemanes desde Moscú que, debido a sus convicciones políticas, abandonaron la Alemania de Hitler y el NSDAP, el Partido Nacionalsocialista Obrero Alemán, a principios de los años treinta y encontraron asilo en Moscú. Ambos grupos –los oficiales prisioneros de la Wehrmacht alemana y los comunistas exiliados alemanes– pudieron llevar a cabo sus objetivos políticos gracias al consentimiento y el respaldo soviético y, como es lógico, la actividad del Comité Nacional era supervisada por la NKWD, la policía política de Stalin.

Elisaveta seguía sin tener contacto con los prisioneros alemanes del monasterio, pero era llamada cada vez con más frecuencia para atender a comisarios rusos y también a miembros del Comité alemanes que precisaban ayuda médica inmediata.

Cuando un alto comisario de la NKWD que había acompañado al alemán Walter Ulbricht a Oranki se torció el pie derecho al bajar de un todoterreno, llamaron a Elisaveta. Tras comprobar que el pie no se había roto y prescribir compresas de hierbas frías y descanso, reconoció en el comisario de barba pelirroja al joven del que se enamorara apasionadamente diez años antes en un centro vacacional y de instrucción del Partido en la península de Crimea.

Habló de ello, con franqueza y seguridad en sí misma, mientras leía en los ágiles ojos de él un mensaje que no le desagradó. Yo soy un hombre y tú una mujer, decían los ojos, ambos lo sabemos, y sólo cuenta el momento. La mirada no se le fue de la cabeza en toda la tarde, sabía que ya llevaba mucho tiempo sola y que el amor que sentía por el herido desconocido posiblemente nunca se convirtiera en realidad. Y cuando esa noche la llamaron nuevamente para que fuese a ver al comisario, aquejado de fuertes dolores, supo también lo que ello significaba. Esa noche se quedó con él. No sospechaba que nunca más podría sustraerse a su poder.

Antes de que el comisario partiera hacia Moscú a Elisaveta le fue comunicado que había sido destinada a Krasnogorsk, una población situada al noroeste de Moscú, que abandonaría Oranki con el comisario.

Sacó al enfermo del bosque, fascinada con sus progresos, y el día previo a la partida le habló de Ben a su pelirrojo amante.

«Lo he llamado Sergei y lleva mi apellido», explicó cuando hubo acabado el relato, haciendo hincapié en que entre ella y el extranjero no había pasado nada, y en que, sin embargo, se trataba de un hombre con grandes aptitudes, que no era prudente permitir que se echaran a perder. Interesado, el comisario, que dominaba la lengua alemana, hizo llamar a Ben, y tras realizar uno de los interrogatorios por los que era famoso, no le cupo la menor duda de que Elisaveta no le había ocultado nada y tampoco había exagerado.

«¡*Heil* Hitler!» Así saludó al joven, ruidosamente y con el brazo extendido, y no vio la reacción que se esperaba. Ben no entendió ninguna de las sencillas pero sutiles e ingeniosas preguntas en alemán, no fue capaz de responder a cuestiones sobre cosas cotidianas, sobre su persona. Ni siquiera supo decir en alemán sí o no. El comisario tomó notas, y hablaron en ruso, los ojos de Ben recorriendo las hojas desparramadas por el escritorio, que había entre él y el ruso.

Sus ojos leían lo que su boca no podía articular. Leyó una octavilla que habían repartido entre los prisioneros alemanes del monasterio, leyó sin problema el primer párrafo de una hoja y no pudo ocultar su horror. Los despiertos ojos oscuros del comisario habían seguido los de él. A continuación el hombre cogió la hoja en la mano e inquirió en ruso.

–¿Acaba de leer estas palabras?

Ben asintió.

–Lea en voz alta.

Ben leyó sin equivocarse un párrafo del llamamiento del capitán Hadermann y después paró, estupefacto. Continuó en ruso, le explicó al desconcertado comisario que no era capaz de decir nada banal en esa lengua, como por ejemplo: ¿Me puedo sentar? Me duele la cabeza o me mareo, pero sí dominaba un difícil texto doctrinario.

–Si se marea, siéntese –dijo el comisario, menos por consideración al convaleciente que pensando en los reproches que le haría Elisaveta si el enfermo se desplomaba–. ¿Sabe qué idioma acaba de leer? –preguntó a continuación, y pensó: si ahora dice que no lo sabe, no es un impostor, pero tampoco tan inteligente como creo.

–Debe de ser la lengua que se habla en Alemania –repuso Ben en ruso.

–¿Cómo es que sabe usted de Alemania?

–Sé por Elisaveta que estamos en guerra con Alemania.

Estaba claro que el que tenía delante era alemán, pero ese «estamos» convenció al comisario de su amnesia. Además, quería dejarse convencer, por Elisaveta. Sabía perfectamente que ella no lo acompañaría a Moscú sin ese paciente.

Decidió no perder de vista a ese alemán y se procuró un salvoconducto a nombre de Sergei Zontarov.

A la mañana siguiente dos coches abandonaron el monasterio de Oranki poco después de que saliera el sol. La bruma de las postrimerías del verano cubría los oscuros bosques y prados. Los ocupantes de los vehículos, todos con uniforme ruso, conversaban y esperaban con impaciencia la llegada a Moscú. Durante un breve instante la marcha se aminoró: los coches tenían que cruzar un angosto puente que estaba bloqueado por un carro cargado con leña y un grupito de prisioneros del campo. Finalmente el carro, tirado por pequeños caballos peludos, dejó el puente y pasó delante, seguido de los prisioneros. Los pasajeros de los coches moscovitas miraron con interés por la ventanilla y vieron que un capataz retenía a uno de los prisioneros, que había echado a correr hacia el último vehículo mientras gritaba y gesticulaba. Ben Saalberg, alias Sergei Zontarov, que iba sentado en el asiento posterior del último coche, el rostro con la llamativa cicatriz en la sien iluminado por el sol matutino, y hablaba con alguien que tenía sentado al lado, no pudo evitar reír y miró al prisionero, al que habían detenido a tan sólo dos metros del coche. El capataz impidió a Bernd Haller que gritara y gesticulara; Ben lo vio, pero no lo reconoció.

Los prisioneros alemanes siguieron su camino. Ninguno de ellos creyó a Bernd Haller cuando dijo que acababa de ver a su amigo Benedikt Saalberg. Un soldado caído en Stalingrado con uniforme ruso sin duda era una quimera.

Esa mañana de agosto de 1943 Bernd Haller tuvo que callar, pero no calló para siempre. Había visto a Ben y lo sabía. Había visto su rostro risueño, incluso creía haber oído la gran risa sonora que nadie que conocía a Ben olvidaba. Si Ben Saalberg hubiese sobrevivido a Stalingrado –pensó Bernd Haller cuando volvía al monasterio de Oranki–, ¿no formaría parte por fuerza de los oficiales que colaboraban con el Comité Nacional? ¿Acaso no había defendido ya durante la campaña puntos de vista comparables a las proclamas del Comité? Su secreto convencimiento de que la guerra sólo podía terminar si se derrocaba a Hitler antes de que Alemania quedara aniquilada se hallaba de forma análoga en los postulados del Comité Nacional que se proclamaban ante los prisioneros: ¡Muerte a Hitler para que Alemania viva! ¡Exigimos la caída de Hitler para salvar a Alemania!

Bernd Haller ya llevaba semanas discutiendo con los otros oficiales de su grupo la adhesión al Comité Nacional y no terminaba de decidirse.

Todo el que lo hacía debía trabajar con el enemigo, con comunistas, y no era capaz de tomar una determinación. Al que trabajaba para el Comité Nacional, al que, por consiguiente, iba al frente para chillar consignas en contra de Hitler al lado alemán desde vehículos blindados provistos de altavoces y convencer a antiguos compañeros de que desertaran, al que lanzaba sobre las posiciones alemanas panfletos con las mismas consignas y manifiestos desde aviones que volaban bajo, al que se mostraba dispuesto a hacer propaganda sobre el trabajo del Comité Nacional en otros campos de prisioneros, a ése le prometían un puesto privilegiado, una tentación a la cual Bernd Haller no quería sucumbir. A su alrededor se afiliaban compañeros por los más diversos motivos. Algunos simplemente querían sobrevivir, tener comida para volver sanos a casa; otros lo hacían por simple oportunismo: después de perder la guerra querían volver a desempeñar un papel en una Alemania comunista. Y luego estaban aquellos entre los cuales se hallaría, en opinión de Bernd Haller, Ben Saalberg y, en caso de duda, también él mismo: con su ingreso en el Comité Nacional querían expresar su oposición, que ya defendieran antes de Stalingrado, al NSDAP y a Hitler.

Cuando esa mañana Bernd Haller regresó al monasterio, cuando –a diferencia de antes– se mostró dispuesto a afiliarse al Comité, le comunicaron que su grupo sería trasladado de Oranki a Elabuga; una ciudad-monasterio sin enlace ferroviario, a orillas del río Kama, a mil kilómetros al este de Moscú.

Fue necesaria una marcha de tres días para llegar de la última estación de tren al campo. Allí los alojaron en dos monasterios y numerosas construcciones grandes y pequeñas e iglesias de la antigua ciudad episcopal, unas viviendas sólidas, escasamente caldeadas y sin toma de agua… y con el invierno a la vuelta de la esquina.

En Elabuga se encontraron con los oficiales de Stalingrado a los que llevaron directamente allí tras la capitulación y con los denominados «prisioneros antiguos», en su mayor parte miembros de la Luftwaffe a los que habían apresado antes. Algunos de los oficiales de Stalingrado habían conocido a Ben, y todos creían que había caído, pero Bernd Haller se mantuvo en sus trece.

En Elabuga se reforzó más aún la tremenda presión política, y él se afilió al Comité, lo cual justificó ante sí mismo diciéndose que de ese modo buscaría a Ben Saalberg y daría con él. Estaba convencido de ello, y su certeza seguía siendo la misma cuando seis años después acudió a ver a Joachim Saalberg.

En otoño de 1943 Elisaveta Zontarova estaba satisfecha con su situación. Tenía un amante apasionado e influyente, una relación poco clara, y por eso mismo emocionante, con su protegido, Sergei, y su profesión, que desempeñaba con serena superioridad. Tenía treinta años y se la rifaban.

Como médica del hospital militar acompañó un transporte de prisioneros heridos leves al campo 27 de Krasnogorsk, donde trabajaría un tiempo. A ese campo sólo iban a parar los oficiales prisioneros que debían ser educados para la denominada lucha antifascista. Los barracones se hallaban en la periferia del pueblo, a orillas de un pequeño lago. No muy lejos se alzaba un edificio de una sola planta y reducidas dimensiones rodeado de pinos. La construcción, concebida en un principio como escuela de la aldea, se había paralizado durante el avance de la Wehrmacht, ya que a finales de noviembre de 1941 el frente tan sólo se hallaba a veinte kilómetros de Krasnogorsk. Después, en 1943, se terminó la vivienda que ahora albergaba la Antifa-Schule central, la escuela antifascista del frente, a la que fueron enviados alrededor de cuatro mil prisioneros alemanes hasta el final de la contienda.

Elisaveta, médica del campo, se reunía con su comisario en la espaciosa casa que éste tenía en la *prospekt* Leningradski, la gran avenida por la que se llegaba a la localidad de Krasnogorsk y que a su vez llevaba rápidamente a Moscú. Su influyente novio se ocupó de que el protegido sin nombre fuera al campo con los otros heridos. Le interesaba ese alemán, y el amor que Elisaveta profesaba al interesante desconocido tal vez le fuese de utilidad cuando llegara el momento, no se podía saber cuándo.

Movido por su interés hacia ese hombre sin pasado, pero sobre todo por motivos de seguridad, el comisario encomendó a un amigo suyo, especialista en enfermedades cerebrales, que le debía algún favor, que examinara a Sergei en toda regla. Después de mantener extensas conversaciones y realizar exhaustivas pruebas el médico confirmó que el paciente estaba sano desde el punto de vista físico y era sumamente inteligente y, por tanto, capaz de acumular en poco tiempo un gran caudal de memoria. Sin embargo, atestiguó sin vacilar que con respecto al fenómeno de la pérdida de memoria era incapaz de hacer nada.

Desde la ventana de la oscura consulta Ben veía Moscú. El argénteo río serpenteaba por la ciudad, la silueta de la universidad flotaba en la bruma otoñal y el mero entusiasmo que le produjo la belleza de esa vista le hizo sentir que en su interior latían percepciones similares, que debía de haber vivido muchas cosas así, y sufrió al no poder tender un puente que lo uniera a ellas.

La octavilla del monasterio de Oranki se la había guardado y aprendido de memoria. Desde que la leyera, supuso que era alemán, y durante el largo trayecto a Moscú, conversando con Elisaveta y el comisario, había intentado entender la situación bélica y las circunstancias geográficas de Europa. Lo embargó una inmensa tranquilidad cuando se dio cuenta de que aprendía deprisa, lo retenía todo y era capaz de relacionar los conocimientos con facilidad. Curiosamente las ideas que tenían que ver con el derrocamiento de Hitler las formulaba mentalmente en alemán. No sabía que dichos pensamientos subversivos habían dominado sus últimas horas conscientes en el sótano de Stalingrado.

«Si salimos de aquí tenemos que hacer algo», se dijeron Bernd Haller y Ben Saalberg. «Hay que luchar contra Hitler, de lo contrario sacrificará a Alemania como ha sacrificado al Sexto Ejército.» Ben no recordaba esas escenas, pero la asociación de ideas, las reflexiones que le hicieran concebir oponer resistencia a Hitler le eran familiares. Se le antojaba inquietante, pero al leer el llamamiento a la subversión tuvo el presentimiento de tomar un camino que conducía hacia sí mismo.

El médico del comisario expresó, por un lado, la firme suposición que quería oír su amigo, es decir, que el paciente no volvería a recobrar la memoria, pero, por otro, se quedó estupefacto al comprobar que Ben podía leer, comprender y traducir al ruso un texto en alemán, pero no era capaz de decir buenos días o gracias en ese idioma. Al mismo tiempo entendió que el poderoso comisario tenía un gran interés en trasladar al prisionero al campo 27. Sin embargo, no sabía que, de ese modo, su amigo cumplía con una condición que le había impuesto Elisaveta, como tampoco sabía que Elisaveta debía informar de inmediato al comisario si el paciente recuperaba la memoria.

Así pues, Sergei, con unos pantalones que le quedaban demasiado cortos y eran demasiado finos, conservando el calor a duras penas gracias a una colcha guateada, fue conducido a Krasnogorsk y, al igual que todos los recién llegados, puesto en cuarentena. Allí, al igual que muchos otros, contrajo un virus de la gripe y durante los primeros meses no pudo salir del barracón de la enfermería. Durante un tiempo Elisaveta temió nuevamente por su vida, y consiguió que al menos ocupara una habitación para enfermos graves, donde en lugar de treinta sólo había seis hombres. Los gélidos meses de invierno, las sopas aguadas, el pan correoso y tosco y el insoportable frío hicieron que tardara en restablecerse. En primavera comenzó un período de convalecencia en el que su estado, en opinión de Elisaveta, no se diferenciaba mucho del del año anterior. En mayo hubo de pasar de la pequeña habitación del hospital a un barracón normal, donde los prisioneros dormían hacinados en hileras de camastros. Elisaveta se encargó de que se alojara en otra habitación con trece italianos: quería mantenerlo alejado de los alemanes en la medida de lo posible.

El italiano fue como un elixir para él. Vivía escuchando el sonido de la lengua, pedía que le apuntaran palabras y aprendió en un abrir y cerrar de ojos a hacerse entender. A veces le asustaba un giro, un vocablo raro que utilizaba sin haber preguntado por él.

Un día el campo bullía de agentes de la NKWD: en las primeras horas de la mañana habían cogido a un espía nazi, como hicieron saber a bombo y platillo. Entre los comisarios se hallaba el amante de Elisaveta, que fue a ver a Ben. Tras oírlo hablar italiano, lo mandó llamar a una habitación para que le explicara cómo había adquirido los conocimientos de esa lengua y, ocultando un asombro que rayaba en admiración, anunció que Sergei ya estaba bastante sano para trabajar. Primero debía leer en abundancia y después tratar de exponer a los demás lo que había leído y, a ser posible, convencerlos de ello. Por de pronto su cometido consistiría en trabajar con algunos prisioneros italianos que tenían bastantes conocimientos de la lengua alemana y le parecían propagandistas especialmente capaces. Además de los manifiestos del Comité, el convaleciente Sergei también leía aquello que el comisario le había recomendado encarecidamente, leyó hasta el borde del agotamiento tratados de Marx, Engels y Lenin, desoyendo las advertencias de Elisaveta, se imbuyó de las teorías del marxismo-leninismo, que le parecieron evidentes, irrefutables incluso.

Con los italianos trabajaba una y otra vez su texto preferido, el de la octavilla que por primera vez sostuviera en la mano en el monasterio de Oranki: «Palabra de honor de un capitán alemán». El discurso del capitán Hadermann tenía para él una finalidad clave: constituía un pequeño punto de luz en medio de un océano negro de temor sin nombre. Podía leer las palabras y entenderlas; tal vez esas palabras pudiesen despertar en él otros recuerdos. Mientras leía y traducía se mantenía al acecho: «Nosotros, el pueblo alemán, no estamos de acuerdo con el gobierno de Hitler. Hitler nos ha mentido, ya no tenemos nada en común con Hitler y su sistema...». Él sabía que en algún lugar el rastro habría de conducirlo hacia la persona que realmente era. En algunas ocasiones el comisario lo observó mientras impartía sus clases y, atónito con el talento de Sergei, se inquietó y desarrolló un plan.

Esos días Ben se sentía fuerte, como si acabara de nacer. Notaba el calor del sol, veía la luz reflejada en el agua del lago de Krasnogorsk y se ponía a pintar. Con un pequeño bloc y una caja de pinturas gastadas sin dueño se sentaba delante del barracón a pintar lo que veía, con contornos vagos y abundante agua. Sus compañeros italianos lo miraban y quisieron comprarle algunos dibujos. Él se los regaló y firmó las hojas con una Z rusa. Desde que pintaba y hablaba italiano estaba seguro de que en su anterior vida tenía que haber dominado ambas cosas, y sintió una necesidad casi física de romper las ataduras de la amnesia para poder volver a llevar una vida plena y clara.

Durante esos últimos días de primavera se enamoró de Elisaveta. Notaba que ella lo quería, y fue consciente de nuevo del atractivo que ejercía en las mujeres. Esa sensación hizo que experimentara un estado de intensa alegría por lo que acabaría pasando en algún momento, y también las noches estaban impregnadas de esa dicha anticipada. Apenas dormía, y cuando por fin le vencía el cansancio, soñaba. Cuando el tercer día volvió a despertarse al alba, supo que siempre era el mismo sueño el que hacía que despertara temblando de añoranza y deseo. En el sueño subía por una empinada y oscura escalera, en las paredes, a derecha e izquierda, miraba cuadros en marcos dorados. Una vez arriba se veía en un pasillo angosto y a oscuras en cuyo fondo había una puerta abierta. Se dirigía hacia ella y se asomaba con cuidado a la habitación en penumbra. Junto a la ventana, mirando hacia fuera, había una muchacha alta con un ceñido vestido de color claro. Su silueta y el perfil de su rostro eran hermosos, perfectos y familiares. Se acercaba sin hacer ruido para abrazarla. Cuando despertaba, antes de conseguir llegar hasta ella, antes de que le mostrara el rostro, sentía temblar su cuerpo, mantenía los ojos cerrados e intentaba en vano volver al sueño. De día pensaba en el sueño y trataba de imaginar el rostro de la muchacha, cuyo perfil dibujó en una hoja de papel, tan nítidamente lo recordaba. Veía cada rincón de la escalera, los distintos marcos dorados y tallados, la deteriorada alfombra roja oscura de la planta superior, hasta percibía el olor de los libros, la cera de abeja y las manzanas maduras que flotaba en las estancias. La idea de que el sueño tuviera algo que ver con su anterior vida ya no lo abandonaba, pero se lo ocultó a Elisaveta, a la que, por lo demás, hacía partícipe de sus progresos, por pequeños que fueran.

Tanto sentía la ausencia de la bella muchacha que una tarde en que, cansado, estaba sentado al sol delante del barracón, contemplando las pequeñas ondas centelleantes del lago de Krasnogorsk, creyó ver durante un instante la figura del vestido claro ante las olas.

Ese mismo día, por la noche, se convenció de que podría llegar hasta ella en el sueño, tocarla, verle el rostro. Pero despertó, y la luz crepuscular se colaba por las claras cortinas de flores, que se henchían con el viento de la mañana. Tenía el brazo derecho frío y entumecido y le dolía porque la cabeza de ella descansaba encima, pero sentía su cuerpo y era feliz. Intentó retirar el brazo con sumo cuidado, se apoyó en él para contemplar el durmiente rostro y en ese mismo instante pensó: hoy has de volver al frente, Ben Saalberg. Intentó, en vano, retirar el brazo, que cada vez sentía más frío y le dolía más y, al despertar de verdad, comprobó que tenía el brazo aplastado de tal modo tras el cabecero de hierro de la cama que se le había quedado helado y dormido.

Tras liberarlo, se acodó y vio entrar la primera luz de la mañana por los sucios y pequeños cristales. Pegado a él en el camastro yacía Roberto, uno de los prisioneros italianos gordos. Ben cerró los ojos y musitó el nombre de Helen. Revivió el sueño, segundo a segundo: el brazo dolorido, el rostro de ella, el cabello rizado, el brazo helado, entumecido, el cuerpo de ella junto al suyo. Hoy has de volver al frente, Ben Saalberg.

Ben Saalberg, sintió que lo llamaban por su nombre. Se sentó erguido en el camastro, se frotó el brazo, en el que la sangre buscaba su camino con un dolor punzante, y musitó su nombre y el de ella: «Ben y Helen, Helen y Ben». «Mira aquellas grullas formando un amplio arco…», pronunció de un tirón las palabras que le enseñara a ella en la playa, sólo para demostrarse que aún las sabía. Vio a Helen delante, el rostro en la arena, ante las nubes y el agua, el viento en su cabello y en su vestido claro. Vio la casa de la isla y, tras ella, otra distinta, grande, de color albaricoque, bajo unos pinos. Volvía a estar en el tren nocturno que lo devolvería al frente; en el jardín, plantando rosas; en un sótano helado, rodeado de escombros, cruzando un arco pintado de verde. «El verde es el color de la esperanza, Ben», decía alguien a su lado. ¿De quién se trataba? ¿Qué aspecto tenía ese cuya voz habría reconocido entre centenares? Se resistía a venirle a la memoria. Ben se tumbó de nuevo en la cama, haciéndose sitio entre los dos italianos que ocupaban su espacio, ya que se habían dado la vuelta dormidos.

Yacía recto entre ambos, como pasmado por la dicha que suponía el reconocimiento y la comprensión. Yacía con los ojos cerrados, y era como si sus recuerdos flotaran cual variopintas islas, diseminados, en el mar gris del olvido. Unas estaban muy cerca, otras aún lejos, y algunas emergían, al principio borrosas, del brumoso horizonte.

Elisaveta tenía a una confidente entre las muchachas que trabajaban en la cocina. A veces incluso pensaba que no habría logrado sanar al débil enfermo sin la clandestina ayuda de Anna Semionovna. Anna, que mostraba adoración por la joven médica, sintió lo mismo por el misterioso Sergei cuando finalmente lo vio, y nada le complacía más que velar por él cuando Elisaveta no estaba en el campo. Ese hombre alto y apuesto avivaba su melancólica fantasía.

Ese día de mayo, informó por la tarde a Elisaveta cuando volvió, el enfermo le había parecido más sano que nunca. Al pasar por delante de su barracón a mediodía lo vio sentado al sol con otros prisioneros, leyendo en voz alta algo en alemán, ella había reconocido perfectamente el idioma, incluso dictando en otra lengua, probablemente italiano. Los hombres que lo rodeaban escribían, él hablaba más deprisa y animadamente que nunca, reía, estaba tan alegre, tan guapo... Anna Semionovna se deshizo en elogios, y a Elisaveta Zontarova todo ello le dio que pensar.

En las horas que siguieron comprendió lo que había sucedido. Fue la primera a la que él confió que estaba recuperando la memoria. Ella se alegró y sufrió por ello. Nada esperaba más que su restablecimiento definitivo, pero ahora veía en sus ojos que el maravilloso enamoramiento que había existido entre ellos había terminado. Había sido suplantada, sustituida por su vida real, que pesaba más que los quince meses entre la vida y la muerte, la vigilia y la demencia que había vivido a su lado. Ella era demasiado lista para dejar que se le notaran esos sentimientos, pero debía decirle a su protegido que el comisario quería que ella lo avisara de inmediato si el prisionero Sergei Zontarov recuperaba la memoria. De manera que sería más inteligente, dijo, no revelar por el momento su identidad. Ella, el comisario y sobre todo él mismo podían verse en graves aprietos. Podía pasar a ser sospechoso en el acto de espía de los nazis, y precisamente durante los primeros días de mayo ya habían visto cómo se las gastaban con los espías.

Ben entendió la precaución de Elisaveta y accedió a esperar hasta que ella hubiese hablado con el comisario. No podía saber lo que le sucedía en realidad. Elisaveta era la médica a la que debía la vida, a la que adoraba. No olvidaba que había estado enamorado de ella, pero el amor a Helen era más importante y más fuerte.

Numerosas cosas de su anterior vida sólo las recordaba de manera fragmentaria, y en el caso de algunos recuerdos no veía la relación que guardaban con su persona. Las pintorescas islas desperdigadas aún no se habían reunido. Todavía no se habían fundido en una tierra firme, vasta, por la que él pudiera moverse con seguridad. Lo único vívido en él era el tiempo pasado con Helen y la guerra que lo había obligado a dejarla. Le habló a Elisaveta de Helen, de su belleza, del anillo que le había regalado, de su casa y de la vida que llevaría en ella con Helen. En su opinión ella tenía que alegrarse.

Recorrió el campo, miró a su alrededor y aguzó el oído, en extremo agitado, pues quería anunciar a los cuatro vientos su nueva situación. Con el cambio de tiempo le dolía la herida de la cabeza, que le iba de la sien izquierda al occipucio. A veces tenía que sentarse para combatir el dolor. Así fue como escuchó por casualidad una conversación sostenida en voz baja. Dos hombres discutían si los requerimientos del Comité de marchar hasta la frontera del Reich y derrocar a Hitler seguían teniendo sentido en vista de los batallones alemanes atrapados. Ellos mismos habían estado en los campos de batalla, donde se amontonaban los alemanes caídos, porque, tal y como se les había exigido, habían luchado hasta que no quedó un solo proyectil. Sintieron rabia y desesperación al no poder salvar a nadie y, como se aproximaba el tercer invierno de guerra, buscaron una solución. ¿Qué debían decirles a unidades más o menos numerosas copadas en el corazón de Ucrania? ¿Volved a la frontera del Reich y derrocad a Hitler? ¿Acaso no era ridículo? A los traicionados sólo se les podía instar a abandonar la lucha, salvar la vida, no sacrificarse. ¿Cómo se podía lograr que un destacamento alemán desesperado que combatía por una causa perdida llegase a ver la deposición de las armas y el cautiverio no como una vergüenza, sino como una decisión política consciente en contra de Hitler, como un paso liberador hacia una nueva vida, como valiente resistencia contra un liderazgo irresponsable?

Nadie solo, ninguna unidad poco numerosa daría ese paso sin acusarse más delante de cobardía o traición. Unas medidas contra Hitler adoptadas por los mariscales de campo podrían haber tenido relevancia política a su debido tiempo. Si, por ejemplo, Paulus hubiese negociado con los rusos y llevado a prisión al Sexto Ejército al completo, el gesto habría sido una señal. Pero ninguno de los que se refugiaban en los sótanos de Stalingrado, ninguno de los que maldecían a Hitler desde allí habría sido lo bastante fuerte para dar una señal.

Ben se vio de nuevo en el sótano de Stalingrado. Fue como si escuchara la última conversación con el amigo cuyo nombre no podía recordar: «Si salimos de aquí tenemos que hacer algo. Hitler no debe sacrificar a Alemania como ha sacrificado al Sexto Ejército. ¿Para qué sacrificar y traicionar a millares de personas?».

He salido, y haré algo, se dijo. Da igual con qué nombre. Quiero tomar parte. Fuera, en el frente. Desde luego que es absurdo volver para derrocar a Hitler. No, los soldados del frente y en los cercos han de entender que pueden salvar a Alemania si combaten a Hitler, si ven al Comité como la nueva voz de Alemania.

Días después el barbado comisario pelirrojo llegó a Krasnogorsk justo cuando Ben leía con los prisioneros italianos un nuevo párrafo del discurso del capitán Hadermann. En un principio hizo ademán de retirarse sin ser visto, pero después fue tal su fascinación que se quedó.

Ben leía y traducía frase por frase: «Ningún alemán puede alzar hoy la voz en Alemania para salvar nuestra patria. No existe ninguna vía legal para expresar la voluntad del pueblo. Ahora sólo pueden hablar los hombres que viven en el extranjero, ya sea en calidad de exiliados o prisioneros de guerra. Nosotros, los prisioneros, somos más libres desde el punto de vista político que nuestro pueblo, supuestamente libre, pero en realidad esclavizado. De manera que es nuestra obligación hablar y actuar por nuestro pueblo. Es nuestra obligación conseguir que nuestra Wehrmacht, nuestro pueblo abran a tiempo los ojos para que vean en todo su horror el peligro mortal que amenaza a nuestra patria y puedan actuar antes de que sea demasiado tarde».

No fue el texto lo que conmovió al comisario, pues lo conocía de sobra. Lo que hizo que escuchara embelesado fue el cambiado Sergei Zontarov. ¿Qué le había pasado a la voz, a la luz que emanaba este hombre desde la última vez que lo vio? Las que pronunciaba e interpretaba con aire inquisitivo no eran las palabras de un discurso político, sino una soflama enardecedora. Les explicaba a los demás cuál era la idea fundamental del Comité:

hablar por el pueblo alemán, que no puede hacerlo por sí mismo. Expuso animadamente que había que aceptar la ayuda de la Unión Soviética para demostrar al otro bando que había quienes oponían resistencia al verdadero enemigo del pueblo alemán, que había oposición a Hitler.

Así sólo podía hablar alguien que era alemán y lo sabía. Alguien que había combatido y visto la imposibilidad de hallar una solución.

El barbado comisario pelirrojo salió. En el campo averiguó que Sergei se había vuelto un visitante asiduo de la biblioteca, que había leído lo que el comisario le había encomendado, que no hacía mucho había manifestado unos asombrosos conocimientos de historia, que mostraba especial interés por la labor de los propagandistas del frente.

En una conversación con Elisaveta Zontarova el agente de la NKWD sacó en claro dos cosas: que ella le ocultaba que Sergei había recuperado la memoria y que amaba perdidamente a ese alemán, sin esperanza. Mentira y amor, dos cosas de la vida que el comisario conocía bien. Amaba a Elisaveta, la deseaba, y sentía celos del alemán, al que al mismo tiempo admiraba. A ella no quería hacerle daño, y Sergei Zontarov podía serle de utilidad. De camino a Moscú resolvió actuar antes de que uno de los dos pudiera llegar a ser un peligro para él.

Ben no tardó en averiguar que había propagandistas del frente que se atrevían a cruzar las líneas alemanas, que incluso en una ocasión se había logrado darle a un soldado alemán un envío postal para Alemania. Si éste llegó a su destino o no era algo más que dudoso, pero valía la pena intentarlo.

Se enteró de la fecha prevista para la próxima incursión en el frente, le escribió a Helen una carta tras otra y escribió a su madre y a Joachim, incluyendo en las cartas el manifiesto del Comité Nacional, el discurso del capitán Hadermann y tres de sus acuarelas.

El siguiente grupo de operaciones especiales se dirigió al frente de Prusia Oriental. En uno de los coches iba Roberto, que compartía cama con Ben. De naturaleza apasionada y romántica, el italiano quería ayudar a Ben, una vez conoció su secreto, y llevaba consigo el correo, dirigido a la anciana señora Saalberg, en Kirchrode. Roberto no volvió de la misión en Prusia Oriental, pero en el campo corrió la voz de que, desafiando a la muerte, había logrado atravesar las líneas alemanas con material propagandístico.

Esa misma semana Sergei Zontarov abandonó el campo 27. Algunos dijeron que habían ido en su busca; a Elisaveta Zontarova, que preguntó por él cuando seguía sin aparecer al cabo de cinco días, le hicieron saber que le había sido encomendada una misión secreta para el Comité. Su barbado amante pelirrojo no le pudo facilitar información adicional.

Cinco meses después se enteró de que Sergei Zontarov había fallecido en la misión y estaba enterrado en el cementerio de Krasnogorsk. Su lápida tenía el número 539.

Benedikt Saalberg había muerto por segunda vez.

Esta vez la caída fue seria.

Cayó en las garras de gentes que pretendían despojarlo por todos los medios de su identidad, de sus recuerdos. Lo obligaron a mentir y olvidar cuando él quería seguir el rastro de vivencias y pensamientos que lo habían marcado, cuando personas y cosas se separaban del muro gris que el olvido había levantado a su alrededor.

En largas conversaciones, que en realidad eran interrogatorios, su resistencia cesó. Primero creyó desesperarse, después perdió toda noción de espacio y tiempo, fue víctima de su ingenioso proceder, al final del cual lo indujeron a confesar cosas que le pesarían para siempre. Se acusó de espionaje, y al cabo casi estuvo a punto de convencerse de lo que ellos mismos le habían sugerido. A punto estuvo de pedir ser castigado y se mostró dispuesto a poner sus fuerzas a su servicio sin cortapisas.

Durante los meses en los que no sabía dónde estaba se vio obligado a hacer suyos sus historias, sus preceptos, sus costumbres. Para él no había horas ni estaciones, delante de él no se hablaba de la cotidianidad, marcada por la guerra. Vivía en una habitación agradable, trabajaba en una biblioteca bien surtida, ejercitaba su cuerpo con dureza, le daban bien de comer y sólo veía a personas que se interesaban por el agente en el que debía convertirse.

A Benedikt Saalberg y Sergei Zontarov no los conocía nadie, y hasta él mismo comenzó a olvidarlos.

Lo llamaban Zenit.

Un nombre que no tardó en ser sinónimo de integridad absoluta, actuación inteligente en las condiciones más adversas y aptitudes tanto lingüísticas como comunicativas por encima de la media.

En junio de 1947 dejó de estar bajo estrecha vigilancia y, a las pocas semanas, le dieron su primera misión, en Oriente Próximo.

Ya nadie le impedía investigar su pasado. Con ayuda de contactos secretos consiguió averiguarlo todo sobre la situación de su familia en Alemania.

Le costó dar crédito a los documentos que demostraban que Helen se había casado con su hermano en marzo de 1943 y tenían dos hijos.

Recordó el dolor que le hizo despertar al alba en Krasnogorsk y le devolvió la memoria. Tanto entonces como ahora eran los recuerdos de Helen los que ocupaban un primer plano, y al igual que aquella vez en el camastro del campo, con las familiares imágenes venían palabras y voces que ahora le hacían daño. No enterró el dolor en el acto, sino que musitó los versos que le enseñara a Helen, en voz queda, inclinado sobre fotocopias en una oscura oficina de Moscú. Escribió de nuevo en un papel fino el poema de Brecht sobre los amantes y creyó oír la escéptica risa de Helen cuando anotó las últimas palabras.

Preguntáis ¿cuánto tiempo llevan juntas?
Desde hace poco.
¿Y cuándo se separarán?
Muy pronto
Así también el amor a los amantes les parece un apoyo.

Capítulo 13

El martes por la noche, cuando Michi salió de la casa de Kirchrode dos horas después de cenar, Helen volvió a meter los libros, las cartas y los documentos en la caja fuerte. Durante toda la tarde había apartado sus propios pensamientos para ayudar a Michi. Fue con él a la empresa para fotocopiar y multicopiar los frágiles documentos amarillentos, le echó un vistazo a la estructura del trabajo, escuchó las citas y las discutió. El muchacho salió airoso.

Sin embargo, Helen no había avanzado nada en lo tocante a sus propias reflexiones. La convicción de que Joachim le había mentido, de que las cartas de Ben habían ardido tenía un efecto paralizador. Volvió a coger la acuarela, escrutó la firma. Michi tenía un amigo que se había matriculado en Ruso, y le preguntó por la letra. Por lo visto era una Z rusa.

¿Demostraba eso la suposición de Michi de que Ben vivía bajo otro nombre? ¿Cómo pudo enviar correspondencia de Rusia a Alemania en 1944? ¿Cuánto tardó ésta en llegar? ¿Por qué no volvió él… 1949… 1955? En esa pregunta confluía y terminaba cada una de sus reflexiones. Leyó de nuevo la nota que Ben escribiera a mano en el discurso del capitán Hadermann: «¿Cómo está Helen? ¿Le has dado mis cartas?». Sintió sin querer la ira que hubo de acometer a Joachim al ver eso.

Al igual que muchos años antes, creyó sentir el vivo odio que Joachim había alimentado contra ese hermano, contra Ben, que cada vez era más importante, más rápido, más rutilante y más querido, que ni siquiera lo había reconocido como rival.

Sus cavilaciones se vieron interrumpidas porque creyó oír voces en el recibidor. Consultó brevemente el reloj: ¡las diez y media! Aparte de Charly no esperaba a nadie. Helen cerró la caja fuerte, atravesó el oscuro salón y abrió la puerta que daba al recibidor.

Arndt iba de un lado a otro, hablando en voz alta e imperiosa. Charly estaba junto a la mesa, mirándolo con perplejidad.

–¿Te importaría responder de una vez a mi pregunta?

Se detuvo ante ella con actitud desafiante.

–No tienes ningún derecho a hacerme esa pregunta.

–Ah, estupendo. Así que no tengo derecho. Te traigo a casa de mi abuela, te llevo a Hamburgo, llego tarde por tu culpa a mi entrevista, te veo flirteando con mi tío en la calle, ni me ves ni me oyes, me haces esperar y encima te vas en tren y me dejas plantado en el andén, pero no tengo derecho a hacerte una pregunta, ¡no tengo derecho! Eso sólo lo puede decir alguien que no sabe lo que es el amor.

Soltó un gallo y después se aflojó la corbata con furia y se desabrochó el botón superior de la camisa. Los ojos de Charly parecían asustados en su agotado rostro. Probablemente acabase de llegar del hospital.

Helen notó que el estado de agitación interior en que se encontraba se agudizaba. Irritada, estaba a punto de entrar en el vestíbulo cuando vio salir a Paul del vestidor.

–Es un poco tarde para dar voces, Arndt, ¿no crees? ¿A qué se debe esta escena?

Arndt se volvió con su traje de verano amarillo ocre y avanzó hacia Paul, las manos en los bolsillos. Ardiendo de ira, lo miró con profunda indignación.

–Conque una escena, ¿eh? El pequeño Arndt debería irse a la cama. Aquí hay alguien a quien más le valdría mantener apartadas las manos de mi novia. Si no el adorado Paul tendrá graves problemas.

–Buenas noches, Charly –contestó Paul–. Todavía no he cenado, ¿venís a la cocina conmigo? ¿Arndt? Vamos, tomaremos una copa de vino. Ha habido un terrible malentendido por tu parte.

Helen oyó los pasos vacilantes, después resueltos de nuevo de Arndt. La puerta batiente del pasillo de la cocina osciló unas cuantas veces y a continuación ella no oyó más que ruidos imprecisos.

Se sentó, aturdida, en el sofá de respaldo alto que había junto a la puerta. Tras la escena montada por Arndt, se sentía tan perpleja como Charly, sólo que por un motivo completamente distinto. El pasado que con tanta fuerza le había salido al paso en los últimos días le tendía continuamente finísimas redes de las que no acababa de librarse por completo. Voces, gestos que no había querido volver a recordar se habían manifestado en ella, y ahí estaba ese joven furioso, el odio reflejado en los brillantes ojos, en la estridente voz, atacando celoso al supuesto rival, al que envidiaba su estatura, su indolencia, la tremenda luz que irradiaba. Las señales ahora eran otras, pero el patrón idéntico al de antaño.

Lo veía venir, observó Helen. Ayer sin ir más lejos pensé que había que impedir ese encuentro en la galería. Pero ya son mayorcitos. Que lo arreglen entre ellos. Mejor dicho: Charly sabrá lo que quiere. Resulta inconcebible que una muchacha hoy en día se vea en una situación tan sin salida como yo antaño. De la cocina llegó la generosa risa de Paul y un estridente grito triunfal de Arndt. Así que Paul había vuelto a apaciguarlo.

Aliviada, Helen fue arriba.

Por la noche despertó, exhausta, de un sueño que no recordaba. Sus ojos se abrieron con sospechosa facilidad, percibieron el contorno de los muebles y registraron el estampado floral de las cortinas como oscuras manchas. Las cuatro de la mañana, la hora sin color del crepúsculo. De nada sirvió cerrar los ojos, darse la vuelta. Creía estar tumbada bajo una viva luz. Así era como imaginaba ella, a tenor de las descripciones de Joachim, el despertar de quienes tendían al insomnio: un susto despiadado y el sueño se esfumaba en cuestión de segundos, como desterrado por una mano invisible.

Helen se abandonó a unos pensamientos que acechaban como chinches en el techo y se dejaban caer en la oscuridad sobre su víctima. Lo que había averiguado el día anterior de pronto cobraba actualidad. Ben vivía. Joachim le había mentido. Durante toda su vida. «He impedido todo contacto con mi familia.» Helen había vivido durante décadas bajo falsos augurios. El peso de preguntas no formuladas y momentos no vividos la mantuvo despierta hasta que oyó las primeras maniobras del tranvía.

¿Había evitado durante cuatro décadas preguntas y conocimientos esclarecedores? ¿Le había dicho Rosa la verdad el pasado sábado por la noche?

«Has vivido durante años en una burbuja y te has instalado cómodamente en ella…» Helen se retorcía incluso ahora debido a un abierto desprecio que no había sentido hasta ese momento. Ah, sí, estaba acostumbrada a que la admirasen, a salir airosa hasta en los menores gestos de la vida cotidiana, pero no había manera de acallar la voz de Rosa.

«… nunca has necesitado nada. Tú siempre lo has dado todo por sentado… que eras guapa, que eras amada, que pasaba lo que querías. Y eso que ni siquiera sabes lo que es el amor…»

«¡No sabes lo que es el amor!», le había gritado Arndt a Charly hacía escasas horas. ¿Qué había sucedido en Hamburgo? ¿Podía hacer ella algo para evitar que se repitiera su propia historia? «El año que viene me casaré con esta chica.» Arndt lo dijo con la misma presunción que Joachim antaño. Helen sintió un mareo, como si estuviera en un viejo tiovivo que no quería dejar de dar vueltas.

A las ocho se levantó. Susceptible, agotada y decidida a cambiar su situación. No saldría corriendo, pero necesitaba tranquilidad. Distanciarse de los acontecimientos de los últimos días, tan sólo un breve descanso.

Helen hizo sus preparativos.

Pidió a Georg y Paul que acudieran a Kirchrode el viernes por la tarde para planear las medidas que tomarían con respecto a la disputa con Rosa; a Michi ya lo había ayudado bastante por el momento, Charly tendría que decidir si quería seguir viviendo en la casa. Dado que ya no conducía sola cuando el recorrido era largo, pero tampoco quería compañía, solicitó en la empresa un coche con conductor para el sábado por la mañana a las diez.

Se fue a la isla.

El miércoles por la mañana, temprano, Paul voló a Berlín sin haber hablado a solas con Charly. El comportamiento de Arndt en el café del Kunsthalle le había asqueado, pero la airada escena que protagonizara por la noche en Kirchrode fue conmovedora. Arndt no estaba hecho para Charly ni ella para él, pero Paul había decidido retirarse. Lo que sucedió entre Charly y él en el Kunsthalle no podía seguir. Su relación con Carolin había llegado a su fin, pero no estaba rota, ni mucho menos resuelta. Necesitaba todas sus fuerzas para desempeñar su trabajo en Londres, para enfrentarse a la disputa con Rosa. Bajo ningún concepto quería dar la lamentable impresión de ser un hombre que, decepcionado, rompe con una relación larga y estable para rondar acto seguido a la primera chica guapa que se cruza en su camino.

Se obligó a no pensar en Charly, lo cual, como es natural, tuvo el efecto contrario.

Por la mañana sólo había visto a Helen en el desayuno, la cual le había comunicado que tenía intención de pasar una semana en la isla. Hablaron brevemente de si Paul tenía todos los documentos importantes para realizar sus indagaciones en Berlín y Múnich y quedaron en verse el viernes por la tarde, día en que Paul regresaría a Hanover en el avión de la tarde.

En Berlín, en las dependencias del WASt, situado en la Eichborndamm, indagó el destino de su tío Ben Saalberg en pasillos repletos de documentos y oficinas enceradas y examinó escritos y correspondencia mientras observaba a secretarias que hablaban por teléfono y al mismo tiempo tomaban café, bostezaban y enderezaban la maltrecha espalda.

Tras pasarse horas allí se reunió con su viejo amigo Bernd Schumann en un restaurante chino. Bajo las abiertas fauces de decorativos dragones dorados hablaron del Comité y de la exposición sobre la Resistencia contra Hitler del Bendler Block. Conversaron largo rato sobre el difícil equilibrio entre la resistencia y la traición.

El viernes a primera hora de la tarde, en Múnich, se citó con el conde Einsiedel, miembro fundador del Comité Nacional, y a continuación tomó el avión de las 18.35 de Múnich a Hanover. De ese modo cumplía el deseo expreso de su madre, le dijo a Carolin, que lo acosó telefónicamente y le pidió que fuera a Hamburgo más tarde ese mismo día para hablar con ella tranquilamente. «En serio, Paul, sólo una pequeña charla, por favor.»

Era como si de su relación con Carolin hiciera meses, si no años, y le parecía absolutamente insignificante. Paul no sabía si la tristeza que lo embargaba, una tristeza que pocas veces había sentido, se debía a esa ausencia de sentimientos o a lo que había averiguado sobre su padre. Dado que no conocía ese estado de ánimo y en el fondo tampoco lo aceptaba, liquidó los asuntos, las disposiciones y los procedimientos cotidianos de un viaje, el saldo de la cuenta en la recepción del hotel, el trayecto en taxi al aeropuerto y la facturación del equipaje, con la satisfacción que proporciona ser consciente de unos movimientos certeros, realizados automáticamente.

Se dejó atender con gusto por las azafatas, tomó uno de los periódicos que le ofrecían, aceptó también el champán con una sonrisa y supo que las jóvenes estaban tan encantadas con él como él con ellas. Para ellas era un pasajero ideal: el hombre de negocios atractivo, bien vestido, no demasiado joven y sin compañía. En tan cómodo ambiente de mutuo aprecio uno podía relajarse en silencio. El aparato olía a nuevo, en los asientos aún crujía la tapicería, el sol brillaba, el champán burbujeaba en la copa. Allí, durante setenta minutos, todo estaba en orden.

Paul abrió el periódico y se aburrió con la actualidad política: nada más que la RDA y la unión monetaria. Le echó un vistazo a la sección de economía: lo mismo. A continuación hojeó el suplemento literario, se bebió el champán, escuchó el tintineo del carrito, la amable voz de las azafatas de fondo, leyó críticas de películas y reseñas de libros y esperó a que llegara la comida. Cuando, después, se tomó el café, sus ojos siguieron las masas de nubes que dejaban atrás.

Qué buena idea la de Helen de irse a la isla, pensó. A él también le gustaría.

Era justo el lugar donde estar en ese momento, tumbado en la arena contemplando las nubes. Paul se acomodó en su asiento y cerró los ojos. De pequeño pasaba semanas allí, contemplando nubes y gansos, y no echaba nada de menos. A la imagen de las barnaclas carinegras empollando siguió la de Charly, contándole a la sombra del arce lo de las barnaclas en Siberia. No, no quería pensar en Charly, de manera que se puso a mirar de nuevo por la ventanilla. Ahora también sabía por qué le había resultado tan irritante la crítica literaria que acababa de leer. Se trataba de la reseña sobre las historias de un joven irlandés, tildadas de irreales e innecesarias. Las historias trataban de la vida en la costa, la naturaleza sencilla, la infancia en soledad. Sin duda ningún éxito de ventas, analizó Paul, y se dio cuenta de lo cansado que estaba. Pero ¿por qué tiene que hacer la crítica una urbanita ignorante que sólo quiere escuchar su impertinente cháchara sobre la ciudad y afirma que en la época en que vivimos es absolutamente impensable que un niño crezca así, se sienta así?

Entonces, ¿qué harían con el pequeño libro de Charly? Probablemente romperlo en pedazos o no prestarle la más mínima atención. Una vieja forma de desprecio. Admitió lo mucho que le gustaría hablar con ella al respecto. Cuánto le gustaría ayudarla a hacer realidad sus ideas, comparar las fotos en blanco y negro de las bellas esculturas clásicas con las de ella, en color y más bien audaces. Imaginó la doble cara: a la izquierda la escultura de Brancusi, a la derecha los dos pequeños Fiat al amanecer a orillas del

Tíber. Sólo que no era posible hablar con ella de la foto sin pensar en su encuentro en el Kunsthalle. Pero no quería, no podía, pensar en Charly en el Kunsthalle. Y asunto concluido. Paul sonrió con los ojos cerrados y comprendió que difícilmente se puede uno defender de los recuerdos.

Cuando el aparato aterrizó en Hanover a las 19.40, Paul se sentía adormilado, y tomó un taxi a Kirchrode. Poco antes de entrar en la Ostfeldstrasse, el taxista maldijo a voz en grito un Ford amarillo y negro que le tomó la delantera. «Siempre los mismos listillos.» Paul miró el vehículo.

¿Acaso no le había hablado Charly de un indescriptible coche amarillo y negro? Pero el suyo era un Opel lleno de pegatinas, recordó. Volvió a ver la imagen de la chica.

El taxista frenó de nuevo en seco: dos niños iban con sus triciclos por mitad de la carretera.

–Y digo yo, ¿dónde están las madres de estos mocosos? –preguntó con sorna, volviéndose hacia Paul–. Pero luego no tienen ningún problema en venir llorando y echarle la culpa a uno.

–Por favor, pare aquí –pidió Paul, y pagó.

Sabía que llegaría muy tarde, pero le daba igual. Disfrutó del aire vespertino, impregnado del perfume de jardines en flor y césped recién cortado. El taxista lo había puesto nervioso, y tenía que caminar un poco antes de poder contarles a Georg y Helen el viaje a Berlín y Múnich.

La menuda figura de Georg se hundió en uno de los profundos sillones de la salita de estar de Helen. Su voz vibraba de agresividad latente cuando saludó a Paul. Tenía intención de jugar al golf con un cliente importante y cenar en el club, pero Helen le había pedido de manera categórica que renunciara a sus planes, cosa que nunca antes había pasado. Claro que había ido, y claro que no había cancelado su cita, tan sólo la había aplazado hora y media. Debía estar en el club a la hora de cenar, al fin y al cabo se trataba del negocio de Irak. Así que el tiempo apremiaba y había tenido que esperar a Paul, lo cual le molestaba. Ahora estaba impaciente por que la reunión empezara cuanto antes.

–¿Qué has sacado en claro estos últimos días?

–Primero déjame beber algo.

Enfundado en su traje de verano, Paul se acomodó en otro de los hondos sillones con las piernas extendidas, bebió su whisky con ginger-ale, haciendo tintinear en el vaso los cubitos de hielo, y se miró la punta de los zapatos.

–Creo que tú también deberías ponerte algo de beber, Georg –dijo, categórica, Helen mientras dejaba a un lado el álbum de fotos que había estado mirando.

–Vaya, no sabía que aún podías tener ese tono de seguridad en la voz –repuso el aludido con su mejor sonrisa de actor de cine cuarentón–. Voy, voy. –Llevaba un polo verde, una chaqueta de cuadros de sport, pantalones beis y unos elegantes zapatos deportivos.

–¿Te traigo algo?

–Un Campari con soda estaría bien. Pero poco Campari, por favor. –Lo miró y pensó: es igual que Joachim. Elegante, rápido, ambicioso, insolente y al mismo tiempo encantador. Sabía cuál era el problema que más apuraba a Georg y preguntó–: ¿Sabes ya qué se propone Rosa exactamente, Georg?

–No. He vuelto a intentar hablar con ella, pero se niega a ponerse al teléfono. Su abogado aún no se ha puesto en contacto conmigo.

–Lo mismo me ha pasado a mí –afirmó Paul–. Pero ¿qué hay de Friedrich Riesst, Georg?

–Ahora está en Nueva York. Sólo pudimos hablar un instante por teléfono. En su opinión Rosa tiene en la mano menos de lo que cree.

Georg volvió y dejó dos vasos en la mesa: Campari con soda para Helen y agua mineral para él.

–No puede impugnar el testamento, porque ante nuestra ley Rosa es hija legítima de papá y el testamento se muestra muy generoso con ella. Sin embargo, puede instar la impugnación de la sucesión si puede demostrar que papá mintió a su padre natural intencionadamente sobre la herencia. Así sin más, dijo Friedrich, sin algo que demuestre de forma concluyente la existencia de Ben, la demanda de Rosa podría ser rechazada.

–Sin embargo, ella está convencida de que la carta de papá es prueba suficiente –contestó Paul.

–Pues que lo siga pensando –repuso, tajante, Georg.

–Para mí no tiene importancia quién hereda los bienes de quién –aseguró Helen–. He de averiguar qué pasó entonces. ¿Cómo te fue en Múnich, Paul? ¿Te has enterado de algo? –preguntó acto seguido.

–Múnich –repitió Paul, haciendo a un lado sus pensamientos–. Múnich estuvo genial; Berlín, por desgracia, no.

–Cuéntanos primero lo de Múnich –pidió Helen.

–Einsiedel es impresionante –replicó su hijo–. Muy impulsivo. Creo que la conversación siguió unos derroteros distintos de los que ambos pensábamos. Yo me esperaba a un hombre mayor, prudente, y él, es curioso, otro tanto. Cuando subí la escalera me estaba esperando ante el ascensor, recorriendo el pasillo de arriba abajo. De estatura mediana, muy delgado, cabello cano, movimientos ágiles. Él imaginaba que yo tendría ochenta años y me costaría andar, por eso quería llevarme hasta su piso. No pudimos por menos de echarnos a reír cuando nos presentamos. Su risa es sonora.

–¿Cuántos años tiene más o menos?

–Sesenta y muchos.

–Ben tendría o tiene setenta y dos.

–Nada más empezar a hablar le enseñé la foto de Ben que me diste.

Paul echó mano del maletín y sacó una fotografía de carné amarillenta y dentada.

–¿Me la dejas? –inquirió Georg con impaciencia al tiempo que la cogía.

Vio el rostro de un hombre generoso. Una frente ancha, enmarcada por un cabello corto rizado alisado, las cejas pobladas y rectas, unos ojos pensativos, como velados por un fino pliegue del párpado, la nariz recta y un mentón decidido sobre el cuello del uniforme de la Wehrmacht alemana.

–Si te peinaran así, Paul, si llevaras uniforme y te hicieran una fotografía de medio perfil, podrías tener ese aspecto.

–Paul se parece a Ben, pero no hace falta hablar del tema –confirmó Helen con frialdad.

–¡Cómo debió de quedarse papá al ver el parecido! Y, sin embargo, conmigo se portó muy bien, ¿no? –apuntó Paul.

Helen no dijo nada.

Paul recuperó la foto y comentó:

–Einsiedel no vio ni en la foto ni en mí ningún parecido con nadie que conociera. No ha visto nunca a Ben, mamá, y tampoco había escuchado su apellido antes. Dice que ahora lo conoce por la sección de economía del periódico. El invierno previo a Stalingrado no podía conocer a Ben, ya que era piloto de caza y fue derribado en agosto de 1942, antes de Stalingrado, y lo hicieron prisionero los rusos. Ben Saalberg estaba en infantería. Más tarde, cuando trabajaba en el Comité, no se topó con el apellido Saalberg. Está convencido de ello. Era uno de los fundadores del Comité y conocía a todos los miembros importantes, destacados. Sin embargo, en su última carta papá dice que su hermano era un personaje activo dentro del Comité, cosa que, después de la conversación con Einsiedel, no es que sea falsa, pero sí hay que ponerla en duda.

–Las familias de miembros prominentes del Comité sufrieron mucho aquí, en Alemania, por dicha afiliación –puntualizó Helen–. Fueron difamadas y desposeídas por estar emparentadas con traidores. Estoy convencida de que si Ben hubiera sido un miembro conocido del Comité nosotros lo habríamos sufrido y vuestro padre no habría podido ni impedirlo ni ocultarlo.

Ahora la vieja foto estaba en manos de Helen.

–¿Le contaste más cosas de Ben? –preguntó a media voz–. ¿Qué era más alto que la media? Casi más alto que tú, Paul.

–No lo conocía. Está seguro.

–Aparte de esa historia me interesaría saber qué llevó a ese conde a trabajar para el Comité Nacional –observó Georg–. A juzgar por todo lo que le he oído decir a Michi, por aquel entonces el Comité era muy cuestionado, y lo sigue siendo.

–Al despedirnos Einsiedel me regaló su libro. Lo tengo aquí. En él responde a todas las preguntas que se le pudieran plantear. –Paul metió la mano en el bolsillo de la chaqueta.

–Me lo enseñó Michi –repuso Georg–. Quería leerme un discurso, pero yo tenía que coger el avión de Fráncfort. Si por él fuera no lo soltaría a uno.

–Yo acabo de releerlo –afirmó Helen–. Impresionante. Hasta ahora lo que había oído y leído del Comité era más bien desdeñoso. Einsiedel explica las decisiones y reflexiones de entonces. De él también se infiere que estuvo en Elabuga.

–¿Dónde está ese sitio en relación con Moscú? –quiso saber Georg.

–A unos mil kilómetros al este. Y es uno de los lugares que figuran en el mapa de Rusia que Joachim dibujó, así que debía de parecerle importante con relación a Ben. Si Ben hubiese estado allí con los demás oficiales, lo habría sabido por fuerza. La mayoría de ellos regresó y más adelante mencionó, verbalmente o por escrito, muchos nombres. Por eso reunió Joachim los informes: buscaba a Ben.

–Cierto –convino Georg–. Precisamente Michi está trabajando con esos informes, y todo el que se cruza en su camino tiene que leer o escuchar algo. Ayer me enseñó que todos los nombres propios están debidamente subrayados. Me imagino a papá examinando un texto concentrado al máximo, siempre lápiz en mano. Pero así examinaba todos los textos.

–Michi trabaja de forma muy parecida –observó Helen–. Clava la vista en un texto nuevo como un azor y lo comprende deprisa. Hace un buen trabajo, Georg.

–En cuanto me ve ya está con el tema. Ayer por la noche me obligó a escuchar que el Comité se esforzó especialmente por conseguir que se afiliaran oficiales con apellidos alemanes ilustres.

Para impresionar a los soldados del frente, a los soldados prisioneros, desde luego, pero también a los alemanes del Reich. Visto de este modo el conde Einsiedel, al ser biznieto de Otto von Bismarck, fue toda una adquisición. Así podían demostrar abiertamente su superioridad. Michi también me enseñó apuntes de un coronel que voló en enero al sitio de Stalingrado. No sólo era coronel, sino también hermano del ayudante en la Luftwaffe de Hitler. Cuando era prisionero el Comité ejerció una gran presión sobre él, y Michi opina que para los responsables de la propaganda del Comité se convirtió en el niño mimado. De haberse adherido, Hitler se habría visto afectado directamente.

–Y ¿no se adhirió?

–Pues no –respondió Helen–. Como es natural también he leído el informe de Günter von Below. Una negativa expresada con palabras inquebrantables. Para él todos los miembros del Comité eran traidores. Sin excepción.

Georg echó un vistazo a la esfera de platino del reloj. Su lozano rostro, levemente bronceado, se relajó: aún le quedaban sesenta minutos.

–Eso es algo que le resulta especialmente interesante a Michi –dijo al cabo–: el hecho de que unos consideren traidores a los miembros del Comité mientras que los propios miembros se vean como resistentes.

–Y ¿por qué no iban a verse así? –inquirió Helen.

–Ayer hablé largo y tendido al respecto con Bernd, después de que me enseñara la exposición sobre la Resistencia del Bendler Block en Berlín –dijo Paul.

–¿Dónde estaba el Alto Mando de la Wehrmacht en la Segunda Guerra Mundial hay ahora una exposición sobre la Resistencia? –preguntó Georg con incredulidad.

–Sí, y muy buena, por cierto. Deberías cogerte un día en la empresa e ir con Michi. A ser posible antes de que termine el trabajo.

–¿Por qué? ¿Se menciona al Comité Nacional en la exposición?

–Sí. La verdad es que se trata de un rinconcito insignificante en un lugar apartado. En comparación con él lo de los responsables del 20 de julio son altares, pero precisamente ese rincón ha estado a punto de ser motivo de escándalo. Bernd Schumman estaba muy preocupado por ello.

–¿Qué pasó?

–Debido a esa mención al Comité Nacional uno de los hijos del conde Stauffenberg, por ejemplo, no acudió a la inauguración.

–Así que existe un núcleo duro de familiares de resistentes alemanes que no aceptan al Comité en sus filas. Probablemente no sea sólo cuestión de principios, sino sobre todo de la ideología desde la cual se defienden esos principios –dedujo Georg.

–Exacto. También hay historiadores de renombre que no quieren incluir al Comité entre la resistencia.

–¿Se puede explicar su posición?

–Creo que sí. No niegan que el Comité Nacional abogue por una idea justa, puesto que esa idea también era la máxima del Círculo de Kreisau, según la cual Hitler es un criminal y será el responsable de la caída de Alemania. Así que hay que eliminar a Hitler. Hay que proteger al pueblo alemán de Hitler. Los aliados enemigos han de comprender que luchan contra Hitler y su camarilla, pero no contra el pueblo alemán. Bernd Schumann citó, sobre todo, al historiador de Friburgo Georg Meyer, que según él es uno de los mayores expertos en historia alemana de este siglo. Éste afirma que la idea sola no hace a los insurgentes. Resistencia, en sentido político, sólo puede darse cuando uno vive en el régimen contra el que lucha. El que trabaja contra un sistema, sometido a una gran amenaza, forma parte de la resistencia, y no el que intenta trabajar contra el régimen desde fuera, sin correr peligro alguno.

–Sin embargo, los miembros del Comité tampoco es que trabajaran sin correr peligro: podían morir durante una misión al frente, y en Alemania se cernía sobre ellos la amenaza de la pena de muerte –apuntó Helen–. Fueron tildados de traidores porque colaboraban con el enemigo. Además del Comité Nacional también estaba la BDO, la Liga de Oficiales Alemanes. Es impresionante que la Liga afirmara sobre sí misma que no tenía nada que ver con el régimen de la Unión Soviética.

–Y ¿tenían que ver con el Comité Nacional?

–Un miembro de la BDO diría que no, claro, pero un miembro del Comité diría: sin el NKFD, como es natural Michi habla en siglas, no habría existido la BDO.

–Michi te ha implicado a fondo en su trabajo, ¿no?

–Sí, me divierte. Le pregunto sin más cuando algo no me queda claro, y eso le ayuda. Ayer me puso por las nubes.

–¿Por qué?

–Lo que había escrito de la BDO me parecía demasiado farragoso. Yo sólo le pregunté si la BDO lanzaba un mensaje distinto del del Comité. A continuación me dio a leer el llamamiento de los oficiales, y a mí me pareció muy sospechoso que a todas luces basaran su proceder en los fracasos militares de la Wehrmacht. ¿Sabéis a qué me refiero? Michi lo entendió en el acto. Si uno fuese malintencionado, llegado a este punto podría preguntar: ¿qué posición habrían adoptado los oficiales si Stalingrado no hubiese sido una catástrofe? ¿Estaban en contra de esa campaña de conquista sólo porque salió mal? ¿Estaban contra Hitler no por convicción, por principios, sino porque la guerra se perdió?

–Es un planteamiento determinante –comentó Paul.

–Cierto –convino Georg–. El autoengaño no debe entrar en juego. Me refiero a que resistir guarda relación con el lugar y el momento. Los que formaban parte del Comité o la BDO cuando eran prisioneros fueron llamados a resistir con ayuda de Stalin, pero no tuvieron que oponer resistencia. En ese punto estoy con Michi.

Helen se paró a pensar unos segundos y dijo:

–Pese a todo la crítica parece una condena. Hay algo que no casa.

–¿Quieres decir que podrías ubicar al hermano de papá en un lugar determinado, mamá? –Georg volvió a consultar el reloj.

–Sí –respondió Helen con resolución–. Yo buscaría a Ben en el campo de quienes sólo veían confirmadas sus convicciones, sus principios, como tú dices, mediante el trabajo en el Comité Nacional. Ben era muy espontáneo e idealista. Seguro que con vuestro padre no hacía más que discutir. Por lo que he oído, más que nada había puntos de controversia políticos e ideológicos. Para mí es evidente que Ben buscaba el enfrentamiento allí donde veía amenazadas la autodeterminación y la libertad de las personas: prohibición de pintar y escribir, quema de libros, exterminio judío, ya sólo el derecho a gobernar del Partido bastaba para enfurecerlo. Más no puedo decir. Nunca los vi a los dos juntos, y más tarde vuestro padre prohibió incluso mencionar el nombre de Ben. Pasé décadas sin hablar de él. Por vuestra abuela, a la que por desgracia no llegasteis a conocer, sé que Ben se oponía abiertamente al Partido. No le ocurrió nada porque sus hermanos mayores eran miembros de él. Gozaba de cierta libertad, pero ello no hacía sino enfadarlo más. Estoy segura de que cuando estaba en prisión no dejó escapar ninguna posibilidad para actuar en contra de Hitler y el Partido. También sé por su madre que discutía ideas socialistas y comunistas con amigos. Pintaba, leía a Thomas Mann y Bert Brecht. Pero no era pacifista... Es muy difícil describirlo.

–En cualquier caso está claro que rechazaba a papá y papá lo rechazaba a él.

–En grado sumo.

–Dices que... pintaba. Entonces, ¿cabría la posibilidad de que fuera suyo ese dibujo de las casas amarillas que encontraste en la caja fuerte?

–Estoy convencida de ello. Además la de la esquina es su letra. ¿Lo tienes ahí? –le preguntó a Paul.

–Sí. –El aludido abrió el maletín–. Einsiedel también estaba convencido de que se trata del campo que había junto al lago de Krasnogorsk.

Le ofreció el pequeño pliego a Helen. Casas bajas, pintadas de amarillo a orillas de un pequeño lago, abedules bajo un cielo azul. «Aquí vivimos y aprendemos.» Debajo la letra rusa.

–Así que tanto el dibujo como el texto podrían ser suyos. Pero ¿y la marca rusa? –apuntó Georg–. ¿Dónde está la prueba de que quien dibuja y firma es realmente Ben Saalberg? Necesito la prueba de que papá estaba convencido de ello.

–¿Por qué? –inquirió Helen con aspereza–. Me parece que eso es demasiado sutil, Georg. La culpabilidad que al final confesó hay que verla y admitirla desde un punto de vista humano y moral. No es posible negar su carta. Su confesión llega décadas tarde, pero salió de él. Fue él quien escribió esa carta. Nosotros habremos de sufrir las consecuencias.

–No te va a hacer gracia oírlo, pero haré todo lo posible por evitar esas consecuencias. –Georg se levantó y se acercó a la puerta de la terraza–. Rosa pretende perjudicar la empresa y nuestra reputación, y yo estoy dispuesto a impedirlo. –Las manos en los bolsillos del pantalón, se plantó delante de la puerta y contempló la radiante tarde de junio–. En su estado actual la empresa es obra de papá –dijo más para sí que para el resto–, y no voy a permitir que Rosa la arruine. Si hubiera alguna posibilidad de demostrar que papá estaba convencido de que su hermano había muerto cuando redactó el testamento, tendría algo contra Rosa en la mano.

–Pero según la última carta de papá, la que nos leyó Friedrich Riesst, esa conjetura no tiene cabida –afirmó Helen.

–Friedrich opina que hay algo más que entra en juego.

–¿Qué significa eso?

–Papá escribió esa carta quince días antes de morir, en un estado de gran agitación, posiblemente de confusión, por consiguiente se podría impugnar.

–Georg. –Ahora Helen estaba sentada muy recta–. No cabe la menor duda de que tu padre estuvo en pleno uso de sus facultades hasta el final. No permitiré que se afirme otra cosa.

–Si la carta se puede impugnar…

–He estado en Berlín –lo interrumpió Paul mientras se sacaba del bolsillo interior de la chaqueta un papel doblado–, concretamente en la oficina del WASt. Cuando hayas oído lo que averigüé allí no habrá mucho que impugnar.

–¿Y bien? –Georg bebió un sorbito de agua mineral.

Paul le dirigió una mirada a su hermano como para advertirle: esto no es una reunión del consejo, pero no dijo nada.

–Y ¿por qué era necesario? –preguntó Helen, si bien sabía de antemano que Paul contaría algo que daría al traste con la última esperanza. Parecía muy delgada con el vestido oscuro, y le daba vueltas a la esmeralda. No alzó la vista cuando Paul desdobló el satinado y crujiente fax.

–Escuchad esto –se limitó a decir–: «Estimado señor Saalberg. En referencia a la conversación… etcétera nos es muy grato responder a sus preguntas». A continuación viene una descripción bastante extensa de la forma de proceder de la oficina que os voy a ahorrar, pero luego pone: «Del sitio de Stalingrado, al igual que sucedió en otras batallas similares, como es natural apenas llegaron noticias. Sin embargo, con el objeto de registrar las bajas, el Alto Mando de la Wehrmacht (OKW), del cual también formaba parte la oficina de información de la Wehrmacht, creó las denominadas secciones de tramitación, cuyo cometido consistía en registrar de forma centralizada las bajas de los ejércitos, cuerpos de ejército, divisiones, etcétera.

»Si esta oficina constataba a partir de sus averiguaciones que habían caído miembros de la Wehrmacht, se informaba a los parientes cercanos y se notificaba al WASt, que a continuación remitía las certificaciones a los correspondientes registros civiles.

»En aquellos casos en los cuales ni la tropa (compañías, batallones, divisiones, etcétera) ni las secciones de tramitación podían constatar la muerte de miembros de la Wehrmacht, a la baja se la denominaba desaparecido.

»Después de que regresaran los últimos prisioneros de guerra, los parientes tenían la posibilidad de solicitar el acta de defunción. Tras efectuar las comprobaciones pertinentes el juzgado de primera instancia competente podía declarar muerto al desaparecido. Esta declaración era (y es) equivalente a una certificación de defunción por muerte ocurrida en combate, por ejemplo a efectos de asuntos familiares o de herencias.

»En aquellos casos en que los deudos carezcan de documentación o información, pueden solicitar en nuestra oficina la expedición del correspondiente certificado.

»Nuestra organización está a cargo de los documentos que se conservan de la antigua Wehrmacht alemana, a partir de los cuales se puede facilitar información.

»En su caso, que usted califica de urgente, he realizado las averiguaciones pertinentes sin demora, cuyos resultados podrá consultar previa presentación de su documento nacional de identidad. Atentamente...».

Mientras doblaba el papel Paul comentó:

–Ayer estuve allí y me enteré de que para aclarar la suerte que corrió la unidad entera a la que pertenecía Ben Saalberg se creó una de las denominadas secciones de tramitación. El jefe de dicha sección era nuestro padre, Joachim Saalberg. Durante una invalidez de medio año estuvo a disposición del OKW y trabajó para el WASt.

–No –musitó Helen–, no puede ser.

–Continúa –espetó Georg.

–Las investigaciones que llevó a cabo fueron en todos los casos sumamente concienzudas y precisas y concluyeron declarando desaparecido a un 93 por ciento de los casos. Para el restante 7 por ciento, entre el que se incluye su propio hermano, la correspondencia es insuficiente. Una solicitud de información de papá a la segunda asociación más importante fue infructuosa. Eso es todo. Nunca se encontró la chapa de identificación de Ben, pero a finales de febrero de 1943 su expediente se cerró con el sello de «caído».

Al cabo de unos segundos Helen quiso saber:

–Así que eso fue lo que Joachim llamó su nueva ocupación en Berlín. Sólo dijo que era un engorro, gestionar papeleo en el OKW. –Seguía sin levantar la mirada, aún haciendo girar el anillo–. Caído el 29 de enero de 1943. Recuerdo perfectamente el certificado. Estuve horas mirándolo, no quería creerlo. No puedo ni quiero creer que Joachim permitió que declarasen muerto a Ben sin indicios vehementes –añadió Helen en medio del silencio que guardaban sus hijos.

–Sólo hay una cosa que me sirva de ayuda. –Paul le dirigió una sonrisa un tanto desvalida–. Si papá declaró muerto a su hermano sin pruebas, lo hizo por ti, mamá. Quería casarse contigo. A toda costa.

–Pero esto no es una tragedia griega –se lamentó Georg, poniéndose de nuevo en pie–. Estamos en 1990, en junio, y dentro de nada tengo que cerrar el negocio más importante del año.

–¿Y si Ben sigue vivo? ¿Y si damos con él y se demuestra que no se quedó en Rusia voluntariamente? Sin embargo, hoy por hoy nadie puede saber cuál fue el motivo ni qué papel desempeñó papá en este juego.

–Aunque haya sido sin querer, Paul, acabas de dar con el quid de la cuestión, y a partir de ahí se pueden hacer muchas cosas: nadie puede demostrar que papá jugó sucio. Eso es, Paul. ¡Eso es! Nadie puede pasar por alto la certificación oficial de defunción por muerte ocurrida en combate. Nadie puede demostrar que papá no estaba convencido de que Ben había muerto cuando redactó el testamento. En el mejor de los casos Rosa podría barajar especulaciones sobre los motivos de papá.

–Rosa se ha arriesgado demasiado para volverse atrás. –Helen seguía sentada en un rincón del profundo sofá–. Quiere hacerme daño, intentará obligarme a declarar oficialmente que es hija de Ben, quiere ejercer más influencia en la empresa, insistirá en que, como heredera de Ben, le corresponde el 50 por ciento de toda la fortuna. Quiere vengarse; no sólo de mí, sino también de papá, pero me cuesta imaginar que quiera tildar a papá de delincuente a título póstumo.

–A Rosa le van las grandes tragedias –observó Georg–, siempre le han ido. Le gusta el drama, aunque no sepa cómo va a terminar.

–Creo que Rosa ya está lamentando esas amenazas desaforadas –terció Paul–. Como pasaba antes. Vosotros la veis demasiado dramática.

–No estaría mal –dijo Georg–. Pero esta vez se trata de dinero, no lo olvides, y eso cambia a todo el mundo, toma a quien quieras.

–Y ahora ¿qué hacemos o qué planes tenemos? –La voz de Helen los trajo de vuelta a la mesa.

–Einsiedel me aconsejó ir a Rusia si aquí no conseguíamos averiguar nada. –Paul volvió a centrarse en el acto–. Hemos de ir a Krasnogorsk, puesto que sabemos que él debió de estar allí.

–¿Se sabe qué queda del campo en la actualidad? –inquirió Georg.

–Desde 1985 la antigua Antifa-Schule es un museo dedicado principalmente a la labor del Comité Nacional. Además en Krasnogorsk se halla la filmoteca soviética de la Segunda Guerra Mundial. Posiblemente ahí encontremos un punto de referencia.

–«Encontremos», ¿quiénes? –preguntó Georg mientras contemplaba las ascendentes burbujas del agua mineral.

–Yo. –Helen no alzó la vista al responder, en voz queda. Miraba la pequeña foto de pasaporte que había mantenido escondida durante décadas en su secreter.

–¿Crees que podrás lograrlo? –inquirió Georg al tiempo que miraba con disimulo el reloj.

–Sí. ¿Quién sino? –contestó ella con calma–. Iré a Moscú a principios de septiembre.

–¿Por qué en septiembre? –preguntaron casi al unísono sus dos hijos.

–Para entonces todo estará listo. Hace falta un visado, que tarda al menos cuatro semanas, y antes me gustaría visitar a la familia de Bernd Haller. He averiguado que su mujer aún vive cerca de Dusseldorf y volverá de tomar las aguas a finales de julio.

–¿Quién te lo ha dicho?

–La secretaria de vuestro padre sabe más que todos nosotros juntos. El martes fui con Michi a la empresa para hacer unas fotocopias y estuve hablando con ella. Tenía la dirección, el teléfono, todo.

Un moscardón gordo se metió bajo una pantalla de lámpara de cristal y comenzó a volar en círculo sin parar de zumbar, golpeándose contra el vidrio a cada poco, desacompasadamente.

–¿Qué vas a hacer con la directiva de papá, Georg?

–Dadas las circunstancias, nada hasta que se haya aclarado lo de Rosa. Sería poco inteligente hacer cambios ahora, ¿no?

–Dentro de dos semanas tengo una cita en Colonia con Kopelev. No sé si podré asistir desde Londres –comentó Paul.

–Si te parece bien, iré yo –se ofreció Helen–. Tal vez pueda dejarla para finales de julio.

–¿Por qué pensáis que puede sernos de ayuda? –se interesó Georg.

–Es una posibilidad. Gracias a sus conocimientos de alemán, durante la guerra Kopelev fue trasladado al departamento de Propaganda, que colaboraba con el Comité Nacional. Lo que me impresiona especialmente es el hecho de que en 1945 fuese condenado a pasar diez años en un campo de castigo por fomentar «la compasión con el enemigo». Fue rehabilitado, pero, como ya sabéis, le retiraron la ciudadanía por interceder por Sajarov. Podría reconocer a Ben por la foto. Lo dicho: es una posibilidad de dar con Ben, nada más. Y hay otra cosa –añadió Helen tras una breve pausa–. Estoy convencida de que si Ben vive estará casado y tendrá un hijo de la edad de Georg. –Les habló del programa que vio en el televisor de la cocina de Gisela, pero no oyó–. Era un magacín sobre el día a día ruso con Gorbachov, sobre la *perestroika*. Ayer hablé con un redactor y con el director en Berlín. Las últimas imágenes se filmaron delante de una fábrica de maquinaria en Novosibirsk, durante el cambio de turno. La película se llamaba así, *Cambio de turno*, una especie de metáfora, según me explicó el director. Parecía muy agradable y me va a enviar una foto del hombre al que vi; guardaba un parecido asombroso con Ben. Me llevaré esa foto a Rusia. Quién sabe, quizá sirva para algo.

–Entonces, ¿está todo dicho? –preguntó Georg.

–Creo que sí.

–No os enfadéis conmigo, pero tengo que irme ya mismo –aseveró Georg–. ¿Hoy no está Charly?

–No, sigue en el hospital –replicó Helen mientras colocaba los vasos vacíos en una bandeja–. No hace más que intentar hablar con el médico que examinó a su hermana el martes, pero no es capaz de acercarse a él por mil motivos. Esta noche pretende acecharlo, por así decirlo.

–Qué lástima –dijo Georg–. Me gusta verla. Estoy muy orgulloso de Arndt por haber traído a casa a una chica tan estupenda, ¿sabes? ¿A que nunca lo habrías pensado, Paul? ¿No crees que sería una buena nuera?

–Es muy especial, cierto –convino Helen, mirando de reojo brevemente a Paul, que permanecía junto a la puerta de la terraza sin decir nada.

–Además también irá a Moscú a principios de septiembre –oyó decir Paul a Helen–. Ha de hacer fotos para su libro. Me da mucha tranquilidad tener a alguien cerca. Nunca he estado sola en una ciudad en la que no conozco a nadie.

–Seguro que Michi estaría encantado de acompañarte –afirmó Georg–, pero tiene que irse un año a Inglaterra, si no no pasará de curso. Caren ha estado allí dos días y le ha encontrado un colegio muy bueno. Tal vez sea lo mejor para Michi. Es bastante joven, y cuando coja las vacaciones lo llevaré conmigo a Irak como premio de consolación.

–Un negocio en Irak, es tu gran proeza, ¿no? –preguntó Paul mientras Helen salía de la habitación sin hacer ruido.

–Sí, pero no lo cuentes.

–¿Qué es lo que de verdad está pasando ahí abajo?

–Saddam Hussein está construyendo búnkeres subterráneos en regiones enteras –replicó su hermano–. Y a mí me parece bien.

–¿También vas a llevarte a Caren?

–No, será un viaje sólo de hombres. Iré con Kurt Matthes, Michi y el nuevo gerente de la SAMA dentro de tres semanas. De Basora a Bagdad y, tras una pequeña excursión a los Emiratos, al norte, a las montañas.

–¿Te refieres al Kurt de Gisela?

–Sí, ahora es un hombre importante. Muy formal. ¿Te vas mañana a Londres?

–Sí.

–Y ahora ¿qué está haciendo mamá? ¿Hemos terminado?

–Volverá dentro de un minuto –contestó Paul, y abrió la otra puerta de la terraza. Ambos salieron al jardín.

Capítulo 14

Fuera tocaba a su fin un caluroso día de junio. Los árboles mecían el oscuro follaje, y en el viento nocturno flotaba un olor a hojas de la ciudad, heno y flores. En el encerado piso gris, las cromadas patas de las sillas y las paredes lavables de la sala de espera de la unidad de vigilancia intensiva de neurología también persistía un destello lejano de esa tarde de estío.

Charly estaba de espaldas a la ventana, las manos en los bolsillos de los pantalones vaqueros, apretadas. La puerta acababa de cerrarse tras Sebastian, el novio de Anne, que por fin había vuelto de California. Charly aún seguía viendo la sonrisa de seguridad de sí mismo en sus inteligentes ojos, la arrogancia recriminatoria del movimiento de cabeza con el que se apartó el cabello, liso y castaño. Bronceado, rechoncho y vestido de manera informal, había traído a la pobre estancia un hálito del fabuloso mundo californiano. Una concha sacada del bolsillo había derramado arena del Pacífico en el entrecano suelo de PVC. «No te preocupes, Charly. Anne saldrá de ésta. Vete a descansar, y mañana por la mañana seguro que se ha despertado.»

Para Sebastian sólo existían su ciencia y los deportes. Anne se ocupaba del resto, pero él se consideraba omnipotente. Ahora que había llegado él sin duda se produciría un cambio en el estado de Anne. «No te preocupes. Querer es poder.» California era su sitio en el mundo. Con la tabla de surf delante del microscopio y de vuelta al Pacífico, y así hasta el premio Nobel, que era el sueño de su vida.

–Tendría que haberse ido conmigo, así no habría pasado esto. ¿Cómo se puede rechazar un viaje a California? ¿Tú habrías ido?

–Desde luego que no. Nadie se va a California a tumbarse al sol poco antes de un examen importante.

–Pues yo siempre lo hacía.

Maldito idiota ególatra, pensó ella, apretando los puños en los bolsillos. ¿Podrá pensar en otra cosa que no sea lo bien que le quedan las zapatillas de deporte, con sus velludas piernas morenas y las bermudas a rayas? Un *beach boy* cerebrito probablemente sea lo peor. Él lo habría hecho todo de otro modo, claro. Y siempre bien, claro. ¿Había intentado ella hablar todos los días con el jefe de servicio? ¿No? ¿Con el jefe de sección? ¿No? ¿Ni siquiera con el médico de planta? ¿Dónde estaba su padre? Ah, sí, en China. Por el amor de Dios, ¿qué podría haberse hecho con Anne de haber estado él?

Charly oyó venir a la enfermera del servicio y no dijo más. Le dolían los nudillos, y el corazón amenazó con salírsele del pecho de rabia cuando Sebastian se fue con la enfermera mientras se despedía con un gesto indolente. «*Ciao, baby*. Hasta luego.» Se sentía vacía. ¡Inútil! ¿Qué había sido de la semana anterior, la que se pasó hora tras hora sentada junto a Anne en la ruidosa y titilante habitación? Era como si Sebastian hubiese tirado por la borda días y horas. Así era.

Estaba ante la ventana como petrificada, la vista fija en el brillante suelo. ¡Anne! Había estado tan cerca de ella. Más no habría podido hacer. Sebastian había vuelto y veía una serie de actividades por hacer. Era normal. De lo más normal para él. Pero resultaba doloroso. Cayó en un estado de susceptibilidad y vulnerabilidad interiores del que no era consciente. Al cabo de tres días en la pequeña habitación había olvidado que también ella se había acercado a Anne esperanzada.

Pero el martes, cuando volvió de Hamburgo, comprendió cómo estaba su hermana. La hemorragia cerebral no había cesado por completo, le había explicado el jefe de servicio. A pesar de la cortisona el edema cerebral no había remitido de manera satisfactoria.

Charly tenía la vista clavada en el suelo, las patas cromadas de las sillas y la blanca mesa. Allí se movía algo, de forma rápida y confusa. Una tijereta pequeña y flaca corría por el brillante sobre. Una única tijereta sobre el aséptico blanco, entre linóleo, cromo y cristal. Alguien habría intentado traer flores. Rosas para alguien que se debate entre la vida y la muerte. Henchidas flores rojas y rosas, que en la UVI no están permitidas. Charly siguió el atemorizado zigzagueo del insecto. Se alejó de la ventana y se dirigió hacia los ascensores, la pequeña tijereta en la mano, cerrada con sumo cuidado.

Diez minutos después salió del aparcamiento del hospital, se situó mal en el primer cruce de semáforos y se metió en la vía de acceso a la autopista sin que ello le extrañase. Le daba lo mismo ir a un sitio que a otro. No quería volver para comer con Sebastian. No quería escuchar su cháchara vanidosa. Él quería su cama y a alguien que, tras dieciocho horas de avión, le diera un masaje, le había dicho. Pero no quería pensar en Sebastian, ni tampoco en Arndt. ¿Qué le había dicho éste? «Cuando mi abuela se vaya de una vez y Paul por fin esté en el avión camino de Londres todo será como debe ser.» Pero ella no quería estar a solas con Arndt. ¡Quería a Paul! Y cuanto más consciente era de que el beso de Hamburgo probablemente no hubiese significado nada para él, tanto más triste se sentía cuando pensaba en Paul. Fue tan inesperado, tan puro, tan perfecto. Pero después no había vuelto a hablar con ella. Y Arndt decía que Paul se llevaría a Londres a Carolin y se casaría con ella.

Charly se despistó unos segundos y se llevó un susto de muerte cuando por el retrovisor sólo vio la parrilla del radiador anaranjada de un camión. La gigante estrella de un Mercedes entró en el pequeño recuadro del espejo, y delante ella sólo veía las inmensas ruedas dobles de otro camión.

Asustada, y por miedo a hacer algo mal, siguió las anchas ruedas dobles, puso el intermitente de la derecha porque la luz que tenía delante parpadeaba a la derecha y, en el cruce de autopistas Hanover-Este, se metió entre ambos camiones en la A 7, dirección Hamburgo.

Charly se sintió liberada cuando hubo dejado atrás el camión. La autopista casi estaba desierta, y el imposible utilitario de Anne era increíblemente rápido. Circulando por la ciudad ni siquiera se había dado cuenta. El motor emitía un bramido singular, pero probablemente no fuera nada raro. El coche ya no le extrañaba. Encendió la radio. La emisora acababa de dar las noticias y anunciaba viejos éxitos musicales.

Charly siguió conduciendo, observando el llano paisaje del norte de Alemania a la luz vespertina. Prados argénteos y álamos en las vegas, vacas y ovejas pastando en grandes dehesas, claros troncos de abedul ante bosques crepusculares. Como si fuera directa a un cuadro de Ruysdahl, tal era la belleza del paisaje.

Pese a todo, Anne no se le iba de la cabeza. Veía el titilante verde neón de los monitores, el soporte cromado del que salían finos tubos transparentes que iban hasta la inmóvil figura y morían en las muñecas, el cuello, la nariz. «Tiene que hacerse a la idea de que su hermana podría quedar paralítica de por vida cuando recobre el conocimiento, señora Tuchmann.»

¿Me habré estado engañando durante días y no habré querido entender lo que decían los médicos y las enfermeras? Tengo que volver. Ya veré cómo me quito de encima a Sebastian.

Entró a toda velocidad en una zona en obras y frenó demasiado tarde en rápidos intervalos. El coche derrapó, se ladeó y sólo en el último instante logró controlarlo ante la hilera de vehículos, que avanzaba con lentitud.

Debo de estar loca, se dijo. ¡Menuda suerte he tenido! El corazón le latía desbocado. Conduzco como una idiota. Tengo que volver. Daré la vuelta en la próxima salida.

Avanzaba al paso en la caravana, intentando calmarse. En el retrovisor vio una luz azul giratoria en el techo de un coche verde.

El carril es demasiado estrecho, consideró Charly. Una moto no podría abrirse paso. La policía tendrá que esperar.

Las temblorosas manos se aferraban con fuerza al volante. No perdía de vista en los espejos la luz azul. Si me vieron hace un momento me harán parar, pensó Charly. Pero le daba igual. Subió el volumen de la radio, se percató de que las manos aún le temblaban, y reconoció la voz de Louis Armstrong. *«I see trees of green... I see them blue... for me and you...»* Tengo que quitarlo, observó, y alargó la mano en busca del botón. No lo soporto. El coche invadió la zona acotada de las obras, Charly se asustó y no apagó la radio. Sostenía el volante con ambas manos. *«... and I think to myself: what a wonderful world...»*. Qué será de ella, se preguntó Charly desesperada. ¿Y si muere? ¿Y si queda paralítica? Bajó la ventanilla.

El aire era fresco. En el horizonte la luz vespertina era como una franja nacarada.

Charly sólo sentía la incompatibilidad de su tristeza y la belleza de la tarde y la canción.

Mientras trataba de mantener el coche en el angosto carril, se le saltaron las lágrimas. Desconcertada, se metió en las obras, escuchó el traqueteo de la zona cortada bajo las ruedas e intentó ir en línea recta. Acercó tanto el coche al otro lado que rozó la mediana. Poco después paró y rompió a llorar. Lloró por su hermana y porque no podía soportar más el miedo. También lloró porque ya no tenía fuerzas para seguir sola.

Minutos después los dos policías que seguían el coche amarillo y negro no sabían qué hacer junto a la portezuela abierta del coche. Esperaban sacar a un tiparraco con una cazadora de cuero negra con remaches. Se imaginaban a un bocazas con pelo largo, sin la documentación del coche.

Con lo que se encontraron no podían proceder como esperaban: una chica apoyada en el volante, que lloraba convulsamente y no reaccionaba a nada, algo complicado. Tras ellos la caravana aumentaba, el sol se ponía. Viernes por la tarde. La A 7 entre Hanover y Hamburgo. Tenían que actuar deprisa. Pasaron a la chica sin demora al otro asiento para poder sacar el vehículo de la calzada a la zona en obras. El atasco se fue disolviendo, pero despacio, ya que, con lo que quedaba de luz, muchos querían echar un largo vistazo al coche amarillo y negro que se encontraba en el carril cerrado flanqueado por un coche patrulla con la luz azul encendida.

«Típico», dijo la mayoría.

A esa hora Helen y Paul estaban sentados en la terraza. Paul había encendido una vela.

–La llama ni se mueve –constató–. Hacía mucho que no había tanta calma.

Helen se retrepó en su silla y contempló el oscuro jardín.

–Necesito calma –dijo–. En todos los sentidos.

–¿Cuánto piensas quedarte en la isla?

–Una semana, tal vez diez días.

–¿Será bastante?

–Lo importante es que una vez estuve allí por esta época –respondió ella, y se dijo: ahora me gustaría contar, como una abuela anciana, que he de estar allí en junio porque la primera vez que fui era junio. Junio de 1942. Pero no lo haré–. Le he pedido a Rosa que vaya el próximo fin de semana –prefirió añadir.

–¿Por qué te haces esto cuando quieres descansar?

–Para darle la oportunidad de que reconsidere su postura. No irá, pero tampoco podrá decir: es que nadie intentó hacerme cambiar de opinión. En el fondo Rosa sólo desea que la quieran y necesita pruebas de amor como el aire que respira. Ello la vuelve vulnerable, y por eso se odia a sí misma y se pone agresiva contra aquellos a quienes necesita a toda costa. Así era antes, al menos. Yo pensaba que había perdido el miedo a no ser querida.

–¿Puedes explicar ese miedo?

–Durante estos últimos días es en lo que más he estado pensando. Desde que ha vuelto a hablarse de Ben tengo claro lo mucho que sufrí por su muerte antaño. Sin Rosa estoy segura de que habría hecho algún disparate, lo sé. Habría ido a Rusia en su busca, poniéndome en peligro. E incluso arriesgándome a morir. Rosa me lo impidió, y en su persona tal vez amara más a Ben que a ella misma. No estaba tan equivocada en su juicio, aun cuando para mí sea espantoso, y ha sufrido por ello.

Paul encendió un cigarrillo a escasos milímetros sobre la llama. Durante unos segundos la luz iluminó su rostro, y Helen se dijo: menudo susto se habría llevado Joachim. Paul cada vez se parece más a Ben.

–¿Por qué revuelve justo ahora Rosa ese dolor infantil, por qué intenta acabar contigo y con nosotros? –preguntó Paul.

–Porque nunca se ha sentido más vulnerable. Joachim la quería más que a nadie en el mundo, y era fantástico cuando estaba con ella, una persona completamente distinta. Ella siente que la he traicionado por haberle dicho que no era su padre. De Ben no quiere saber nada.

–¿Y si ahora se siente tan rechazada como para renunciar al amor e insistir en el pleito y en el dinero para que todos la odien y con razón? ¿Crees que podrá salir de ahí?

–Yo no me voy a dar por vencida, y vosotros tampoco deberíais. Llámala, también al despacho. Puede mandar decir que no está en casa, pero no se mentirá a sí misma. Es demasiado inteligente y justa.

–Georg opina que en lo tocante a la disputa con Rosa sería mejor que no diésemos con Ben, que no encontrásemos el menor rastro de su existencia.

–Lo sé. Cuando habla de Ben, Georg sólo habla de la pérdida del 50 por ciento de las acciones y la fortuna. Pero en mi caso se trata de algo muy distinto.

–Georg lo sabe. Y lo respeta.

Helen cogió su copa de vino.

–Hace de tripas corazón. –Rio con suavidad y bebió un sorbo de vino–. Si has de ir a Rusia, me dijo hoy antes de irse, y si encontraras a Ben, podremos con ello. Al fin y al cabo todo queda en familia.

El teléfono resonó en la casa.

–Espera, tengo el teléfono en el bolsillo de la chaqueta –dijo Helen–. ¿Quién será a estas horas?

Contestó a la llamada. Sí, la oyó decir Paul, era ella. No, no conocía ese coche, ningún miembro de su familia tenía un Opel Manta amarillo y negro.

–Es la policía –le susurró a Paul mientras aguzaba el oído–. ¡Por el amor de Dios! –exclamó al cabo–. ¿Charly Tuchmann? Claro, la chica vive aquí. No, se lo ruego, no la lleven al hospital. ¿Voy a recogerla? Sí, ésa es la dirección. La salida de Anderten es la más rápida. ¿Conocen Kirchrode? Bien, exacto. Sí, los espero.

A la una y media de la madrugada Paul entró de puntillas en el cuarto de invitados azul. Ha dejado la puerta abierta como una niña enferma, observó, y se acercó con cautela a la cama.

Charly estaba bien metida debajo del edredón. La recta nariz se dibujaba contra el blanco almohadón, los labios, los ojos sobre los altos pómulos aún estaban hinchados, el cabello le olía a champú. No se movía. El piso de parqué crujió, él se acercó al otro lado, se inclinó hacia ella y pensó: dos aspirinas y un coñac triple no pueden haberle hecho daño. ¿No debería oírla respirar al menos?

En la penumbra de la estancia escudriñó su rostro, ese que tres horas antes le diera un susto de muerte: hinchado y enrojecido, conmocionado por las lágrimas y los sollozos. No estaba en condiciones de hablar. Helen les dijo a los agentes quién era la chica, que era su invitada e intuía por qué se encontraba tan mal. La hermana herida de gravedad convenció a los policías. Después Paul sacó a Charly del bajo asiento del coche y la llevó a la casa.

Charly se movió y sacó un brazo de debajo del edredón. Paul reparó en que se había metido en la cama con su grueso albornoz de felpa blanco. Cómo tiritaba. Los agentes de policía le habían echado por los hombros una chaqueta de uniforme y, encima, una manta mugrienta que apestaba a tabaco rancio. Él fue por su albornoz y unas mantas de lana y Helen la envolvió con ellas en el sofá mientras le hablaba para tranquilizarla. Mientras, Paul llevó agua, té, aspirinas y coñac, y cuando Helen se disponía a llamar a un médico, Charly finalmente se calmó.

Paul se sentó en el suelo, junto a la baja cama, como si tuviese que cuidar de ella. Estaba cansado desde hacía un buen rato, pero el profundo agotamiento de la chica lo mantenía en vela.

¿Qué le habrá pasado?, se preguntó.

¿Alguna vez he tenido yo tanto miedo como ella?, reflexionó. ¿Me ha afectado así la enfermedad o la muerte de alguien? ¿Cómo me tomé la noticia del infarto de papá? Ni siquiera me acuerdo. ¿Qué es lo que me pasa? Paul apoyó la cabeza en la cama y miró el brumoso cielo nocturno por la ventana.

Papá ha muerto y ¿cómo lloramos su muerte? ¿Acaso no tiene razón Michi cuando dice que no notó ninguna reacción humana normal cuando nos enteramos de que Ben sigue vivo? ¿Cómo se comporta uno cuando es «humano» para Michi? Vivimos los unos al lado de los otros y sólo queremos oír de los demás que les va bien, que todo marcha sobre ruedas, que nosotros somos estupendos. Nos ocupamos de nosotros mismos y disimulamos la incapacidad de ser humanos poniendo por excusa la prisa, el trabajo y el dinero. En el mejor de los casos somos individualistas, pero ésa es una manera demasiado positiva de expresarlo. Encajo en mi día a día a Ben Saalberg como nuevo problema, pero sólo porque ahora tengo tiempo. Me comporto como si fuese la cosa más normal del mundo que mi padre haya ocultado a su único hermano durante cincuenta años y renegado de él. A Georg sólo le interesan su mayoría de acciones y su negocio de Irak, pero al menos lo admite. Rosa está trastornada consigo misma, se defiende con valentía, pero también pretende sacar partido.

¿Qué diferencia a Charly del resto de personas que conozco? ¿Su capacidad de involucrarse a fondo en una situación, con una persona? ¿Será su vulnerabilidad? ¿Que no tiene una coraza de egoísmo y vanidad?

Paul no pudo evitar sonreír al recordar la cara de horror de Charly cuando antes se viera en el espejo. Sólo fue una vanidad sana. Paul se levantó y contempló a la durmiente. Por consejo de Helen se estuvo poniendo agua fría en el rostro durante al menos quince minutos. A decir verdad quería requesón a las finas hierbas, una antigua receta de las brujas irlandesas para reparar la belleza perdida. Casi se echó a reír bajo el húmedo paño. No supo hasta más tarde lo que había sucedido. Se tomó el coñac y la aspirina y dijo «gracias, buenas noches» con un hilo de voz. Helen la acompañó arriba y permaneció a su lado hasta que Charly salió del baño y se metió en la cama.

Paul se puso en pie sin hacer ruido y se acercó a la ventana abierta. La media luna se alzaba sobre los árboles, delicada y rojiza en medio de la bruma. Por la carretera pasaron dos coches. Volvió a la cama y contempló la delgada figura hecha un ovillo, envuelta en su enorme albornoz. Estaba muy cerca del sensible rostro y sintió una oleada de ternura y preocupación que nunca antes había sentido.

El teléfono sonó. A esa hora sólo podía ser Carolin. La había olvidado por completo. Cerró con cuidado la puerta del cuarto de Charly y cogió el teléfono.

Semanas después, cuando ya llevaba algún tiempo en Londres, se preguntó qué habría sucedido si Carolin no hubiese llamado.

¿Se habría quedado él, habría despertado Charly o la habría despertado él por cualquier cosa? ¿Y luego?

Es importante que me aparte de ella y recobre el juicio, se dijo una y otra vez. De un día para otro he puesto fin a mi relación con Carolin, y es triste cuando de un amor no queda más que el alivio de haber escapado de él.

También era consciente de que desde la muerte de su padre no sólo él, sino la familia entera, vivían inmersos en un caos de sentimientos, y cada cual se esforzaba a su manera por ocultárselo al resto. En el plazo de diez días su vida había cambiado, dejándolo con una sensación de agotamiento y vacío. También veía que refugiarse en el coqueteo era un viejo recurso, una fórmula barata, por así decirlo, para esa clase de situaciones.

Pese a todo, cuando veía el sol de la mañana sobre el Támesis recordaba a Charly el primer domingo por la mañana en Kirchrode. En la puerta del vestíbulo con su camiseta verde esmeralda, veía su sonrisa, que poco a poco fue pasando de los ojos a los labios. Tenía grabado cada segundo en el museo, el beso, la dicha absoluta del momento.

¡Esa mirada, su sonrisa, esa voz! ¿Acaso era ciego y tonto?

Y ahora intentaba convencerse de que estaría bien serlo, de que tenía que ser considerado con Arndt. Y al hacerlo no paraba de darle vueltas a cómo dar con Charly, examinaba la gruesa guía telefónica y se preguntaba cuál de esos Tuchmann podría ser su padre. No se explicaba cómo había podido irse sin preguntarle dónde vivía en Londres. ¿Por qué no la desperté sin más antes de marcharme? ¿Por qué no puedo darle un beso de despedida a una chica que está durmiendo con mi albornoz?, se preguntaba, y sabía perfectamente por qué no lo había hecho. Le había dejado en la almohada una barnacla carinegra de cerámica. Siempre podía llamar a Hanover para saber si ella había comprendido que ése era su regalo de despedida, pero lo dejó estar después de que Arndt cogiera el teléfono tres veces y pusiera fin a la llamada al cabo de un minuto de intercambio de información.

Se enteró de que Helen no había ido a la isla por Charly. Lo cierto es que no era necesario, pero así era la abuela, qué se le iba a hacer. Además era una desfachatez que no lo hubieran avisado el viernes por la noche, cuando Charly se derrumbó. Él estaba en casa y habría sido su deber tranquilizarla, al fin y al cabo quería casarse con ella, por si Paul aún no lo había entendido. El sábado a mediodía Charly fue a la ciudad en ese coche bochornoso, a Arndt le fastidiaba la mera mención del vehículo. El sábado por la tarde la hermana de Charly había despertado, y reconoció a su novio, en opinión de Arndt un gafotas insufrible con zapatillas de deporte. Charly estaba deprimida porque su hermana no la había reconocido y al parecer no podía moverse. No, no estaba en buena forma, apenas se podía hablar con ella, pero la verdad es que Paul no tenía por qué preocuparse. Todo lo contrario, ya había demasiadas personas cuidando de Charly. De Londres había llegado un viejo amigo de su padre que quería llevarse a Charly a Italia, Helen incluso lo había animado a hacerlo.

Tras oír esas noticias de Hanover Paul se obligó a concluir que Charly estaba en buenas manos, que bajo ninguna circunstancia debía interponerse en el camino de Arndt, que las primeras semanas eran decisivas para su nuevo puesto en el banco, que su nuevo trabajo le exigía concentración absoluta.

Sólo había algunas cosas que no tenían cabida en sus razonables argumentos y sus importantes cometidos: la delicada media luna sobre la nocturna plaza londinense, un reloj de pulsera verde esmeralda, una escultura de Brancusi. Cosas que para él sólo tenían un nombre: Charly.

Durante las semanas que siguieron Paul se concentró en su ocupación, adaptándose fácilmente al estilo de vida y de trabajo inglés, algo que su padre preveía y desaprobaba, como recordaba Paul con una sonrisa: rara vez aparecía en el despacho antes de las nueve y media de la mañana, quedaba oportunamente para almorzar, algo que podía durar dos horas enteras, por la tarde aceptaba invitaciones a tomar cócteles y después solía ver a amigos en restaurantes, pub o clubes.

A menudo pensaba que Charly aparecería en algún lugar como por arte de magia: en uno de los cócteles, apoyada en la barra de un pub, bajando de un taxi, sencillamente yendo por la calle. Sabía que era un juego disparatado, pero le divertía.

Una lluviosa mañana de julio se encontró un largo fax en la mesa del despacho. La curiosidad que sintió en un primer momento dio paso rápidamente a una serena decepción. El fax era de Rosa.

Había intentado a menudo hablar con su hermana, en vano, y sabía que tendría que hacerle ilusión la iniciativa de ésta. Leyó por encima las primeras frases, en las que ponía que Rosa había ido a ver a Lev Kopelev para buscar a Ben Saalberg y hablar del Comité Nacional. El fax le pareció demasiado largo para leerlo de inmediato, de manera que se lo metió en el bolsillo. Por la noche, de vuelta en su piso, ya no había excusa que valiera. Era hora de leer la carta de Rosa. Tal vez esperase una respuesta deprisa.

Encogiéndose de hombros, Paul echó una ojeada a la agresiva introducción, tras la cual Rosa pasaba sin más a contar su conversación con Kopelev.

> «Así que quiere interrogarme sobre el Comité Nacional, ¿no?», dijo él. «Ay, niña, de eso hace tanto tiempo… y yo tomé parte en él porque hablaba alemán.» A continuación le habló de su amor a la literatura alemana, de su infancia en Kiev, donde fue educado para convertirse en un comunista de corte humanista e internacional. Allí se forjaron sus convicciones. Su fe en el ser humano pacífico y tolerante que forma parte de una comunidad afín es algo que lleva dentro de sí o, mejor, porta ante sí como una antorcha luminosa.
>
> Hablamos de lo que cabía esperar en un principio de este siglo, en el que la filosofía comunista empezó sosteniendo la tesis de que era posible crear un mundo sin violencia donde convivirían hombres iguales sin egoísmos malsanos. Para miles de personas el momento era el comienzo del siglo, la Revolución rusa debía despejar el camino para la nueva sociedad. Ahora, setenta y tres años después, incluso Lev Kopelev reconoce que el comunismo resultó ser una utopía y fracasó como modelo político y social, pero sigue pensando que es una filosofía de vida estupenda.
>
> He leído muchas cosas de él, sé lo atareado que está, pero así y todo le pregunté si en su vida no había habido un momento en que odiara a los alemanes. Al fin y al cabo a sus abuelos los mataron las SS y a sus padres los desterraron.
>
> «Ay, niña», volvió a decir, «a mi juicio, el crimen no tiene que ver con la nacionalidad. He odiado a los fascistas, aún los odio, y la mía es una labor contra el fascismo».

Apenas hablamos del período de tiempo que pasó en el Comité Nacional. Dijo que todo eso se podía leer en sus obras autobiográficas. Le enseñé la foto de Ben Saalberg y, como era de suponer, no lo había visto nunca. Pese a todo se tomó su tiempo para pensar en lo que se podía hacer para encontrar a Ben Saalberg, y opinó que sería conveniente ir a Krasnogorsk, donde se encuentra el archivo central de la guerra.

Sin embargo, no creas, mi querido Paul, que mi entusiasmo por ese anciano ha hecho que pierda de vista mi objetivo: ahora sé lo que tendréis que hacer para dar con Ben Saalberg, que sobrevivió a Stalingrado. A Kopelev fui a verlo porque sentía un profundo interés, pero también haré otras visitas que serán fastidiosas para vosotros. Encontraré a Bernd Haller, o al menos a su mujer, para demostrar que papá pretirió y negó a su hermano a sabiendas, y te lo repito: no hará falta impugnar el testamento, será nulo per se, y Georg tendría que estar loco para ir a juicio. Indudablemente le enviarás mi fax o lo llamarás por teléfono. No des saludos de mi parte a nadie.

Rosa

Está sufriendo, observó Paul, y salió resignado al balconcito. Ataca como una fiera herida para acallar su propio dolor. Pero ¿cómo ayudarla sin que nos destroce a todos?

Capítulo 15

El 2 de agosto de 1990 Irak invadió al vecino estado de Kuwait en una ofensiva relámpago nocturna y justificó la invasión del rico y minúsculo país con el deseo de un reparto más equitativo de la riqueza petrolífera entre las naciones árabes.

En ese momento nadie sabía dónde estaba Georg Saalberg. El 18 de julio había viajado a Irak con su hijo Michi y Kurt Matthes y tenía previsto volver el 8 de agosto.

Saddam Hussein retenía como rehenes a todos los extranjeros que se encontraban en el territorio de Kuwait e Irak. A algunos los llevaron a lugares importantes desde el punto de vista estratégico y los utilizaron como «escudos humanos» en vista del despliegue de fuerzas aliadas internacionales en el Golfo. Alrededor de once mil rehenes occidentales se hallaban a merced de Saddam Hussein, setecientos cincuenta de los cuales eran alemanes. Entre ellos se encontraba Kurt Matthes junto con otros quince miembros de la empresa de construcción y obras públicas SAMA, filial de la Saalberg AG Hanover.

El 24 de julio Georg voló a los Emiratos Árabes Unidos desde Kuwait con el objeto de pasar allí tres días estableciendo nuevos contactos. Michi había preferido acompañar a Kurt Matthes, que en esa misma fecha había partido rumbo al norte de Irak para supervisar proyectos de construcción de la empresa. Georg debía reunirse allí con él más adelante. En realidad consideraba demasiado peligroso adentrarse en las montañas del Kurdistán y en un principio rechazó la petición de Michi, pero después cedió. En su opinión con Kurt Matthes estaba en buenas manos, y además quería satisfacer a Michi, cuyas recriminaciones lo irritaban cada vez más. Michi había comparado las obras de la SAMA con la construcción de búnkeres en la costa atlántica francesa por parte de Hitler, le había preguntado a Georg cómo podía respaldar semejantes proyectos y había dicho que su propio padre era cómplice de un dictador. Con el objeto de aplazar más discusiones políticas, Georg lo dejó ir.

Sin embargo, Kurt Matthes, responsable de un convoy compuesto por maquinaria de construcción, camiones, coches y dos motos, no podía estar en todas partes, de manera que no impidió que durante un descanso Michi tomara prestada una de las pesadas motocicletas para probarla un rato. De ese modo Michi satisfacía un deseo que ya había manifestado varias veces a lo largo del lento viaje y Kurt Matthes le había negado de plano.

Entusiasmado con la velocidad, apenas prestaba atención a la carretera, y no se dio cuenta hasta que fue demasiado tarde de que el tramo que estaba en buenas condiciones terminaba abruptamente. Asustado, frenó en el subsuelo pedregoso, la pesada moto se inclinó peligrosamente en una curva y Michi no fue capaz de controlar la máquina ni tampoco de saltar. Cayó al suelo, la motocicleta se le fue encima y un camión que venía en sentido contrario y no pudo frenar ni desviarse arrolló a la máquina y le aplastó la pierna izquierda al muchacho.

La noticia del accidente de Michi le llegó a Georg en su hotel. Ante su ventana el Golfo Pérsico refulgía con el sol de la mañana, y él estaba a punto de salir de la habitación para jugar al golf en un exclusivo campo y hacer negocios.

Cuando llegó a Bagdad a Michi ya le habían amputado la pierna hasta la rodilla. El muchacho tenía mucha fiebre y no lo reconoció. Había sido inútil, tenía la pierna destrozada y no habían podido salvarla, le dijo el médico en perfecto alemán, pero por desgracia eso no era todo. Georg no respondió, no preguntó nada. Su cuidada mano acariciaba con incredulidad la sábana blanca bajo la cual tendría que haber estado la pierna izquierda de Michi. Se arrodilló junto a la cama, apoyó la frente en la lisa sábana y buscó a tientas la mano vendada de Michi. Kurt Matthes, que había llevado a Georg hasta su hijo, vio la temblorosa espalda del poderoso hombre, se volvió hacia la ventana y rompió a llorar también.

Más tarde el médico habló con Georg y le comunicó que tendría que amputarle a Michi la pierna entera. El riesgo de septicemia era elevado; el aumento de la fiebre, señal de que el peligro no había pasado. Sin embargo, tal vez hubiera una posibilidad, de contar con medios que, por desgracia, no se hallaban a su disposición.

Georg casi no lo dejó hablar, exigió ver al jefe del hospital, se puso en contacto con las máximas autoridades de Irak, con aeropuertos y clínicas alemanas y consiguió que Michi saliera de inmediato hacia Alemania. El médico podía acompañarlo. Por su parte, él permaneció sentado junto a Michi, sin retreparse, sin comer, beber ni dormir, agarrado a su mano, hablándole, acariciándole el rostro y diciéndose que si no podía ayudar a su hijo ya nada valdría la pena.

La madrugada del 3 de agosto Georg Saalberg se encontraba en el vestíbulo de la casa de Kirchrode. En la sala de espera del quirófano había leído la noticia de la invasión de Kuwait. Esa mañana Michi fue operado por un cirujano vascular que albergaba una mínima esperanza de poder salvarle lo que le quedaba de pierna al chico.

En casa sólo estaba Gisela Matthes.

Helen se había ido a la isla, Caren visitaba a unos amigos en Bretaña y Arndt había seguido a Charly a Italia. Todo ello se lo contó Gisela deprisa y corriendo para después detenerse en mitad de una frase. Miró con incredulidad el demudado rostro de Georg y reparó en el arrugado traje.

–Un momento, pero si pensaban... cómo es que... ¿ha muerto? –preguntó en voz queda, y Georg supo que se refería a su hijo.

–De Kurt aún no sé nada... se trata de Michi –respondió él.

–Oh, Dios mío –musitó Gisela–, ¿qué ha pasado, señor?

Entonces vio que Georg apenas podía mantenerse en pie, y lo llevó sin más dilación a la cocina.

En el gran vaso de agua que le dio a beber se reflejaba el sol de la mañana. Al verlo Georg recordó las aguas resplandecientes del Golfo Pérsico y le contó a Gisela lo sucedido.

La operación de Michi fue un éxito, pero dos días después los análisis eran preocupantes y, ante la sospecha de hepatitis B, el muchacho fue trasladado a aislamiento preventivo, donde nadie podía visitarlo. Se debatía por segunda vez entre la vida y la muerte.

Georg apaciguó el desvalido miedo que sentía por Michi con la preocupación por sus hombres en Irak. Llamó a los parientes de los trabajadores retenidos y a importantes autoridades competentes de Bonn y averiguó lo que se había hecho ya o se pensaba hacer para sacar a los rehenes de Irak. Él ofreció ayuda ilimitada para respaldar las gestiones del gobierno. En otra conversación telefónica fijó una reunión extraordinaria de la junta directiva de la SAMA.

Días después Georg fue a ver a Helen con Caren. Allí esperaba Paul, que había ido desde Londres para verlo. Todos estaban tensos, entre asustados y esperanzados. Ninguno quería decir lo que todos pensaban: resulta inconcebible que Michi muera después de haber superado la operación.

Se hallaban sentados en la salita de Helen, en la mesa había una vela encendida. La puerta de la terraza estaba abierta, fuera llovía con fuerza y un murmullo cadencioso inundaba las largas pausas, durante las cuales cada uno se sumía en sus propios pensamientos. Caren se echó a llorar, y sus lágrimas quebrantaron el férreo autocontrol de Georg, que Helen observaba preocupada.

–Discutí con Michi –contó él al cabo–. Eso es lo que más me atormenta.

–¿Por qué discutisteis? –quiso saber Helen.

–La cosa empezó con él y el señor Nickel, el gerente de la SAMA, que andaban a la greña –replicó Georg–. Michi preguntaba por todo, y Nickel opinaba que Michi era un descarado y formulaba preguntas inoportunas, que su comportamiento con él y conmigo era impertinente, etcétera, etcétera. Michi se enfadó y dijo que el señor Nickel era tan inflexible como un muro de cemento y que yo no era mucho mejor. «¿Habéis pensado lo que estáis construyendo? ¿Para quién lo construís? ¿Por qué hacen falta tantos búnkeres en el país? ¿Has olvidado que Irak utiliza gas tóxico? ¡A esa gente es a la que respaldas!» Así comenzó todo. Ya os podéis imaginar lo crispado que estaba yo.

Helen escrutó el rostro de Georg. En el entrecejo se abrió un surco inusitadamente pronunciado cuando repitió los reproches que le dirigiera Michi. Al final éste se había negado a ir de «vacaciones feudales» con su padre y él lo había dejado acompañar a Kurt Matthes.

Georg dio a entender lo muy a pecho que se tomaba las convicciones de Michi, aun cuando en parte eran de una ingenuidad insostenible. En cualquier caso, quería meditarlo todo y, a ser posible, incluso introducir cambios. Había convocado una reunión extraordinaria de la junta de la SAMA.

Esa lluviosa tarde de verano oscureció pronto. Nadie encendió la luz.

–¿Qué sabéis de Rosa? –inquirió Georg durante una pausa.

–Sigue en sus trece –contestó Paul–. Intento llamarla a menudo, pero no quiere hablar conmigo.

–¿Ni siquiera ha llamado para preguntar por Michi? –quiso saber Georg.

–Ha llamado Wolf –replicó Helen–. Y Rudolf y Wolfgang. También llama sin cesar gente de la empresa para que les diga lo que no se atreven a preguntarte a ti. Resulta conmovedor.

–¿Qué dice Gisela? –inquirió Paul.

–Gisela es estupenda –replicó su madre–. «Su Michi, mi Kurt… el jefe ha salvado a Michi, y también va a sacar a Kurt y a los suyos.»

–Estoy haciendo todo lo humanamente posible –respondió Georg–. Y Rosa… ¿ni siquiera ha llamado personalmente? –insistió.

–Ha mandado una carta desde el bufete –explicó Helen, y su voz sonó un tanto vacilante–. Tiene que ver con Michi de forma indirecta.

Lo cierto es que no tenía intención de mencionar la carta.

–¿Y bien? –preguntó Georg–. ¿Tú ya la has leído, Paul?

–No.

–Lo que dice me ha parecido sencillamente indignante –admitió Helen–, pero iré a por ella ahora mismo.

Encendió la lámpara de su mesa, sacó el satinado fax de una carpeta y lo leyó en voz alta. Mediante breves frases Rosa les hacía saber a su madre y sus hermanos que, sin dejarse impresionar por la tensa situación que estaban viviendo por lo de Michi, que lamentaba profundamente, continuaba con sus objetivos, que quería recordarles el plazo que había señalado: si Benedikt Saalberg no era encontrado e identificado antes del 1 de febrero de 1991, iría a juicio. Le habían aconsejado instar la impugnación de la sucesión de 1945. Por aquel entonces su padre legítimo, Joachim Saalberg, usurpó la fortuna de su verdadero padre. Estos hechos los demostraría, si fuera necesario, en el juzgado. Todos conocían sus demandas. En ese caso no habría vencimiento de plazos o prescripción que valiesen y no aceptaría arreglos a puerta cerrada. La familia ya se había corrompido bastante.

–Lo que tiene no es suficiente, y en mi opinión ella lo sabe –afirmó Georg–. Para ella tan sólo es cuestión de principios, ¿no?

–Sí –convino Paul–. Y esos principios son que la injusticia hay que ponerla de manifiesto. Cueste lo que cueste. Rosa es así, y siempre la he admirado por ello.

–Y con razón –admitió Helen–. Pero lo que esta carta pone de manifiesto es que no llegaremos a ningún acuerdo, y me parece terrible.

Georg se tapó los ojos.

–¿Cuándo querías ir a Moscú, mamá? ¿A principios de septiembre? –preguntó Paul.

–Sí, dentro de tres semanas –contestó Helen.

–Imposible –aseguró él–. Cuando Michi se ponga bien, tendrás que estar ahí. Para él eres tan importante como Georg. Imagínate que sale de aislamiento y tú estás en Moscú. No podría con ello.

–Es verdad –dijo Georg–. Tienes que estar aquí.

De Caren no habló nadie, y ella tampoco parecía esperarlo.

–Michi es lo primero, tienes razón –repuso Helen.

Todos guardaron silencio. Helen miró fuera. En la terraza había dos taburetes bajo la lluvia, muy juntos, brillantes debido al agua. Michi y Charly habían estado allí sentados, recordó. El primer domingo de Charly se sentaron al sol por la tarde y estuvieron charlando sin cesar. Los taburetes seguían allí desde entonces. Recordó las dos delgadas espaldas, blanca y verde esmeralda, y creyó escuchar el murmullo. Como hermanos, pensó. Pero será mejor no evocar esas escenas ahora, se dijo. Michi volverá a sentarse al sol ahí fuera. Será mejor no ponerse sentimental ahora.

–Charly ha llamado, Georg –comentó al cabo, siguiendo en voz alta el hilo de sus pensamientos–. No deja de pensar en Michi y os manda recuerdos.

–Charly –corearon todos.

Paul sonrió, pero no dijo nada.

–¿Cómo está su hermana? –preguntó Georg agitado, como si se alegrara de que otro problema le distrajese de la preocupación que sentía por Michi.

–No hace muchos progresos –contó Helen–. Sólo sé que desde hace una semana está en una clínica de rehabilitación. Ha de aprender a hablar y andar, su memoria ha quedado bastante dañada. Charly dice que su novio se ocupa de ella y lo hace muy bien. Puede que se recupere.

–Y ¿qué hace Charly? –quiso saber Caren–. ¿Está con su hermana?

Paul agradeció que fuese Caren quien planteara una pregunta que a él lo habría delatado.

–No, ya no está aquí –replicó Helen–. El novio de su hermana la ha convencido de que continúe con su trabajo, porque de lo contrario las fotos para el libro no estarán listas; en el fondo porque Charly no habría aguantado más esa carga. Antes de volver a Inglaterra quiere ir a ver a su hermana, y quizá tenga tiempo de hacernos una visita.

–Arndt irá a Roma el fin de semana para verla –afirmó Georg–. Creo que de verdad va en serio. En todo caso no se da por vencido.

Justo lo que quería oír ahora, se dijo Paul, que, sin embargo, preguntó:

–Volviendo a lo de Moscú. ¿Qué hacemos si mamá no va?

–A todas luces sería importante ir –razonó Helen–. Por un lado por el ultimátum de Rosa y por otro porque, según todos los entendidos, la situación en la Unión Soviética es inestable. Kopelev se mostró muy inquieto al respecto.

–¿Teme por Gorbachov? –preguntó Paul con incredulidad.

–Sí. Opina que la mafia rusa está en contra suya. Dijo que cuando hay hambre, desempleo y corrupción la cosa ya es bastante mala; cuando además llega el invierno sobreviene la catástrofe. Fue impresionante. Pero él tampoco había visto nunca a Ben ni oído su nombre.

–¿Y la mujer de Bernd Haller? ¿No tenías intención de ir a verla a la vez?

–Fui –respondió Helen, y respiró hondo–. Una mujer enternecedora, enferma, que padece de reuma crónico desde hace cuarenta años. Estuvo a punto de besarme la mano por ser la mujer de Joachim Saalberg, el hombre que desde hace cuarenta años se hace cargo del tratamiento médico, las aguas y las estancias en el hospital y ha construido un chalé adaptado para la silla de ruedas. Todo ello por recuerdo de la vieja amistad con su amigo de regimiento Bernd Haller, que después de la guerra se ganó la vida a duras penas trabajando de corredor de seguros.

Sin embargo, sabía, o más bien creía, que Ben había caído en Rusia.

–Dios mío –se lamentó Georg–. Cuando Rosa se entere, hará lo peor.

–Ya lo sabe –aseveró Helen–. Dio con la señora Haller una semana después que yo y fue a verla.

–Eso no basta para probar un chantaje –aseguró Georg.

–Pero sí para armar un escándalo. –Helen no miró a nadie–. Al final necesitamos a Ben Saalberg para hacer callar a Rosa. Por el amor de Dios, ¿cómo vamos a averiguar si sigue vivo y dónde está?

–¿Qué te aconsejó Kopelev? –inquirió Paul.

–Él también opinaba que es importante ir a Krasnogorsk. El viaje ya está organizado. He concertado una cita en la filmoteca de Krasnogorsk por medio de la embajada alemana. Lo cancelaremos todo, porque yo me quedo aquí, Georg.

–Paul, ¿no puedes ir tú? –pidió Georg.

–Es muy poco probable que me den un visado con tan poco tiempo.

–Si te lo dan y puedes organizarlo como sea, ve. Rosa es muy hábil –prosiguió–. Nos endosa la labor de investigación y de ese modo impide que podamos impugnar sus declaraciones. ¿Es preciso que diga lo que me temo? El viaje no conducirá a nada. A nada en absoluto. Pero así nos lo habremos quitado de encima.

–Primero Rosa nos hará comparecer ante el juez. Entonces nos lo habremos quitado de encima –repuso su hermano.

–Michi tiene que curarse –musitó Georg–. Todo lo demás es secundario. En cualquier caso tanto en la empresa como en la familia deberíamos cambiar la forma de hacer las cosas de papá, ¿no? –Intentó reír.

¿Ha cambiado o es un estado momentáneo operado por el miedo que siente por Michi?, se planteó Paul. Sea como fuere ahora tengo que ir a Moscú.

–Bien –dijo–. En Londres me quieren enviar dos semanas a Sudamérica el 1 de septiembre. Tendré que hablar con el señor

Grey para que mande a otro o bien posponga el viaje. Después iré. Pero una semana como mucho.

El 2 de septiembre de 1990 varios cientos de mujeres y niños, así como algunos hombres de países occidentales, entre los cuales había setenta y un alemanes, llegaron a distintos aeropuertos de Europa Occidental procedentes de Bagdad.

Kurt Matthes y el resto no se encontraban entre ellos.

El 3 de septiembre Paul Saalberg voló a Moscú.

Charly quería pasar la tarde del 3 de septiembre en casa de su amigo John. Era la tarde previa a su partida a Moscú, y quería hacer las maletas tranquilamente, cenar más tarde con John y repasar una vez más lo que tenía pensado hacer en Moscú y Leningrado. Justo cuando iba a llevar al laboratorio de John los negativos que habían seleccionado de Italia, sonó el timbre. Ante la puerta se hallaba Arndt Saalberg. Charly recibió un ramo de rosas y una petición de mano. Las rosas las colocó en un cubo, ya que no había ningún jarrón lo bastante grande; la petición de mano la rechazó con una sonrisa, puesto que ya le había dicho dos veces a Arndt que no se casaría con él. Para consolarlo le acompañó a un pequeño restaurante francés, tan caro que a ella nunca se le habría pasado por la cabeza comer allí. Pero Arndt insistió.

–Quien rechaza tres propuestas de matrimonio de un joven industrial no tiene remedio –observó Arndt mientras estudiaba la carta, aunque ya estaban con el primer plato.

–Difícilmente –convino Charly. Estaba sentada frente a él y removía la sopa de verduras con la cuchara.

Arndt levantó la vista irritado, pero no dijo nada. Comió a toda prisa una porción de quiche Lorraine, los ojos clavados en la carta, color verde rana. Del repeinado cabello se soltó un mechón, que él se retiró de mala gana.

El que nos vea aquí, pensó Charly, podría pensar que somos pareja: un restaurante pequeño y caro, todo blanco y verde, con rinconcitos, laureles, pensado para dos personas que tienen mucho que decirse. Y, sin embargo, sólo estoy aquí para dejarle claro de una vez por todas que quiero que me deje en paz.

–¿Qué estás haciendo? –preguntó Arndt sin alzar la vista.

Charly rodeó con ambas manos los cromados brazos de su silla de piel blanca y observó un laurel cuyas hojas tenían un brillo artificial.

–¿Te has quedado dormida? –inquirió él, ofendido, mientras apartaba la carta–. Te he preguntado que qué estás haciendo.

–Esperando mis medallones de ternera sobre el lecho de espinacas y pensando que me van a servir piel blanca con hojas de laurel lacadas.

–El sitio es algo hortera, pero la comida es fantástica.

–Es que no tengo nada de hambre.

–El negro no te pega. –La miró fijamente.

–Es el vestido que me pongo siempre que rechazo una propuesta de matrimonio.

Los ojos de Arndt echaban chispas.

–Eres estupenda, Charly. Aunque demasiado fría, por desgracia. Podríamos divertirnos mucho juntos.

Sirvieron la comida, y Charly le dirigió una sonrisa tan radiante al camarero que éste se retiró de la mesa caminando hacia atrás, con la vista clavada en ella, y se chocó con una mesa.

–Ya ves el efecto que causas –musitó Arndt–. A cualquier camarero, a cualquier taxista prodigas una sonrisa, una luz azul que hipnotiza. ¿Y a mí?

–Te acaban de servir un bistec con judías. Se te va a quedar frío.

–Me dan ganas de estrangularte. –Arndt partió la carne, que masticó vigorosamente, y siguió hablando–. ¡Nueve semanas! Y ni siquiera me he acercado a ti.

Charly bebió un sorbo de agua, dejó el vaso en la mesa y lo miró como si adivinara sus pensamientos.

–Una beldad pálida con un vestido corto negro. Muy *comme il faut*. Llevas tu rechazo al extremo. No finjas que no te gusto un poco. Además, esto no ha terminado. La vida sigue, estamos hechos el uno para el otro y tú misma te darás cuenta, Charly Tuchmann. Eres guapa y desenvuelta y no eres tonta. Eso es lo que yo busco, ¡exactamente eso!

–¿Qué es lo que más desarrollado tienes, Arndt, tu inteligencia o tu egolatría?

–Dímelo tú.

–Hazme el favor de poner los pies bajo tu silla.

Charly había terminado de comer y dejó juntos en el plato el cuchillo y el tenedor.

–Dímelo.

–Sólo te voy a decir que me marcho. Todavía tengo que ir a casa de John, quiero acostarme temprano y mañana a las nueve me voy a Moscú. ¿También quieres que te diga cuál es el número del vuelo?

–¿Y después?

–Después iré a Leningrado.

–Irás a Leningrado.

–En avión, me refiero.

–Así sin más. A Leningrado.

–¿A qué viene tanta tontería? Sabes perfectamente lo que voy a hacer la semana que viene.

–Me gusta cómo estás sentada, con las manos en los brazos de la silla. Te pega. No me mires así. Mirarte no es un delito, ¿no? ¿Cuándo te vas?

–Ahora el viernes.

–Una manera absurda de decirlo, pero es que eres tan poco lógica. «Ahora el viernes.» Está mal dicho. El próximo viernes, el 7 de septiembre de 1990, a tal hora vuelo con la compañía tal de A a B. Así se expresan las personas normales.

–Muy bien, tú ganas.

–Yo siempre gano. Dime, ¿por qué te marchas? Vas a casarte conmigo sí o sí, así que bien podrías hacerlo ahora.

–¿Por qué no hablamos de Michi? Es horrible, y nosotros estamos aquí diciendo bobadas.

–Mi padre ha estado a punto de derrumbarse, pero ahora todos vuelven a tener esperanzas.

–Lo sé –repuso ella–. Tu abuela me ha llamado. Qué pena que ya no vaya a Moscú. Me hacía mucha ilusión verla.

–Pues aplaza el viaje. Podéis ir más adelante, y os acompañaré.

–Por desgracia no puede ser.

–Le caes muy bien.

–Ella también a mí.

–Y yo también te caigo muy bien, admítelo.

–Déjalo, por favor.

–Vale. Media hora. Máximo. ¿Qué harás en Moscú si terminas con las fotos y aún no puedes continuar el viaje?

–Pues seguir sacando fotos, ¿qué otra cosa podría hacer?

–¿Para el paliducho de John?

–Exacto. John es un viejo amigo de mi padre, y no voy a hablar de ninguno de los dos, ya va siendo hora de que te enteres.

–Ese entorno no te pega. Yo te convengo más.

–No me pega, pero da la casualidad de que es mi casa.

–Y ¿por qué no te planteas cómo podría ser otra casa?

–¿Quién ha dicho que no me lo plantee?

–Entonces sí que te lo has planteado.

–¿Por qué no? No quiero ofenderte, Arndt, pero no entras dentro de esos planteamientos.

–Haré como que no te he entendido. Me he propuesto casarme contigo y eso es lo que haré. No te engañes. Al fin y al cabo vivir conmigo es más emocionante que vivir en una casa de maricas seniles.

–No seas chabacano. Me siento muy bien atendida. Peter y mi padre, John y David, son cuatro padres, pero eso es algo que tú no entiendes. Cuatro padres divertidos, sensibles, inteligentes. Nunca estoy sola.

–¿Tienes miedo?

–A veces.

–Pero por eso no puedes vivir con esos hombres cuando tu padre no está. Siempre hay uno bisexual, ¿entiendes? Y en un momento dado se te echará encima. Eres tan… uf, es que no sabes nada…

–Sólo sé que tienes una imaginación repugnante.

–¡Charly! Todos quieren irse a la cama contigo, y lo sabes de sobra. Dicho sea de paso, ¿hay alguien con quien lo hagas? Vamos, dímelo, tengo derecho a saberlo.

–¿Puedes pensar en alguna otra cosa?

–No cuando estoy contigo. Así que a tu encuentro va el príncipe de cabellos dorados a lomos del blanco corcel, ¿no?

Charly se encogió de hombros.

–Seguro que alguno queda –repuso, disimulando una sonrisa en la voz.

Él la miró con fijeza, como si tuviese una lupa en la mano.

–Vaya, vaya, Charly, te he pillado.

–¿Cómo dices?

–Nunca te había visto poner esa cara. Precisamente por eso: nunca habías sonreído así. ¿De quién se trata? Quizá de mi estupendo tío Paul, detrás del que están todas, ¿eh? –dijo con un gesto burlón.

–Se trata del príncipe de cabellos dorados a lomos del blanco corcel, ¿de quién sino? Y ahora me gustaría tomar otro café, por favor.

–He vuelto a meter la pata, ¿no? Te lo noto.

Charly reunió en el plato unos granos de arroz sueltos y se dijo: ¿qué hago ahora para no romper a llorar?

Así había sido en todo momento a lo largo de las últimas seis semanas. Ella estaba hablando, comiendo, leyendo un periódico cualquiera, sacando fotografías, viendo cualquier cosa en la tele y de un momento a otro sólo sentía miedo y le asaltaba una tremenda tristeza. Anne no podía moverse, no la reconocía. Tal vez no volviera a hacerlo.

Se inclinó hacia el bolso para buscar un pañuelo de papel. Bajo el pañuelo cogió una pequeña barnacla. Durante unos segundos evocó la noche de junio en que Paul la metió en la casa. Lo veía con toda claridad, recordaba cada minuto que había estado a su lado, y hubo de hacer un esfuerzo para no hablar de él. Llamaba la atención el hecho de que nadie hablara con ella de Paul. Es como un complot, pensó. Yo no pregunto por él y, por lo visto, él tampoco por mí. Arndt habla de cada uno de los miembros de su familia salvo de Paul, exceptuando el ataque de celos de hace un instante. Y eso que Paul está en Londres. Hablo con su madre por teléfono y ni una palabra de Paul. Pero volveré a verlo cuando se tercie, se dijo. No sé por qué, pero lo sé.

–Cuando estés bien, ¿podemos irnos? –inquirió Arndt–. Mi avión a Fráncfort sale a las doce y media. Mañana por la mañana estaré con mi padre en Bonn. Hemos de hablar con algunas personas. Tenemos que sacar como sea a los nuestros de Irak.

–¿Sabes qué es lo que gusta tanto en vosotros, en ti y en tu padre? –preguntó Charly al tiempo que se levantaba.

–No.

–Que de verdad pensáis que podéis conseguir todo cuanto os propongáis.

–Por eso precisamente estoy aquí –respondió él.

En la entrada del restaurante, entre altos laureles con forma de bola, se despidieron entre risas con un beso en cada mejilla, como dos buenos amigos que se separan después de cenar juntos.

–Nunca me rendiré –le dijo Arndt desde el taxi que lo llevaría al aeropuerto–. La próxima vez que pida tu mano será en Moscú.

Capítulo 16

En Moscú llovía. Un oscuro mar de nubes llevaba días descargando su furia sobre la ciudad. Canalones en mal estado formaban riachuelos en las aceras, el viento desplazaba paredes de agua en las amplias calles, en los enormes charcos se reflejaban oscuros edificios, y velos grises cubrían las grandes plazas de la ciudad.

Paul despejó con la mano la empañada ventanilla de su taxi, al que se subió a la una del mediodía delante del Hotel National después de que lo llamara la amable *deshurnaja*. En recepción le habían asignado a un taxista, un hombre alto y delgado vestido con un anorak azul plomizo de cabello crespo y cano y con una nariz respingona y huesuda. A Paul le cayó muy bien, pero tras intercambiar las primeras frases constató que el hombre no entendía una palabra de inglés o alemán. Gracias a una recepcionista morena, que no paraba de sonreírle con sus ojos pintados de dorado y verde, el taxista recibió instrucciones escritas y orales. Paul sólo podía confiar en que sus deseos hubiesen sido entendidos: quería ir a Krasnogorsk y, una vez allí, a la filmoteca, donde, según la información que tenía, se hallaba el Museo antifascista alemán. El taxi debía esperarlo lo que fuese preciso, con el objeto de llevarlo después a la ciudad.

El conductor se puso en marcha sabiendo lo que se hacía. Paul miró brevemente la plaza Roja, el verde cobrizo del extenso tejado del Kremlin desprendía un brillo irisado bajo el oscuro cielo, las vistosas cúpulas de la catedral de San Basilio estaban veladas por cortinas de agua, la lluvia había vaciado la amplia plaza.

En la plaza Pushkin el taxista señaló hacia la izquierda y pronunció con orgullo la única palabra inglesa que conocía: McDonald's. A Paul ya le habían señalado varios taxistas el neón amarillo, blanco y rojo del «Paraíso de las hamburguesas», delante del cual se veía una hilera casi interminable de personas empapadas.

La primera mañana, después de desayunar en el suntuoso comedor del hotel, se había dirigido a la embajada alemana, ya que Helen había concertado allí una cita. Debido a la lluvia no pudo contemplar el edificio de la embajada, tan sólo había reparado en el verde desvaído de la pintura de la fachada y en la larga cola de personas caladas que había delante. Alemanes afincados en Rusia que presentaban la solicitud de permiso de residencia. Le habían dicho que acudían centenares a diario.

De vuelta al hotel le habría gustado hablar con el taxista de esa cola de personas, pero todas las conversaciones se frustraban dado que no eran capaces de entenderse.

Ahora volvía a estar sentado junto a un conductor que parecía agradable, despierto y experimentado y no podía hablar con él. Siempre he querido saber qué clase de ciudad es Moscú, cómo se vive en ella, cómo es, y ahora que estoy aquí la recorro en taxis con las ventanillas empañadas y no veo nada, maldita sea. Además me siento como un turista ignorante. Voy a un país cuyo idioma no entiendo lo más mínimo. Estaré sentado media hora junto a este hombre, que sin duda tendría mucho que contar, que podría responderme a numerosas preguntas. Sobre edificios, calles, personas. Cómo vive, qué opina de la *perestroika,* de la *glásnost,* de Gorbachov, si sabe adónde me lleva en Krasnogorsk, qué significa para él la locución «resistencia antifascista», y no me enteraré de nada.

En los últimos quince días no había tenido ni un segundo para preparar el viaje a Moscú. En el avión pensaba aprender los vocablos más importantes, el alfabeto cirílico, pero se dio cuenta de que se le había olvidado la guía.

Paul se sacó un paquete de cigarrillos del bolsillo del abrigo y se lo ofreció al taxista ya abierto. «*Spasiba*», dijo éste risueño, dejando a la vista una hilera de dientes dorados, y continuó hablando y a las pocas frases cayó en la cuenta de que era inútil. Se sonrieron, él se encogió de hombros con pesar y el viaje continuó en silencio.

El taxista enfiló la carretera de cuatro carriles que llevaba al aeropuerto, dejando el centro atrás. En el medio de la ancha carretera había una mediana con césped. Las hojas de los tilos ya habían cambiado de color, los edificios de seis plantas eran claros y se alzaban tras patios arbolados semejantes a las plazas londinenses. La salida causaba una impresión de prodigalidad y cordialidad.

–*Prospekt* Leningradski –informó el taxista con aspavientos.

Paul sólo pudo proferir un sonido que reflejaba interés.

El conductor señaló con las manos las fachadas de los edificios que había a derecha e izquierda, dibujó casas en el aire, trazó capas con las manos y dijo:

–Lenin.

Probablemente Lenin mandara construir las casas, pensó Paul, y dijo: mmm, mmm y *spasiba* y sacó de nuevo los cigarrillos.

Los alrededores de Krasnogorsk, a los que llegaron al cabo de treinta y cinco minutos, eran levemente accidentados. Del pueblo en sí Paul no vio mucho, ya que el taxista no tardó en girar a la derecha después de entrar en la localidad. Tras altos abedules se erguían edificios de viviendas alargados dispuestos en paralelo, el coche torció a la izquierda y pasó por delante de una casa solitaria que a Paul le pareció una escuela rural de antes de la guerra. Las paredes estaban recién pintadas de un luminoso amarillo dorado en el que destacaba el deslumbrante blanco de los marcos de las ventanas. El tejado, rojo, era nuevo, y el césped cortado, la entrada empedrada en rojo, las modernas luces del exterior y las astas de las banderas, recién pintadas de blanco, conferían a la arquitectura un aspecto casi representativo.

No parece muy ruso, se dijo Paul, al que extrañó considerablemente lo que veía.

En la puerta lo esperaba una mujer joven menuda y regordeta. Tenía los ojos alegres, el cabello castaño, corto y rizado y las mejillas de un rosado lozano, y llevaba una blusa de encaje blanco almidonada, un estrecho chaleco oscuro, una falda roja acampanada y, en los pies, unos zapatos de tacón alto puntiagudos y muy gastados. Era la directora del museo y le dio la bienvenida con voz amable en un alemán muy bueno. Le preguntó qué deseaba, tenía entendido que había viajado a Moscú por un asunto urgente.

Paul le enseñó la foto de Ben Saalberg y le explicó en pocas frases lo que debía saber.

–Para esta investigación tal vez sea mejor que vaya a la filmoteca –dijo ella.

–¿No está aquí?

–No, no, es otro edificio distinto –repuso ella sonriente, pero quizá no fuese una pérdida de tiempo que primero viera el museo, aunque ella podía decirle ya mismo que esa cara no figuraba entre sus retratos, se los sabía de memoria. Le sonrió, y su forma de mirarlo le recordó brevemente a Carolin. Es porque ella también es bajita, pensó Paul. La verdad es que hace mucho que no pienso en Carolin. La joven rusa de ojos vivaces le había caído en gracia, y no quería ser descortés.

Guió a Paul por el pequeño museo en una visita objetiva y competente, le mostró y explicó las numerosas vitrinas, alineadas pulcramente. Perfecto, como en la exposición de una caja de ahorros de provincias alemana, eso es lo que parece esto, se dijo Paul. Sí, eso es lo que ya me resultó irritante fuera: el edificio parece alemán y no ruso.

Todas las fotografías que vio en las vitrinas mostraban el rostro de comunistas, socialdemócratas y miembros del NKFD alemanes. Nombres conocidos, famosos, ni rastro de Ben Saalberg, tal y como le había dicho ella. Todos los miembros fundadores del Comité Nacional eran diminutos en comparación con las instantáneas de tamaño sobrenatural de Eric Honecker, que dominaban el espacio expositivo. La joven directora le explicó cuál era la finalidad de la exposición y la historia del edificio:

–El museo de Krasnogorsk se encuentra en la misma construcción que albergó la escuela antifascista central desde la primavera de 1943 –soltó con su cordial acento–. En esta escuela fueron aleccionados alrededor de cinco mil antifascistas de distintas nacionalidades, entre ellos cuatro mil alemanes. En este lugar, situado en las proximidades de Moscú, se reunían a menudo destacados funcionarios del KPD (el Partido Comunista Alemán) y conocidos agentes del avanzado servicio de inteligencia alemán (emigrados políticos) con alumnos de la escuela, daban clase y desarrollaban labores de propaganda ideológica.

Se lo ha aprendido de memoria a las mil maravillas, observó Paul, y continuó escuchando. Supo que había que documentar a fondo la historia del Comité Nacional para una Alemania Libre en ese sitio.

–Es curioso que la Unión Soviética gaste tanto dinero para demostrar cómo actuaron los prisioneros de guerra alemanes contra Hitler –intercaló Paul en las fluidas aclaraciones de la mujer.

–Sin embargo, no se trata de la Unión Soviética –replicó asombrada la joven rusa–. Esto fue proyectado y financiado por Alemania.

–¿Por Alemania? –repitió Paul.

–Sí, claro. Me refiero a nuestra Alemania, a la RDA de Honecker, que también formaba parte de él.

–Ah, comprendo –contestó, y pensó: qué ingenuo por mi parte. Pues claro que se refiere a la RDA, lo cual también explica la dicción de esas explicaciones aprendidas de memoria.

Subieron la escalera de caracol, que estaba revestida de una alfombra nueva de terciopelo rojo.

–Entonces, ¿tiene también documentos sobre el Círculo de Kreisau o la Iglesia de la Confesión? ¿Sobre Moltke, Yorck, Stauffenberg, Bonhoeffer?

–No, por desgracia no –respondió, risueña, la menuda directora–. Pero nos gustaría completar nuestro museo. Tal vez alguien pueda echarnos una mano para mejorar.

–Sin duda –respondió Paul.

Arriba se podía visitar una pequeña aula.

–Original, tal y como se utilizaba entonces –apuntó ella.

Paul vio una estancia sosa, cuadrada, con el piso de madera sencilla, pupitres y sillas de madera. Por una ventanita entraba una luz turbia. En el rincón izquierdo había una estrecha estufa de hierro, a la derecha se veía una pizarra rectangular negra, la esponja y el trapo aún colgaban de sencillos clavos fijados en el reborde de madera, y el aire olía a polvo de tiza.

–Tal vez su tío estuviese sentado aquí.

–¿Cuál era el cometido de esta escuela? –preguntó Paul.

La respuesta llegó como una bala.

–El principal cometido de las escuelas antifascistas era desenmascarar la ideología nazi y educar a los soldados y oficiales prisioneros de guerra en el antifascismo, así como formar militantes en la oposición al fascismo y la defensa de una nueva Alemania. Muchos ex alumnos de las escuelas antifascistas se convirtieron en propagandistas de las ideas del NKFD, desempeñando labores de agitación al otro lado de las líneas del frente, en la retaguardia de la Wehrmacht, y en los campos de prisioneros de guerra. Muchos ex alumnos de las escuelas antifascistas tomaron parte activamente en la reforma democrática en la posguerra. En Alemania del Este contribuyeron a la estructuración de los órganos autonómicos, a la reforma agraria, la reforma escolar...

–¿Qué es esto de aquí? –la interrumpió Paul irritado.

Mientras el vivaz recitado continuaba, Paul había inspeccionado el estrecho pasillo del piso superior y descubierto una vitrina iluminada de forma indirecta en la que se exponían pequeños dibujos a lápiz y acuarelas.

–Son dibujos de antiguos alumnos de la escuela. Muestran el edificio tal y como estaba antes, los barracones en los que vivían los prisioneros de guerra. Por aquel entonces incluso había un pequeño lago que ahora está cegado, pero en estas acuarelas del centro podrá ver que reflejan a la perfección el ambiente de este paisaje, con sus abedules y sus pinos, ¿no le parece?

Tres pequeñas acuarelas ocupaban un lugar prominente. Mostraban el pequeño lago, barracones amarillos, pinos y abedules bajo un cielo estival azul pálido, nevados en invierno y en el lluvioso tiempo otoñal. En la esquina inferior derecha estaban firmadas con una Z rusa.

Hechizado, Paul clavó la vista en la firma, se sacó la cartera y cogió la hojita que encontraron en la caja fuerte de su padre.

–Es la misma firma, ¿lo ve? –Se la enseñó a la joven rusa–. El mismo motivo y la misma técnica, ¿lo ve usted? ¿Cómo se puede saber quién las pintó? Podría tratarse de mi tío.

–Bueno, no estoy segura –fue la asustada respuesta.

–Pero a alguien se podrá preguntar. ¿No conoce a nadie de más edad que pueda tener alguna idea?

–Vayamos abajo –propuso la directora con solicitud, y la acampanada falda roja ya ondeaba en la escalera–. Se me ocurre Anna Semionovna. Tiene sesenta y cinco años y siempre ha trabajado en esta escuela. Creo que sabe algo de los dibujos. En cualquier caso siempre han sido muy importantes para ella.

–¿Dónde está? –quiso saber un nervioso Paul.

–Anna es la encargada del guardarropa, pero desde el Cambio apenas viene nadie. Anna ya no tiene mucho que hacer, por eso siempre se va pronto.

–¡Anna Semionovna, Anna Semionovna! –exclamó por las desiertas salas de exposiciones.

Anna Semionovna ya se había marchado.

La directora preguntó cuál era su dirección en un pequeño despacho contiguo a la entrada. La gruesa mujer que trabajaba allí con una vieja máquina de escribir era amiga de Anna Semionovna y dijo que ese día Anna había ido a Moscú, de visita a un hospital, cosa que hacía con frecuencia últimamente. Se había tomado libre la mañana del miércoles para quedarse en Moscú, pero volvería por la tarde.

Una hora más tarde Paul salía de la filmoteca. La foto y el nombre de Benedikt Saalberg no conducían hasta ninguna de las personas que figuraban en el lugar.

Ya en el viaje de vuelta le pidió al servicial taxista que fuese a buscarlo al hotel dos días después: quería volver a Krasnogorsk para ver a Anna Semionovna.

En el avión que salió de Londres el martes por la mañana rumbo a Moscú, Charly ocupaba un buen sitio, delante, junto a una ventana. Metió la bolsa de la cámara bajo el asiento, ya que John decía que las cámaras siempre iban mejor ahí que en los compartimentos superiores. Lo cierto es que le había dado tantos consejos instructivos que al final del trayecto en coche al aeropuerto de Heathrow ya ni escuchaba.

Qué bien que ahora tenga por delante cuatro horas largas de tranquilidad, pensó mientras miraba por la ventanilla ovalada. Sobre Heathrow se extendía un cielo azul claro de finales de verano, el aire era límpido y los aviones que esperaban alineados brillaban como recién pintados con el sol matutino.

Charly tenía frío, de modo que se arrebujó en la chaqueta, acariciando orgullosa el cachemir de cuadros pardos de las mangas. Había encontrado la chaqueta en una liquidación en Harrods y no la había vuelto a soltar. De eso sólo hacía veinticuatro horas. Cuando uno va a Moscú y –para ser sinceros– teme el viaje, hace falta una chaqueta con la que uno se sienta como en casa. Con este argumento se convenció de que debía comprarse una prenda que, así y todo, era cara.

Cruzó las piernas, sacó del bolso el *Guardian* que le ofreciera la azafata y se dijo: John tiene razón. Es bueno que vaya y que el viaje lleve meses planeado. Precisamente cuando uno está triste trabajar sienta mejor que pensar y hablar. Pese a todo no se le iban de la cabeza Anne y Michi. Michi es como un hermano, observó. Me gustaría tenerlo por hermano, pero sin casarme con Arndt. «Tienes que recorrerte medio mundo para estar a salvo de él», le había dicho John la noche anterior mientras ponía las rosas de Arndt en un jarrón. «Pero a Moscú no irá.»

Charly miraba por la ventanilla. ¡Un vuelo matutino por el diáfano cielo que se extendía sobre Inglaterra! En breve servirían el desayuno, ella leería y desayunaría, leería y comería. Vería Moscú y volvería con unas fotos que entusiasmarían a John.

En Charly anidaba un optimismo primitivo. No excluía las verdades tristes, las experiencias dolorosas o los sucesos desagradables, pero intentaba verlos como una transición a la vida que quería vivir. Buscaba belleza, la hallaba y la sentía como un milagro. Así nacían sus fotos, así les confería una luz que no era fácil de imitar y que a duras penas podía explicar. Su editor y amigo John lo había sabido ver, y sus primeros éxitos le daban a éste la razón.

Dobló el periódico. A excepción de las noticias sobre Irak se limitó a pasar la vista por la infinidad de artículos sobre la economía alemana, la unidad monetaria, el dictado del marco alemán o la cercana reunificación. Estaba claro que eso a los ingleses no les hacía ninguna gracia, y los pronósticos eran sombríos. Sacó del bolso el libro que John cogiera de un estante en el último minuto para dárselo. En él se veía el retrato de un hombre sumamente inteligente y arrogante tocado con una peluca larga; era una biografía de Voltaire.

No puede ser, pensó Charly. Por el amor de Dios, ¿cómo es posible? Claro, porque desde hace poco John ordena los libros alfabéticamente por autores y no por materias. Ahora la biografía de Voltaire estaba junto a una guía de Leningrado porque el apellido de los autores comenzaba por la misma letra, y ella tendría que pasarse cuatro horas enfrascada en Voltaire. Risueña, se contentó con su suerte y abrió el libro.

Las azafatas acababan de sacar los carritos con los desayunos cuando un pasajero de atrás ocupó el asiento libre que quedaba junto a Charly. Era asmático, contó en un inglés precario con acento alemán, y le habían asignado un sitio en la zona de fumadores, lo cual no era razonable para pasar más de cuatro horas. Él fumaba en pipa, pero eso era otra cosa.

Charly no tardó en sentir la condena de su cercanía. En su opinión, el tipo tenía toda la pinta de ser un zorro resacoso. Llevaba unas gafas angulosas con montura dorada y tenía la enfermiza y blanquecina piel llena de manchas parduscas y vitíligo de un blanco verdoso. Todo en ese hombre tan poco sano le parecía engreído y artificial. Llevaba consigo un abultado rollo de periódicos –el *Times*, el *Financial Times*, la revista *Met*–; sin embargo, sacó de debajo una lustrosa publicación alemana vulgar y se puso a ver fotos con fruición. A veces resoplaba, se subía las gafas de profesor y se concentraba con avidez en las imágenes de gran formato. Cuando llegó la bandeja de la comida, sargenteó a las azafatas sin decir por favor ni gracias, las cuales no hicieron mucho esfuerzo por entender lo que quería.

–*You speak German?* –le preguntó a Charly–. *You can helpme?*

–*So sorry* –contestó ella, encogiéndose de hombros–. *Not one word, I'm afraid.*

Miró por la ventanilla. Rusia debía de estar hacía ya tiempo bajo una capa de nubes opaca y gris.

Sólo cuando el aparato se aproximaba a Moscú pudo distinguir ella enormes extensiones boscosas a través de jirones de nubes grises. El terreno parecía grande y desorganizado. Sobre los bosques alemanes a ella más bien le daba la impresión de que al final de cada recta vereda había un guarda forestal. Sin embargo, ese bosque ruso era un continente verde oscuro sin caminos ni poblaciones.

El aeropuerto estaba plagado de gente y apenas iluminado. Una arquitectura aeroportuaria que exigía el derroche luminoso de Europa Occidental bajo la desvaída luz que proporcionaban bombillas de menos de cuarenta vatios. A Charly le costó recuperar su maleta, que no circulaba por la cinta indicada, sino por aquella ante la que esperaban su equipaje los viajeros procedentes de Madrid. Sin embargo, John ya le había hablado del caos que reinaba en el aeropuerto y de los intentos por parte de la mafia de hacerse con el poder tanto allí como en todas partes.

Una interminable cola ante el control de pasaportes y la aduana. Y el alemán desagradable seguía a su lado. Para horror de Charly al tipo lo atendieron los mismos empleados de Intourist que a ella, y hubo de compartir taxi con él hasta Moscú. A duras penas reparó en las amplias y grandiosas avenidas que conducían a la ciudad y contempló sin entusiasmo la suntuosa fachada finisecular del Hotel National, en la *prospekt* Marksa, ante el cual se detuvo el taxi a las seis de la tarde.

Naturalmente se había visto obligada a hablar con él. Era un hombre de negocios y quería «hacer *business*», según le dijo. El que no aprovechara ahora las oportunidades que ofrecía la *perestroika* era tonto.

–*What business?* –quiso saber Charly.

Él rio con descaro y sacó una de sus revistas. Resultó que lo suyo era el negocio del sexo. Con él quería hacer su agosto. Satisfecho, guardó la publicación en la cartera.

–*You?* –preguntó él a continuación, poniéndole la gorda y blanca mano en la rodilla–. *You pretty! You alone?*

No pierdas los nervios, pensó ella. Estate tranquila y aparta la rodilla. Le mintió:

–*No, not alone. I'll meet my husband here.*

Y, esbozando una sonrisa radiante, le enseñó el anillo que lucía en el dedo. Aunque se temió que el viejo truco no bastara para mantener a distancia a alguien tan tenaz, le consoló el hecho de que sin duda él estaría muy ocupado dando salida a sus revistas pornográficas en los patios de Moscú.

En el vestíbulo del hotel dejó de prestarle atención. El National era un hotel grandioso, de solemne estilo modernista, construido en la época de los zares. Enormes estatuas de jóvenes en mármol de Carrara flanqueaban la ancha escalera y sustentaban el techo del vestíbulo, que medía cinco metros de altura. En el descansillo de la escalera había una vidriera modernista en mortecinos tonos verdes y una gruesa alfombra roja recorría los amplios peldaños de roble, por los que desfilaban mozos de hotel, mozos de cuerda y ascensoristas con uniforme rojo. Se oía el ruido de numerosas voces, y en el aire flotaba un olor peculiar que ella no supo identificar. Por la escalera bajaban y subían huéspedes, en su mayor parte hombres de negocios de Europa Occidental con traje y gabardina. En el pobremente iluminado vestíbulo, abajo a la derecha, haraganeaban hombres discretos, casi todos vestidos de oscuro, que parecían esperar algo. Otros se apiñaban en la oficina de cambio de divisas del hotel, donde Charly vio, al otro lado de la puerta, cartones de cigarrillos occidentales y cantidades ingentes de alcohol de elevada graduación. Un brillante chorro de luz salía por la estrecha puerta del establecimiento, donde la caja tintineaba sin cesar, como en un supermercado londinense. La parte izquierda del vestíbulo se abría a la alargada recepción. También allí hormigueaba gente con formularios, billetes, maletas. Charly mostró su billete y la reserva de hotel. En recepción había tres mujeres: una joven y metida en carnes con los ojos perfectamente pintados en verde y dorado, la piel resplandeciente y sendos hoyuelos en las rellenas mejillas; una mayor, de cabello cano, rostro arrugado y espalda estrecha; y, en medio, una compacta, de ojos duros, cabello corto y labios pintados de rosa claro en un rostro anguloso. Ésta despachó a Charly con tono imperioso y llamó a un mozo para que la acompañara a su habitación. Charly echó a andar tras el anciano de librea roja con grandes expectativas. Siguiendo el consejo de John había reservado una habitación de primera. En opinión de éste, por bueno que fuera un hotel ruso nunca era suficiente. Subió dos anchos tramos de escalera revestida de alfombra roja, el peculiar olor se condensaba, polvoriento, dulzón, con una acritud indefinible. El hombre la guió por largos pasillos de la tercera planta, dejando atrás altas puertas de oscura madera abiertas y ventanas de vidrio opalino con sinuosos ornamentos modernistas, al otro lado de las cuales se veían suntuosas estancias, adentrándose cada vez más en las oscuras profundidades del edificio, hasta que las alfombras se tornaron finas y estampadas, las puertas estrechas, las bombillas mortecinas y el olor punzante. El hombre aún subió otra escalera, entró en un pasillo aparte, abrió una habitación y le cedió el paso a Charly.

Yo aquí no me quedo, fue lo primero que se dijo. Ni una sola hora, y menos aún una noche.

Vio una cama corta y estrecha, un armario destartalado, una alfombra sucia y dos sillas desvencijadas. Todo era marrón y ocre, la mugrienta ventana daba a un patio interior descuidado donde la basura rebosaba de toneles herrumbrosos. Si me quedo mirando dos segundos más, seguro que veo una rata, pensó Charly asqueada, y se volvió para inspeccionar el cuarto de baño, pintado en un tono verdoso. El sitio apestaba, sin lugar a dudas, a excrementos de gato, en los rincones el polvo húmedo acumulado formaba churretones, el lavabo y la bañera amarilleaban, el pequeño espejo estaba lleno de salpicaduras de espuma y agua y sobre el sucio retrete había una tira de papel blanco pegada donde, con letras azul celeste, ponía en inglés: *«This room is desinfected»*.

Charly cogió sus bultos, volvió a recepción y dijo que quería una habitación de primera, tal y como había reservado, y no el mezquino cuarto del sucio patio interior que acababan de enseñarle.

Sin decir palabra, la recepcionista sacó la reserva de Charly de un estante y comenzó a pasar de mala gana las finas hojas hasta dar con lo que buscaba. Las anchas uñas pintadas de rosa señalaron las palabras *«first category»*, y la mujer, sin mirar a Charly, dijo: *«You got what you wanted. First category»*.

Eso era imposible, objetó ella. Sólo podía tratarse de un malentendido.

Allí no había malentendidos, fue la respuesta que obtuvo.

Si no se podía arreglar de otra manera, quería hablar con el gerente.

El gerente no estaba. Los estrechos ojos sonrieron sin inmutarse tras el mostrador.

–¿Cuándo volverá? –insistió Charly con amabilidad. Y en la alentadora mirada de las otras mujeres que había tras el macizo mostrador vio que tenía una oportunidad.

¿A las ocho? Bien, esperaría, afirmó Charly, aunque tardara más.

–*Do as you please* –contestó la mujer.

Fuera había oscurecido, comprobó Charly con pesar. Todavía no había ido a la plaza Roja, ni siquiera veía la posibilidad de poder abandonar el hotel en las próximas horas, y subió abatida a la primera planta, donde el mozo le enseñara el restaurante para los huéspedes. El camarero con ojos de pez que la recibió miró malhumorado sus bolsas y las llevó hasta un rincón, y Charly tuvo que demostrar que se hospedaba en el hotel, tras lo cual se vio obligada a esperar en mitad de la grande y soberbia sala hasta que el hombre le asignara un sitio. Mientras lo hacía, Charly observó el lugar. Techos estucados, relucientes arañas que no estaban encendidas. A cambio ardían velas en todas las mesas, vestidas de blanco, y pequeños apliques con pantalla roja en las paredes de la sala, que ornaban estucados y espejos dorados. Al fondo un joven pianista tocaba música popular rusa. Con el objeto de no fijarse en la gente, que, en su opinión, la estaba mirando, se asomó al gran ventanal central del salón para contemplar el iluminado Kremlin: el alargado tejado verde cobrizo que coronaba la amarilla construcción clasicista, la bandera roja de la Unión Soviética ondeando al viento de la tarde, las pintorescas cúpulas de la catedral de San Basilio.

Ya sólo por este instante ha valido la pena el viaje, observó Charly. La ruda dama de recepción es Rusia, la escasez de bombillas, el olor dulzón a polvo, el hecho de que tenga que esperar aquí hasta que pueda sentarme, todo es Rusia, y yo estoy justo en medio.

El camarero la condujo hasta una mesita redonda que ya estaba ocupada por una agradable pareja de mediana edad. Le dieron la carta y, en la mesa contigua, vio las gafas de montura dorada y el traje pardusco de su compañero de asiento en el avión. Ahora tendría que volver a hablar en inglés, aunque la pareja era alemana: un hombre de negocios con la que resultó ser su sumamente íntima secretaria. Charly comprobó que su inglés era bueno, y la aconsejaron con los platos. El hombre llevaba diez años haciendo negocios en la Unión Soviética (qué clase de negocios era algo que no tenía importancia) y no sólo conocía la carta, sino que además era amigo del jefe de camareros. De ese modo le pudo decir en voz baja a Charly que ese día había gran cantidad de caviar, que no estaba en la carta. A tan sólo seis rublos el plato. Él se encargaría de pedirlo. Era la comida más opípara y a la vez barata que tomaba en mucho tiempo, constató Charly. Le sirvieron al menos cinco grandes cucharadas colmadas de caviar, que tomó con vino blanco seco georgiano, y el amable barbado alemán le contó con quién y cuánto acudía a ese restaurante, que aparentemente sólo era para huéspedes; entretanto no paraba de acariciar el brazo de su afectuosa y risueña secretaria, que le sonreía mostrando unos dientes anchos, y así la vida en Rusia cobró un aspecto totalmente distinto del que Charly conocía por los lúgubres artículos de periódico. Un tanto contenida respondió a la pregunta de si tenía una buena habitación, pero el alemán supo en el acto cuál era el problema y le dio un consejo esclarecedor.

–En este hotel jamás admitirían que tienen malas habitaciones –aclaró solícito–. Todo es *«first category»,* ¿entiende? Por debajo no hay nada. Si quiere una buena habitación ha de decir que quiere una *«de luxe»* o *«super luxe».* Siempre funciona, ya lo verá. Sin duda le costará un poco más, pero vale la pena. A cambio hoy tienen un caviar regalado, ¿no?

Justo entonces pasó por delante su desagradable compañero del avión, los saludó y sus ojos lanzaron una mirada radiante al henchido escote de la risueña secretaria.

Se dio a conocer a los dos alemanes y explicó que uno no podía pasarse horas sentado junto a una niña tan guapa sin darle las buenas noches. Cuando se puso de manifiesto que él también era alemán y asimismo iba a hacer negocios, tan sólo fue cuestión de segundos que se sentara en la cuarta silla de la mesa.

Charly se despidió aliviada al constatar lo mucho que tenían que decirse los hombres de negocios y bajó a recepción en busca del gerente.

El gerente era una dama estatuaria ataviada con un traje mil rayas azul marino. Sobre la solapa destacaban unos cuellos de un blanco cegador, la tez del redondo rostro, cuidada y luminosa, era de un rosa blanquecino, y el cabello, negro como el azabache, lucía un elegante peinado alto. Ése podría ser el aspecto de Blancanieves con treinta y cinco años, pensó Charly antes de expresar su deseo de ocupar una habitación *«de luxe»*.

Hubo de aclarar por escrito que pagaría la diferencia y demostrar con una tarjeta de crédito que podía hacerlo. Debo de estar loca, se dijo cuando un mozo la llevó en ascensor hasta la última planta, derrochar el dinero que me queda por no quedarme en una apestosa y sucia habitación interior. Menos mal que en la tarjeta no se ve que apenas tengo dinero en la cuenta.

En la última planta del National todo era como ella había imaginado que sería un hotel ruso con solera a tenor de las descripciones de John. En un espacio central situado entre el ascensor, la escalera y los pasillos, allí donde confluían las alfombras de terciopelo rojo punzó, estaba sentada la *deshurnaya*, la responsable de la planta, a la débil luz de una lamparita. John le había dicho: desde su mesa puede observar fácilmente cada movimiento de los huéspedes de su planta, y guarda las llaves de las habitaciones, sirve té, pide taxis. La mesita está ocupada día y noche, nada pasa inadvertido.

La *deshurnaya* abrió la habitación, cuyas ventanas no daban a la *prospekt* Marksa, sino a un pequeño patio interior.

Ante el pulcro espejo del limpio cuarto de baño alicatado en blanco Charly decidió que podría aguantar hasta el viernes.

Paul no podía dejar de pensar en Anna Semionovna.

Sin embargo, aún tendría que esperar hasta la tarde del día siguiente para que tuviera sentido volver a Krasnogorsk.

Ese segundo día tampoco había parado de llover. Paul observó que otros pedían prestados paraguas en la recepción de su hotel. Tras hacer lo propio, salió rumbo a la plaza Roja.

El paraguas del hotel era grande y verde, como el de un pescador. Debajo habría cabido de sobra otra persona. Con otra persona también sería más divertido ver la plaza Roja bajo la lluvia, pensó.

Charly ya debía de estar en Moscú. ¿Por qué no la he llamado?, se preguntó, y supo perfectamente por qué no lo había hecho: porque todos decían que Arndt se casaría con ella, porque Arndt la seguía a Roma y a todas partes y por lo visto no hablaba de otra cosa, porque Georg ya se imaginaba en el papel de suegro de una muchacha tan encantadora.

Su madre, que se había citado con Charly en Moscú, ni la había mencionado delante de él. Paul tan sólo recordaba la admonitoria conversación que mantuvo con ella la mañana antes de que se fuera a Londres.

–Cuando sonó el teléfono a la una y media, ¿era Carolin?

–Sí.

–Estabas en el cuarto de Charly –aseveró Helen.

–Sí.

–Estoy convencida de que sabes lo que haces –añadió después–. Sólo quiero decir que la tragedia familiar no tiene por qué continuar necesariamente.

En lo tocante a sus amistades su madre siempre había sido especialmente discreta, por eso sus palabras pesaban el doble. Entretanto él ya se había dado bastantes argumentos para obligarse a no pensar en Charly. Bastante ineficaces, como comprobaba una y otra vez. Esa chica no se le iba de la cabeza, pero delante de Helen no hablaba de ella ni preguntaba por ella.

De vuelta en el hotel fue directo a su habitación, en la sexta planta, y trató de llamar a Alemania. Sus pensamientos giraban en torno a Michi. Esperaba que ya se hallara fuera de peligro. Las líneas estaban ocupadas. Desde la mesita del teléfono vio el pequeño patio interior. La lluvia se deslizaba por las ventanas, enfrente aún se encendió una luz a última hora en una habitación, por lo demás la sexta planta estaba a oscuras. Se aprendió el alfabeto ruso y probó a escribir en caracteres cirílicos palabras que había escuchado, pero no paraba de pensar en Anna Semionovna, en Ben y en la curiosa firma del dibujo. No se daría por vencido. Tal vez mañana averigüe algo más, se dijo antes de quedarse dormido.

A la tarde siguiente, Krasnogorsk estaba cubierto de niebla otoñal, los abedules ya tenían hojas doradas y era como si difundiesen una suave luz. La menuda directora todavía no estaba, y sin intérprete no podía hablar con Anna Semionovna.

La responsable del guardarropa se hallaba tras su parapeto, custodiando el vacío cuelgacapas. Paul le entregó su trinchera y observó su rostro carnoso, pero ceniciento. Los pequeños ojos afligidos los tenía muy hundidos en las cuencas, y bajo un sombrero de fieltro beis con forma de casco de la Wehrmacht de ala ancha asomaba un cabello cano rebelde. Su boca esbozaba una sonrisa permanente.

Paul le dio los buenos días en ruso, algo que ya había aprendido a decir, y la mujer le dirigió una mirada amable y repuso lo mismo. Él recorrió las salas, mirando a cada poco el despacho por si llegaba la directora. Finalmente ésta entró –su pequeña se había caído y se había roto un diente–, pero llevó a Paul al guardarropa sin vacilar.

–Anna Semionovna...

Con un torrente de palabras le enseñó el dibujo a la anciana, pidiendo que prestara especial atención a la firma. Paul observó el rostro de la mujer y vio que los pequeños ojos lo reconocían. Comenzó a hablar, señalando deprisa y agitadamente la firma del dibujo, y él no paraba de oír un nombre: Zontarova, Elisaveta Zontarova.

Elisaveta Zontarova, le tradujo la menuda directora, acompañó un transporte de prisioneros a Krasnogorsk como joven médica del hospital militar. Por aquel entonces, en 1943, ella, Anna Semionovna, trabajaba en la cocina del campo y adoraba a la joven doctora, sí. Era una persona tan distinta de las demás. Tranquila y serena, y además rubia como una santa. Zontarova le tomó confianza y a veces le pedía favores. Como es natural se trataba tan sólo de peticiones de poca importancia a la cocina, como un caldo de carne o un té en condiciones, que prácticamente era todo lo que había. Entre los recién llegados había uno herido de gravedad en la cabeza, un tipo alto y apuesto al que prestaba especial atención y al que probablemente fuese destinado el caldo de carne. Zontarova le contó que le había devuelto la salud, pero que él había perdido la memoria y no sabía quién era. Por aquel entonces –y dado que no pudieron averiguar nada sobre el desconocido– le dieron el apellido de ella. Lo llamaban Sergei Zontarov. Como ocurría de vez en cuando, ambos se enamoraron, sin duda. Cuando él se restableció, participó en la instrucción de los oficiales en la escuela, y leía tantas obras de Marx y Lenin que Zontarova incluso tenía celos de los libros. Aprendió ruso como por arte de magia y además hablaba otros idiomas: inglés, francés, alemán. Incluso impartía clases a prisioneros italianos, y pintaba estupendamente, y al cabo de unos meses también recuperó parte de la memoria. Luego, un buen día, vinieron a buscarlo. Cuatro semanas más tarde a Zontarova le comunicaron que había fallecido en una misión. Ella enfermó y se sumió en la desesperación, y algunos meses después del final de la contienda averiguó que estaba enterrado en el cementerio de Krasnogorsk, en la tumba número 539. Zontarova no paraba de visitarla y ponerle flores, y de repente también ella desapareció. Durante años. Se asentó cerca de Novosibirsk, de médica en un pequeño hospital, y, mientras, ella, Anna Semionovna, cuidó de la tumba. Hacía aproximadamente diez años Zontarova volvió y obtuvo un piso en Moscú, nada malo, no, al contrario, una bonita casa en la *prospekt* Leningradski, sí, cuatro habitaciones, todas ellas con ventana y sólo para ella y su hijo, al cual ella, Anna Semionovna, no había visto, de cuyo padre tampoco había hablado nunca. Zontarova había seguido ocupándose de ella de un modo enternecedor cuando iba al cementerio. Siempre le llevaba algo: cigarrillos occidentales y fruta que no podía comprarse en ninguna parte. Sin embargo, desde hacía dos meses Zontarova estaba en el hospital. Gravemente enferma del corazón, probablemente muriera. Una verdadera lástima, sin duda, siendo como era una mujer alta y guapa.

Con ayuda de la menuda directora y el permiso Paul visitó de nuevo la filmoteca, en un extremo de Krasnogorsk, y averiguaron que el expediente Sergei Zontarov había sido cerrado en noviembre de 1944, según vieron por escrito. El número de la tumba que les facilitara Anna Semionovna también cuadraba.

La tumba número 539 se hallaba en el rincón más apartado del accidentado cementerio de Krasnogorsk. Paul se veía obligado a dar pequeños pasos junto a Anna Semionovna, que había querido acompañarlo hasta allí.

Qué distinto es este cementerio, pensó Paul mientras caminaba al lado de la anciana. Comprendía que la mujer tuviera que andar con cuidado por la subida, que además estaba llena de mojado follaje otoñal. Una vez dio un resbalón, y a duras penas logró él sujetarla por la manga del sucio abrigo beis.

De haber estado solo no habría estado tanto tiempo contemplando el cementerio. Las tumbas estaban cerradas con ornadas rejas pintadas de blanco o azul claro. Parecían camas de niño pasadas de moda entre arbustos y árboles. En las lápidas no sólo se veían los nombres, sino también grandes fotografías de los difuntos, y en el pequeño cercado a menudo había banquitos e incluso mesitas redondas y sillas. Sobre todo donde las imágenes correspondían a bellas muchachas las tumbas eran tan primorosas como si los dolientes vivieran allí.

De pronto le vino a las mientes Charly, y lo asaltó una oleada de ternura, como siempre que pensaba en ella por casualidad. Le resultó inquietante acordarse tanto de ella en un cementerio y, contagiado de la melancolía del lugar, tuvo miedo de no volver a verla.

Entretanto habían llegado a una pequeña elevación. Anna Semionovna echó a andar delante por la descuidada hierba, a lo largo de las llanas tumbas de los prisioneros fallecidos de Krasnogorsk. Todas iguales, ribeteadas de piedras pintadas de blanco, con números bien visibles. *«Stoi»,* dijo en medio del lugar, y Paul se vio ante la tumba número 539.

Se inclinó y contempló durante un rato el número, que parecía recién dorado, y un conmovedor ramo de aster que Anna Semionovna estuvo arreglando tanto tiempo que al final de él no quedaron más que unos pobres tallos.

Apenas me ha conmovido, se dijo Paul en el camino de vuelta a Moscú. El ramito de aster sí, las tumbas cercadas de los otros, pensar en Charly. Pero ¿la tumba número 539? La historia de la muerte de Ben no tiene pies ni cabeza. Por aquel entonces a los prisioneros de guerra se les enterraba, en el mejor de los casos, allí donde caían, no se los llevaba hasta un cementerio apartado. La desaparición de Elisaveta Zontarova, su vuelta años después a una vida claramente privilegiada, eso tampoco estaba claro. O ¿acaso debería darme por satisfecho? ¿De verdad estará enterrado ahí el hermano de papá, el gran amor de mamá, el padre de Rosa? ¿De verdad se ocultaba Ben Saalberg tras Sergei Zontarov?

Anna Semionovna iba sentada en la parte posterior del coche y hablaba con el conductor, que debía dejarla en Krasnogorsk. Paul, o más bien la joven directora del museo, había convencido a Anna Semionovna de que lo acompañara al hospital Katharinen, donde ella visitaba a menudo a Zontarova. Lo haría con gusto, repuso Anna Semionovna, aunque no tenía sentido, puesto que la enferma no mostraba reacción alguna. Sin embargo, no podría ir hasta la mañana siguiente, pues ese día tenía que hacer cosas en casa que no podía aplazar.

Por más opciones que le dieron no hubo manera de hacer que cambiase de parecer.

El jueves a mediodía Paul recogió a Semionovna en Krasnogorsk ante el museo. A cambio de un cartón de cigarrillos tenía al taxista a su disposición toda la tarde.

Ambos se pusieron a hablar. El húmedo abrigo de ella despedía un olor desagradable, y las ventanillas estaban más empañadas que de costumbre. Paul no paraba de despejar con su pañuelo el parabrisas mientras oía la voz ronca y baja de la mujer. No paraba de contarle al taxista cosas con las que él se reía. A veces volvía la cabeza para decirle algo y no se metió en un hondo socavón porque Paul agarró el volante.

Ese hoyo me habría podido desnucar, observó Paul cuando el coche lo sorteó ralentizado. Sin embargo, no había visto señalización alguna que lo advirtiera, cayó en la cuenta después, las obras en sí no estaban cerradas ni iluminadas. Se gastaba más en un miserable bache en una carretera alemana que allí en una sima, pensó. Las balizas intermitentes con las que se indica en casa un inofensivo estrechamiento de la calzada aquí probablemente tuvieran que bastar para todas las obras existentes entre Moscú y Leningrado.

¡Seguía vivo! Pero habría podido ser víctima de un accidente allí, en un tramo en obras azotado por la lluvia entre Moscú y Krasnogorsk, poco antes de ver a la mujer que tal vez pudiera contarle la verdad sobre Ben Saalberg y hablar con ella.

En Moscú Semionovna pidió hacer un alto en el número 109 de la *prospekt* Leningradski. Paul le indicó por señas que iría con ella. Allí las casas eran todas iguales: con seis plantas, amarillas, tras un gran parque infantil rodeado de árboles. A Paul le llamaron la atención unas tallas de madera clara: osos, lobos y cazadores relucientes debido a la lluvia en un recinto mojado y cubierto de arena. El taxista dio con la puerta tras la que debía de hallarse el apartamento 16. Un desagradable aire acre abofeteó a Paul en el pasillo; por el contrario el verde de las paredes de la escalera era de una noble tonalidad jade. Incluso en Italia se hablaría de la belleza de este color, analizó Paul. Y aquí se ha pintado con él una escalera apestosa. El ascensor no funcionaba, y tenían que ir al sexto. Echaron a andar por la sucia escalera; en un rincón había excrementos de perro secos bajo polvorientas telas de araña.

El piso de Elisaveta Zontarova, al que al parecer Anna Semionovna fue en busca de ropa limpia para la enferma, era luminoso y estaba muy limpio. Paul suspiró aliviado y echó un vistazo al pequeño salón, repleto de libros y fotografías. Entre las ventanas descubrió una acuarela en la que se veía el lago de Krasnogorsk bajo la luz del mediodía. A los cinco minutos se fueron.

«El hospital Katharinen es el más antiguo de Moscú», le había comentado la alegre directora del museo. «Se construyó en 1776 por orden de Catalina II. Entonces era el hospital más puntero de Europa.»

Entonces seguro, se dijo Paul mientras atravesaba junto a la nerviosa Anna Semionovna los grandes charcos de la explanada sin pavimentar que precedía al hospital de cuatro plantas. El vestíbulo era grande como el gimnasio de un colegio y apenas estaba iluminado. Una clara capa de polvo cubría el oscuro embaldosado, visible especialmente bajo las altas ventanas del lado izquierdo. Olía mal. A la derecha, a todo lo largo del vestíbulo, había un guardarropa, como en un teatro de provincias. Al débil resplandor de las mortecinas lámparas aguardaban las mujeres que se harían cargo de los abrigos de él y Anna Semionovna. Por lo demás no se veía a nadie, y también la explanada estaba desierta, ni plazas de aparcamiento, ni taxis ante el edificio, como si Paul y ella fuesen los únicos visitantes. Anna Semionovna se desabrochó con presteza el abrigo, Paul titubeó: no le hacía gracia dejarlo, prefería dejárselo puesto y no tener que ir a recogerlo más tarde; además le daba la impresión de que no recuperaría su gabardina si desaparecía entre el montón.

Semionovna le indicó que tenía que quitarse el abrigo, y se sometió a regañadientes a los gestos y miradas de las ocho responsables del guardarropa. Le dieron a cambio una chapa.

En la escalera Semionovna se acercó a una pequeña ventana de guillotina tras la cual unos labios pintados de rojo y unos dientes con un brillo negruzco le dieron el permiso que solicitara. Acto seguido le hizo una señal a Paul, que echó a andar tras ella, obligado a avanzar con lentitud en la escalera, hasta llegar a la segunda planta del edificio, donde entró en un pasillo amplio y en penumbra en el que numerosas macetas con plantas crecidas festoneaban el sucio frente de ventanas, además de varios bancos, mesas y sillas. En el lado derecho se abrían las anchas puertas de las habitaciones. Paredes y puertas estaban pintadas de gris. A pesar de las plantas en el aire flotaba un atroz olor a hospital. Con aire de resignación, la mujer se sentó en un raído asiento rojo de piel artificial y señaló la puerta de enfrente, la número 218, y luego su reloj, mientras escribía en el aire un cinco con sus dedos cortos y atrofiados. Espero que signifique que tenemos que esperar cinco minutos y no cinco horas, se preguntó Paul, e intentó mirar el patio interior por la ventana, en la que la suciedad prácticamente no dejaba ver nada.

Qué saldrá de aquí, se preguntó. Georg se habría dado por satisfecho con el expediente cerrado de Krasnogorsk, estaría hace tiempo en un avión y por la noche, de camino a casa, aún estamparía unas cuantas firmas.

Sin embargo, es importante que vea a esta mujer, se dijo. Claro que no hablaba el idioma, cosa que cada día le resultaba más enojoso. ¿Qué había dicho Semionovna del hombre al que llamaban Sergei Zontarov? Que aprendió ruso como por arte de magia. Alemán hablaba, eso por descontado, y enseñaba a los prisioneros italianos.

Ello encajaba con la descripción de Ben Saalberg.

Una puerta se abrió y se cerró deprisa. Cuando Paul se volvió aún pudo ver el definido perfil de un anciano muy alto, tan alto como el propio Paul, y también igual de ancho de espaldas, aunque en el caso del otro, que se alejaba a buen paso, ésta parecía un tanto inclinada por la edad. Llevaba zapatos caros, un elegante abrigo urbano y un sombrero de caballero gris oscuro bien calado, y se dirigía hacia la salida con pasos largos y enérgicos.

Paul se quedó embelesado, mirándolo. Ya en la puerta el anciano volvió la cabeza un tanto, como si quisiera escudriñar a Paul, pero sólo durante segundos. Después la puerta se cerró tras él.

Anna Semionovna le tiró de la manga y se movió en dirección a la puerta de la habitación.

Era él, se dijo Paul en ese momento. La mirada resuelta, la nariz... como en la foto. Sólo que mayor. El sombrero me ha hecho dudar. Era el mismísimo Ben Saalberg. ¿Estaré loco? ¿Por qué sigo aquí plantado?

Echó a andar por el pasillo dando zancadas, bajó la oscura escalera, en el crepuscular vestíbulo pasó por delante de las boquiabiertas mujeres del guardarropa y salió a la desvaída luz de la tarde de septiembre. Primero hubo de dar la vuelta a un ala del edificio, y entonces vio la alta figura más abajo. Un vehículo alargado y oscuro que se aproximaba por la izquierda se detuvo con la puerta trasera justo a la altura del hombre, que en ese instante vio a Paul. La amplia explanada del hospital, desierta, se interponía entre ellos, y Paul gritó con todas sus fuerzas: «¡Ben Saalberg! ¡Eres Ben! ¡Ben Saalberg!».

El nombre resonó en el lugar, retumbó en la cabeza de Paul. Le pareció ver una mano que lo saludaba, después la portezuela del oscuro coche se cerró. Paul salió corriendo calle abajo, pero la negra limusina ya no estaba a la vista.

Desconcertado, se fumó un cigarrillo para tranquilizarse mientras volvía al edificio. Ante la habitación 218 lo esperaba Anna Semionovna, sonriendo estoicamente. Ni siquiera se mostró sorprendida.

A saber qué se imaginará. Por lo visto el incidente no la ha animado a hacer conjeturas, contestó Paul. Una enfermera de tez poco saludable, pero ojos despiertos, salió de la habitación.

–*Do you speak English?* ¿O alemán? –inquirió Paul.

–*English. A Little* –contestó tímidamente la mujer. E hizo ademán de cerrar la puerta de la habitación 218.

–*I want to see Elisaveta Zontarova.*

–*No, not possible. No man in room for women, you see?*

–*But the man who left? The tall old man with a hat and a cloak? What about him?* –Paul acompañaba sus preguntas de gestos para hacerse entender.

–*Oh, secret. I don't know, you see.*

–*I see, but I have to speak to Elisaveta. Couldn't she come out? It's very urgent.*

–*No, no. She couldn't. She... a stroke, you see. Severe. She not speak, or hear, not move, you see. She not see you.*

–*I must see her, please... just once* –insistió Paul al tiempo que sacaba sin vacilar un paquete de cigarrillos. No podía permitir que lo despacharan justo delante de la puerta.

–*Spasiba* –dijo la enfermera, cogiendo el paquete sin titubear. Después abrió deprisa la puerta, sólo un poco, dejó entrar a Paul y Anna Semionovna y condujo a Paul hasta la quinta de nueve camas en la estancia grande, fría y hedionda. En ella yacía una mujer de una altura imponente, el rostro redondo y de una palidez antinatural, como petrificado. El rubio cabello era canoso, y los ojos, marrones, miraban sin ver el techo de la habitación.

Fue el último día de vida de Elisaveta Zontarova.

«De Moscú no he visto gran cosa», le escribió Charly a John.

> Hotel National, Moscú
> 6 de septiembre de 1990
>
> Llueve como en los trópicos, uno se cala en cuestión de segundos. Estoy en Moscú conociendo a absurdos hombres de negocios occidentales y leyendo la biografía de Voltaire que por desgracia me diste en lugar de la guía de Leningrado. Aquí se pueden comprar muy buenos libros de la RDA sobre Moscú y Leningrado. Por lo demás no hago más que ver puertas cerradas: el museo Pushkin, el teatro Bolshoi y el Kremlin no admiten visitantes en este momento. Estrictamente hablando este viaje ha sido en balde, no puedo hacer nada para el libro.
>
> Mi hotel está enfrente del Kremlin y la plaza Roja, en el corazón de Moscú, pero por la noche no salgo. La *deshurnaya*, a la que iba a darle la llave de mi habitación, me lo desaconsejó expresamente el primer día. Por la noche las calles ya no son tan seguras como antes, dice, y le echa la culpa a la *perestroika*.

Su hijo creció con Bréznev, y aunque entonces no se podía abrir la boca, la educación era más fácil. Su hija menor tiene la misma edad que yo y ella ya no la deja salir sola por la noche. Pero tampoco debo ir por calles mal iluminadas, dice, incluso aquí abajo, a la entrada del hotel, haraganean jóvenes sin oficio ni beneficio para hacer algún disparate. Esa mujer se sienta a su mesita a leer *Guerra y paz*, ¡por decimoquinta vez! Cuando todos los huéspedes están en su respectiva habitación, se envuelve en una manta e intenta dormir en un viejo sillón. He hablado con ella alguna que otra vez. Ha estudiado Inglés y le gustaría ser intérprete. Tiene cincuenta años, pero está arrugada y anda encorvada como una abuela. No me siento bien yéndome a dormir a mi habitación *«de luxe»* sabiendo que ella ha de aovillarse en el sillón de un pasillo expuesto a las corrientes. Dice que ahora mismo el dinero que gana se lo gasta únicamente en cigarrillos occidentales, que compra en el mercado negro. Toda su familia fuma, y su único hijo anda con exámenes finales justo ahora, cosa que al parecer es impensable sin tabaco. Ella asegura que se trata de una falsa crisis tabacalera, creada por círculos que quieren perjudicar a Gorbachov y la *perestroika*. Lo mismo pasó con la crisis del pan, pero no he podido averiguar lo que en realidad opina de la *perestroika*. Le he regalado un cartón de tabaco de la tienda libre de impuestos.

Estoy escribiendo en un viejo secreter de mi pequeño salón *«de luxe»*, que tiene dos sillones de terciopelo verde oscuro, una mesa con marquetería, un piano de concierto desafinado y un frigorífico grande como un hombre. En las habitaciones huele bien, pero en los pasillos no acabo de desprenderme del peculiar olor que me acompaña desde el aeropuerto: un poco a polvo viejo y pegajoso, un poco a azúcar, un poco a excrementos de gato, así lo describiría. Dependiendo de la calidad de los cuartos y de la planta predomina uno u otro.

Para los paseos a la librería pido prestado un paraguas en recepción. Así al menos he tenido tiempo de ver los escaparates, a los que ahora saco fotos cada vez que deja de llover. No están tan abarrotados como los nuestros, sino bien organizados. En las tiendas que venden géneros de punto no se apilan diez jerséis de cachemir o quince fulares. Las zapaterías no exhiben un centenar de pares de zapatos en el escaparate. Aquí hay fotografías, maquetas de madera y metal, figuras de cartón y collages que aluden a los artículos que se venden. Unas veces cubistas, otras con un estricto diseño Bauhaus, pero siempre en unos colores muy bien matizados. Es como contemplar cuadros de Braque, Schlemmer o Schwitters con la extrañeza que añaden unos escaparates reflectores inmersos en decrépitas fachadas. Los escaparates me entusiasman porque, a diferencia de lo que ocurre en casa, en ellos no hay un gran despliegue de material, sino fantasía y arte. La razón más poderosa probablemente sea que no tienen diez jerséis o veinte cazuelas, cincuenta vaqueros o cien zapatos, etcétera, para exponer en el escaparate. Ahora voy a ir por última vez a la plaza Roja a hacer una foto como una turista. Tengo muchas ganas de ir a Leningrado.

CHARLY

Al llegar al hotel Paul no pudo soportar la idea de subir a su habitación para contemplar la lluvia. Tras la experiencia en el hospital se habría sentido recluido y encadenado en cualquier espacio cerrado. Por el momento le era imposible averiguar si aquel hombre de elevada estatura que viera en el pasillo del hospital de verdad era Ben Saalberg. Si bajo el calado sombrero se ocultaba la cicatriz por la que habría podido reconocerlo.

Seguía lloviendo igual que antes. El aire era caliente, casi bochornoso, y olía a follaje otoñal mojado, lo cual era un regalo tras los acerbos olores del hospital.

Tal vez pueda pedir prestado de nuevo un paraguas, se planteó Paul, pues la necesidad de aire fresco no tenía por qué implicar calarse hasta los huesos. Se acercó a recepción, que a esa hora del día estaba llena de huéspedes que llegaban, mozos con librea roja y taxistas.

Delante tenía a un alemán piernicorto. El ralo cabello, que le caía sobre la gruesa nuca, las gafas con montura dorada y la voz bronca le resultaron chocantes a Paul, que prestó atención al oír que el alemán preguntaba, en su mal inglés, si podían prestarle un paraguas. Le respondieron que no quedaba ninguno, el último se lo había llevado la joven que pedía uno cada tarde. Paul reparó en la sonrisa de satisfacción que se dibujó en el desagradable rostro del hombre y salió. Atravesó la *prospekt* Marksa, corrió hasta la entrada de los grandes almacenes GUM, giró a la derecha y cruzó la mojada plaza Roja por el medio. No había mucha gente, y la que había parecía solitaria y desorientada bajo la crepuscular luz. El alumbrado eléctrico todavía no se había encendido, la bandera roja, vencida por la lluvia, pendía sobre el tejado cobrizo turquesa del Kremlin y las cúpulas de la catedral de San Basilio no eran más que unas sombrías siluetas en medio de la bruma.

Charly había desistido de su plan de hacer fotografías. Con esa luz habría sido un esfuerzo y un despilfarro. Había salido del hotel por última vez antes de partir rumbo a Leningrado con el anticuado paraguas verde del establecimiento. Llevaba una gabardina beis que le llegaba por las pantorrillas sobre un corto vestido gris antracita, los pies desnudos en unos zapatos de charol negros a los que, hasta cierto punto, no afectaba la lluvia. Se había recogido el cabello con ayuda de dos peinetas y se lo había dejado dentro de la gabardina, cuyo cuello llevaba subido. Tan sólo le colgaban unos mechones en la frente. Hacía días que iba así bajo la lluvia, en un esfuerzo por no estropear su limitado guardarropa. Y es que, una vez se mojaban las prendas, no había manera de que se secaran, y de la lavandería del hotel no se fiaba. Delante de los escaparates de los GUM se alegró doblemente de no haber cogido la cámara, ya que estaban cambiando la decoración.

A lo largo de los días pasados se había acostumbrado a que la gente la mirase, cosa que atribuía al llamativo paraguas del hotel. Sin embargo, ahora, ante los escaparates de los GUM, se sentía claramente observada, y cuando se volvió un tanto vio clavados en ella los enrojecidos ojos del alemán de las gafas doradas, que cada día era más importuno con sus preguntas por un marido que a todas luces no llegaba. A su lado sonreía otro hombre con un abrigo de cuero negro.

Ambos se plantaron en el acto a su lado, demasiado cerca, y el alemán farfulló con su fuerte acento algo que a Charly no le costó deducir. Además, acto seguido, el tipo deslizó la mano por debajo de su brazo.

Aquí, en el exterior, no puede pasarme gran cosa, pensó, pero esta clase de tipos pueden ponerse desagradables fácilmente cuando no están solos. Nadie saldrá gritando detrás de mí si ahora me arrastran hasta el centro y me llevan consigo.

Charly fingió sorprenderse y alegrarse de ver a su compañero de avión, si bien señaló el gran paraguas, que por desgracia le impedía darles la mano a él y a su amigo. Acto seguido le entregó en un santiamén el voluminoso y pesado paraguas al perplejo hombre del abrigo de cuero negro y echó a correr al centro de la plaza. Tenía que ser más rápida que los dos, si es que decidían seguirla. Tenía que volver corriendo al hotel. Allí no le pasaría nada.

Paul acababa de decidir volver de nuevo por la noche, cuando la catedral de San Basilio y el Kremlin estuvieran iluminados. Se hallaba en la desierta plaza sin reparar del todo en el entorno y sólo podía pensar en el hombre ancho de espaldas que se había ido de incógnito ante sus ojos. Planeaba mentalmente su próxima visita al hospital. ¿Por qué no se le habría ocurrido ese día la idea de llevar a un intérprete? La tarde anterior podría haber sido distinta. Al día siguiente iría al hospital con un intérprete para intentar averiguar algo del visitante de Zontarova. Quizá fuese a menudo. Quizá incluso con regularidad.

Se disponía a volver al hotel cuando vio atravesar la plaza a la carrera a una figura solitaria; iba directa a él. Dos hombres seguían a la mujer, gritándole algo. Uno de ellos luchaba con un gran paraguas que finalmente dejó en el suelo.

No puede ser, se dijo cuando la mujer estuvo más cerca, debo de estar soñando. Era Charly. Se había mojado considerablemente y corría hacía él con la gabardina abierta y el cabello ondeando al viento. Lo reconoció.

–¿Paul? –exclamó con incredulidad. Y, tras detenerse un instante, siguió corriendo a su encuentro–. Paul –dijo sin aliento–, por favor, haz como si estuviésemos casados, así se irán esos tipos. –Ya estaban muy cerca–. ¿Puedes abrazarme como si me estuvieras esperando?

–Siempre he querido hacerlo –se limitó a responder él, y la estrechó entre sus brazos y le besó la mojada frente, el cabello, la oreja, el cuello... mientras observaba a los hombres. Vio que éstos se detenían y hablaban, sintió el desbocado palpitar de Charly y la abrazó con más fuerza. Finalmente ambos dieron media vuelta, cogiendo al pasar el paraguas, y desaparecieron en los pasillos abovedados de los GUM–. Se han ido –le dijo en voz baja al oído–, pero no te voy a soltar.

–¿No?

Charly levantó el rostro de la gabardina de él, le rodeó el cuello con ambos brazos y le acarició el cabello con los dedos.

Horas después Charly despertó en la habitación de Paul y echó un vistazo a su alrededor. En la estancia contigua había encendida una lamparita de lectura que iluminaba débilmente el pequeño dormitorio, situado entre el salón y el cuarto de baño, como una alcoba por la que se podía pasar. No se atrevía a moverse. Estaba en brazos de Paul, que dormía, y no quería despertarlo.

¿Estará permitido ser tan feliz? Sentía el calor de su corpachón en su piel. A pesar de Anne, a pesar de Michi, ¿ser tan feliz? Esta tarde es un milagro. ¿No hay ninguna foto aquí que pueda recordar cuando quiera pensar en la habitación donde todo empezó? Tan sólo me vendrá a la memoria esa cortina torcida entre el salón y el dormitorio cuando mañana sueñe con esta habitación en Leningrado.

Pero ahora debo incorporarme, se dijo. Tengo que moverme. Paul susurró:

–No te despiertes, no te levantes. Por favor.

–Ha oscurecido hace un buen rato.

–Pues muy bien.

–Tengo hambre.

–A mí no me hace falta nada –musitó, y besó sus pequeños y firmes pechos.

–Entonces a mí tampoco –rio suavemente ella, enterrando las manos en el cabello de Paul.

Ésta es la respuesta a este verano, pensó Paul. Todo es soportable si está ella. Y eso que me he resistido aun sabiendo que la quería. Me la he jugado. ¿Por prudencia? ¿Por lealtad? ¿Por viejas historias familiares? ¿Por Arndt? Al pensar en Arndt abrazó y besó a Charly sin poder parar.

Más tarde se apoyó en un codo y le pasó la mano por el cabello.

–¿Sabes cuándo me enamoré de ti? –le preguntó, al tiempo que le besaba los ojos.

–Sí.

–¿Cuándo?

–Cuando me enamoré yo de ti. En el mismo segundo.

–¿En el museo?

–Sí, en el museo.

–Lo cierto es que ya lo supe en el jardín, cuando me diste la charla sobre las barnaclas carinegras.

Charly se echó a reír.

–Y yo supe que no me escuchabas. Te di una charla sobre Siberia.

–¿Encontraste la barnacla que te dejé en la almohada?

–Sí. ¿Por qué no me despertaste?

–Porque tenía miedo de no volver a dejarte.

–Mañana por la mañana tengo que ir a Leningrado.

–No te puedes ir. Ya te he dejado marchar demasiadas veces.

Hablaron sobre cada instante del verano que los había unido hasta llegar a escasas horas antes.

–Creo que todo lo que uno vive es importante –aseguró ella–. Cada suceso, cada momento. Nada es en vano.

Se levantó, cogió el albornoz de Paul y se lo puso.

–Eres una optimista incurable, ¿no?

–Soy una optimista hambrienta, y voy a por algo de comer. No he tomado nada desde el desayuno.

Fue al salón, abrió otro pequeño espacio y dio la luz. Tras un viejo piano de concierto con intrincados adornos descubrió el frigorífico que buscaba.

–Por desgracia, la nevera está vacía, Paul.

–Tampoco hay servicio de habitaciones. Así que no hay nada de comer. Sólo podemos soñar con ello: cogemos el teléfono y pedimos champán, pan tostado y, ¿qué te gustaría, caviar o salmón?

–Caviar, claro. A seis rublos el plato. Esta noche lo hay. Lo sé, Paul.

–No podemos abandonar esta habitación. –La atrajo a su lado tirándole de la manga del albornoz–. Mis albornoces te sientan de maravilla, pero no puedes volver a marcharte.

–¿No? ¿Ni siquiera para ir a buscar un bocadillo de queso?

–¿Te ha dicho alguien que puedes parecer de lo más descocada cuando te tumbas así y sonríes?

–No sé quién podría decirme algo así.

–¿Arndt, quizá?

Charly recorrió sus labios con el índice y repuso:

–Ya te he dicho que no pasó nada.

–Georg hablaba como si vuestra boda fuera un hecho y estaba convencido de que vosotros, en fin... –Paul le acarició el oscuro cabello, que contrastaba con el almohadón.

–¿Paul?

–¿Sí?

–Tienes razón. Arndt no quería otra cosa, pero no me acosté con él.

–¿Aún no se ha dado por vencido?

–No, creo que no.

Le besó los ojos, las sienes y la boca y le desató el cinturón del albornoz.

–Me encantan tus manos –musitó Charly con los ojos cerrados.

Durante unos minutos reinó el silencio en la pequeña y cálida estancia. Fuera la lluvia resbalaba por los cristales, y en algún lugar del inmenso edificio alguien tocaba el piano.

–Eres una maravilla –dijo Paul en medio del silencio–. Una maravilla que uno quiere tener para él solo. ¿Charly?

–¿Sí?

–¿Qué le vas a decir?

–¿A quién?

–A Arndt.

Ella lo miró atentamente, acariciando su cuello y su espalda con la mano derecha.

–Sólo lo quiero a él, le diré, y me quedo con él porque… porque él es él y yo soy yo. Por desgracia la frase no es mía.

–No importa –musitó Paul–. Es nuestra frase.

El sol brillaba cuando, a la mañana siguiente, Paul volvió del aeropuerto. Habían estado juntos quince horas, habían contado cada una de ellas. Aunque suene patético, se trata de quince horas que lo cambian todo, observó. Ni más ni menos. Aunque no hubiese encontrado más que a Charly en Moscú y ni rastro de Ben Saalberg, sería, no, soy el hombre más feliz del mundo.

Lo único que no podía apartar de sus pensamientos era a Michi. Sin su accidente él no habría ido a Moscú.

En la oficina de cambio de divisas del hotel compró dos cartones de tabaco con el objeto de estar preparado para todo lo que se proponía hacer ese día, esperó en la cola que había ante la caja y pensó en lo que había obtenido hasta la fecha de sus averiguaciones. Georg le estaría agradecido por no haber dado con nada definitivo. Sólo tenían a Anna Semionovna. Para hacer frente a Rosa tendría que obtener un acta notarial o, en caso de ir a juicio, llevar a la propia Anna Semionovna a Alemania.

¿Y su madre? ¿Cambiaría para ella las cosas el hecho de haber encontrado o no a Ben? Helen estaba convencida de que él había sobrevivido a Stalingrado, de que había enviado documentos, cartas y la acuarela desde Krasnogorsk. Si ahora se enteraba de que Ben había caído en 1944, cuando desempeñaba una misión en el frente para el Comité Nacional, tendría que convencerse de que él quería volver. Tendría la certeza de que Ben no la había traicionado.

Charly lo entendió en el acto cuando él se lo contó todo.

Esta noche la llamaré por teléfono, pensó Paul, y mañana me iré a Leningrado. Pase lo que pase.

No cogió el ascensor, sino que subió a su habitación por la escalera, salvando los peldaños de tres en tres. Dentro de dos horas se reuniría con un intérprete en recepción, volvería al hospital y averiguaría quién había ido a ver a Elisaveta Zontarova el día anterior.

Al final aflojó el paso, subiendo escalón a escalón, e imaginó qué aspecto tendría Charly en ese momento con esa chaqueta de la que tan orgullosa estaba, las largas piernas cruzadas enfundadas en los vaqueros, el cabello suelto, los ojos cerrados, la cabeza echada hacia atrás, la descocada sonrisa en los labios... igual que el día anterior por la noche.

No puedo permitirme pensar ahora en lo de ayer por la noche, se dijo, y enfiló el pasillo derecho hacia su habitación.

–*Arrêtez-vous, monsieur* –dijo la *deshurnaya*, que sólo hablaba francés con los extranjeros–. *Monsieur, s'il vous plaît, une lettre.*

Paul miró asustado a la menuda mujer, sentada ante la mesita, y después clavó la vista en el sobre: era papel del hotel. ¿Quién, si no Charly, habría podido dejarle una carta allí, en el hotel? El cerebro le iba a mil. ¿Qué era aquello? ¿Una carta de amor, de despedida? ¿Y si ella no le había dicho la verdad? ¿Y si amaba a Arndt, esperaba un hijo suyo y no había tenido el valor de confesárselo? Hizo ademán de meterse la carta en el bolsillo de la chaqueta.

–*Ouvrir, ici, s'il vous plaît* –se apresuró a pedir la *deshurnaya*–. *Oui, ici maintenant.*

–*Pourquoi?*

–*Vous verrez, monsieur.*

Abrió el sobre y sacó una tarjeta de visita blanca alargada. Allí, en caracteres cirílicos, había un nombre y varios títulos que no fue capaz de descifrar. Le dio la vuelta: al dorso vio escritas seis palabras en alemán: «Por favor, siga a la *deshurnaya*».

–*Monsieur* –dijo ésta con determinación al tiempo que se levantaba por su propia cuenta y echaba a andar pasillo adelante.

Paul se sentía ridículo y feliz. ¿Cómo había podido dudar de Charly? Mañana por la tarde se lo contaré. Mañana por la tarde estaré con ella, y esto resultará haber sido un malentendido. Quería seguir con ese estado de ánimo. Mentalmente estaba con Charly, veía sus ojos y sus labios, luminosos y delicados.

Al final del largo pasillo la *deshurnaya* llamó con suavidad y abrió la puerta del cuarto del rincón. Después le cedió el paso y se fue.

Paul entró en una habitación inundada de luz en cuyo centro había una mesa de reuniones ovalada de madera clara y doce sillas de terciopelo rojo de la misma madera. Bajo la mesa vio una alfombra persa roja oscura. Entre las dos ventanas de tres hojas, que daban a la *prospekt* Marksa, había armarios y debajo del otro frente de ventanas destacaban profundos sillones. Allí estaba sentado el hombre al que viera en el hospital Katharinen, con un elegante traje de calle oscuro, las largas piernas cruzadas.

Paul avanzó hasta el centro de la estancia sin decir nada. El anciano se levantó y fue a su encuentro, despacio, escrutó su rostro, la figura alta y de espaldas anchas, hasta quedar uno frente a otro. La misma estatura, cara a cara.

–Eres hijo de Helen.

La grave voz sonó vigorosa y sin acento.

–Sí.

–Soy Ben… mejor dicho, fui Ben Saalberg. ¿Nos sentamos?

Paul lo siguió hasta uno de los pesados asientos. Bajo los cortos rizos blancos lo miraban unos ojos grises que estaban como velados por un fino pliegue del párpado.

–Nos parecemos –afirmó Ben–. Bastante. Es curioso, aunque posible, dado que yo era la viva imagen de mi madre.

–Lo sé –respondió Paul, como obnubilado.

–Ayer sólo reparé en ti porque en el hospital esperaba a otro. Pese a todo mandé hacer averiguaciones y decidí hablar contigo. Digamos que por sentimentalismo. –Se retrepó, mirando a Paul atentamente.

Paul devolvió la mirada. La situación le resultaba abrumadora: después de buscar por todos los rincones posibles de la gran ciudad al desaparecido, éste se presentaba por su cuenta. No por necesidad, sino porque le apetecía. Lo conducía hasta una suite de lujo con sala de reuniones, seis plantas sobre la *prospekt* Marksa, con vistas al Kremlin. El día anterior sin ir más lejos, Paul se había desanimado de tal modo que había resuelto no seguir indagando. Pero Charly le había dicho que tenía el presentimiento de que daría con Ben Saalberg. «Igual que presentía que darías conmigo. Donde fuera, cuando fuera.»

Sonriendo al recordar la situación en la que se lo había dicho, Paul también se puso cómodo y preguntó:

–¿Quién habla primero?

Ben prorrumpió con la grave risa de que hablara Helen, esa que una vez que se oía era imposible olvidar.

–Esa indolencia me gusta –aseguró–. Aquí no la tiene nadie de tu edad. Bien, empezaré yo, pero de atrás hacia delante, de lo contrario será demasiado largo, y estoy seguro de que a ti tampoco te gusta perder el tiempo.

»Veamos, es fácil adivinar que trabajo para el ministerio que todo lo sabe, de lo contrario no estaríamos aquí sentados. Ayer, como cada día de los últimos dos meses, fui a ver a Elisaveta Zontarova para decirle que la he perdonado. Albergaba la esperanza de que recobrase el conocimiento. –Continuó sin detenerse–. ¿Qué te contaron ayer en Krasnogorsk sobre ella y yo?

Paul refirió brevemente lo que sabía por Anna Semionovna.

–Es cierto, todo –confirmó Ben–. Elisaveta pasó semanas cuidándome en el hospital militar de Stalingrado, yo no tenía papeles, estaba inconsciente. Después, cuando me hallé en condiciones de ser trasladado, ella me llevó por etapas a Krasnogorsk, ya que mantenía buenas relaciones con uno de los comisarios responsables. Además de la herida en la cabeza, había perdido parcialmente la memoria, lo cual se puede explicar desde un punto de vista médico. Sin embargo, en primavera de 1944 comencé a recordar quién era y de dónde. Escribí a mi madre, escribí a Joachim ocultándoselo a Elisaveta. Sobre todo escribí a Helen. Le hablé de mi enfermedad y de que había recuperado la memoria. Le hablé de mi entusiasmo por los objetivos del Comité Nacional y la lucha contra Hitler. Le escribí poemas de amor de Pushkin que traduje, le conté también que Elisaveta Zontarova me había salvado, pero que yo no amaría a nadie salvo a ella, que regresaría cuando acabara la guerra. Esas cartas cruzaron el frente alemán, o al menos lo supongo.

»Desde luego no sufrí una misteriosa muerte ni me enterraron en Krasnogorsk, sino que me hicieron desaparecer porque temían que fuese un espía y porque estaban al corriente de mi talento para las lenguas, del que querían sacar partido. Durante los meses que Elisaveta pensó que había muerto me "lavaron el cerebro", como diríais vosotros. Cuando me permitieron reaparecer, yo era un comunista convencido y la guerra había terminado. Me demostraron con documentos que Helen se había casado con mi hermano Joachim y tenía un hijo con él, lo cual casi me hizo enloquecer. Después probaron mediante documentos procedentes de Berlín y Krasnogorsk que no sólo yo había muerto en Alemania como Ben Saalberg, sino también en Rusia como Sergei Zontarov. Apenas me afectó: sin Helen me parecía que nada tenía sentido. No se anduvieron con chiquitas. En un momento dado dejaron venir a Elisaveta, cosa que me alegró, y tuvimos un hijo juntos, Sergei. Los quería a los dos, pero Elisaveta me quería para ella sola. Se sentía desatendida y se abandonó. Yo empecé a alejarme de ella, no escuchaba sus apasionados ataques de celos. Siempre me he volcado a fondo en mi trabajo, mi carrera iba en ascenso y tenía a Sergei, con eso era suficiente.

Cuando mi hijo tenía dieciséis años, ella me dejó y se lo llevó. No pude dar con ella, y eso que supuestamente encontramos a todo el mundo. La busqué por todas partes, no sólo aquí, en Moscú, donde vivió durante años bajo la protección de una persona que carece de importancia en este contexto. Hace seis semanas recibí una carta de ella en la que me daba la dirección de Sergei. Es médico en Novosibirsk, ya lo he visto dos veces. Es estupendo. Elisaveta decía que estaba enferma y se sentía insegura, quería hacer las paces conmigo, tenía que ir a verla a su piso de la *prospekt* Leningradski. Cuando fui, ya estaba en el hospital. No me reconoció. Murió esta noche. Ayer creí durante unos segundos que eras nuestro hijo, Sergei, que también quería venir. Eso es todo.

–¿Sabes que también tienes una hija?

–¿Yo? ¿Una hija?

–Sí, el primer hijo que tuvo mi madre es tu hija, y yo estoy aquí porque ella te necesita.

Nervioso e interrumpiéndolo a menudo para formularle preguntas, Ben escuchó la historia de Paul. Cuando éste hubo terminado, él se acercó a la ventana y apoyó la frente en el cristal.

–Entonces Helen estaba firmemente convencida de que yo había muerto cuando se casó con Joachim –dijo en voz queda–. Durante años sufrí pensando que no me había esperado. Años de sufrimiento en vano.

Paul se aproximó a otra ventana. Abajo vio dos coches, pequeños como juguetes en la enorme plaza. Miró cauteloso a Ben, que seguía apoyado en el cristal y tenía los ojos cerrados.

Sin atreverse a interrumpir el hilo de sus pensamientos, Paul se dirigió a la mesa, situada en medio de la estancia.

–Mi hija no es como Helen –afirmó Paul al cabo–, pero a pesar de todo me cae bien. –Rio para sí y se volvió hacia Ben.

–¿Qué vas a hacer?

–No defenderé a los hijos de Joachim de mi hija, pero tampoco la ayudaré a ella.

Paul puso las manos en el respaldo de una de las sillas de terciopelo, miró a Ben e inquirió:

–¿Ni a mi madre tampoco?

–Si fuese, no le sería de ayuda. Si pienso en Helen ahora me siento como aliviado, pero me has traído noticias de otra vida, no sé si me entiendes.

–Lo intento.

–No abandonaré este país –continuó él–. Lo amo, amo esta ciudad y respaldo la nueva política. Para la *perestroika* no hay marcha atrás, pero se ha malogrado. En este momento se avecina una catástrofe. Falta de todo, y Moscú se enfrenta a un invierno de hambruna. Falsas estimaciones, mala planificación, corrupción por todas partes. Será necesario todo el que pueda impedirlo. Más que nunca.

–¿Y tú eres uno de ésos?

–Sí. Acaban de pedirme ayuda. No me iré ahora, aparte de que tampoco me dejarían marchar. Llevo décadas trabajando para ellos, Paul, sé demasiado. Tendría que volver a renunciar a mi identidad, tendría que desaparecer para solicitar asilo político en Alemania sólo para salir de aquí, cosa que no deseo hacer. Todo ello para reclamar una herencia y sembrar discordia. El dinero nunca ha sido importante para mí, tal vez porque nunca me ha faltado. Admito que tiene sus cosas buenas, pero Ben Saalberg ya no existe, y es mejor que siga siendo así.

–Cuando vuelva mañana…

–Dirás que el hombre que se llamaba Sergei Zontarov era Ben Saalberg, que lleva muerto desde 1944. Has visto el acta. Has estado ante su tumba. Tienes a Semionovna de testigo.

–¿Por qué me has hecho venir? –preguntó Paul al tiempo que se colocaba a su lado, junto a la ventana–. Eso es exactamente lo que habría contado, y no habría sido mentira.

–Sentía curiosidad por el hijo de Helen. Quería conocerte, y ha valido la pena. Cuando vuelvas a Alemania entenderás que no contarlo todo no es mentir. Guardas un secreto. Es algo que has de aprender.

–Eso es de un realismo brutal.

–Así vivimos nosotros. El que no sabe mantener la boca cerrada quiere demostrar algo. No quiere la verdad, sino autocompasión. Como Joachim.

–¿Qué quieres decir con eso?

–Me has hablado de la última carta de tu padre. ¿Acaso no ves a qué ha llevado ese momento en el que, muy en contra de su naturaleza, dijo la verdad? La verdad es que me traicionó para conseguir a Helen, y ésa es la verdad que comunicó presuntuosamente mediante un versículo de la Biblia. Quería ser admirado y compadecido por admitir un engaño al cabo de décadas. Con ello se puso en ridículo él e hizo infeliz a Helen. ¿Es que no ves que todos los problemas empezaron porque tu padre no supo guardar su secreto?

–La mentira le hizo enfermar.

–Debería haber protegido a Helen, a la que supuestamente amaba. Por amor le mintió a ella y me traicionó a mí. Por amor tendría que haber callado –aseguró Ben Saalberg–, igual que callé yo cuando supe que era demasiado tarde para hablar.

–Pero acabas de decir que te sentías como aliviado. ¿Por qué? –preguntó Paul, agitado–. Porque te has enterado de que mi madre estaba convencida de que habías muerto cuando se casó, de que sólo lo hizo para traer al mundo a tu hijo, a un niño que llevara tu apellido. Sin la confesión de mi padre, de la que quiso desdecirse cuando le llegó la hora, nunca habría salido a la luz lo que pasó en realidad. No pretendo defenderlo, pero has de admitir que su confesión te ha servido de ayuda.

–Tienes razón, tu padre me ha ayudado. Sólo que podemos partir de la base de que no era ésa su intención.

Ben volvió a mirar por la ventana y dijo vacilante:

–Debo hacerte una pregunta para que me entiendas, Paul.

–¿Sí?

–Esa chica, Paul, con la que te vi esta mañana desde el coche, ¿la quieres?

–Más de lo que puedo expresar con palabras.

–Así quería yo a Helen, y ese amor fue destruido. Tal vez el amor no, pero sí la vida que habríamos tenido juntos. Joachim contribuyó en parte a que ello fuera así, y, si te soy sincero, jamás se lo perdonaré. En cualquier caso no creo que pueda. Tal vez Helen lo consiga.

–Joachim no pudo destruir el amor que te profesaba mi madre.

–¿Por casualidad lleva una esmeralda?

–Es el único anillo que le conozco.

–Tendrás que decidir si hablar o callar cuando regreses. A quién dirás qué y a quién no. –Ben cogió su cartera y sacó una fina hoja amarillenta–. Dale este papel a Helen sólo si estás convencido de que debe saber algo de mí. Era nuestro poema, las primeras palabras que escribí cuando recuperé la memoria. Nunca he olvidado a Helen.

–¿Dejas la decisión en mis manos?

–Sí. Aquí tienes una tarjeta con mi dirección. No me gustaría perderte de vista y querría saber qué has decidido.

–¿Tendré que aprender ruso para saber cómo te llamas?

–Claro. Me sorprende que no lo hayas hecho aún.

Ambos rompieron a reír.

Paul contempló el Kremlin. La plaza estaba llena de gente y relucía como si hubiese sido lavada al sol.

Recordó el día de junio que enterraron a su padre. El día que supo por vez primera de la existencia de Ben Saalberg. Curiosamente lo entristeció el hecho de que en breve se cerrase la puerta tras aquel hombre.

–¿Te importaría traducirme una pregunta sencilla? –pidió Paul–. Así es como empiezo siempre mi aprendizaje.

–El método es bueno –aprobó Ben–. Y bien, ¿cuál es la pregunta?

–¿Puedo invitarte a cenar?

Epílogo

Ben Saalberg nunca volvió a Alemania.

Tras el viaje a Moscú de Paul, su hijo menor, Helen Saalberg recibió un regalo modesto, un sobre del Hotel National. Dentro había un fino papel pulcramente escrito y una tarjeta de visita en cuyo dorso podía leerse la misma letra. Guardó ambas cosas en un lugar del que nadie más supo.

La noche del 9 de noviembre de 1990 Willy Brandt se reunió en el aeropuerto de Fráncfort con ciento noventa y tres rehenes venidos de Irak. Entre ellos se encontraba Kurt Matthes.

El miércoles 5 de diciembre de 1990 apareció en un gran diario inglés un pequeño anuncio: Paul Saalberg anunciaba su enlace con Charly Tuchmann, la hija menor del honorable Edward Tuchmann. La ceremonia se celebró en Londres.

Para Michi Saalberg, sobrino de Paul, el viaje a Inglaterra fue el primero que emprendió tras el grave accidente que sufrió en Irak.

La hermana de la novia, Anne Tuchmann, no pudo estar presente debido a las consecuencias que se derivaron de su lesión en la cabeza. No había recuperado por completo ni el habla ni la memoria.

El 25 de junio de 1991, en el juzgado de primera instancia de Hanover, se dictó sentencia en el proceso de los Saalberg, que tuvo un gran seguimiento por parte de la opinión pública. La reclamación por parte de la hija de Benedikt Saalberg del 50 por ciento de la fortuna familiar fue desestimada. La demanda que interpuso contra su padre legítimo, Joachim Saalberg, por vicios que presentó por engaño de testador y, por tanto, por impugnación de la sucesión, por cobros indebidos, estafa y chantaje, fue sobreseída por falta de pruebas.

Tras el fallo de sentencia Helen Saalberg salió de los tribunales con sus hijos.

Cuando llegaron al aparcamiento, al otro lado de la calle, Paul volvió la cabeza y vio salir a Rosa seguida de su abogado, que se despidió deprisa y corriendo de ella. A continuación Rosa bajó despacio la escalera. Aparte de ella no había nadie más.

Helen siguió la mirada de Paul y tocó el brazo de Georg. Tras intercambiar unas breves palabras, Paul satisfizo el deseo de Helen y se acercó a Rosa, que se había detenido al otro lado de la calle. Hablaron. Al cabo de unos minutos se detuvo un taxi, que Rosa despidió.

Era un caluroso mediodía de junio y soplaba un viento tempestuoso. La suciedad y el polvo de la calle se arremolinaban en el aire, la gente caminaba a buen paso, los coches hacían ruido y unos pétalos arrancados avanzaban impelidos por la corriente a la sombra de las casas.

Agradecimientos

Por la amable ayuda que me ha sido dispensada, me gustaría dar las gracias en Moscú a Lena, Tatiana y Vladimir Illesh, Tatiana Pereverseva del Museo antifascista alemán, Christoph Eichhorn del negociado de Cultura de la embajada alemana.

En Alemania a Gottfried von Bismarck, conde Heinrich von Einsiedel, Peter Gerhardt (Deutsche Dienststelle WASt, Berlín), Klaus Harpprecht, Lev Kopelev, Georg Meyer, Anneliese Pestel, Wilhelm Rimpau, Anton Schafmayer, Hans Jochen Waitz.